U0134895

麥 田 人 文

王德威／主編

Eleven Outlooks on World Literature
Copyright © 2004 by Pin-chia Feng
All rights reserved.
No part of this books may be used or reproduced
without written permission from the publisher
except in the case of brief quotations embodied
in critical articles and reviews

Edited by David D. W. Wang,
Professor of Chinese Literature, Harvard University.
Published by Rye Field Publications, a division of Cité Publishing Ltd.
11F., No. 213, Sec. 2, Sinyi Rd., Jhongjheng District, Taipei City 100, Taiwan.

麥田人文77

通識人文十一講
Eleven Outlooks on World Literature

編　　　者　馮品佳
主　　　編　王德威（David D. W. Wang）
責 任 編 輯　胡金倫
發　行　人　涂玉雲
出　　　版　麥田出版
　　　　　　100台北市中正區信義路二段213號11樓
　　　　　　電話：(02)2351-7776　傳真：(02)2351-9179
發　　　行　英屬蓋曼群島商家庭傳媒股份有限公司城邦分公司
　　　　　　104台北市中山區民生東路二段141號2樓
　　　　　　電話：(02)2500-0888　傳真：(02)2500-1938
　　　　　　網址：www.cite.com.tw　E-mail：cs@cite.com.tw
　　　　　　郵撥帳號：19833503
　　　　　　英屬蓋曼群島商家庭傳媒股份有限公司城邦分公司
香 港 發 行 所　城邦（香港）出版集團有限公司
　　　　　　香港北角英皇道310號雲華大廈4字樓504室
　　　　　　電話：25086231　傳真：25789337
馬 新 發 行 所　城邦（馬新）出版集團有限公司
　　　　　　Cite(M) Sdn. Bhd. (458372 U)
　　　　　　11, Jalan 30D/146, Desa Tasik, Sungai Besi,
　　　　　　57000 Kuala Lumpur, Malaysia
　　　　　　電話：603-9056 3833　傳真：603-9056 2833
　　　　　　E-mail: citekl@cite.com.tw.
印　　　刷　凌晨企業有限公司
初 版 一 刷　2004年9月

售價／320元
ISBN：986-7413-28-8

Eleven
Outlooks on
World
Literature

通識人文十一講

馮品佳 主編

目　次

亞洲篇

編者序
如何通識？怎樣人文？

馮品佳

　　民國92年8月交通大學外文系受到教育部的委託籌辦了通識教育文學營，邀請國內外的資深學者與國內大專技職院校的通識人文教育者一起分享研究與教學的心得。文學營籌備小組的基本理念，套句王德威教授的話來說，就是提出我們應當「如何通識？怎樣人文？」的問題。與會學者也各自以多年學術研究及實際教學經驗針對這個提問提出解答，《通識人文十一講》就是這些學術與教學心得的集結。而我們編纂論文集的目的則是試圖一石二鳥，一方面以資深學者的研究心得豐富文學研究，一方面探討通識人文教育的意義與實踐。

　　回顧台灣大專院校的通識教育之發展，其實歷史相當悠久，從民國45年東海大學實施「通才教育」（general education）開始，歷經1970年代清華大學的推動，台灣大學於72學年度開設通才教育科目，乃至於73學年教育部全面於國內大學推行通識教育等過程，[1]

---

[1] 黃俊傑，《大學通識教育的理念與實踐》（台北：中華民國通識教育學會，1999），
　　頁431-32。

近半世紀以來，已經成為大專院校基礎教育極其重要的一環，也有極為崇高的目標。誠如推動通識教育的先進黃俊傑教授所言，「『通識教育』就是一種促進人的主體意識覺醒的教育，使人可以挺立心志，自作主宰，而不再屈從於人以外的『客體』的宰制」。[2] 就是因為通識教育人本中心的信念與全人教育的願景，因此歐美大學教育往往有以通識科目為「核心課程」（core courses）的架構，而文學課程也絕對是其中不可或缺的一部分。但是，在現今學術專業與功利主義的氛圍之下，又應當如何推動通識，乃至於通識人文教育呢？

對於這個問題的思索其實也與筆者個人的求學與教學過程有關。筆者在台灣大學的大學生涯恰逢校方推行通才教育之際，當時校園裡的莘莘學子對於這幾門由名師任課的非專業性通才課程可以說既好奇又嚮往，但是往往因為太重視專業科目而放棄。十數年之後，筆者回國任教於甫成立的交通大學外文系，同時也應校方要求支援一門通識人文課程，嘗試將英美文學介紹給一群理工為主的學生，雖然是初生之犢不畏虎，但是仍能感受到跨越領域授課所必須面臨的重大挑戰。而主辦通識文學營的經驗，更使得筆者透過與學員互動，對於通識人文的困難與願景有了更深入的了解。

以通識教育的實務經驗而言，深入淺出的教材與教法是教學的基本原則。在通識人文營的檢討座談中，一位老師對於通識教育做了很好的詮釋：通識教育就是深入淺出，通識教育絕對不是淺平式的學問淺入淺出。師大國文系的林素英教授也認為「通識教育不以傳達、累積與記憶大量的知識為課程目標，且與各領域的專業課程設計與教學目標有別，而是希望從各專業領域的材料中，選擇適當的素材，透過老師深入淺出的引導，以結合專業與實際生活的聯

---

2 同前註，頁432。

繫，並且還要擴大學生的視野，開闊學生的胸襟，使學生能在為學
與作人以及生活三者之間，建立起一個強力的連結固網……」。[3] 因
此，要切實推動與提升通識人文教育，應當從實際層面著手，使得
學業與修身及整體的生命經驗互相勾連，形成綿密的網絡，而不會
彼此脫節。

　　對於筆者而言，編纂這本論文集就是在為編織這個網絡盡一分
心力，藉由收錄多篇以深入淺出的方式所撰寫的專業學術論文，一
方面推廣文學研究，另一方面營建一個深化通識人文教育的介面。
同時，各篇論文的撰寫人不但以論文各自發揮學術專長，也慷慨地
提供相關的課程大綱，與讀者分享他們寶貴的教學經驗。透過這些
收錄的教學大綱，我們看到通識人文教育豐富多樣的可能，也可以
作為一般讀者在相關領域自學的教程。書中另外收錄了李家沂的
〈資源與通識文學教學〉，旨在介紹如何利用網際網路上千變萬化的
資源，補強人文科目單向式教學的缺失，透過作者細心彙整出的可
能使用路徑，利用科技架構以豐富通識人文教學的教學資源，為通
識人文教育的思考與實踐開拓了一個新科技的面向。

　　至於各篇論文，則主要以歐美與華人世界的城市及現代性為主
要學術議題。李歐梵教授以他深厚的文學素養與豐富的旅行經驗，
藉由兩篇文章提供讀者研究歐美城市現代性的文學輿圖。〈都市與
現代性〉一文中，從倫敦、巴黎、維也納、柏林、紐約到洛杉磯，
李歐梵引領我們快速地通過維多利亞的十九世紀，走入後現代二十
一世紀，以 Franco Moretti 的文化地理學、班雅明的漫遊者角色、
Koolhaas 的「通屬城市」（generic city）等不同的文學與文化理論穿
梭於各大全球化城市（global city）之間。在〈漫談西方現代的都市

---

[3] 林素英，〈文學、人生與花師的通識語文教育〉，收入《文學生活與通識語文教
　育》，林素英、黃如焄主編（花蓮：國立花蓮師範學院，2003），頁8。

與文學〉中，他選擇以經典文學來探討不同城市的現代性展演，以福樓拜（Gustav Flaubert）的《包法利夫人》（*Madame Bovary*）作為十九世紀西方文化「背景」的讀本；更透過狄更斯（Charles Dickens）閱讀英國的工業革命對於英國城市生活的影響；以柯南道爾（Sir Arthur Conan Doyle）筆下的福爾摩斯（Sherlock Holmes）、法國作家勒布朗（Maurice Leblane）所創造的「俠盜」亞森・羅蘋勾勒倫敦與巴黎不同城市偵探的身影；介紹十九世紀末奧國小說家史尼茨勒（Arthur Schnitzler）的小說以研究維也納的中產階級文化。維吉尼亞・吳爾芙（Virginia Woolf）的《戴洛維夫人》（*Mrs. Dalloway*）、喬依思（James Joyce）的小說，與費滋傑羅（Scott Fitzgerald）的《大亨小傳》（*The Great Gatsby*）則成為二十世紀的城市文學之代表。論文獨特之處在於作者介紹西方現代文學的鉅著的同時，也透過中文譯本的討論將中國的城市文化納入世界文學的地圖，提供宏觀的研究視野，可謂深入淺出文學研究的最佳示範。

周英雄教授的〈閱讀異（化）文化〉則以一個馬克思主義的基本概念探討文學與文化文本的閱讀理論，以閱讀／書寫、異化／陌生人、文化三大議題為主軸，從閱讀及書寫工具的演化討論異化的書寫，分析了尼采、海德格與打字機的關係，以及機械性的書寫工具如何造成書寫主客體的易轉，再以《吸血鬼》（*Dracula*）為文本閱讀的實例，討論威廉斯（Raymond Williams）所謂的「科技意向性」（technological intentionality）與傳播科技背後之「文化意向性」（cultural intentionality）的辯證。周英雄認為文化研究應當採取紀爾茲（Clifford Geertz）所謂的「厚描述」（thick description）方式進行研究，也就是超越事物表象的閱讀，深入解讀異文化社會的論述架構，從而反身自省自我的異化。

單德興教授的〈翻譯・文學・經典——以 *Gulliver's Travels* 為例〉一文，也對於異文化之間的互動做一省思，由 *Gulliver's Travels* 的實

例，援引各種翻譯研究的理論，討論歐美文學的經典漂洋過海來到中土之後所引發的相關問題。文中特別強調翻譯帶給經典文學在異文化中新生的契機，翻譯的實踐是文化的翻譯，也如同周英雄所提倡的「厚描述」的文化研究模式，由字句的翻譯進入文化的層面，使得時空殊異、語言原本不通的讀者群得以閱讀經典文學。誠如單德興在文中所論，「經典必須透過一再的翻譯、詮釋和解讀，才能連接上各個時代，在其中發揮作用，成就其為經典的意義和重要性。我們甚至可以說，在涉及異語言與異文化的文本時，沒有翻譯與重譯就無經典可言」。[4] 譯者與譯著的責任與功勞不可謂不大矣！

廖炳惠教授在〈前現代、早期現代、現代到後現代的飲食文學觀之轉變〉一文中，以日常生活中與我們最息息相關的飲食文化為主題，討論了「前現代」（premodern）、「早期現代」（early modern）、「現代」（modern），以及「後現代」（postmodern）各個階段飲食的文化詩學與不同樣貌，並且以姜生（Ben Johnson）的詩〈致遍所食〉（"To Penshurst"）、宋朝的《東京夢華錄》、喬依思的〈死者〉（"The Dead"）、《包法利夫人》、《濃情巧克力》（Chocolat）與《芭比的饗宴》（Babettes Gaestebud）兩部影片，以及卡爾維諾（Italo Calvino）的《豹日之下》（Under the Jaguar Sun）等多種文本為例證，對於不同時代的飲食觀念之變革做了通盤性的整理，使得讀者對於食物除了滋養、維生的功能之外也能觀察到其深部的文化意涵。

廖炳惠縱貫古今的飲食文化研究，恰好也可以呼應王德威教授對於中國文學中鬼魂現象的探討。在〈魂兮歸來〉一文中，王德威以話本小說中的一則「鬼」故事開場，分析中國敘事史中「人鬼相雜」的情節，以馮夢龍的〈楊思溫燕山逢故人〉、民初左派作家的

---

[4] 見本書，頁109。

打鬼說、五四寫實派文人到當代華文作家之作，如韓少功的小說
〈歸去來〉、朱天心的《古都》與《漫遊者》、余華的〈古典愛情〉、
李碧華的作品、林宜澐的〈捉鬼大隊〉、蘇童的〈儀式的完成〉、楊
煉的〈鬼話〉、王安憶的〈天仙配〉、莫言的〈戰友重逢〉及《神
聊》、鍾玲的中篇小說〈生死冤家〉、賈平凹的《白夜》、馬華作者
黃錦樹的〈新柳〉等等穿梭古今、涵蓋寫實與志異文類的敘事書
寫，論證鬼魅回返與歷史印記千絲萬縷的關係。王德威對於這個文
學中的「靈異現象」所論可以說切中要點：「鬼魅流竄於人間，提
醒我們歷史的裂變創傷，總是未有盡時。跨越肉身及時空的界限，
消逝的記憶及破毀的人間關係去而復返，正有如鬼魅的幽幽歸
來」。[5]歷史綿綿無絕期的創傷經驗，正是透過鬼魅幽魂來現形發
聲。

　　〈魂兮歸來〉涵括古典與後現代的中文敘事傳統，正可以為幾
篇討論兩岸三地不同地域，以及現代化過程的論文作為引言。鄭樹
森教授慨然提供三篇有關香港文學創作與電影生產的論文。〈五、
六〇年代的香港新詩及台港交流〉討論冷戰時期的香港詩作。鄭樹
森強調當時香港新詩在意識形態上右派作家強烈的反共精神與左派
文人反美帝的思想壁壘分明，在文學技巧上則呈現現代主義詩派
與新古典主義之間的對峙，以及深受存在主義的哲學氛圍影響，也
展示了現代主義的都市性，與台灣的詩人之作互相應和、卻也各有
擅場。〈東西冷戰、左右對壘、香港文學〉一文也同樣強調特殊的
時代與政治情境對於香港文學發展的影響。鄭樹森指出在國民政府
遷台之後，冷戰期間的香港因殖民地的地位成為西方、台灣、中國
大陸文化的交集之處，同時是「窺視」中國大陸「竹幕」之唯一所
在，在左右派壁壘分明、而英國殖民政府文化政策不明確的情況

<hr>

5 見本書，頁117。

下，表現出旺盛的文學生產力。〈1997前香港在海峽兩岸間的文化中介〉一文則持續討論香港在回歸之前所扮演的兩岸文化中介角色。香港以奇特的被殖民位置成為「海峽兩岸三地裡唯一的『公共空間』」，[6] 集各家言論於一堂，達到文學創造與電影工業上百花齊放的盛境。這三篇論文成功地勾勒出香港文學與文化生產的歷史與政治脈絡，提供了香港學與香港文學、文化研究重要的背景閱讀。

張小虹教授的〈現代性的小腳──文化易界與日常生活踐履〉以她一貫的精湛文字細膩地析論中國文化中的纏足風俗與現代性所產生的摩擦碰撞，從而拆解「古／今、中／西、卑／尊二元對立系統」，實地操作了日常生活的研究。論文的兩個重點一是由傳統解纏足論述出發，「以男性知識菁英觀點為中心，探究此主流『國足』論述如何將『纏足』變成了『殘足』，以及其中所涉及之性別焦慮移轉與創傷固結」；[7] 另一方面則解析庶民／女性如何經由日常生活實踐開啟「異／易／譯類『踐履現代性』（performative modernity）之論述發展空間」，[8] 以纏足／殘足大大方方地走出「Shame代性」、走入中國現代性。論文提供我們對於一向被視為「國恥」的纏足文化另類思考之可能，也讓我們體認到各種不同建構女性主體性的方式。

藉由劉紀蕙教授的〈從「不同」到「同一」──台灣皇民主體「心」的改造與精神的形式〉，我們回到了台灣，而且是日本皇民時代的台灣。透過分析皇民文學的文本，劉紀蕙深入探討日據時期被殖民的台灣本島人複雜的認同與主體意識，分析時人如何經由皇民論述的唯心工程以達到「醇化」及「同化」，建構出能夠擺脫殘缺

---

6 見本書，頁173。

7 見本書，頁203。

8 見本書，頁204。

不全的自我認知與身體想像，形塑「國民意識」與「現代主體」而成為完整的「（日本／男）人」。這篇論文不僅讓讀者回到台灣現代性發展中不容忽視的歷史場景，同時也更能了解當前台灣國族論述發展的脈絡。而論文集由歐洲城市出發到回返台灣本島，可以說是穿越了不同的歷史地理時空與見證了不同現代性發生／發聲的現場。我們必須感謝以上諸位學者與我們分享寶貴的研究心得，引導我們成就一次深度的文學與文化之旅。

最後要提出筆者籌辦通識文學營的一點心得淺見。這次經驗讓筆者深深體會到目前我們通識教育其實面臨多重的斷層，一個是專業與通識的斷層，因為專業科目的老師往往會在專業重於一切的邏輯之下忽視了通識科目的重要性；另一個是教育資源上的斷層，因為大專院校跟技職體系其實在資源上有很多不均衡的分配；還有一個是世代上的斷層，因為決策階層往往在自己受教育的過程當中並沒有通識教育的經驗，對於通識教育經常是從專業的想像來形構通識教育。這些多重的斷層，除了讓我們體認到專業與通識科目、不同教育體系，乃至於教育決策階層與實際教育踐行者之間溝通的重要性，也讓我們認識到自我「再教育」的必要性。不論是學者、教育者，乃至於一般讀者都必須要不斷自我充實，努力補足因個人經驗與教育體制所造成的知識斷層。而促成與實踐生命中不斷的再教育，既是通識教育的主要目的，也是這本論文集的重要意義。

謹以此書獻給文學研究的愛好者與通識人文的教育者。

在此要感謝劉怡吟小姐協助籌辦通識人文營與處理論文出版事宜，王姿文與楊美鈴同學在課業繁重之餘幫忙校稿的辛勞，周英雄、廖炳惠、單德興三位教授以編輯委員的身分從旁指導，林建國教授為文學營所付出的心力。也要特別謝謝王德威老師幫忙聯絡麥田出版社，為論文集催生。

通識人文十一講

Eleven Outlooks on World Literature

歐美篇

第一講
都市與現代性

李歐梵

　　我覺得現代性這個問題，基本上是全世界的問題，它是從西方發起，然後進入到亞洲，然後產生另外的問題。當然各個國家各個地區的反應不一樣是一個問題（problematique），這一個問題的來源是和城市有非常密切的關係。如果各位來開一門這類的課，有一個辦法，不妨找出世界上幾個重要的城市，好像旅遊一樣，先講西方的城市，然後講到台北，我覺得這是一個辦法。因為如果我們現在講文化史的話，從古講到今，學生會睡覺，所以沒有辦法一路直線講下來。跟學生講課可以幾個城市作為代表。如果說到西方的城市傳統，你可以用羅馬。羅馬代表著整個西方傳統下的一個都市模式，這個模式基本上又受到西方宗教的影響，認為一個城市是神聖的地方，後來因為羅馬帝國的關係，所以這個城市——羅馬，特別是在西羅馬時代，基本上是一個教會、文化、政治、和權力的中心，也就是說整個文明的中心是在羅馬這個城市，各位可以用這個方法簡單地帶過去，因為一般學生對於老的東西沒有興趣。你也可以把長安帶進來，不過我想大家所關心的課題還是現代，我指的現代是十九、二十世紀，講到現代的問題，我也有幾種「吃法」。

　　西方現代的城市，我可以很容易的把它排列出來，就是從倫敦、巴黎、柏林、紐約，到洛杉磯。如果對十九世紀末文化特別有興趣的話，還可以加一個維也納，這完全看個人。用這個方法把西方城市和現代性的關係介紹進來。如果要是我講的話，我可以先講倫敦和巴黎，因為倫敦所代表的就是工業革命，西方現代城市興起，基本上是和由工業革命而引起的資本主義密切相關的，所以當我們講現代西方城市，講的就是資本主義、工業革命，和這種文明籠罩下的西方城市文明。那麼這裡就有一個很有意思的比較，如果各位願意的話，這兩個城市可以用比較來談，或者分開來談。比較來說，巴黎這個城市背後有一個法國貴族的傳統，特別是法國的幾個國王，如路易十四、十五、十六，法國大革命以前的這幾個國王都住在凡爾賽宮，現在都可以看得見，很容易以古今作一個對比。倫敦也可以，它背後的背景不同，因為英國的歷史和貴族的歷史比法國更早，十九世紀以降這兩個城市代表著西方中產階級的生活，是兩個不同的模型。

　　一位西方學者把它叫做雙城記。最早的時候法國有位哲學家伏爾泰（Voltaire），在十八世紀到了倫敦以後，就非常喜歡倫敦，他說倫敦為什麼是一個偉大的城市，有三個原因。第一個就是倫敦的商業，第二個就是倫敦的自由，第三個叫做藝術，我們也可以譯作文化。所以可以說倫敦和巴黎，特別是倫敦，在十九世紀開始的時候，代表三種不同的城市重要文化發展，或者是重要的表徵，一個就是商業，一個就是自由，市民的自由，一個就是藝術。因此如果從倫敦來談的話，你會繼續發現，每樣東西都帶來一系列的理論問題，特別是商業。目前在人文學界大家一股腦都用後殖民的理論，那麼你很容易可以把倫敦的商業和十九世紀以倫敦為主的文學作品做個比較，你可以看得出來，他們裡面有很多向外擴張的帝國主義的氣氛。換言之，從十八世紀到十九世紀，倫敦扮演著兩個英國商

務的角色，一個就是英國工業革命發展極致的代表，另外一個就是海外殖民帝國的中心，所以如果各位讀英國文學的話，那例子多得不得了。

倫敦的小說第一個可以用狄更斯（Charles Dickens）作代表，他裡面有很多由工業革命帶動商業發展的氣氛，譬如 *Dombey and Son*（林琴南譯作《冰雪因緣》），我覺得寫得相當好，那裡面講的就是英國工業革命帶動的商業公司。爸爸是英國的企業家。那部小說談到工業革命帶來的一些災害，特別是鐵路煤礦把倫敦搞得黑不隆咚，主要是人開始有一種為了金錢、對於權力的嚮往，所以這種城市我們看來非常明顯。一個最基本的論述點就是由於工業革命的影響，人與人的關係開始疏離，這一點大家可能都知道。不過它是怎麼來的？這是一個非常值得注意的問題。西方很多資料都是在討論工業革命對社會結構、都市計畫，以及對人心理的影響，這一切可以說是從倫敦開始。如果你是一位馬克思主義者，你一定要看恩格斯寫的那篇英國的工人階級的論文，但他所做的調查不是倫敦，基本上是到曼徹斯特。當時因為工業革命的影響，工人很多，住的房子很破爛，所以恩格斯到那裡去用自己的觀察，他說你看英國工人階級住的房子，一個接一個，最多兩層，很古老，他們的房子是在大街的後面，而大街的店舖、銀行完全是資本主義所享有的。他甚至說資本家住的房子和高樓大廈，從他們自己家到銀行辦公都是大街，那些大街是為資本家而開的，他們看不到那些窮人住的地方，而窮人都在大街後面，所以他特別跑到小巷子去，就看到原來窮人的生活是那麼糟，所以他就提出一個問題：這個城市無可救藥，一定要革命、要平等。不過這個在當時是比較激進的看法，而一般倫敦的政客們對倫敦的看法，用現在的說法就是叫做都市計畫或都市管理。倫敦變成一個大都市後發生很多問題，這問題要用理性的標準來做管理，第一個就是要做調查，統計窮人有多少？富人有多少？

然後慢慢的希望做一個都市設計，完全是在一種理性的影響下，開始發展出一套社會科學，所以倫敦的社會科學為將來的二十世紀提供了一個藍圖。

不過從人文的角度來看，任何理性的方法永遠不能完全解決問題。整個西方現代性極致的發展，就是希望用極致的理性，來把城市規畫出來，所以後來就是人規畫一個想像式的城市——將來的城市——這個城市規畫得非常好，可是永遠是一個烏托邦式的想法。換言之，城市的問題不可能用極端理性來規畫。有位學者叫Franco Moretti，他最近出了一本書叫做《現代歐洲小說的地圖》，就談到倫敦和巴黎，用一種文化地理學的方式來解釋，倫敦有東倫敦和西倫敦，譬如大偵探福爾摩斯（Sherlock Holmes），就住在西倫敦，犯罪的地方也大都在東倫敦，我們可以從狄更斯小說或福爾摩斯探案看出來，它裡面代表倫敦啟蒙以來，西方都市的兩種形象，你可以稱之為光明的形象和黑暗的形象，光明形象就是理性照明下一種有條理的生活，大家過的不錯，有些人慢慢變成資本家，他們和他們雇用的人，如商人和工人打交道，於是律師就出來了，所以小說裡面有很多律師和銀行家。兩個世界對比之下就出現了偵探，西方的偵探完全是都會的產物，和中國的不一樣，這個偵探希望用自己的觀察和理性的分析，來破解都市裡面的一些謀殺案。各位可能對這個都很熟悉，和學生討論時不妨可以逐漸越來越抽象。

不過我對「文化研究」這個新學科有所批評，也有自我批評。我們這行太多理論，常常忽略掉很多文本，所以我現在反而要呼籲各位如果有興趣的話，不妨找些很生動的文本，來把文化史的內涵重新烘托起來。從倫敦這個城市，你可以和巴黎做比較就非常有意思，因為這兩個城市在十九世紀，於西歐幾乎樣樣領先。特別是在法國大革命前夕，法國的這個文化傳統，本是王宮貴族的傳統，但是在十九世紀產生極大的變化。巴黎都市改建是一個法國貴族豪斯

曼男爵（Haussmann）發起的，現在我們看到的巴黎就是豪斯曼改建後的巴黎。他把巴黎的重心放在凱旋門，然後蓋了幾條大馬路，從中心四射出去，可代表法國首都的威嚴華麗。更重要的是商業。每一條大道都是商業的大道。到現在為止，名貴的商店都是在這幾條大道上。另外一個目的就是政府可以有效地控制，萬一發生動亂的話，一下子就可以派軍隊控制整個巴黎。然而這裡面也有很多文化遺產，所以巴黎的這個模式一直到現在還保存著，所產生的問題也非常大，而在文學和文化史上做研究的也非常多。

　　如果從巴黎的眼光來看十九世紀的現代性，大家不約而同地都會談到班雅明所寫的《發達資本主義時代的抒情詩人：論波特萊爾》（ *Charles Baudelaire: A Lyric Poet in the Era of High Capitalism* ），大家可能都很熟悉這本小書。從我的立場來談，一個基本的論點就是由於豪斯曼將巴黎變成一個十九世紀的大都會，街道上的商業行為變成巴黎文化的主軸。如果你是一位革命家，你會覺得這種文化是一個很糟糕的文化。要把資本主義打倒，那麼工人在哪裡？十九世紀的資本主義文化以中產階級文化為主軸，那麼它的內涵是什麼？所以班雅明就用波特萊爾作為代表創出了一個原型，叫做「都市漫遊者」（flâneur），這種人變成都市生活裡面很有特色的人物，在十九世紀和巴黎的商業文化產生很密切的關係，他和都市文化的關係也是一個個人和群眾的關係，這個群眾是街上的行人，你在街上走，看到街上的人熙熙嚷嚷，所以產生一種若即若離的關係，這些關係有些是情欲的、美學的，也有商業的可能性。譬如說你看到一個貴婦，珠光寶氣，你一看到她之後，她走掉了，所以你愛上她的是走後「最後的一瞥」。這些內容班雅明寫得很多，最近哈佛出版社有本書就是班雅明研究巴黎的 "ARCADES"，有人翻譯作拱廊商場。在班雅明的書裡面，"flâneur" 就在拱廊商場裡走來走去，他很悠閒，無所事事，因為貴族不需要做事，而中產階級每個人都需要上班。你可

以看班雅明的資料，差不多有一千頁。他從大量的德國、法國、英國文學中找出來，而且他做各式各樣的排比，得到真知灼見。最能夠代表資本主義的詩人是誰？是波特萊爾，而波特萊爾的散文詩──大家都知道他有兩本很有名的散文詩──《惡之華》(*Les fleurs du mal*)和《巴黎的憂鬱》(*Le spleen de Paris*)──當然講的是巴黎的生活，就是作為一個詩人在十九世紀生活在都市中的情緒。他開始對都市的生活產生一種情緒，而這種情緒要怎麼描述出來？所以從一個文化的角度來看波特萊爾的詩，你也許可以像班雅明一樣看出一系列的東西，當然也有很多學者研究班雅明。他這本書一直沒有寫完。他收集了很多資料。最近出的這本書是他的筆記和草稿。他那時候沒有電腦，自己寫筆記。這個人非常了不起，寫了幾千條筆記，資料非常的豐富。他這裡有個基本的觀點，就是現在大家都很熟悉的觀點，即 "flâneur" 是一個商業社會的產物，雖然他的樣子是貴族式，但最後還是從他家裡走到新建成的百貨公司。百貨公司是一個公用的東西，家是私人的，從私人的家庭走到百貨公司，進到百貨公司之後他的個人身分就沒有了，成了商品，而當他沒有走進百貨公司之前，在大街上逛的時候，還有點個人的特性。把一個藝術家的形象融入商業社會的背景，他所得到的就是這樣的結論：一種神祕的感覺，沒有辦法用理性來解釋，它只能用寓言式的抒情詩或其他文學類型來代表。我個人對老上海的研究也受到它的影響。他所看到的是巴黎的幾條大街。巴黎的小巷多得不得了，而這些小巷是窮人的地區，在班雅明的書裡有提到，但並沒有重視。Moretti的書裡說，年輕人從鄉下到巴黎，沒有錢，往往住在塞納河的左岸，等到有錢的時候，就搬到右岸去了。右岸最富裕的就是現在的歌劇院那一帶，是商業的重心。更窮的巴黎是在郊外，或更北更南。

　　現在我們可以從巴黎跳到柏林，如果各位想加點維也納的話，

講完十九世紀中期的巴黎，就可以講維也納，就是用《世紀末的維也納》（*Fin-De-Siècle Vienna: Politics and Culture*）這本書。休斯克（Carl Schorske）的這本書裡面有一章專門講維也納的建築，非常有意思，用的方法跟我剛才談的差不多。維也納也曾是一個帝國——奧匈帝國——的首都，到了十九世紀末，皇帝坐在那沒事幹，其實整個社會已經發展成資本主義的社會。書中提到維也納市中心的圓環街，就是當時代表資本主義勢力的自由派的設計蓋出來的，裡面包括維也納的精華：銀行、政府的機構、歌劇院。維也納和巴黎一樣，也變成一個政治、經濟、和文化走在一起的都市，而這個中心到了世紀末，開始受到建築師、心理學家，特別是藝術家極力的批評，他們認為這種中產階級為主的資本主義文化是假的文化，是虛偽的文化，所以很多奧國的小說家如史尼茨勒（Arthur Schnitzler）寫中產階級的人物，都是過著很虛偽的生活，穿得很整齊，家庭生活中規中矩，可是常常有外遇、自殺，這一類的故事。如果以維也納為例子，來批評這種資本主義式的中產階級生活，最有名的畫家就是克林姆特（Klimt），他故意用裸體或頹廢女人的形象來對抗中產階級生活的虛偽。你如果把世紀末的維也納變成一個中心的話，幾乎歐洲重要的知識分子和潮流，到了1900年都集中在這個都市裡面，爆發出來。心理學界出了一個佛洛依德（Sigmund Freud），交響樂界出了一個馬勒（Gustav Mahler），當然還有建築師、畫家。關於維也納的故事，可以講的有很多。這個城市表面上看是個很美、很快活的都市，大家好像過著無憂無慮的生活，其實裡面有很多陰暗面，最重要的是心理的陰暗面，即城市生活變成心理問題。這個問題一直持續到現在。

如果十九世紀倫敦代表的是個外在的問題、經濟的問題、都市規畫的問題，二十世紀初的都市，特別是第一次世界大戰把歐洲文化毀之一旦，成為廢產和荒原，現代主義的文學起來以後，整個城

市的文化都變成心理問題。這是一個非常重要的關鍵。我覺得就可以用柏林作代表，如果把維也納跟柏林合起來，資料就更多了。一般的文化研究者，都用威瑪時代的柏林做例子：二〇年代的柏林或是第一次世界大戰後的柏林——這變成一個聚集點，我以一本書為例。這本書叫做《群眾的裝飾》（ *The Mass Ornament* ），作者克拉考爾（Sigfried Kracauer）分析的就是戰後興起的大眾文化。他描寫柏林酒店 "cabaret" 的頹廢文化，跳大腿舞整齊劃一，好像機器一樣。這種「裝飾」的表現，最足以代表資本主義工作的規律，所以德國的左派知識分子開始批判資本主義的都市，這裡面有非常豐富的資料。我最近讀過的一本書叫做《現代城市的想像》（ *Imagining the Modern City* ），作者是 James Donald，裡面有一章叫做〈城市和電影〉（ "Light in Dark Spaces: Cinema and City" ），作者使用的英文不太難，而且書裡有很多圖片。他舉出幾位重要的大師，都把柏林作為研究的對象，一個就是克拉考爾，一個就是齊美爾（Georg Simmel），他寫了一篇理論名文叫〈大都會和心理生活〉，就是描述資本主義興起後，大都會變成現代性的代表，大家受到很多刺激，生活節奏很雜亂，你怎麼樣來應付這個問題？他第一次正式提到心理生活（mental life）的問題，人怎樣克服大都會生活所製造出來的心理問題？他覺得還是可以用理性的力量解決，但有些人就不是如此。大家最熟悉的佛洛依德就創造了驚異（uncanny）這個字眼來描寫都市生活，表面上看有點熟悉，一到晚上，或你失落的時候你覺得可怕，這就叫做 "uncanny"，也就是一種流離失所，無家可歸的感覺，而驚恐都是在都市中產生的。這個就剛好和十九世紀的 "flâneur" 恰成對比，他悠悠哉哉的，基本上生活不是那麼可怕。所以有的社會學家開始研究自殺的問題。有一部電影我認為非常精采，是默片，叫做《柏林交響曲》（ *Die Sinfonie der Großstadf* ），拍一個城市的一天生活，第一個鏡頭中整個城市是安靜的，大家都在睡覺，清晨火車

頭進站，開始動了，鏡頭轉向街道上的招牌，商業的招牌，然後開始看到人走在街道上。但是中間有一段很奇怪，突然有個女人穿得很漂亮，就在橋上跳河自殺，沒有道理。為什麼她跳河自殺？這是一種很明顯的印證，沒有理由的自殺，也就是說她在都市生活裡面，突然感到驚恐。

二十世紀初——特別是二〇年代——電影大盛，美國雖有好萊塢，可是集大成的是在柏林，最有名的電影是《大都會》（Metropolis）。這個電影現在是經典巨作，有好幾個版本，它用一種寓言式的——幾乎是一種神話式的——意象表現出來。這個世界有兩種人，資本家住在上面，工人住在下面，地下的生活就從這裡開始。將來大都市就是這樣的高樓大廈。這裡面講的就是機器。都市韻律就是以機器作代表，各式各樣的機器，所以很多學者認為西方現代性的代表就是機器，自己運轉的機器。然後這些人進去上班，這裡面所代表的都是都市的心態。這部電影開始注意到城市裡面的工人階級，你可以看出來，它代表一種集體形象，我覺得到現在為止還是有深遠的影響。在二十年代的柏林只能想像有高樓大廈，然而就在這個時候，紐約開始蓋摩天大樓，因為美國資本主義的急速發展剛好在十九世紀末開始，到了二〇年代大蓋特蓋（上海比紐約遲了十年左右，是三〇年代初，大光明戲院都是三〇年代初開始蓋的，我認為它整個模式是模仿紐約）。

紐約的都市文化也代表著另一個極端，因為整個美國是移民的國家，所以基本上這個城市代表的是一種新氣象，早期的紐約叫新阿姆斯特丹，那裡面是很糟的，到了二〇年代紐約完全改觀了，你如果在街上走往上看，看不到天，它所產生的文化或是文學的感受就很不一樣。講到紐約寫實主義的文學時，它的背後的背景就是摩天大樓。在中文譯名裡，不知道誰把它翻譯成「摩天大樓」，我覺得譯得非常好，是可以碰到天的。如果在柏林還有橋可過，甚至跳

入河裡的話，在紐約就只有摩天大樓。甚至現在在紐約的感覺也是如此。禮拜天早上都沒有人，看到的都是空空盪盪的大樓，是一種很冷酷的環境。而這個摩天大樓在美國的模式，也開始在其他地方發展，特別是芝加哥。摩天大樓作為建築的形式又和德國包浩斯（Bauhaus）加在一起，包浩斯和摩天大樓所代表的共同想像是一種極度的現代理性：我們要用建築改變都市的面貌，讓將來的都市變成合理的，生活是功能作用的，這也是另一種烏托邦式的夢想。然而你夢想越漂亮，你感覺就越黑暗，這兩者是互為表裡的。有了摩天大樓才會有心理問題，對前途有憧憬才會有不安、有疏離感，這兩者也是互為表裡的。如果用社會學的眼光來研究都市，我覺得只是表面的描述，真正有深意的描述還是電影和文學，特別是電影。對人在都市環境的感受，不能只用理性的描述表現出來，班雅明用了一個字，英文叫 "distraction"，原來的意思是迷亂，注意力不集中，而電影所製造出來的感受就是 "distraction"。我覺得班雅明的觀點是半批判性的。這種新的藝術形式是為了群眾而設的，無所謂單件藝術品，我們到博物館看文藝復興時期的蒙娜麗莎，獨一無二，電影卻是複製的藝術，是群眾的藝術。你看電影的經驗和都市的經驗是相仿的，電影藝術就代表整個二十世紀都市文化。

當然在美國又有一個演變，如果還有時間再把洛杉磯放進去的話──現在年輕人都喜歡洛杉磯──這個城市又和紐約相反，但背後的背景一樣，就是資本主義進入西部，在空曠的田野和沙漠中蓋起一個都市，這都市裡面的交通就是開汽車，然後把住區分散，你平常禮拜天上午進城，只見摩天大樓但沒有人。對我來說，最可怕的城市就是洛杉磯。紐約城裡人多一點，一點都不可怕，可怕的還是洛杉磯，表面上四季如春，鳥語花香，但骨子裡都是冷酷的金錢和無情的欲望，所以到了洛杉磯的時候，我的這門課就講完了。其實講完紐約，這門課也差不多了，但是如果你要講後現代的話，就

要講洛杉磯，因為後現代的模型就是從洛杉磯開始的。在建築學上，距離洛杉磯不遠的拉斯維加斯——那種很庸俗的、非常商業化的建築——反而在後現代理論裡面變成一個指標，一個很好玩的東西。後現代理論有個觀點：你不能把建築孤立成一個很有效的功能主義，而要把它變成一個多元式的玩法，什麼髒房子都可以變成好笑或好玩，都可以進到後現代的視野。最重要的還是城市，不過和我剛剛描述的這個現代世紀的都市，有很大的不同，就是在後現代城市裡面已經無所謂城市本身的性格。十九世紀維也納有它的性格，柏林有它的性格，但洛杉磯有什麼性格？或者也可以說性格非常多，後現代大都市基本上的共通點就是：所有在地上開車的都是資本家，但是為他們的汽車服務的，是第三世界的人——墨西哥人和非洲人。洛杉磯有一半人是從其他地方來的。後現代都市沒有性格，下層人都是第三世界來的人居多，很不平等。另外還有兩種是後現代都市不可或缺的人，一種就是遊客，目前香港完全是遊客至上。新加坡、馬來西亞，都是為遊客做廣告。然後是藝術家，特別是和創意工業有關的，包括設計、時裝、攝影等等，當然還包括比較傳統的作家。但將來創意的已經不是作家，可能是其他人。這些人非常重要，小資白領階段和創意工業的藝術家，都是國際主義者，家住在一個城市，可是到其他一個城市也覺得舒服，這些人永遠是移動的，變成了最基本的消費者，他們所喜歡的品味，就是把東西混在一起，無所謂原味，越混雜越好，這就帶動一個新的觀念，即我在哈佛的同事，目前最時髦的建築理論家 Koolhaas 首創的，叫「通屬城市」（generic city）。就是說現在的城市已經沒什麼性格，只不過讓遊客消費買東西，所以飛機場和旅館最重要，據說他提出這個觀念是從新加坡、吉隆坡和香港出發的，他認為亞洲這幾個城市裡已無所謂古蹟，無所謂高調文化，基本上就是消費，消費變成一個最重要的生活方式。然而這牽涉到的問題更大，譬如現在

的上海如果變成消費城市，完全模擬整個西方兩百年來的道路，甚至或有過之。這幾年已經出現一個新的族群叫做BoBo（波希米亞式的中產階級）族，這些人大部分都是從外國留學歸來，關心的是你喝什麼咖啡？賺多少錢？現在已經形成一種新的國際主義，一種後現代的國際主義。在這種情況下，你怎麼做文化批評？所以我非常推崇張小虹女士，她從各種百貨公司的時裝作她的批評對象，她用某些後現代理論來指述張愛玲，如說《海上花》裡面女人穿的那個「蕾絲」。你要看出那種背後的文化意義，就好像鬼魂一樣。我們如果是生活在後現代，就要把記憶的鬼魂召回來。這種記憶是集體的，也是個人的，所以我最近在《中國時報》寫我個人在新竹的回憶，也是故意召喚的。從這裡你可以重新塑造你自己的回憶，所以當你下次在消費的時候，就會有所選擇，不會像西方理論家一樣只講欲望，可以說出自己的一套東西出來。上面只講到西方的現代都市，還沒有說到台北，但各位比我更熟悉這個城市，就不必浪費各位的時間了。

＊此文乃演講錄音後整理成章，文字及內容未盡完善，敬請原諒。

第二講

漫談西方現代的都市與文學

李歐梵

　　今天我自定的題目是：「都市與文學」。題目很大，如果把整個現代中外文學也放進去來談，一定不夠時間，所以只想淺顯地勾畫出一個西方現代的輪廓，目的是為了拋磚引玉，跟各位分享。

　　我以前是學歷史的，現在教的是文學。歷史家講都市文學，總是把文學用來反映或印證都市的發展，但文學研究者不然，認為這兩者的關係永遠是辯證式的，而不是文學被動的反映歷史。文學作品中的都市，是用一種文學的語言把它意像化或寓言化，經過了作家「加工」後城市完全變形了。特別是西方現代主義（Modernism）文學的作品，它一方面全是都市的產物，而另一方面卻批判都市，批判所謂的「現代性」（Modernity），而文學對於這種現代性的批判，也就變成現代主義的來源之一。在這一方面，西方現代文學和中國現代文學不同，中國從五四新文學到台灣的鄉土文學，基本上關注的都是鄉村，即使是作家住在城市裡面，他（她）想像中小說的地圖還是一個鄉村的地圖，可是西方現代主義作品的背景和靈感大都來自城市，甚至城市成為它唯一的世界，而鄉村只在城市以外的邊陲之中。有一本經典理論名著，叫做《鄉村與城市》（*The*

Country and The City），作者是頂頂大名的雷蒙・威廉斯（Raymond Williams），講的就是這個道理。威廉斯書中基本上談的是英國文學，從英國文學史上來說，其發展就是從一個熟悉的鄉村社群（knowable community）進入一個既光明又黑暗的都市文化世界。這一個背景主題，在此交代一下也就夠了。

　　昨天講的是現代性和都市問題，從班雅明談到波特萊爾，都是圍繞著資本主義影響下的都市文化主題，而西方現代主義文學的「原型」，就是波特萊爾，他可以說是第一個現代藝術家，對城市——十九世紀的巴黎——有所反省，也有所批判，從而將都市寓言化、象徵化。然而從中國現代文學的立場來看，作者和讀者喜歡的還是寫實主義，特別是五四運動以後，寫實主義變成寫作的金科玉律，作家以此來批判社會。中國大陸有一個名詞，叫做「批判的現實主義」，除了批判之外，更重「現實」這個主題，從五四時期的「寫實」主義——一種寫作技巧——改變成三〇年代的「現實」主義，一字之差卻有天壤之別，因為後者把「現實」祭上意識形態的殿台，從此走向文學政治化之路。然而在西方現代文學的傳統中，寫實和象徵只不過是兩種寫法，都可以用來描寫都市文化，所以到了二十世紀以後，兩者往往混在一起，一部偉大的小說可以既寫實又不寫實，既反映現實又超越現實，因為一個生活在都市裡面的藝術家永遠是不安寧的，一方面屬於都市，可是又對都市不滿，所以這一連串的焦慮可以說是西方現代文學的出發點。

　　談西方的都市文學，我用的教學材料還是經典之作。可是現在在「文化研究」的領域，有人把經典批評得很厲害，認為經典文學是白種男人創造出來的，當然歧視女人；也有人說經典是西方帝國主義的產品，對第三世界被殖民的本土文化更是壓抑有加；也有人說經典是學院課堂上教出來的，沒有權威教授的大力推薦，就不能成為經典。以上種種「政治正確」式的說法，我只想在此備一個

案，讓各位去繼續思考權衡。我現在只想從個人教學經驗中舉出幾個「經典」的例子。我是從自己的文化立場去選取或使用這些經典的，而且也是基於目前的需要，所以我讀中外經典都是先從一個現在的著眼點來讀。在華文世界讀西洋經典還牽涉到一個翻譯的問題。對我來說，翻譯是兩種不同文化之間的「中介」——是把一種文化搬到（所謂「bearing across」，這本是 "translation" 這個字的原意）另外一種文化的過程。讀西洋經典，我贊成用原文和譯文的照著來「互讀」，這樣更容易看出文化中介過程中的各種問題。

如果需選一本西洋經典作為十九世紀西方文化「背景」的讀本，我會選福樓拜（Gustav Flaubert）的《包法利夫人》（*Madame Bovary*）。這本小說是現實主義和現代主義的發源點，而且也有一個很好的中譯本，不可不讀。《包法利夫人》讓我們對於法國中產階級的生活和城鄉的對比得到一個全盤的視野，作者文筆細膩，著重物質主義的細節，把鄉村生活的見聞寫得入木三分，也非常細緻。另一方面，作者也從外在的觀點審視主角的心理，觀察入微。總而言之，這本小說展現了一個十九世紀中葉中產階級的風貌。

如果學生沒有任何西方文學背景的話，你還須先講一段故事，把這本小說的情節大綱先說出來：包法利夫人是一個法國鄉下平庸醫生的太太，愛慕虛榮，對自己的家庭生活很不滿，於是嚮往巴黎的時尚和繁華。後來她愛上兩個情人，一個是小學徒，一個是貴族派頭的花花公子，她後來因為和這兩個情人幽會，偷偷進城，生活開始靡亂，因而債台高築，最後自殺了，她自殺的原因不是愛情，而是經濟——借錢太多沒法還而引恨自殺。福樓拜也是一個「反浪漫」的作家，他故意讓包法利夫人年輕時在修道院學校看了很多浪漫小說，引起幻想和欲望，終至於身敗名裂。全書的寫法似乎很「悶」，而這恰好是作者表現鄉村生活的寫實手法。相比之下，都市生活——到城裡看歌劇，坐馬車，在車裡幽會——就顯得刺激多

了。

　　講完了《包法利夫人》，我們就可以進入城市，用小說來展示十九世紀的倫敦和巴黎。在這方面可以選擇的「文本」就多了，如果為了授課的方便，讓我選倫敦的話，我就用兩個作家來代表：一個是狄更斯，一個就是福爾摩斯探案的作者科南道爾（Sir Arthur Conan Doyle）。狄更斯的小說有幾個基本的主題：其中之一是寫出英國工業革命以後的文明對於城市生活的影響，然而他提出很保守的解決方案，很「溫情主義」（sentimental），而且是家庭至上。我個人最喜歡的一本狄更斯小說就是 *Dombey and Son* ——這也是一家公司的名字，很明顯地在表現十九世紀資本主義的發展，它使得這個父親為了生意而冷酷無情，最後還是靠了女兒的溫情才把他的人性「融化」了出來。親情在中國文化傳統中也很重要，所以林琴南把它譯成《冰雪因緣》，反而把親情放在前面，而把資本主義、工業革命、和都市文化這些東西都放在背後。我們又可以從林琴南的翻譯倒過來看狄更斯，發現他也太重溫情了，在小說裡面沒有辦法對都市發展所引起的各種弊病提出有力的批判。譬如貧富不均的問題，恩格斯就批評得很厲害，而狄更斯在《賊史》（*Oliver Twist*）中卻把貧窮和賊人連在一起，還安排一個賊人作孤兒恩人的完滿結局。而且狄更斯的小說寫得囉囉嗦嗦的，轉來轉去，有時會拖得很長，寫得很瑣碎，因為他在寫的時候，常常請親友到他家裡，讀給他們聽，然後在報章雜誌上連載，當時他的小說很賺錢，大多是暢銷書。狄更斯的小說在林琴南翻譯之後，在清末民初也很流行，我想這和兩者的「印刷文化」背景不無關係，甚至讀者的閱讀習慣也頗相仿。但此處無法詳論。

　　另外一個關於倫敦的教材就是福爾摩斯。為什麼我要特別提出這個偵探？因為有條線索可以很容易地接到波特萊爾，他自己就喜歡把美國作家愛倫坡（Edgar Allen Poe）的偵察小說和神怪小說譯成

法文。如果波特萊爾型的都市漫遊者（flâneur），是一個十九世紀上半葉資本主義的都市文明之代表人物，十九世紀下半葉的都市卻變得更紊亂不堪，生活節奏早已容不下像 "flaneur" 那樣的優閒人物。都市的陰暗面需要另一種人物來發掘和「治理」，所以小說中私家偵探這個人物就應運而生，偵探和都市文化的關係是不可分割的。

科南道爾創出來的這個連環小說的主人翁福爾摩斯很有意思：他住在倫敦的貝克街（Baker Street），是西區有錢人住的地方，他也是一個典型的維多利亞時代的紳士——單身、有科學理性、保守、有貴族氣息，但他又和 "flâneur" 不同，他不會優哉遊哉地去逛街，或到商場走廊去瀏覽商品，他必須開快車、化妝成各種不同的人物，以便偵破盜竊式命案，而命案發生的地方往往在倫敦的東區——窮人聚居的地方。所以他每次破案都可以說是一種理性推理的勝利，又一次恢復了中產階級的保守秩序。把他的理性放在都市生活的黑暗裡面，就好像一道光一樣，射進黑暗，照明了一切魑魅魍魎。然而福爾摩斯本人又不見得完全理性，甚至有點孤僻，有憂鬱病的傾向。他還吸毒，他的朋友華生是個醫生，兩人關係非同尋常，華生身上有大英帝國的影子。我們從華生的口吻中可以看到福爾摩斯內心的某種不安，其實維多利亞時代的文化本來就有兩面：表面上中規中矩，很有禮節和秩序，但背後隱藏不少陰暗和黃色的東西，有一部「淫書」——《我的祕密生活》（*My Secret Life*），就是寫這一面。

晚清民初時期，福爾摩斯的翻譯最流行，高居暢銷書榜首，至少有兩套全集，一套是文言，一套是白話，主其事者程小青，是一個奇才，而其他譯者大都是所謂「鴛鴦蝴蝶派」的舊式文人，在五四新文學作家眼中，他們很保守，但是為什麼五四作家對偵探小說完全沒有興趣？而老派文人反而會從福爾摩斯探案中發現倫敦，甚至程小青在兩篇仿福爾摩斯探案的小說《龍虎鬥》中，還把倫敦的

街道和車站摸得一清二楚！亦描寫了現代都市文明中不少新鮮的事物。

　　這些譯者都不滿於傳統的公案小說，甚至說中國傳統中的「包打聽」和官場中的偵探，早已腐敗不堪，恰是福爾摩斯要鏟除的對象。這似乎也反映出一種願望：上海這個新建的大都市，也需要一個新的人物來探索，來治理。上海是有了福爾摩斯才出現私家偵探和「偵探學」。

　　妙的是中國非但發現了一個福爾摩斯，也發現了他的一個法國對手——「俠盜」亞森・羅蘋，這本是法國作家勒布朗（Maurice Leblane）創造出來的另一個人物，和福爾摩斯的性格恰好相反，放蕩不羈，專門洗劫富人的錢財，於是在兩三篇小說中免不了也把福爾摩斯請到巴黎來捉他，這本是勒布朗向科南道爾致敬和開玩笑的作品，不料晚清民初的譯者——如程小青和孫了紅——將之發揚光大，兩位英雄竟然作「龍虎鬥」，鬥起法來。我目前正在研究這個題目，以後當會有另文詳細介紹分析。

　　從亞森・羅蘋的故事中來看巴黎，就更複雜了。勒布郎畢竟是一個二流作家，不能和福樓拜相提並論，他筆下的「俠盜」人物當然也指涉到巴黎的陰暗面。其實十九世紀的法國本來就有一種「都市社會學」，把巴黎的各區做分別調查研究，後來衍生出一種報紙上的報導文體，叫作 "feuilleton"，對於這個城市的生活做研究和批判。當然描寫巴黎的作家也很多，雨果、巴爾札克、尤金蘇（Eugene Sue）、左拉在他們的小說中，不少皆以巴黎某區為背景，越是寫實，越能暴露黑暗面。大家很熟悉的一本小說《悲慘世界》（Les Miserables），其實寫的就是大革命時期的一個社會問題，可以和狄更斯所描寫貴族的《雙城記》合在一起讀，後者就會顯得更溫情、更保守了。然而到了左拉的「自然主義」小說中的巴黎，就更陰暗、更亂七八糟，寫得大都是下層階級的人物。巴黎和倫敦的確是十九

世紀歐洲都市文化史上的「雙城記」，這在上次提過的Moretti的那本書《現代歐洲小說的地圖》中討論得很精采，大家不妨參看原文，據我所知，尚沒有中譯本。

　　從十九世紀末到二十世紀初，小說寫作有一個明顯的趨勢，就是從外在的現實走向內心世界。這一個內心的轉向，當然與佛洛依德的學說有關，因為他發明了解夢和下意識或潛意識等學說，然而這和都市文明的發展也大有關聯，特別是這種文明對於中產階級的刺激和壓抑。十九世紀末生活在維也納的奧國小說家史尼茨勒（Arthur Schnitzler）的小說，是此中的佼佼者。施蟄存先生在三〇年代曾有不少翻譯，現在似乎已經失傳了，十分可惜。如果「都市與文學」這門課談到維也納，一定要選一兩本他的小說，譬如 *Fraulein Else*。史尼茨勒小說的主題，大多說一個中產階級的家庭主婦，表面上相夫教子，很正常，但卻被肉體欲望驅使，終致釀成悲劇。他和佛洛依德同一個時代，又住在同一個城市——維也納——卻未讀過佛氏的心理分析理論，所有的學者都說他是最有佛洛依德味的作家，幾乎可以為心理分析提供佐證，這又是一種「英雄所見略同」式的偶合。最近我正在看一本專門研究歐洲中產階級文化的專著，作者是耶魯大學的名教授彼得・蓋伊（Peter Gay），題目就叫做《史尼茨勒的世紀：布爾喬亞經驗一百年・一個階級的傳紀1815-1914》（ *Schnitzler's Century: The Making of Middle-Class Culture, 1815-1914*）。

　　如果你覺得維也納——這個十九世紀末的歐洲文化重鎮——現在已經不合學生胃口（雖然它是我最鍾意的歐洲文化之都，當年除了史尼茨勒、佛洛依德之外，還聚集了音樂家馬勒、畫家克林姆特，和語言學家維根斯坦），也罷！你可以轉回二十世紀初的倫敦，讀讀維吉尼亞・吳爾芙（Virginia Woolf）的名著《戴洛維夫人》（ *Mrs. Dalloway*，有中文譯本），特別是第一章，英文原文實在好得不得了。吳爾芙被公認為現代主義「意識流」的大師，其實她這本

小說中的社會背景也值得注意，戴洛維夫人就是英國貴族階級的一分子，和包法利夫人不同，然而她也有一個不解風情的丈夫，而她當年的情人也從印度回來了，她要開一個 "party"，也請這個老情人參加……。全書的第一章——可以單獨選出來教學生——就是描寫她早上起來，為了準備這個 "party" 到街上花店買花，她住的是西倫敦，他丈夫在政府機關做官，她走在路上，看到一個高官——可能是英國首相——的汽車疾馳而過；她走到公園裡面，又看看天上，天上有飛機，又從飛機的視角往下望，一看就看到另外一個人，這個人和她素昧平生，有精神病（肇因是在一次大戰中被炮火震壞神經），後來自殺了。兩個人擦肩而過，卻在同一個空間裡面感受到同一個都市的生活，以及汽車和飛機所代表的現代物質文明，兩人當時的心態卻很不同：一個是戴洛維夫人，她去買花，表面上很快樂，心情很安定，但她內心的「意識流」中卻呈現她的舊情人，剛好這一天他回到倫敦，此時此刻已經不全是偶合了。另一個男人更悲慘，他的義大利妻子對他不知所措，只好坐在公園裡的椅子上。這兩個陌生人的目光接觸了，同一時間和空間把她和他的日常生活壓縮在一起，在小說的敘事技巧上，產生了一系列的變化，一方面日常生活跟著時間走——九點、十點、十一點、聽到大鐘報時的鐘聲——而另一方面心理上的時間卻大異其趣，主體和客體之間的關係更複雜。在這個新的都市空間和時間中，你開始看到一種新的寫法：從現實世界走向內心。

　　鄭樹森教授最近出版了一本新書《小說地圖》，暢論二十世紀全世界的小說，書中有一個重要的觀點，就是寫實主義的傳統並沒有被現代主義所取代。換言之，就是當現代小說走向內心的同時，同樣有外在的描述，只不過兩者的關係和十九世紀不同，這是因為小說語言的用法不同，吳爾芙一方面運用意識流來描寫人物的心理活動，一方面她又和福樓拜一樣，並沒有忘記對外在事物細節的描

寫，可是我們已經感覺到，這些細節都是人物對外在世界瞬間的感受：在一瞬間，戴洛維夫人看到那個陌生人的眼睛長得是什麼樣子，或者聽到鳥叫，或者看到飛機，最後她到了花店前面，忽然賣花的和買花的人都停了下來，都在想那輛汽車裡的要人是誰，好像時間也靜止了，直到那輛車停車後又開走。這很像電影技巧中的「蒙太奇」和凍結場面（frozen frame）的手法。所以也有學者說：小說和電影的敘事技巧是有關係的，這個二十世紀初都市文明的新媒體，直接影響到小說寫作。

　　為什麼在同一個時間和空間裡無端端地可以容納兩個互不相識的人物？這就是都市，有了都市這個空間，像神話世界一樣，各種不同的人物都可以不按常理的擺在一起，所以有的學者說：現代主義小說的特色之一，就是把時間空間化，把日常生活變成神話寓言，而神話世界中的時間不是直線進行的。如果你想談得再深一點，可以把喬依思（James Joyce）請出來，喬依思的小說很難講，我討論他的《尤里西斯》（Ulysses）徹底失敗，草草收場，因為連我都覺得太難讀了，不過研究喬依思的資料很多，可以借助。喬依思筆下的城市當然是都柏林，其實可以參看他的另一本小說集《都柏林人》（Dubliners），裡面有好幾篇——特別是最後的一篇〈死者〉（"The Dead"）——都很耐讀。當然，都柏林和倫敦不同，是另一種都市文化的模型，但喬依思把寫實主義和神話寓言融合在一起，所以有所謂「顯現」（epiphany）式的抒情時辰，《都柏林人》中尤多；喬氏另一本自傳體的小說《一個年輕藝術家的畫像》（A Portrait of the Artist as a Young Man）中也不少。巨幅長篇小說《尤里西斯》寫的是兩個人：一個年輕的藝術家和一個無聊的中年猶太人，前者是喬依思的自畫像，後者呢？也許可以作為都柏林中產階級的代表，所以布魯姆見到聽到的，多是日常生活中很實際的東西：報紙上的廣告、酒店中的小調等等。Moretti 在他的另一本理論書《現代史詩》

（*Modern Epic*）中，不但將這本小說視之為現代史詩，而且也證明
《尤里西斯》所展示的是不折不扣的資本主義經濟的「世界體系」。

　　到了二十世紀初，特別是第一次世界大戰以後，整個歐洲的知
識分子對於啟蒙主義帶來的理性和工業革命帶來的都市文明，都產
生一種幻滅感，這種幻滅感的代表人物，就是現在大家不大看的史
賓格勒（Oswald Spengler），他寫的那本巨著《西方的沒落》（*The
Decline of the West*），談了很多關於都市的文明，他有一個基本論點
是：這個都市的「文明」（civilization），已經不是「文化」
（culture）。文化有創意，是人類智慧的結晶，而文明則是多年積累
的東西，已經開始腐敗了。所以他說西方文明到了十九世紀注定要
衰亡，為什麼呢？因為這種都市文明離開了大自然，離開土地，距
離人類原來的思想越來越遠。它自成一個系統後，又自相殘殺，自
己把自己磨滅掉了。他又認為全世界有幾種不同的文明，互相之間
此起此落，各有一個 "cycle"，一環一環的，這個說法後來影響不少
歷史學家，湯恩比（Arnold Toynbee）就是一位。最近我看文化史的
書，似乎又有人把他拉回來了，可能這也是基於西方學者對於「現
代性」的反思和批判所致。妙的是，當西方知識分子對自己的文明
感到幻滅的時候——特別是戰後，二〇年代初，「尤里西斯」和艾
略特（T. S. Eliot）的長詩《荒原》（*The Wasteland*）出版的年代——
中國五四運動的幾位健將卻對西方文明感到非常樂觀，陳獨秀甚至
還公開批評《東方雜誌》的主編王亞泉，認為王氏引用的歐洲幻滅
說是胡說八道，不符合事實，真是意識形態沖昏了頭。五四那一代
知識分子中唯一能夠反省的，也是內心煎熬最深的，就是魯迅。這
裡只能隨便提一下，不能詳論。

　　在此我們可以做一個小小的結論，十九世紀以降，都市一直是
西方文學的背景和出發點，對都市文化批判得愈深——甚至將之喻
為廢墟和荒原——也恰是現代主義意識愈強的作品，到了二〇年代

已臻高峰。而現代主義的文學作家,也逐漸把文本變成一個獨立於現實,或深入內心的藝術世界。這一種複雜的關係,是需要我們仔細閱讀文本才能悟出來的。說到這裡,歐洲的都市和文化關係,就可告一段落,除非你想把範疇拉到俄國,談談杜斯妥也夫斯基(Fyodor Dostoevski)小說中的都市——聖彼得堡——也未嘗不可,但問題就扯得遠了。可能大部分的學生已經不看俄國小說——真是可惜!也許台灣的學生對美國文學更有興趣,那麼就可以把紐約放進去,用什麼小說作為例子呢?

我在台大外文系念書的時候,當時最崇拜的美國作家,除了海明威之外,就是費滋傑羅(Scott Fitzgerald),特別是他的那本《大亨小傳》(*The Great Gatsby*),不知各位看過沒有? 最近我看的一本書《文學中的城市》(*The City in Literature*,作者是 Richard Lehan),書中有兩章講美國文學,十分精采。我的論點也得益於此書,值得向各位推薦作參考教材。此書範圍甚廣,西方文學無所不包,但作者的學術語言並沒有理論味,很容易讀。

如果你看費滋傑羅的小說,你可以看到三○年代經濟「大萎縮」(The Great Depression)前夕的紐約城。紐約是一個摩天大樓最多的都市,作為一個藝術家,你怎麼來描寫這個都市? Lehan 的論點是,費滋傑羅筆下的蓋茲比,是十九世紀美國西部「新疆界」(New Frontier)式的英雄人物,不過這個英雄進入了都市以後,他的命運又改變了,因為個人主義已被資本主義的財富和特權所取代。所以,在這部小說中,偉大的「蓋茲比」成了一個悲劇人物,而他的朋友——也是這個故事的敘事者 "Nick"——卻在心中看得很清楚,而 "Nick" 才是一個現代都市的漫遊者,他看到紐約的財富世界是靠工人的勞動養活著,這個城市既引誘人又可置人於死地,那些來紐約淘金的年輕人都是夢想家,遲早要幻滅的。 Lehan 認為「偉大的蓋茲比」中的紐約,在藝術構思上源自艾略特《荒原》意像中的一

個「不真實城市」，蓋茲比在這個都市中的命運，也象徵了美國文化史上「都市命運」（urban destiny）的一章。

　　記得我當年看這本小說的時候，非常著迷。紐約紙醉金迷的那種浪漫想像，其實在當年的一本雜誌《浮華世界》（Vanity Fair）中展露得更淋漓盡致。這本雜誌，也是三〇年代上海的所謂「新感覺派」的作家之寵兒。施蟄存先生就特別喜歡，而且把雜誌中的洋房汽車、高級紳士和淑女的時裝，以及歌台舞榭的華麗場景等等，都照樣搬到他們的雜誌中，是一種「想像」的移植。我在寫《上海摩登》的時候，還特別從圖書館借來舊的《浮華世界》來看，真是印得很漂亮，恰是都市資本主義文化的寫照，值得研究。

　　費茲傑羅和他的小說人物雖然也像是「浮華世界」中的人物，但他的作品畢竟不同，也包涵了一個更深刻的層次。在有錢人生活的背後，你也看出那種空虛感、失落感。他小說中的主人翁，基本上都是從鄉下來的，這種西部牛仔氣十足的狂野浪漫之英雄，終於被紐約的金錢世界征服了、吞食了，最後還是完蛋。他的悲劇就是說美國原來的那種立國精神——自由、民主、追求幸福的權利——到了世紀之交也被資本主義所取代。此後的美國小說中，蓋茲比型的人物越來越少，代之而起的是上班族、售貨員，和銀行家，當然還有無數的拜金女郎。

　　說到這裡，還沒有講到上海，好在我寫了一本專著。現在回想起來，這本書也寫得很糟，上海的「現代性」文化，我還是分析得不夠深入，只好留待以後有機會再反省論述吧。我今天講到這裡，但還是忍不住要向各位推薦一本近年來描寫上海最好的一本小說——王安憶的《長恨歌》。

　　＊此文乃演講錄音後整理成章，再由作者潤飾增補，內容仍有不周之處，敬請原諒。

第三講

閱讀異（化）文化

周英雄

異化與異文化：概念

前言

　　進入本題以前，首先做個簡單的解題。閱讀這項動作就其本質言之原是相當個人化。西方文化史上所謂的「古登堡星系」（Gutenburg Galaxy）指的正是十六世紀活版印刷問世之後對西方文明的衝擊，而其中最為顯著的莫過於個人得自擁書籍（以聖經占大多數）私下閱讀，並從中體會個人獨特觀點，培養個人自我意識，而西方個人主義也由此滋生。換句話說，閱讀有別於口耳相傳，屬個人相當私密行為，個人的閱讀印象不必也不可能與另一人雷同。然而閱讀難免要有所本，而同一讀本等於提供眾多讀者同一個指涉，因此閱讀不致因人而殊，更何況在實質理論的語言哲學領域中，語言的指涉有所憑據，並非無的放矢，因此語言與現實是相互依附的存在；既是如此，有客觀的現實即蘊含有客觀的語言，而閱讀也就不用擔心會產生人言言殊的無政府狀態。

　　顯而易見，閱讀並非只有兩極：一昧盲從文本及其背後之客觀指涉，或憑一己感覺走，也就是，「看文本不是文本」。兩者之間其實存有一光譜，從最客觀的閱讀（如閱讀調查報告），到最主觀的閱讀（如閱讀法國象徵主義詩作），其間提供各種主客互動的可能模式，而文本，可說提供了一文化或心理多樣性的生態，讓讀者得以悠遊其中。而在悠遊過程中，讀者與文本不自覺地產生出某種微妙的化學反應，從而改變了閱讀者的主體意識。換個角度來看，羅蘭・巴特（Roland Barthes）認為寫作是一種不及物動詞，獨立於外界現實之外；同理論之，閱讀又何嘗不是項不及物動作？一卷在手，讀者得以悠遊想像天地間，無視於外界的存在。然而究竟閱讀之於讀者是否真如此簡單？日內瓦學派普雷（George Poulet）即主張：閱讀等於臣服（submission），讀者如同愛麗絲夢遊仙境般進入閱讀觀想的世界，一時失卻自我的定位與方向感，在如真似幻的想像裡，自我主體意識自此徹底改造。本文討論閱讀，無非要彰顯二十世紀的現代人，如何藉由閱讀體認自己身上的非我、異我或他我，以及自己本土文化中的異文化。克莉斯蒂娃名著，名為《我們自己的陌生人》（*Strangers to Ourselves*），而近期有關陌生人的討論也可說盛極一時，其來有自。[1]

　　談「陌生人」（stranger），它的反義詞是「公民」（citizen）。公民與國家之間存有明確的權利與義務，此等權利義務乃與生俱來，也幾乎是無可脫逃（除非當事人移民、放逐、或從事反社會行為而遭褫奪公權）。相反的，陌生人來自異地，因某種原因未能及時離去，也未能及時歸化入籍；平常提及的外籍人士即屬此類。就廣義而言，「外籍」或「外籍人士」也可以泛指與社會格格不入的個人

---

[1] Julia Kristeva. *Strangers to Ourselves*. Trans. Leon S. Roudiez. New York: Columbia University Press, 1991.

或社群。[2] 既然陌生人或外籍人士都屬邊緣人，他們的文化也自然不具重要性，我們又為何要去閱讀他們的文化？或試問一常識性的問題：卡繆（Albert Camus）為何寫 *L'Étranger*（1942，英譯作 *The Stranger* 或 *The Outsider*）？故事主角因殺人遭判死刑，看似理所當然，然其所以為社會所唾棄，與其說行為乖張，對去世母親不敬，不如說是他說真心話更為貼切。換句話說，主角為求真，換來的是社會的不諒解，此中原委往往難以為尋常人所理解。[3] 甚至當事人自己也都無法了解，更不用說解釋了。當然，這部作品在刻畫個人的孤寂，個人與群體的疏離以外，其精髓無疑在於描繪主角對自我的摸索與體認。

題目的第三部分有關文化。人人皆知，有關文化的定義有千百種，人言言殊，不過其延續性、集體性與無意識性等三大特點最為眾人所認同。或進一步言，文化與歷史環環相扣，許多文化的實踐往往承自歷史，且根據多數人看法（見 Edward Shils），歷史（或傳說）的意義在於我們身處當代，如何活用傳說，如何把僵化的傳說賦予新解，釋放具多元的面向。文化不可能是突發的現象；同理，文化實踐也靠約定俗成；亦即文化是眾人的實踐，不可能是個人突發奇想的驚人之舉，而表面看似怪癖的行為，背後往往有其社會邏輯性。事實上，文化本身多為當事個人或群體默默的實踐，通常察而不覺，其中隱含大量無意識成分，而所謂文化邏輯者也，指的其實是社會的無意識。

此地先做個小結：閱讀是雙向的行為；閱讀人閱讀文本，自身

---

[2] 身體有「異物」（alien object）即需開刀去除。同理，異形人（alien）不屬社群之一員，不為當地人所了解、接納本亦無可厚非。

[3] 荒謬（the absurd）的原義中即有非理性，無法理解的涵義。而談無法理解，其實有兩種可能：我們不解當事人乖張的言行思想，或當事人對世界的種種迷惑。後者往往是荒謬作品的精髓。

也往往被閱讀。陌生人（包括外籍人士）身處邊緣，隔絕於社會之外，而現代人卻因種種社會與心理因素，人人都變成自身的陌生人。此等轉變與文化之無意識有關；而愈是約定俗成的行為，愈無從理解其背後邏輯。

現代性

　　現代性乍看與二十世紀有關，然實際上西方論現代者往往將之定時於十八世紀啟蒙運動階段，且以理性主義為其主要核心思想。廣義論之，談傳統與現代的對立，其實有人將其定位在更早的時間點上。文藝復興緊接著中古世紀，而十五世紀的種種創舉（例如新大陸的發現、哥白尼的天文學革命，以及活字印刷的問世等），一舉推翻先前以神為本位的宇宙觀，更進一步引進以人為主體的人文精神。人文精神側重人精神的探討，有別於中古世紀人與上帝二者間之相互定位，或多或少預布（prefigure）了二十世紀對人本質的質問。

　　繼文藝復興之後接踵而至的宗教革命打破了天主教信仰壟斷的局面，並發展出不同派系（denomination）的基督教派，其中尤以馬丁路德（Martin Luther）最為重要，他駁斥天主教教會種種有關赦免（indulgence）與恩寵（grace）的宗教律條及信念，要求宗教回歸至《聖經》與個人信仰的純粹關係。另一重要的宗教革命家喀爾文（John Calvin）對宗教信仰的主張尤其重視個人靈修，因此相對降低教會權威，同時更為西方宗教帶來一股「現世主義」（secularism）的風潮，為十八世紀啟蒙運動開啟一扇窗戶，也替人們的自我探索開創一條康莊大道，隱約與後來二十世紀的佛洛依德之名言──「夢是通往無意識的康莊大道」（Dream is the royal road to the unconscious）──一前一後相互呼應。

　　文藝復興與宗教革命顯然奠定西方現代歷史發展兩大基調：亦即個人主義與科學主義。前者引發西方近代史上最具影響力的法國大革命（1789）及美國革命運動（又稱美國獨立戰爭，1775-1783），分別推翻貴族政權及英國的殖民統治。兩個革命都揭櫫人權與平等之重要性，影響深遠，致使之後幾乎所有政府組織或統治者都不得不對人民意志及政權合法化有所交代，不僅民主政府要重視民意，即便是極權專制政體（如納粹）也同樣需要透過意識形態的操作來賦予自身權力的合法性。然而個人主義的擴張並非盡然為好事；個人主體性的張揚最終導致個人之「原子化」（atomization），顛覆早期有機的社群觀念，密勒（J. Hillis Miller）在《現實之詩》（*Poetry of Reality*）一書中即以康拉德（Joseph Conrad）的作品為例，說明西方由於個人主義無限擴充的結果，使得虛無主義氾濫一時，而《黑暗之心》（*Heart of Darkness*）以三聲「恐怖啊！」（the horror）收場，可說不無其因由。至於科學主義與科學革命早在十七世紀喧騰一時，使人們對自然全然改觀，而中古世紀以神本位的常識性（common sense）觀點，也逐漸為講究方法論的科學觀所取代。到了十九世紀末，科學領域裡相互匯流，甚而陳義甚高的科學（science），也與具有實用功能的科技（technology）互通有無。而十八世紀末十九世紀初，工業革命結合科學與科技，無論在材料、能源、器械、工場，甚至交通或傳播，都產生了戲劇性的改變，影響所及就連非關工業生產製造的生活面向亦有變革，例如農業、貿易、政治、社會，連同文化都產生相當可觀的量變與質變。思想家兼作家，諸如狄更斯（Charles Dickens）、馬克思（Karl Marx）、恩格斯（Frederick Engels）等，也都就此等現象力陳其弊端，其中以「異化」（alienation）最值得一提，而在二十世紀發酵的第二波工業革命，講究自動化與企業化，更賦予「異化」一詞新義。

異化的書寫

　　談異化，論者多半首推馬克思的相關主張。概以論之，天生萬物，唯有人類懂得使用工具，且藉著勞動與工作來擴張個人的存有（being），亦即把勞動工作視為個人生命的延伸。無奈經歷工業化的強烈衝擊，勞資關係丕變，把人的價值僅僅從生產面予以衡量，這一來人的勞動工作非但無法豐富自己的存有，反而處處與主體為難，徒增個人苦難。馬克思的異化論調屬於較為狹義範疇，與一般所謂的疏離、孤寂，甚至顧名思義的異化（即人轉化為異物），有著明顯的差異。而個人身處社會，卻時常感到自身與外界格格不入，甚而對世界感到無從依循。加上人生本身也談不上任何目標，因此陷入人生荒謬的絕境。沿著異化歷史的時間軸觀之，異化其實已從十九世紀末勞力的剝削，惡化為中產階級庸俗生活的控訴，存在主義者沙特（Jean-Paul Sartre）之名著《嘔吐》（*La Nausee*）即為最佳佐證。個人往往在基本哲學的層次上，對社會感到疏離，甚至絕望，深深體悟個人為徹頭徹尾的外人（即上文談及的陌生人）。

　　書寫異化除可對外控訴社會不仁外，也可以對內控制自我的隔絕（self-estrangement）。從以下的例子裡，我們可以看到書寫能抑制或克服自身的瘋狂。[4] 遺憾的是，一如羅蘭・巴特所言，寫作是個不及物動詞，自成一體，不及於外界現實，因此有多少實效可就難以判斷。雖然如此，寫作難免自有其機制與工具。前幾年有幾本專著討論「寫作的科技」（technologies of writing），探討寫作的工具性如何反客為主，描寫作者本為寫作的行為者（agent），卻受「寫作的科技」的影響，一變而為被書寫（inscribed）的表面（surface），

---

[4]《吸血鬼》（*Dracula*,1897）故事中敘述哈克（Harker）透過書寫克服其面臨妖魔之恐懼與瘋狂。

這又應如何解釋？

海德格（Martin Heidegger）在《巴內尼底斯》（*Parmenides*, 1942）一書中對打字機（相對於手寫）即有這麼一段話：

> 人透過手來行動（act）；因為手，連同文（word）是人的核心特色。只有像人一般的動物才「有」文，才能夠，也才必須「有」「手」。透過手才有祈禱與謀殺、作揖與致謝、發誓與示意（signal），也才有手的「成品」（work）、「手工藝」（hand-work），以及工具……文生自於手，且與文並存。手掌握人的本質，而文既為手的核心範疇，文也自然成為人類本質的基礎。經過書寫而呈現為人們眼前的書寫文字（written word），亦即文字紀錄（transcript），而文字紀錄呈現的文便是手寫文字。

可是到了現代，打字機逐漸成為不可或缺的書寫工具，海德格接著說：

> 打字機將書寫撤離手的核心範疇，又因此轉換成「打字」（typed）的東西……機械剝奪了手在書寫文的範疇中應有的地位，且將文降級為傳播工具。此外機械寫作還有一個「好處」，它遮蔽了手寫的本質以及個性。打字機所呈現的多半千篇一律。[5]

5　Friedrich A Kittler. *Gramophone, Film, Typewriter*. Trans. with introduction Geoffrey Winthrop-Young and Michael Wutz. Stanford: Stanford University Press, 1999, pp. 198-99. 早期打字機未進入量產，也談不上規格統一，因此不同廠牌的差異性甚大，福爾摩斯就透過打字字體來鎖定兇嫌。

　　也就是說海德格將打字機與人存有的本質相提並論,當寫作撤離手的本質,亦即撤離手而轉換到機械時,存有(being)與人的關係也跟著發生轉變。這種轉變固然與科技、歷史等演變有關,但影響所及不只是人的表面行為;連人的無意識亦相應產生變化,甚至整個社會大眾的集體意識或心態,也日積月累產生微妙轉化。

　　尼采(Friedrich Nietzsche, 1844-1900)貫徹了啟蒙運動的現世思想,進而宣告上帝死亡,人類因此得以在神權之外追求作為人的「權力意志」(will to power),可惜文明的種種建制徒存表相,人們往往借用它來自我偽裝,自身不用赤裸面對生命理想。尼采的思想對二十世紀的影響深遠,而與存在主義之間的傳承無疑也有跡可尋,此處不再作贅述。無獨有偶,尼采在死前十一年身罹惡疾(疑為梅毒),頭痛難忍,而視力衰退,雙眼近乎全盲,雙手也不聽使喚。事實上,在此之前他已逐漸感到寫作吃力,因此在1879年所謂的「目盲之年」,他便早有購買打字機的打算,終在1881年買了一台哥本哈根製韓森(Hansen)發明的打字機。這部打字機原設計要供盲人使用。它的特點在於鍵盤平均分布於球狀物體表面。據說操作不難,可是打字者完全看不見自己所打的文字。剛開始時尼采感到相當滿意,因為他可以完全不靠眼睛寫作。可是這種眼盲的寫作方式無疑有它的缺點。吉特勒(Friedrich A. Kittler)指出,尼采的寫作從此「自論證(argument)轉為警句(aphorisms),從思辨轉為雙關語(puns),由邏輯轉為電報式文體(telegram style)」。[6] 眾人皆知,學而不思則殆,這句話在前科技時期更有其意義。具體言之,在前書寫工具時期,哲學側重大量的閱讀與思考,不過一旦打字機問世之後,大家的興趣似乎更著重資料彙整與幾乎不加深思熟慮的寫作方式。根據吉特勒的觀點,透過寫作工具的寫作本質上迥異於

6　Friedrich A Kittler. *Gramophone, Film, Typewriter*, p. 203.

純粹以手書寫的寫作。後者可以說是主體（書寫者）用手親自一筆一劃逐一勾勒，透過白紙黑字描述客體（符碼），其間的關係是直接的，甚至是生理的。主體此時書寫之一筆一劃，處處反映此時此刻的生理、心理狀態，與經打字再現的文章確實有相當落差。主體書寫之際不但著眼手掌的一舉一動，也同時矚目書寫上下文時之全貌，這種鳥瞰的全盤掌握，對擅長書法的人無疑更加重要。相反的，早期的打字機本來就是為盲人設計，因此順理成章是盲目的，可否清晰看見自己所打的文字根本不在設計人考慮之列。如此一來，寫作可就成為一種幾近瞎子摸象的自動寫作，與其說人的主體是寫作的行為者（agent），倒不如說是書寫的表面，不需用到眼睛，任憑徒手隨興而往，謄寫（transcribe）文本，書寫人的無意識，無怪乎後結構主義者，尤其是拉岡（Jacques Lacan），即主張無意識結構就是語言結構。一首尼采以打字機上寫的詩作這麼說：

> 寫作球是樣東西，跟我一樣
> 用鐵鑄成
> 可是容易在路上扭損
> 需要大量的耐心與技巧
> 以及靈巧的手指
> 才能使用我們[7]

尼采的打字機後來因天氣潮濕無法使用，但也陰錯陽差，恢復自由之身，甚至還演出一齣三角戀情，吉特勒認為婦女因打字機的出現大量進入職場，故令男性主管有近水樓台的機會，不過這不在本文討論範圍內。

---

7 同前註，頁207。

工具本是書寫手段，可套用威廉斯（Raymond Williams）所謂的「科技意向性」（technological intentionality）的觀點看，在世紀的轉折點上，打字機固然專為盲者設計，但在工業化的生產形態塑造下，打字機講究的是速度與統一，因而反客為主凌駕於個人主體之上。這點可以從1897年出版的《吸血鬼》（*Dracula*）一書中瞧出端倪。[8]

吸血與吸思

吸血指動物或人吸取他者的血液，如水蛭吸人血液，又如街談巷語謠傳某種蝙蝠嗜食動物血液等都是明顯例子。不過從另一觀點論之，吸血除可攝取營養外尚有另一重要魔術功能，與自我的再生（reproduction）有關。一般傳宗接代理當透過雄雌相配，可是在原始思維中，有超自然的人物往往能夠不受此限，不但能無性繁殖，甚至還代代相傳，建立起他人無法染指之王國，獨立於世俗社會之外。下文討論之《吸血鬼》即著眼於吸血鬼亦即所謂的「非死者」（undead）橫行一時，以及十九世紀末英國社會中上階層如何對抗吸血鬼這種非理性行為，以及兩者之間的微妙辯證關係。不過在正式進入文本的討論前，必須先約略談談吸血與異化的關係。先前說過，吸血在某種情形下近似傳染，甚至和再生的觀念分不開。換句話說，透過吸血使自身得以繁衍下一代，並藉以達到種族的存續。自己與下一代雖出自同門，相似之處多過相異之處，可是兩者之間

---

8 1897安德魯（Underwood）廠牌：打字機問世，使用者可以掀開字鍵來檢視打字的文本。另見 Raymond Williams. "The Technology and the Society," in *Popular Fiction: Technology, Ideology, Production, Reading*. Ed. Tony Bennett. London; New York: Routledge, 1990, pp. 9-22。

存在的差異（即猜忌與敵對），似乎也無可避免。佛洛依德（Sigmund Freud）在討論圖騰與禁忌時（*Totem and Taboo*, 1918），解釋圖騰崇拜其實和所謂的「戀母忌父情結」（Oedipal Complex）有關。也就是說，父子之間存在著相當猜忌，其心病所在即為亂倫隱憂（即擔心兒子之戀母情結），因此圖騰崇拜用意在勸戒後代戒慎恐懼，忘卻亂倫的不肖念頭，並與社群中其他成員同心協力抵禦外敵。子嗣把父執輩轉化為圖騰（通常為動物形象的圖騰），為的是要避免禁忌。弔詭的是，它似乎也是一種防禦機制，把居處優勢的父執輩，透過神話思維轉化為進化鏈中較原始的動物，等於是替後代子孫扳回一城。

　　《吸血鬼》一書於1897年問世，故事核心源自十八世紀的匈牙利古老傳說，但要到二十世紀此類故事才盛行一時，從民俗文學進入大眾文化的範疇，而除了小說之外更有劇本與眾多廣受歡迎的電影版本相繼問世，可說深入現代大眾民心，其背後的社會與心理面向尤值得深思探究。我們可以大而化之，循文化一元論的說法，將吸血鬼的母體視為文明未開前，人類茹毛飲血的原始思維與行為。泰勒（Sir Edward Burnett Tylor）、費芮（Sir James George Frazer）即認為魔術或妖術的出現早於宗教及科學，而人類文明演化遲早會從術數趨向科學發展，這屬於歷史進化論的看法，無疑過度簡約，常為人詬病。另一種看法，包括涂爾幹（Emile Durkheim）與雷地克立夫布朗（A. R. Radcliffe-Brown），主張魔術有其必要性，反映個人，甚至社會對某種事物的需求，而這種需求往往是無意識的，通常為社會倫理所不容。這就帶進了第三種看法，側重行為的動機。佛洛依德就把原始人的思維與小孩子，或罹患精神病的病者相提並論，操作魔術的意向與人類無意識的潛藏欲望關係密切。也就是說，表面上看似妖術，其實背後有其社會功能，而文明社會對抗妖術也隱藏某種現代人的焦慮。

　　從簡單的二元對立觀點看，故事描述正邪對立的抗爭。邪惡的吸血鬼盤踞中歐南部的古堡，行蹤詭異，不僅不與人往來，還窩藏數個同類，晝伏夜出，吸血寄生，導致附近居民聞吸血鬼之名而色變。故事主角哈克受邀前往商談吸血鬼在倫敦置產的計畫，作客期間目睹許多無法理解的事物（吸血鬼攀牆走壁並且不在鏡面前顯像），甚至還性命遭受威脅，無奈人被囚古堡無法脫困，身陷困擾之際也只能依賴寫作解憂，深信唯有將所思所聞詳實載入日記方能稍加紓解其心境。[9]

　　故事繼續發展，吸血鬼從原居地帶了一棺材的原地土壤（以作為夜晚棲息之用）入侵英國。最先受害的人物是露西（Lucy），被噬之後露西也成為「非死者」國度的成員，化為吸血鬼到處尋找小孩作為吸血對象。其未婚夫為防止她病情惡化及吸血鬼的氾濫，協同凡赫辛（Van Helsing）與席格（Seagram）等人組成抓鬼大隊圍捕吸血鬼，忍痛以滅妖古法用木樁穿透露西遺體的心臟部位處以極刑，另使用科學方法蒐集資訊掌握吸血鬼行蹤並加以消滅。

　　科學辦案方式在十九世紀末與二十世紀初的文學作品中大受歡迎（與恐怖故事、異類入侵等故事的發展流行近乎同步）。這與當時科技發展如雨後春筍，或許不無關聯。而故事主角之一的凡赫辛辦事有條不紊，把主要事項一一錄製到滾筒錄音機裡，之後再由哈克的未婚妻米娜（Mina）用打字機加以打字成冊。乍看之下米娜只是故事中的配角，從十九世紀的社會結構來看，祕書提供的多是平價低等勞務，談不上有舉足輕重的地位，[10] 然故事後半部的抓鬼計

---

[9] Bram Stoker. *Dracula*. Ed. Maud Ellmann. Oxford; New York: Oxford University Press, 1998, p. 36.

[10] 美國於1870年的打字／述記員人口當中，女性只占45%，1900年女性的比率已經高達76.7%，而到了1930年比率更高達95.6%，打字機的問世與普及，與此一增長顯然有密切關係（Friedrich A. Kittler. *Gramophone, Film, Typewriter*, p. 184）。

畫，其中的關鍵樞紐卻非米娜莫屬。她把眾人的言行，甚至外界的一切資訊，全以打字記錄成文字彙整統一；也就是說，一開始米娜只扮演支援角色，男人並不鼓勵她直接參與行動以免有所閃失，可是發展到末了，整個打擊吸血鬼的團隊缺少她參與，反而根本無法運作。

　　先前已談到文藝復興，其中相當重要的一個環節便是新大陸的發現，所謂「發現的年代」（Age of Discovery）指的也正是隨著新大陸發現之後所引發之一波波殖民主義。嚴格說來，發現新大陸背後難免隱含有商業利益因素的考量。都塞（Enrique Dussel）認為，講究利益即首應著眼管理，要做妥當的遠距管理，勢必一切均要求統一，[11] 而現代性與統一性也因此幾近成為兩個同義詞。文化上的統一，包括抽象、理性，甚至自由主義、民主政治與資本主義等等，都是現代性不可或缺的環節，但由於議題牽涉太廣，此處暫且不談。論資訊的統一，最重要的莫過於現代管理階層人人耳熟能詳的標準作業系統（S.O.P.），流程要明確，且資訊要集中。由此觀看吸血鬼的故事，不免會要留意到米娜的重要性。雖然她的社會地位遠比不上故事中的多數男性（她勉強只能稱得上中產階級），可是由於她擁有流利的打字技術，在抓鬼行動過程裡，無形中成為資訊收集與發散的樞紐。資訊不以現代科技加以整合，似乎無法對抗法力無邊的吸血鬼。吸血鬼穿牆透壁，並且魅力無窮，可以讓被害人暗夜裡開門迎妖。[12] 而吸血鬼變身自如，化身為蝙蝠、野狼等，不但

---

11 Chou, Ying hsiung. "Does Modernity Travel? Globalism and/or Regionalism," in *Asian Culture and the Problem of Rationality*. Tokyo: Association of East Asian Research Universities and The University of Tokyo, 2001, p. 31.另見 Enrique Dussel. "Beyond Eurocentrism: The World-System and the Limits of Modernity," in *The Cultures of Globalization*. Ed. Fredric Jameson and Masao Miyoshi. Durham: Duke University Press, 1998, pp. 3-31.

12 Bram Stoker. *Dracula*, p. 24.

法力無邊，且有著刀槍不入的金剛不壞之身，因此需要以特殊法器對抗。再說吸血鬼一旦咬人噬血，被害人也會跟著變成吸血鬼，如此一傳十、十傳百，吸血鬼儼然自成一群體，其威勢大大脅迫著雄據一方的大英帝國。吸血王國既然勢力龐大，個個法力高強，抓鬼大隊當然也非得群策群力，同享資訊，齊心協心不可。米娜在因緣際會的巧合下，擁有高超的打字技巧，因此角色甚至比父權至上的男性還要重要。[13] 不過區區一部打字機，其影響是否果真如此？換句話說，究竟打字機重要，還是使用打字機背後的心態更加重要？威廉斯認為科技分為三個面向：表面的、社會的與文化的，前兩者指科技的硬體與其社會功能，後者指科技背後的文化涵義。威廉斯特別以收音機為例，說明傳播科技背後的文化意向性（cultural intentionality）。十九世紀末二十世紀初，工業化與城市化的衝擊下，人們一方面希望保有小家庭的隱私，另一方面卻又嚮往回到往日純樸、不分彼此且守望相助之有機社區群體意識，這種主觀願望往往反客為主，啟動了科技原有的功能，收音機由當初訊息傳遞的工具，變為既富個人娛樂又提供社區資訊的媒介。[14] 收音機的情形如此，打字機又何嘗不是，甚至現代生活不可或缺的網際網路，在在都受制於使用者的意向性。

　　此處即衍生出另一個問題：科技本身是不是真的那麼萬能？再舉吸血鬼的故事為例。吸血鬼神出鬼沒，抓鬼大隊無不絞盡腦汁，設法掌握其行蹤。凡赫辛於是替米娜催眠，企圖從她的催眠中來了解吸血鬼的去向。可是為何找她作催眠對象而非他人？原來米娜也是吸血鬼的被害人，吸血鬼始終想利用米娜來刺探抓鬼團隊的計

---

[13] 同前註，頁24。抓妖畢竟是男人的保衛戰，輸了這場仗，英國的童孺幾乎無一可以倖免，威脅到男人的生機。

[14] Raymond Williams. "The Technology and the Society," pp. 9-22.

057 稍早之前，吸血鬼不但吸了米娜的血，還強迫米娜吞食他胸

畫。[15] 稍早之前，吸血鬼不但吸了米娜的血，還強迫米娜吞食他胸前的血跡。[16] 難得的是米娜由於此次神交（？），因此能感應到吸血鬼的心靈，進以「感同身受」地洞悉吸血鬼的一舉一動。

　　嚴格說來，抓鬼的主要關鍵與其說是打字機，還不如說是催眠。催眠啟動了人的無意識。佛洛依德《夢的解析》（*The Interpretation of Dreams*）不早不晚地恰巧出版於 1990 年，對許多論者而言，這本書籍開啟了文化研究嶄新的一頁。證諸吸血鬼的故事，表面上有人可能會把它看作正義與邪惡的對抗，可是當中分際並不如黑白分明般截然割裂。有人說故事反映的其實是維多利亞當時人的焦慮，[17] 雖然當時英國社會一片榮景，「進步」二字幾乎響徹雲霄，然而自信之餘，人們不免擔心，傳統有朝一日會反撲而施虐於現化社會。就象徵意義言，我們不妨視吸血鬼為傳統與迷信的惡勢力，蠢蠢欲動，伺機還擊。俗語說，除了恐懼之外亦沒有什麼好恐懼的，而所謂的吸血鬼，不外是人們自己心中潛藏的龐大心魔，愈是恐懼愈是讓它有橫行的機會。故事中吸血鬼固然是惡魔一個，大家因此同仇敵愾群起抗魔，敵我分明。但故事還另有一軸描寫席格醫生的病人聯費得（Renfield）得了怪病，大家謔稱他為「噬生人」（zoophogous）。這個人向醫生提出請求，說他想養寵物，可是根據追蹤觀察結果，竟愕然發現他是所謂的漸進式肉食者，小從螞蟻、蒼蠅到蜘蛛、麻雀，甚至貓狗都在他嗜好之列。[18] 病人嗜血的習性，當事人逐一加以記載，而席格醫生也逐日將他的病情加以記錄。表面上言之，這不過是病患與醫生的正常關係，可是我們只需稍加比對，馬上就可

15　Bram Stoker. *Dracula*, p. 339.

16　同前註，頁 288。這個情節多少帶有情色意涵，引發論者諸多猜測，不在話下。

17　同前註，頁 VIII。

18　同前註，頁 69-71。

以很容易地將病與醫的關係，移植聯想到吸血鬼與抓鬼團隊的對立框架上。事實上聯費得也是吸血鬼的子民，只不過相較於吸血鬼，聯費得較易取得認可的同情。同理，席格醫生用醫學方法企圖描繪聯費得的腦波，相較於抓鬼團隊捉吸血鬼的做法，似乎也比較科學，也較容易獲得讀者的認同。換句話說，這個情節把人妖的對立，用醫病關係加以中介，讓人親眼目睹一個日常耳熟能詳的情況，而非令現代人難以置信的虛幻神魔故事。

再重回討論打字機的部分，時至今日，打字機幾乎已經完全不合時宜。美國有不少專門蒐集展示打字機的博物館，正可說明打字機已與實際生活脫節。不過打字機於問世之初，民眾對科技的熱忱想必不亞於時下年輕人對手機的態度。故事人物米娜精力過人，將能拿到手的資料線索一一打字成冊，不放過隻言片語，大家美其名稱之為「紀錄天使」（Recording Angel），可是她記錄的狂熱恐怕也到了走火入魔的地步，故事結束前哈克與米娜終於恍然大悟，哈克說：

> 　我們突然領悟到，這批文件記錄的大量資料中，幾乎沒有一個文件是真的（authentic），它們不外是一堆打字稿，唯一例外的是最近米娜、席格，以及我本人的筆記本，還有凡赫辛的備忘錄。即使我們有意，恐怕也無法要他人憑著這些文稿，相信我們這麼不可盡信的故事。[19]

閱讀異文化

全球化的論述近年甚為盛行，而反全球化的街頭運動也可以說

---

[19] 同前註，頁378。

是此起彼落。香港匯豐銀行的廣告中特意強調他們在處理跨國業務時，獨具所謂的「在地知識」（local knowledge），其背後的想法與目的，似乎希冀在全球化與在地化之間取得兩全其美的空間。

　　談「在地知識」不能不落實到紀爾茲（Clifford Geertz）的「厚描述」（thick description）。顧名思義，厚描述有別於薄描述。後者將異文化僅限於現象的表象，因此無法觸及現象真正的文化意義。紀爾茲主張從符號學的觀點切入，看現象在整體社會符號運作系統中的意義。他特別以眨眼為例，說明這個眼皮開閉的生理動作，其實背後有許多社會意義。它至少有以下四個可能：(1) 眼皮不由自主顫抖（twich）；(2) 對友人用眼神交會以傳達心思，而這個訊息往往為不欲與第三者分享，並依循無形但嚴格的社會習俗，包含有意動作（相對於前者不由自己的行為）、有特定眨眼對象、傳達特定訊息、循社會約定成俗、不使第三者知道等條件；(3) 另外一個人模仿眨眼者的動作，意在凸顯眨眼者的動作笨拙、太露骨等；(4) 眨眼人對鏡子練習眨眼，因此嚴格上有異於前三者，不是不自覺眨眼皮、眨眼或嘲仿他人眨眼。民族學把上述各種表象相同，但社會意義迥異的行為加以整理，找出其間的結構關係。20

　　人類學家閱讀異文化不能光只看事物表象，而是必須閱讀異文化社會論述的架構。換句話說，端看現象首先必須把它放在社會表情達意的框架裡，然後觀察表面上相同或相異的事物，並深入探討其間的關係。這裡其實也牽涉到語用（pragmatic）的問題，必須注意是誰在什麼場合使用什麼樣的事物（或語言行為），並期待獲致什麼樣的效果。以吸血鬼的故事為例，抓鬼團隊大量使用文本（整

---

20 Clifford Geertz. "Thick Description: Toward an Interpretive Theory of Culture," in *A Cultural Studies Reader: History, Theory, Practice.* Ed. Jessica Munns and Gita Rajan. New York and London: Longman, 1995, p. 239.

本小說以不同人物的信件、日記、錄音、記錄彙整而成），企圖以閱讀透視吸血鬼神出鬼沒的行為，但這種閱讀顯然無法描繪出吸血鬼與非死者國度的文化內涵。相反的，故事反映的毋寧是閱讀的失敗，因此訴諸科學與科技，幾乎是一廂情願，希望透過打字機的統一機制來掌握吸血鬼的心靈。當然，我們上面也說過，真正成敗的關鍵其實是米娜曾受害於吸血鬼，也吸過吸血鬼的血，因此靠著心靈感應從而掌握吸血鬼行跡。

　　然而人們在閱讀米娜閱讀吸血鬼時的情形又是如何？這種間隔兩層的閱讀其實難度更大，小說之難度之所以如此大，其原因恐怕有部分關係在此。不過從另一個角度看，閱讀異文化，或閱讀他人閱讀異文化本身是項有趣的工作，除了了解自己與他者差異之外，有時也不免捫心自問，自己到底如何異化，且異化為何。這恐怕不是就文本閱讀本身所能獲致的道理。

第四講

前現代、早期現代、現代到後現代的飲食文學觀之轉變

廖炳惠

「民以食為天」，在不同的時期，飲食自然有不同的變化。我們先簡單以「前現代」（premodern）、「早期現代」（early modern）、「現代」（modern），以及「後現代」（postmodern）這幾個階段，討論飲食之中所蘊含的文化詩學在各階段的不同面貌。當然，我得先聲明：在中國或東方社會中，這四個階段未必如此明確。事實上，即使在西方文藝史裡，斷代也一直是個問題。但是以較方便而又簡縮的方式來描述，我們不妨以唐作為分水嶺，之後的宋朝已有「早期現代」的雛形。尤其在《茶經》、品論大量流行之後，隨著印刷普及，逐漸邁向更見個人性靈、格調之休閒、消費文化。這在筆記三言、二拍，尤其《紅樓夢》中最為明顯。但是限於才學、經驗，本書大致以西洋之後現代文學、電影為主要對象。

前現代

以法國前總統密特朗的顧問阿達利（Jacques Attali）有關音樂的政治經濟學《噪音》（*Noise: The Political Economy of Music*）一書中所

提出的文化史分野而言，第一階段可稱之為「犧牲尚饗期」（sacrificial）。前現代時期以祭祀為主要的活動，飲食基本上是與天地諸神共享，利用飲食與天地萬物形成精神、靈魂上的交換，以得到福報和保障。

因此，在這樣的時代，食物具有儀式性的性格，經常是用來祭祀祖先以及部落圖騰。在許多道統與天地互為呼應的秩序底下，飲食通常與政治、宗教秩序形成「隱喻」（metaphorical）的關係：調和鼎鼐。在前現代的飲食文化中，正如老子《道德經》所言：「治國如烹小鮮」，當政者往往是以主廚（chef）的身分來作為一個領導者，儼然在烹調國家的各種成份、菜餚，使之彼此和諧，而又能以政治秩序達成其政治理念，也就是「政體與治體」，政治與身體的消化系統全盤地融合。

在前現代的儀式性格中，宗教經常和社會禁忌、文化信念、高低、內外、上下等生物界的抽象意義有關。如在回教信仰中，豬被視為不潔之物；在西洋文化，牛肉代表較高層次的食物；在印度教，牛是神聖的靈物，禁止食用；在猶太教，水和半發酵的麵包被當做清洗、純淨的重要象徵物質，藉由領取聖餐的儀式來達到淨化作用。誠如人類學家沙林斯（Marshall Sahlins）所言：

> 在我們的食用習慣中存在著一種文化理性邏輯；在我們針對馬、狗、豬、牛等動物的可食性做絕對的區分當中，存在著某些有意義的關連，但重點並不僅止於食用上的樂趣：美國社會與它自己或全世界環境的生產關係是經由對可食性／不可食性的評定來加以組織的；這種評定本身是以「性質」為標準的，絕對無法從生物上、生態上或經濟上的利益上來加以合理化。[1]

---

1 沙林斯（Marshall Sahlins）著，〈食物作為象徵符碼〉，林明澤譯，收入 Jeffrey C.

　　因此，前現代的食物譜系往往具有宗教與環境意涵，與自然、天地間的象徵秩序形成隱喻或託寓（allegorical）的關係，也就是透過食物的享用儀式，去達成交換或確認作用，獲得君王、天神的庇護，強化本身之地位、利益、權勢，乃至鞏固社群因食物生產方式所引發的疆界、認同及價值體系（如傳統生活方式）。掌有廚藝和政治藝術的領導者，便是安排賓客及食物出場秩序的重要主宰，他以身為天子的方式，在上天和人文世界之間作為橋樑，經由犧牲和儀式的方式，取得人間的統治及和諧。

　　在前現代的文化以及我們目前仍保留的「拜拜文化」中，食物具有象徵層次的特殊意涵，用來和鬼神互通，以達到象徵的交換，求得社會秩序的穩定結構或再度分配。在這個階段，食物並不是以色香味作為主要的衡量標準，而是置放到特殊的符號位置，和政體與身體形成一種抽象而又對稱的關係。

　　於此一架構之下，食物往往與乾淨或不乾淨有關，也就是道格拉絲（Mary Douglas）於《純潔與危險》（*Purity and Danger*）一書中所描寫的純淨與不純淨，社群藉由鞏固內部的小單位（grid），來和外面的世界形成隔絕作用。食用或不食用某些特定食物（如其他人類），宗教儀式上的食物使用方式，是否將食物作最乾淨的處理，祭祀的前後順序，以及祭典所使用的食物內容等，這些都用來區分社群內外，野蠻與文明，精神、宗教的正宗與異端，社會階級等第的高下，或是社會空間乾淨與否。每一餐的食物內容及其進食程序，其實與社會價值形成符號結構之對應。

　　在前現代時期，食物在文化及政治上形成區分作用，產生區隔與自我鞏固，在政治統治權（sovereignty）與供奉食物的政治秩序之

Alexander and Steven Seidman主編，吳潛誠總編校，《文化與社會》（*Culture and Society*）（台北縣新店市：立緒文化，1997），頁131。

間達到一種對應關係。在前現代的「尚饗」儀式裡，天壇、宗廟或聖地往往是飲食供奉的場所。

早期現代

　　大約在第七世紀到十七世紀之間，中西人類進入早期現代之後，廚房及進食的公私特定空間（如用餐房或客棧）開始出現。各種具備地方特色、地域性的食物風格逐漸形成，產生「再現」（representational）地區色彩文化的性格，逐漸形成「國家烹飪」（national cuisine）的機制。這個時期已經形成較大規模的商業化及都市化機制，建立了資本主義、市場經濟、市民社會的雛形。到了十六世紀，年鑑學派歷史家布勞岱爾（Fernand Braudel）在地中海及其他現代文明史著作中，已就氣候、物產、交通、認同、日常生活方式，達成社會、經濟之新世界觀等面向，提出討論。

　　在發展中的理性秩序或歸屬於一個領導者的不同地區中，每個人都能夠掌握特殊的地方色彩（local color），擁有各地區的特殊菜餚，但是同時又能產生民族國家的觀念，與其他不同的文明逐漸發展出更具理性及系統性的分野。譬如中國菜、法國菜和義大利菜等各種民族文化的區分；地中海地區以葡萄酒和羊肉烹調而成的特殊風味，與北歐、非洲其他地區飲食習慣的不同；希臘偏愛燒烤與法國注重烘焙的差別等。

　　就連中國南方人與北方人在飲食文化也有明顯的差異，誠如逯耀東先生所說，在中國的烹飪美食傳統當中，作法有煎、煮、熬、炸、炒、蒸、燒、滷、掛爐、清燉等，地域分川、湘、揚、淮、京、滬等，大致上可分為華北、華中、西南、華南等不同區域。各區域所發展出的地域性食物，再現了當地所擁有的特殊食物及動植物資源，也常和當地的氣候有關，例如南亞就有許多添加咖哩、辣

椒的食物。

在再現地方色彩的文化詩學底下，美食往往作為非常重要的地方人文景觀，乃是藉此凸顯地區文化及其個別性（individuality）的重要媒介。因此，我們會說：「吃什麼就像什麼」（you are what you eat），食物與品味、文化、社會的形成，有相當大的關聯。我們不妨以姜生（Ben Jonson）的詩〈致遍所食〉（"To Penshurst"）當做這個時期的代表。

鮮果滿枝，花卉綻放，
空氣清新，時辰初開。
櫻桃早熟，芳梅晚成，
無花果、葡萄和桲，各依時至；
紅杏絨桃，懸掛牆角，
孩童伸手可及。
城牆由鄉間石塊築成，
無人犧牲，無人抱怨；
周遭無人盼望城牆倒下；
臣民全進城來，農夫和小丑，
無人空手，來向
領主及夫人致敬，雖無穿戴禮服。
或帶閹雞，或攜鄉村蛋糕，
或持堅果，或拿蘋果；有人帶來
拿手乳酪，也有人差遣
荳蔻年華，引進女兒
結識郎君，竹籃盛裝梅梨
與少女圖像。

　　各階層的城民把他們最好的食物拿到公共空間一同分享，但又不失其階級等第、土地與生產之特殊性的歡宴（banquet）。在這首詩裡，除了歌頌家族歷史、領導階層的內在德性及其綿亙不斷的業績之外，更重要的是讚揚來自各自然與人文階層的食物，能夠以最有效率的方式和最為和諧的秩序送達，鋪陳出不同階級等第之間互相協調的歡宴。在賓主盡歡的方式底下，每個人各得其所，十分理性。然而在政治秩序上，又強調地區、階級、文化屬性的和諧關係。這是啟蒙文化所逐漸引導出來的理性思維、個人主義、公共空間，以及市民生活這幾個觀念的相互結合。

　　我們也可從古代中國的宋朝時期有關飲食、消費的文獻，看出早期現代的痕跡，這種文化現象於目前的京都仍十分可見，如在《東京夢華錄》卷第二〈東角樓街巷〉：

> 　　以東街北曰潘樓酒店，其下每日自五更市合，買賣衣物書畫珍玩犀玉。至平明，羊頭、肚肺、赤白腰子、奶房、肚胘、鶉兔、鳩鴿、野味、螃蟹、蛤蜊之類訖，方有諸手作人上市買賣零碎作料。飯後飲食上市，如酥蜜食、棗餖、澄砂團子、香糖果子、蜜煎雕花之類。向晚賣河婁頭面、冠梳領抹、珍玩動使之類。東去則徐家瓠羹店。街南桑家瓦子，近北則中瓦，次裡瓦。其中大小勾欄五十餘座。內中瓦子蓮花棚、牡丹棚；裡瓦子夜叉棚、象棚最大，可容數千人。自丁先現、王團子、張七聖輩，後來可有人於此作場。瓦中多有貨藥、賣卦、喝故衣、探搏、飲食、剃剪、紙畫、令曲之類。終日居此，不覺抵暮。[2]

或〈酒樓〉：

2　孟元老，《東京夢華錄》（上海：中華，1962），頁14-15。

　　大抵諸酒肆瓦市，不以風雨寒暑，白晝通夜，駢闐如此。州東宋門外仁和店、姜店，州西宜城樓、藥張四店、班樓，金梁橋下劉樓，曹門蠻王家、乳酪張家，州北八仙樓，戴樓門張八家園宅正店，鄭門河王家、李七家正店，景靈宮東牆長慶樓。在京正店七十二戶，此外不能遍數，其餘皆謂之「腳店」。賣貴細下酒、迎接中貴飲食，則第一白廚，州西安州巷張秀，以次保康門李慶家，東雞兒巷郭廚，鄭皇后宅後宋廚，曹門磚筒李家，寺東骰子李家，黃胖家。九橋門街市酒店，綵樓相對，繡旆相招，掩翳天日。政和後來，景靈宮東牆下長慶樓尤盛。[3]

乃至卷第四〈食店〉：

　　大凡食店，大者謂之「分茶」，則有頭羹、石髓羹、白肉、胡餅、軟羊、大小骨角、炙豝腰子、石肚羹、入爐羊罨、生軟羊麵、桐皮麵、薑潑刀、回刀、冷淘、棊子、寄爐麵飯之類。喫全茶，饒薑頭羹。更有川飯店，則有插肉麵、大燠麵、大小抹肉淘、煎燠肉、雜煎事件、生熟燒飯。更有南食店：魚兜子、桐皮熟膾麵、煎魚飯。又有瓠羹店，門前以枋木及花樣沓結縛如山棚，上掛成邊豬羊，相間三二十邊。近裡門面窗戶，皆朱綠裝飾，謂之「驩門」。每店各有廳院東西廊稱呼坐次。客坐，則一人執筯紙，遍問坐客。都人侈縱，百端呼索，或熱或冷，或溫或整，或絕冷、精澆、膘澆之類，人人索喚不同。行菜得之，近局次立，從頭唱念，報與局內。當局者謂之「鐺頭」，又曰「著案」。訖，須臾，行菜者左手杈三椀、右臂自手至肩馱疊約二十椀，散下盡合各人呼索，不容差錯。一有差

---
[3] 同前註，頁16。

錯，坐客白之主人，必加叱罵，或罰工價，甚者逐之。吾輩入店，則用一等琉璃淺稜椀，謂之「碧椀」，亦謂之「造羹」，菜蔬精細，謂之「造鼚」，每碗十文。麵與肉相停，謂之「合羹」；又有「單羹」，乃半箸也。舊只用匙，今皆用筯矣。更有插肉、撥刀、炒羊、細物料、碁子、餛飩店。及有素分茶，如寺院齋食也。又有菜麵、胡蝶薤肚䐡，及賣隨飯、荷包、白飯、旋切細料餶飿兒、瓜虀、蘿蔔之類。[4]

更有〈肉行〉：

坊巷橋市，皆有肉案，列三五人操刀，生熟肉從便索喚，闊切、片批、細抹、頓刀之類。至晚即有燠爆熟食上市。凡買物不上數錢得者是數。[5]

當時也有〈餅店〉：

凡餅店有油餅店，有胡餅店。若油餅店，即賣蒸餅、糖餅，裝合、引盤之類。胡餅店即賣門油、菊花、寬焦、側厚、油碢、髓餅、新樣滿麻。每案用三五人捍劑卓花入爐。自五更卓案之聲遠近相聞。唯武成王廟前海州張家、皇建院前鄭家最盛，每家有五十餘爐。[6]

當時在公共空間逐漸形成的小型客棧（inn），使得各種階層的

---

4 同前註，頁26-27。

5 同前註，頁27。

6 同前註，頁27。

人民都能在這種比較專業性的烹飪餐飲場所，享受每一特殊地區所發展出的地方美食。這種小型客棧是飯廳與客棧的結合，不僅推出具有地方特色的美食，還能再現地方及個人的創意，是早期現代美食非常重要的風格。

現代時期

在現代時期（十七世紀末到二十世紀中葉），特別是處於高峰的現代主義文學作品當中，飲食往往有關規格化的「複製」（reproducible），強調中產階級塑造出的文明過程，教導使用刀叉、餐桌禮儀（table manners），以及過度遵循中產階級典範的規則，也就是爻利亞士（Norbert Elias）及傅柯（Michel Foucault）所謂「文明化」或「規範化」的訓誡。

現代主義文學經常以餐廳（restaurant）或家庭廚房內類似餐廳的複製方式為主要題材，描述日常生活中的飲食文化不斷遭受中產階級規範的壓抑，使得個人無法擁有創意或搞怪的面向。如喬依思（James Joyce）在〈死者〉（"The Dead"）描寫食物與人內心世界的疏離（alienation），雖是節慶歡宴，食物琳瑯滿目，但卻只凸顯出缺乏溝通的人際關係。

　　一隻棕色大肥鵝躺在桌子的一頭，而另一頭，在一層撒滿了荷蘭芹碎葉的縐紙上放了一大塊火腿，已剝去外皮，遍撒麵包屑，一張乾淨的紙飾圍起腔骨，這旁邊又是一大片加料的牛腿肉。在這些美食上一溜兒排上小菜：兩小疊堆成塔的果凍，一紅一黃；一淺盤涼乳膠加紅果醬，一隻連梗綠葉大盤，上面放了成束的紫葡萄及去皮杏仁，一隻同式盤上放著堆成實心長方形的士每那無花果，一盤上面撒碎肉豆蔻的軟糕，一小碗滿滿

的巧克力及用金銀紙包起的糖果，還有一隻玻璃瓶，裡面立著一些長長的芹菜梗子。在桌子中央站著的，是兩支胖肚子老式水晶玻璃瓶，一盛白葡萄酒，一盛紅葡萄酒，像兩名衛兵守著一隻果盤，上頭有疊成金字塔的蜜柑與美國蘋果。在那闔起的方形鋼琴上面，擱著一海盤等人來分的布丁，在這後面是三組瓶子，分別為黑啤酒、啤酒與礦泉水，按它們穿的制服排列，前二排黑瓶，有棕色及紅色的標籤，第三排是白色小隊，佩交叉式綠綬帶。

迦伯列大大方方的落坐於這張桌子的一端，看了看切割刀的刀緣，就一叉子穩穩插入鵝身。他現在覺得挺自在了，因為他是切鵝專家，而且最樂意於坐在一張佳餚羅列的膳桌的頭上。[7]

吃飯聚餐只是形式，雖生猶死（living dead），在豐盛之中只強調出歡宴節慶的儀式、社會機制，只凸顯出主人翁一貫的角色（切鵝肉）。因此，小說最後以重新玩味生命單調、苦悶、貧瘠的方式，搭上窗外的雪不斷落下，刻繪內心的沉重。

或者，如福樓拜（Gustave Flaubert）的《包法利夫人》（*Madame Bovary*），在地下一樓密閉而又缺乏陽光、空氣與景觀的小餐房裡，天天吃同樣的水煮牛排。在晚餐的規律束縛中，機械性的動作日復一日，使得艾瑪（Emma）無法忍受她的先生夏爾（Charles Bovary）啃食牛肉的聲音。

吃飯時，往往令她感到格外難受，似乎再也撐不下去了。樓下那間小廳堂裡，爐火冒著煙，門也總是發出軋軋的聲音，牆

---

7 喬依思（James Joyce）著，〈死者〉（"The Dead"），《都柏林人》（*Dubliners*），杜若洲譯（台北：志文，2000），頁271-72。

面滲著水，地板也發潮。人生中最令人苦惱的，似乎全盛到面前的餐盤裡了。肉湯熱騰騰地冒著水氣，她看著看著，內心深處不禁感到一陣無奈。夏爾吃一頓飯總要吃上好一陣子，她便坐在一旁，慢慢地嚼著核桃。有時，手肘支著下巴，拿起餐刀順著漆布上的線條好玩地劃著。她再也沒什麼興致管這個家了。在四旬齋期間，她的婆婆來道斯特小住幾天，看她變了個樣，都覺得不可思議。[8]

透過這種貧乏、重複且令人厭倦的生活細節，現代主義文學表現出食物在日常生活中，對於人的身體、心靈構成無法負荷的沉重，並且以這樣的方式來強調食物和中產階級品味的複製效果。浪漫主義可說是對這種機械性的反動，強調有機，認為人能透過精神的食糧，讓身體進一步達到華滋華茨（William Wordsworth）所說的「第二度的和諧」。

然而，現代主義認為浪漫主義的有機想像已不可能。特別是經歷二次大戰之後，工具理性以及中產階級所謂進步和利益算計的邏輯，經常讓人食不甘味。在現代主義的文化詩學裡，飲食往往變成一種形相（shape）及色彩，也就是以視覺為主導（primacy of perception）的水平式鋪陳，與食用者形成線性（linear）關係，互相強化這種空間上的壓抑性邏輯。

後現代時期

1970年代之後，後現代的飲食往往是在私密空間或公私交錯的

---

8 福樓拜（Gustave Flaubert）著，《包法利夫人》（*Madame Bovary*），于冬梅譯（台北：小知堂文化，2001），頁87。

吧台、實驗廚房、五星級旅館、飯店。因而把現代飲食文化這種強調在家或在餐廳複製食譜，注重中產階級統一、同質化的餐飲，並且以視覺為主的邏輯加以調整，發揮出「多元創造組合」（composite）的新餐飲形式。

後現代在幾個面向上和現代很不一樣，現代主義強調同質性，而後現代強調異質性。在異質性上可以看出對早期現代到現代高峰所強調的再現或規律化方式的反動。在後現代環境下的全球化跨國交流，已經讓許多地域性的飲食文化無法再保持純粹性。

後現代的重要特徵是各地區的食物來源已經互通有無，網路訂購以及航空運輸的便利，使得其他地區的食物（如神戶牛肉、日本拉麵、紐西蘭奶酪、阿拉斯加燻鮭魚等），可以在幾個小時之內送往世界各地。眾多的材料、佐料、特殊食物、調理方法以及人才，都可以到其他各地發展，產生互相交會的情況。同時，基因改造所生產的各種動植物新產品（genetically modified products），使得食物來源更加複雜，且可超越各種地區、時節、天候之限制，在各種無法預期的時地，以更具多元組合的方式（如鳳梨加釋迦、菜帶茶香、魚混米味）上桌，打破時空束縛。

在全球化、雜燴的狀況底下，後現代食品強調以前所不能融通的地域性風格，也就是德勒茲（Gilles Deleuze）和瓜塔里（Felix Guattari）所說的「打破疆界」（deterritorialization），構成多點交叉的跨國球莖（rhizome），具有落地生根、逐行發展的精神。例如有許多來自弱小傳統（minor traditions）關於草藥（herb）、精氣、生態、有機野菜的傳統食譜，都被拿來重新闡發。

後現代一方面強調全球性的跨國融通，將不同地區的特殊風格加以涵納、匯通，變成是混雜（hybrid）的狀態。另一方面則著重傳統與現代食譜在後現代時期的交流，讓傳統能夠重新獲得新的描述（re-articulation），以及新的科技方式。譬如氣功可以透過新的物

理學去闡發，許多早期的菜單、食譜、草藥，甚至原住民的傳統食物，也可以與現今的健康、衛生、壯陽等科技融合。許多以前未被發現的弱裔文化及其生態美食觀，也因而得以重獲發掘及運用。

在全球化跨界、匯通的混雜現象底下，弱裔的傳統逐漸為人發現，提升其創造、使用、重新敘述，以及重新開發的可能性。後現代美食便是在這種非常曖昧而又兩難的矛盾狀態底下，一方面是「去除疆界」，另一方面又是「重新開拓」（reterritorialization）。所以，可以看到許多日本與韓國融合的餐廳出現在夏威夷、台灣各地。除了日韓交流的狀況逐漸形成之外，許多草藥及藥療的食品也在色香味俱全的方式底下，提升我們對多元美食的實踐。

不同於現代主義所強調的視覺感受，後現代文化強調觸覺、嗅覺等各種身體感官，乃至於整體生態之間的對應關係。在這種更加流動、多元的關係底下，後現代的美學以下面幾部作品為代表。

在《濃情巧克力》（*Chocolat*, Lasse Hallstrom 導演，2000 年出品）影片中，吃了巧克力之後，可以逐漸溶解社區內的諸多問題，使整個社區變得更為和諧而又具有深度文化，產生社會醫療效果和跨身體的作用。在《芭比的饗宴》（*Babettes Gaestebud*, Gabriel Axel 導演，1987 年出品）影片中，食物來自外地，廚師則由法國來到北歐丹麥的加蘭海岸小村莊，以她的廚藝將跨國材料重新加工，發展出醫療以及贖救整個社區的作用，打開原本嚴峻失和的人際關係之環結。

隨著美食的分享，化解爭吵與衝突，讓氣氛變得輕鬆而愉悅。透過色香味、觸覺、跨身體的接觸、地方色彩，以及跨國食品的互相交融狀態，後現代餐飲更具色彩、更加多元，並且往往與情欲、書寫有關。作菜和進餐是與情欲身體進一步的親密接觸，咀嚼的動作、飲食的佐料成份，特別是強烈的香料，以及飲酒，往往激發情欲，產生情色關係。

以卡爾維諾（Italo Calvino）的《豹日之下》（*Under the Jaguar Sun*）

為例，修女所做出的特殊風味，在一對男女激情的飲用氣氛底下，增強了彼此對身體及情欲的了解。飲食儼然成為新的食人活動，把另外一個人化為秀色可餐、你儂我儂的饗宴，形成情欲交織的景況。若將食物及吸收（或排斥）的複雜機制，從個體與他人的情感網路，擴及到對其他文化、社會的領受與誤解上，食物的跨身體、國界意義將更加凸顯，此乃是卡爾維諾在這篇作品裡探索的主要課題。

這篇短篇小說的敘事者與妻子正在墨西哥渡假，他的敘述往往針對墨西哥佳肴（如 chiles en nogada, tamal de elote）、食物（如 aguacate, tortilla），佐料（如 mole），以及特別的準備方式（如 guajolote con mole poblano, quesadillas），討論多樣的辣椒、蒜、蔥及無以想像的酸、甜、苦、辣等各種說不出味道的元素組合。

從食物對嘴、鼻的刺激，談到中、南美文化對夫妻兩人的震撼，而且不斷在行文描述食物的細節之中，又回到他太太奧莉薇亞的雙唇、鼻子這些與食物相關的器官，以及與性愛、情色、身體接觸的關係。在鋪寫食物的過程中，敘事者突然在奧莉薇亞的牙齒上找到頓悟的啟示：「你可從一個人的眼睛表情去解讀其思想，而我則看過那些堅強而銳利的牙齒，感到那兒有一股遭抑制的欲求，一種期待。」[9]

整個故事充滿了異國情調（exotic）及情色欲望（erotic）的面向。在具體地道出食物的內容、烹飪方式、用餐環境，以及上菜、陳列細節之後，敘事者總會述及他的夢幻、感官聯想、神奇轉變思考，例如在 Tepotzotlan 的一家餐廳裡，他們坐在修道院蔭道的橘子樹間，享用由修女留下的傳統食譜所做出的一道佳餚：

---

9 Italo Calvino. *Under the Jaguar Sun.* Trans. William Weaver. San Diego: Harcourt Brace Jovanovich, 1988, p. 16.

我們已吃過了 tamal de elote ── 甜玉米所做成的絕佳麥麩，
夾豬肉與極辣的紅椒，放入玉米莢中蒸，然後是 chiles en
nogada，棕色帶紅，皺皺的小辣椒，飄浮在核桃醬中，辛辣餘
韻在濃郁、甜美味道之中消逝她們〔修女〕與世隔絕，只關心
如何創出、比較、修訂食譜，以便表達其綺想，畢竟這些綺想
是來自歷練的女性，她們相當聰明、內斂、複雜渴望絕對，平
時盡讀一些有關神奇與轉變的故事，敘述殉道者及折磨的事
跡，女人血液中充滿了矛盾的需求，以及女人憶起童年時所看
到的水果及聞到的蔬菜清香，雖飽受日光曬，卻青翠欲滴。[10]

在用餐之時，食物與準備的人物及其背景、故事、綺想也一起
加入，產生平常食物的第三、四度面向，也就是食物的元素、形式
及其食譜之後的社會、文化想像（cultural imaginary）。食物因此與
地理、歷史搭配，強化了異國的情色吸引力。進食之間，人不僅陶
醉於異國的食譜與出菜的順序，而且也因「當地成百而五花十門的
精選辣椒」，整個人彷彿飄飄欲仙，「盈然過度而有溢出的精神恍
惚感，覺得是開展向熱列神迷的遠景」。[11]

食物進到口中，遂成為一種挪用（appropriation）的活動，將異
文化、異身體加以啜飲、吸收、消化。一方面透過比較、距離化
（distanciation）的方式，欣賞異國食譜的風味，從食物中體會異文
化的精采及可怕諸點。另一方面則以攝取、吸入、含納的動作，將
異文化的色香味及其莫名又過盛的感覺融入自己的身體之中。

在《豹日之下》中，這種跨文化、跨身體的進食活動，則由外
在的觀光、文化評比到內在的身心變化，呈顯出五光十色的光譜。

---

10 同前註，頁5-6。
11 同前註，頁7。

而其核心則是敘事者及奧莉薇亞的關係，也不斷隨著食物、風光而改變彼此看待對方的觀感（perception）。這種觀感的變化，於敘事者洞察一切圍繞「牙齒」的領悟片刻，可說將知識論與形上學、異國記憶與情色欲望交合在一起。

從此以後，敘事者不但以「口欲」、「食人」的比喻，形容他與異文化的接觸過程，也以這種方式，描述或理解他與奧莉薇亞的關係：「真正的旅程，正如把異於平常的『外在』因素吸納進來一樣，意謂著滋養的全然改變，對造訪之國家加以消化──它的動植物及其文化（不僅不同的烹飪實踐及佐料，而且不同的器皿，用來攪麵粉、鍋子炒菜）在雙唇之間溜往食道去。」[12]

在《現代滋味》（The Flavors of Modernity）論及《豹日之下》的章節裡，比亞辛（Gian-Paolo Biasin）指出這部短篇小說是卡爾維諾探索食物文學的顛峰之作，他說：「美食將人類學與情色整合為一。」[13] 比亞辛的重點是想分析卡爾維諾長久以來對食物與文學、多元文本意義的關注。他的看法十分合理，尤其就卡爾維諾早期作品中，不斷出現「食物與情色，欲望與滿足機制，乃至豐盛與不滿意之間的關聯，而食物乃是世界的借喻，位居人類、自然、歷史之核心」。[14]

不過，比亞辛認為卡爾維諾在《豹日之下》則更趨向人類學，而不只是文化或社會學。他以故事結尾的「食人」借喻，解釋何以敘事者會從「銘文之廟」中，得出人類普遍均以他人為吞噬對象，「陶醉於彼此吞下對方，一如以往我們被蛇所吞噬、消化。我們的身體不斷透過吸收、消化的過程收納，以普遍食人（universal

---

12　同前註，頁12。

13　Gian-Paolo Biasin. *The Flavors of Modernity: Food and the Novel*. Princeton, N.J.: Princeton University Press, 1993, p. 98-99.

14　同前註，頁114。

cannibalism）的形式，在每一個情愛關係上留下印記，抹除我們身體與美食的界線」。[15]

當然，卡爾維諾筆下的敘事者可能是藉美食、文化進展與食人的關聯，來彰顯古文明對現代生活仍具其深奧的意義，值得後人（及外國人）去「消費與消化」。不過，整篇故事其實是以食人的意象，達成情愛與食物的轉化及理解過程，而對其他文明或人類的反省，似乎較為次要。

就像在修道院外進餐一景，食物與故事、氣氛互動，增加跨身體、跨文化的情欲與食欲。在旅遊過程中，奧莉薇亞與敘事者到處看風景，同時也對兩人的情感關係產生了以食物為借喻、換喻方式的自我理解：「我的錯誤是認為我被奧莉薇亞吃掉，其實我才是（而且總已是）那個吃掉她的人。」[16] 這是敘事者坐下來與奧莉薇亞吃晚餐時，心中所想到的念頭。

他從吞食獅子頭（〈泡奶油的胖女孩〉，"gorditas pellizcadas con manteca"）中，吸進了奧莉薇亞的香氣，由吃肉圓到產生肉感，彷彿啜飲了他人的精血，他突然領悟到人和食物的關係有四個面向：「我、肉圓、奧莉薇亞及食物的名字」，[17] 而且後者角色舉足輕重。有了這種心得，他說兩人密切結合在一起，達到最美好的片刻。

換句話說，食人意象並非以人類學的方式去了解當地的社會、文化，或透過食物細部去深入描述其信仰體系，而是在美食的名字之中，慢慢移動牙齒，以均勻的韻律，與另一半、食物及其美妙的名字完全契合。這是美食的情色學，同時也是在異國旅遊中，由食物體會到自我轉化的契機。

---

[15] 同前註，頁 29。

[16] Italo Calvino. *Under the Jaguar Sun*, p. 26.

[17] 同前註，頁 27。

　　由前現代、早期現代、現代一直到後現代，在飲食觀念上的整體變化，可用下列圖表作為簡單對照。

	前現代	早期現代	現代	後現代
特色	犧牲尚饗期（sacrificial）	再現式（representational）	重複、複製（reproducible）	隨機、創造型（composite）
場地	宗廟	客棧	餐廳	旅館
文化形式	政治領導作為大廚（chef）	地方廚藝特色的發展與再現	餐桌禮儀與日常生活的規範化	多元、跨國與各種機制的整合
飲食文化	祭典	地方廚藝	日常飲食的品味、疏離與瑣碎化	有機整合的再重整
代表作品	治國如烹小鮮	姜生的〈致遍所食〉	1.喬依思的〈死者〉 2.福樓拜的《包法利夫人》	1.《濃情巧克力》 2.《芭比的饗宴》

第五講

翻譯‧經典‧文學
——以 *Gulliver's Travels* 為例*

單德興

翻譯與譯者

（一）翻譯／時空／上下

　　「翻譯」一詞意義繁複，基本上涉及空間、時間與彼此的比喻，而這些比喻本身就饒富意味，值得省思。

---

* 本文主要根據筆者所從事的國科會研究計畫「翻譯面面觀：譯者‧譯本‧建制」及國科會經典譯注計畫 *Gulliver's Travels* 的研究及翻譯心得。相關論述可參閱筆者〈理論之旅行／翻譯：以中文再現 Edward W. Said——以 *Orientalism* 的四種中譯為例〉，《中外文學》29卷5期（2000年10月），頁39-72；〈翻譯‧介入‧顛覆：重估林紓的文學翻譯——以《海外軒渠錄》為例〉，《文山評論》1卷4期（2000年10月），頁23-77；〈格理弗中土遊記——淺談《格理弗遊記》最早的三個中譯本〉，彭鏡禧編，《解讀西洋經典》（台北：聯經，2002），頁21-45；"Gulliver Travels to the Centre of the Earth: Three Early Chinese Translations of *Gulliver's Travels*," in *Swift Studies* 17 (2002): 109-24；2003年10月24日於國立中興大學舉辦的國科會外文學門86-90年度研究成果發表會上宣讀的〈譯者的角色〉，以及尚未出版的經典譯注計畫七萬餘言的緒論。文中有關《格理弗遊記》的譯文來自筆者參與的經典譯註計畫，此書即將由聯經出版事業公司出版。承蒙陳雪美小姐協助修潤文字，謹此致謝。

　　就空間的比喻而言，英文的 "translate" 來自拉丁文的
"*translatus*"，意指「被轉移」（transferred）、「被帶過去」（carried
over），強調的是空間的面向和越界的行動，彷彿具體的物件被帶著
跨越語言、文化、國族的疆界。至於能不能在另一個語言、文化、
國族的脈絡中落地生根，成長茁壯，開花結果，則要看能不能克服
「水土不服」，而會不會產生「橘踰淮而為枳」的現象，也有待觀
察。[1]

　　就時間的比喻而言，巴絲妮特和崔維迪（Susan Bassnett and
Harish Trivedi）指出，梵文裡的 "*anuvad*" 意指：「在⋯⋯之後說或
再說，藉由解釋而重複，以確證或實例來做解釋性的重複或反覆，
以解釋的方式來指涉已經說過的任何事」（"saying after or again,
repeating by way of explanation, explanatory repetition or reiteration with
corroboration or illustration, explanatory reference to anything already
said"。[2] 此處強調的是時間的面向（尤其是「遲緩」、「後到」
〔belatedness〕）和解釋、重複之意。巧合的是，這種說法正符合英文

---

[1] 米樂（J. Hillis Miller）專文說明理論經過翻譯之後，如何在另一個語言與文化脈絡
　　中既維持原意，又衍生新意，並達到以文字做事的踐行效應（performative effects），
　　詳見 "Border Crossings: Translating Theory," in *New Starts: Performative Topographies in
　　Literature and Criticism*. Taipei: Institute of European and American Studies, Academia
　　Sinica, 1993, pp. 1-26。米樂有關「理論之翻譯」（translating theory）的說法主要綜合
　　了薩依德（Edward W. Said）的「理論之旅行」（參閱 "Traveling Theory," in *The World,
　　the Text, and the Critic*. Cambridge, Mass,: Harvard University Press, 1983, pp. 226-47;
　　"Traveling Theory Reconsidered," in *Reflections on Exile and Other Essays*. Cambridge, Mass,:
　　Harvard University Press, 1983, pp. 436-52）、解構批評（deconstruction），以及言語行
　　動理論（speech-act theory）等觀念，發人深省。筆者則要進一步指出，米樂所闡釋
　　的現象其實並不限於理論文本的翻譯，在其他文本的翻譯中也普遍可見。

[2] Susan Bassnett and Harish Trivedi. "Introduction: Of Colonies, Cannibals and Vernaculars,"
　　in *Post-colonial Translation: Theory and Practice*. London; New York: Routledge, 1999, p. 9.

中 "after" 一字的兩種意思：「在……之後」和「仿照……方式」。因此，"to say after" 便意味著此行動在時間上是「延遲的」，在方式上則是「學舌」、「依樣畫葫蘆」。至於延遲多久？逼近「原本」或「原文」的程度如何？也值得分析。

　　以上兩者似乎偏向負面的意義，例如前者的被動、踰越，而在踰越的過程中會不會產生如水桶倒水般的「遞減效應」、嚼飯與人般的「殘渣現象」，或在異地長出不同於「原種」的「異物」、「怪胎」，都值得考量。後者則一方面明指時序上的落後，另一方面暗示有如鸚鵡學舌般的重複與模仿（及可能失真），缺乏創見與新意。

　　中國自周朝起便有關於翻譯的紀錄。《禮記・王制》記載：「中國、夷、蠻、戎、狄……五方之民，言語不通，嗜欲不同，達其志，通其欲，東方曰寄，南方曰象，西方曰狄鞮，北方曰譯。」因此，「譯」原指專事北方之通譯。許慎《說文解字》把「譯」字擴大解釋為「傳譯四夷之言者」（卷三）。這類說法除了明指「語言的傳達」之外，更暗示了區別、高下之意：我們／他們、中心／邊緣（中土／四方）、文明／野蠻（華夏／蠻夷）等。換言之，其中隱含了華夏的文化優越感，而且此一現象不限於單純的語言行為，也暗含了自我權力的拓展，以及對方可能的排斥、敵視與抗拒——雖然說翻譯的行為本身是為了溝通與了解。

（二）譯者：舌人？逆者？

　　Gulliver's Travels [3] 第三部第九章提到主角來到拉格那格島（Luggnagg），觀見國王。由於雙方言語不通，主角格理弗（Lemuel

---

3 此書名一般中譯為《大小人國遊記》或《格列佛遊記》（林紓則譯為《海外軒渠錄》），筆者根據本書的相關詮釋及批評史，並參照以往中譯，而譯為《格理弗遊記》，理由詳見下文。王建開在《五四以來我國英美文學作品譯介史（1919-1949）》

Gulliver）就「照別人教我的回答：『佛路佛特　德林 亞雷里克　都敦　帕拉斯查德　莫普拉喜』，就是表示：『我的舌頭在朋友的口中』（"*My Tongue is in the Mouth of my Friend*"），這個說法的意思是：我請求帶我的口譯」。[4] 此處對於口譯採取的是很物質化／肉體化的說法，而且在上下文中別有深意，因為主角先前提到有信差趕在他之前：

> 向國王稟報我到來，並請求陛下賜下日子和時辰，讓我有幸「舔舐國王腳凳前的灰塵」。這是宮廷的說法，而我發現這不只是說說而已。因為我抵達兩天後獲准觀見，被命令匍匐前進，並且一路舔舐地板；但有鑑於我是外地人，他們特意清理地板，讓灰塵不至那麼令人作嘔。然而，只有最高層的人士求見時才享有這種特殊的恩寵。[5]

如果朝中有人對觀見者不滿，會故意在地板上撒灰塵，讓此人灰頭土臉，滿口塵埃，不利於與國王談話，甚至觸怒國王，而有喪命之虞。國王有意處死某人時，則令侍臣在地板上撒毒粉，舔舐地

（上海：上海外語教育，2003）一書的〈英美主要作家和作品中英文對照〉提到《格理弗遊記》的不同譯本：「《格列佛游〔遊〕記》*Gulliver's Travels*／《談瀛小錄》（《格列佛游〔遊〕記》第一部分的譯文）／《大人國游〔遊〕記》、《小人國游〔遊〕記》、《飛島游〔遊〕記》、《獸國游〔遊〕記》、《伽利華游〔遊〕記》、《海外軒渠錄》（均為《格列佛游〔遊〕記》的節譯本）」（頁336）。其實，此書的中文譯本不只這些。

4　本文根據的是特納（Paul Turner）為牛津大學出版社編注的版本。參閱 Jonathan Swift. *Gulliver's Travels*. 1726/1735. Ed. and with explanatory notes by Paul Turner. Oxford; New York: Oxford University Press, 1986, p. 198.

5　Jonathan Swift. *Gulliver's Travels*. 1726/1735. Ed. and with explanatory notes by Paul Turner, p.196.

板的臣子在二十四小時內便一命嗚呼。不難想見,在如此高壓統治、
朝不保夕的國度中,若是口譯出現任何差池,很可能危及主角的性
命。換言之,主角的性命繫於口譯身上,或者該說,「舌頭上」。

　　巧合的是,以「我的舌頭在朋友的口中」作為「口譯」的說
法,在中文裡找得到相似的例子。《國語・周語中》說:「夫戎、
狄,冒沒輕儳,貪而不讓。其血氣不治,若禽獸焉。其適來班貢,
不俟馨香嘉味,故坐諸門外,而使『舌人』體委與之。」(雙括號
為筆者所強調)其註指出:「舌人,能達異方之志,象胥之官。」
換言之,這裡依然存在著華夏／戎狄的自／他、內／外、文明／野
蠻之分,而「舌人」或「口譯」則職司居中傳遞訊息。可以想見,
一般人並不通曉兩種語言,因此無法判斷舌人是否善盡職責,忠實
傳達。

　　對譯者懷疑最深且流傳最廣的說法之一,便是義大利的諺語
"Traduttore, traditore"("Translator, traitor"〔「翻譯者,反逆者也」或
「譯者,逆者也」〕)。[6] 由於譯者處於兩種不同語言、文化之間(in-
between status),而語言與文化的差異、聯想使得完全對等(total

6　此處出現一種弔詭的現象。雅柯慎在〈論翻譯的語言學層面〉(Roman Jakobson.
　　"On Linguistic Aspects of Translation," in *Roman Jakobson: Selected Writings. II. Word and*
　　Language. Hague: Mouton, 1971)一文中,以這則義大利諺語的形、音、義無法如實
　　翻譯成英文,來說明詩的不可譯性(untranslatability)(pp. 260-66)。米樂則這麼談
　　論它是無法翻譯的:「無法翻譯的是很偶然而且本質上沒有意義的事實:在義大利
　　文中,把 "traduttore" 一字中的 "u" 變成 "i"、兩個 "t" 變成一個 "t",便使得『翻譯』
　　〔"translate"〕變成了『中傷』、『叛逆』〔"traduce"〕。」見米樂著,〈跨越邊界——
　　理論之翻譯〉,單德興譯,收入單德興編譯,《跨越邊界:翻譯・文學・批評》(台
　　北:書林,1995),頁27。然而一般將此諺語英譯為"Translator, traitor"可謂已力求
　　形、音、義三者兼顧了。此處中譯為「翻譯者,反逆者也」,也試圖盡量貼近原文
　　的意義、對仗及雙聲疊韻。若譯為「譯者,逆者也」,則更簡化,而且保持了意
　　義、押韻及對仗,但未能顧及雙聲或頭韻(alliteration)。

equivalence）成為不可能的任務，在居中傳達時勢必有所增減，而導致「添加之罪」（"sin of commission"）或「節略之罪」（"sin of omission"），往往更是「兩罪併發」。這是每位譯者無法倖免的宿命，任何人只要有心，小到一字一詞，大到通篇大意，總找得到批評之處，甚至可謂「欲加之罪，何患無辭」。

　　就解構批評有關意義的散播（dissemination）之觀點，即使在同一語文中，原意都渺不可溯，更何況是跨語文的傳遞。因此，儘管我們不完全接受解構批評的看法，但在翻譯之中即使「有罪」也往往是「必要之惡」或「非『譯』之罪」。若為了企盼、奢想完美的翻譯而踟躕不前，必然一事無成。這也是為什麼具有充分翻譯經驗的文學理論家史碧娃克（Gayatri C. Spivak）會說：「只是批判，一直拖到烏托邦式的譯者產生之後才行動，是不切實際的」（"To be only critical, to defer action until the production of the utopian translator, is impractical"）。[7] 著名翻譯論者史泰納（George Steiner）更直截了當地指出：「因為翻譯並不總是可能，而且從未完美，如果就此否認翻譯的有效性，這是荒謬的」（"To dismiss the validity of translation because it is not always possible and never perfect is absurd"）。[8] 翻譯家龐帖羅（Giovanni Pontiero）則採取更積極、正面的回應：「如果完美的翻譯是不可能的絕對之事，那麼它就是一件值得努力的絕對之事」（"If the perfect translation is an impossible absolute, it is an absolute worth striving for"）。[9] 一般說來，理論家較傾向於強調不可譯性，而

[7] Gayatri C. Spivak. "The Politics of Translation," in *Outside in the Teaching Machine*. New York; London: Routledge, 1993, p. 182.

[8] George Steiner. *After Babel: Aspects of Language and Translation*. 3rd ed. Oxford: Oxford University Press, 1998, p. 264.

[9] Giovanni Pontiero. "The Risks and Rewards of Literary Translation," in *The Translator's Dialogue: Giovanni Pontiero*. Ed. Pilar Orero, Juan C. Sager. Amsterdam; Philadelphia: John

譯者雖然在實際翻譯過程中遭逢大大小小的困難，但基本上採取「先譯再說」、「且譯且走」，甚至「知其不可為而為之」的態度。

依筆者之見，比較務實的做法就是一邊從事翻譯，一邊剖析即使是「叛逆」，也要了解是何種「叛逆」，為何及如何「叛逆」，其有利和不利的內、外在條件，以及所產生的效應等等。就此而言，最戲劇性的例子之一就是黃春明的小說〈莎喲娜啦・再見〉。故事中具有民族意識卻又不得不屈從於跨國公司利益的「舌人」、「皮條客」、小知識分子黃君，位居七個日本嫖客和一個台大中文系四年級學生之間，在為雙方傳譯時「顛倒其詞」、「逆轉其意」、「搬弄是非」，看似為彼此服務，傳遞訊息，卻是伺機教訓雙方（「藉這個機會刺刺日本人，同時也訓訓我們的小老弟」[10]），由原先的「惡作劇」，[11] 進而「兩邊攻打」、[12]「作弄著兩邊」，[13] 一吐自己的怨氣，滿足自己的虛榮感和民族尊嚴。這雖然是個極端的例子，但多少可見，傳譯中存在著相當大的運作、操弄和戲耍的空間，而翻譯和譯者絕非一般想像的那麼單純：翻譯絕不只是單純的搬運、轉移，「後來再說」，而譯者和舌人也絕不只是單純的鸚鵡學舌、亦步亦趨，或者違逆不忠、表裡不一。[14]

經典／文學

經典文學與翻譯的關係甚為密切。史泰納從語言、人類理解，

Benjamins Pub., 1997, p. 26.

[10] 黃春明，〈莎喲娜啦・再見〉，《莎喲娜啦・再見》（台北：皇冠，2000），頁66。

[11] 同前註，頁66，70。

[12] 同前註，頁70。

[13] 同前註，頁72。

[14] 相關討論可參閱筆者〈譯者的角色〉一文。

以及翻譯的歷史與理論之角度出發，指出：「翻譯是，而且一直會是，思考與理解的模式。……否定翻譯的那些人本身就是詮釋者」（"Translation is, and always will be, the mode of thought and understanding . . . Those who negate translation are themselves interpreters"）。[15] 他並指出，即使在同一語文中，試圖了解不同時代的作品，這種行為本身便已是翻譯了。[16] 經典文學既然是世代相傳的文學作品，勢必經過一代代的重新閱讀與詮釋，也就是說，由不同時空環境下的讀者／詮釋者根據自己的條件與需求進行一次又一次的翻譯與解讀。在這層意義下，即使在同一語文情境下，經典文學也是經過不同時空、不同背景的讀者一讀再讀、一譯再譯，不斷賦予新解，以符合當時需要的文本了。[17]

再就異語文之間的翻譯而言，從世界文學的角度來看，即使再強有力的文學傳統，身為人類共同資產的一部分，都無法宣稱超過其他文學的總和，也無法自外於其他文學與文化傳統，而自我封閉、孤芳自賞。而且，各文化不但已經是混雜之後的產物，也依然處於繼續混雜的過程中。不同文學與文化傳統之間的交流、互動與了解，非仰賴翻譯不可。換言之，世人早已處在翻譯中（always already translated），此理甚明。例如，就宗教而言，今日有幾人能以原文閱讀佛經或聖經；就教學而言，美國各大學裡有關中國文學的課程，以及台灣各大學裡的西洋文學概論或歐洲文學等課程率皆採用英譯本；就新聞而言，每日不論是平面或立體媒體的外電，無不是翻譯或翻譯的翻譯……由上述可知，不論是在同語文之內或異語文之間，都存在著古今之譯和中外之譯的現象。簡言之，翻譯無所

---

[15] George Steiner. *After Babel*, p. 264.

[16] 同前註，頁 xii。

[17] 同前註，頁 1-18。

不在。

　　而在翻譯與文學史中，文學翻譯與翻譯文學占有不可或缺的地位。就文學翻譯而言，文學是了解文化的重要途徑，欲了解異文化的精緻奧妙必須透過文學的翻譯。再就翻譯文學而言，文學的翻譯在進入另一個文化之後，或多或少會產生一些影響。以中國文學史為例，論者早已普遍肯定佛經的翻譯不但在內容上大大激發了中國人的想像，在形式上也促成了白話文學的演化。再者，根據伊文－佐哈（Itamar Even-Zohar）有關複系統（polysystem）的看法，翻譯文學為譯入語的文學史及文學傳統的一部分，[18] 英人費滋傑羅（Edward Fitzgerald）翻譯波斯詩人奧瑪‧開儼的《魯拜集》（*Rubaiyat of Omar Khayyam*）在英國文學史上占有一席之地便是明證，而欽定本英文聖經（*The King James Bible*）的翻譯與出版更在英國文學史和文化史上扮演舉足輕重的角色；[19] 至於漢譯佛經及清末的翻譯文學也在中國文學史和文化史上具有獨特的意義。

　　此外，筆者也曾拈出多元系統（multisystem）的看法，指陳在今日跨語文、跨文化、跨疆界的情況下，可以採取更彈性、動態的方式來定位翻譯文學，如華美文學的中文翻譯不但可以在傳統的中國文學史觀中占有上述複系統之內的地位，也可分別置於漢語文學（此一文學包括了以往在日本、韓國、越南等地的文學，以及當今全球脈絡下的華文文學），甚至美國文學的脈絡（如果我們採納LOWINUS〔Languages of What Is Now the United States〕般以多語文的方式來重新省思美國文學與文化）。[20]

---

[18] Itamar Even-Zohar. 1997. "Polysystem Theory," (revised version). 30 Dec. 2003. http://www.tau.ac.il/~itamarez/papers/ps-th-r.htm.

[19] 可參閱麥格福的《當上帝開始說英文》（Alister McGrath. *In the Beginning: The Story of the* King James Bible. New York: Doubleday, 2001）。

[20] 參閱筆者 "Border-crossings and Literary Diaspora: A Translingual/Transcultural Reading of

　　再就經典文學而言，據說曾有人戲謔地為經典下了如此的定義：「經典就是人人知道，卻無人閱讀的作品。」我們不妨據此進一步推演：「經典——不管是不是翻譯——就是人人自認知道，卻未必真正認識的作品。」這個說法看似戲謔，其實未必。在座的五、六十位學員，雖然幾乎完全不是外文系／英文系出身，卻也都是在大專院校任教的人文學科老師，對於本國和外國文學與文化的認知顯然超過一般社會大眾。但由剛剛進行的現場意見調查可以發現，每位都讀過或聽說過《大小人國遊記》或《格列佛遊記》，但要不是因為參加這次通識營，閱讀指定教材，沒有人知道原書共有四部，而不是從小就讀過、自認熟悉卻被腰斬的《大小人國遊記》。這個例子足以證明上述有關經典的說法雖似戲謔，卻不無道理，也印證筆者以往的論斷：《格理弗遊記》極可能是中國翻譯史上最著名而且流傳最廣的誤譯。

以意逆志：讀書・知人・論世

（一）以意逆志

　　先前筆者將義大利諺語 "Traduttore, traditore" 譯為「翻譯者，反逆者也」或「譯者，逆者也」。若如米樂所言，他的作品在「翻譯成如此豐富、如此不同於英文、如此具有光輝的文學傳統和知識傳統的中文」，可能衍異／演義出繁複紛歧的意義，[21] 那麼這句義大利

---

a Chinese Translation of *The Woman Warrior*," Paper presented at "*Kaifa-jieguo zai Haiwai*: An International Conference on the Literatures of the Chinese Diaspora". Sponsored by Asian American Studies, University of California, Berkeley, and the International Society for the Study of Chinese Overseas, USA. November 28-December 1, 2002.

[21] 米樂著，〈跨越邊界——《中外文學》米樂專號序〉，單德興譯，《中外文學》20卷4期（1991年9月），頁8。

名言在翻譯成中文後衍異／演義出繁複紛歧的意義，也就不足為奇了。

　　如果將「翻譯者，反逆者也」或「譯者，逆者也」這個中譯進一步加以翻譯、違逆、繁衍、引申，就會發現其中至少具有三重意義：違逆、追溯、預測。第一個「違逆」或「不肖」（後者取其「不像」與「惡劣」二意），最貼近義大利文原意和當今中文用法。其次，「追溯」取「以意逆志」之意，[22] 雖難免「意圖謬誤」（the intentional fallacy）之譏，卻也是人類理解（human understanding）以及讀書—知人—論世的重要方式。第三個「預測」則取「『逆』睹」、「『逆』料」之意——雖然這種預測可能違逆／違反原來的意思，以致有「不肖」之譏。如此說來，譯者及其產品有意無意間集三重意義於一身，綜合了逆與順、反與正、不肖與肖似、回顧與前瞻、溯源與開創。這種說法似乎在米樂強調理論經翻譯後於異地的新開始之外——由米樂「跨越邊界」的標題可以看出其思維方式主要是空間的，雖然他對舊約路得（Ruth）故事的詮釋引進了時間的面向——還包含了時空兩個面向的越界：既溯源也創新，既回顧也前瞻，「既讀取也傳送」（"to retrieve and relay"）。[23] 而促成這一切的關鍵人物正是譯者。

　　原先動輒得咎、兩面不討好的「譯者／逆者」，在「翻譯」之後竟然得以如此翻轉與翻身，真可謂「不可逆睹」。依照前文有關翻譯的時間、空間及高下之涵義，我們可以說：在時間上，譯者既是追溯原意，但其譯作也可能在另一個語文情境中衍生、開創出新

---

[22]《孟子・萬章上》有言：「故說詩者，不以文害辭，不以辭害志；以意逆志，是為得之」，意指詮釋者務求超越文字、辭句的限制與障礙，而以自己的意思出發，去推想、追溯作者的旨意。

[23] Basil Hatim. and Ian Mason. *Discourse and the Translator*. London; New York: Longman, 1990, p. viii.

的文學與文化意義；在空間上，譯者既跨入原先的語境以了解、汲取原意，也運用自己的語言、文學與文化能力將其轉化入另一個語境；再者，在翻譯中儘管有內外之分，其實未必有高下之判——雖然翻譯的作品都經過揀選，理應有一定的水準，但也存在著經由名家譯筆而點石成金、廣為流傳的現象，清末的林紓便是一例。

　　先前提到的「以意逆志」之說並不限於同一語文。跨語言、跨文化、跨時空的了解也須透過文本來追溯、知悉某位作家，以及產生這位作家及其作品的時空條件，此即「讀書─知人─論世」之說。就《格理弗遊記》的作者綏夫特（Jonathan Swift, 1667-1745）而言，我們透過作者自己的作品和他人的相關論述得以一窺其時代背景與精神世界。

知人論世：綏夫特的時代、生平及作品[24]

　　綏夫特於1667年11月30日出生在愛爾蘭都柏林，父母親都是英國人。身為遺腹子的他，在親人資助下，就讀當地最高學府三一學院（Trinity College），跟隨當時著名的學者、宗教人士學習，1686年獲得學士學位。1689年前往英格蘭，擔任著名文人、退休外交家、政治家田波爵士（Sir William Temple）的祕書，1692年獲得牛津大學碩士學位，此後多次往返於英格蘭和愛爾蘭之間，1702年獲得三一學院神學博士學位。

　　倫敦是當時政治、經濟、宗教、文學的中心，許多文人墨客與政界人士過從甚密。綏夫特穿梭於倫敦與都柏林之間，一方面希望在英國文壇占有一席之地，結交了許多文人朋友，與當時的詩壇祭酒波普（Alexander Pope）時有往返，另一方面也希望在政界發展，

24　本節取材自筆者的〈格理弗中土遊記〉，頁22-29。

涉入了惠格黨與托利黨之爭（他由於個人的立場〔包括主張與法國媾和，支持天主教，為愛爾蘭爭取減稅〕，從惠格黨轉為托利黨），寫了不少小冊子，宣揚政治理念，是托利黨最有力的一枝健筆。然而因為黨派之爭，再加上受早年著作之累，未能如願在倫敦獲得任命，只得於1713年6月接受都柏林最大的聖帕提克大教堂總鐸（Dean of St. Patrick's Cathedral）一職，直到1745年去世。

綏夫特眼見愛爾蘭在政治、經濟上長期遭到英格蘭多方壓榨與剝削，心中甚為不平，遂提起如椽巨筆，發而為文，充當愛爾蘭人喉舌，為民請命。時值新古典主義時期，諷刺文體（satire）盛行，他常以此文體撰詩為文，諷刺不平之事。匿名出版的《布商書簡》（Drapier's Letters），迫使英國收回企圖改變愛爾蘭幣制的惡法，縱使英國政府懸賞要人指認作者，許多人也明知是綏夫特之作，卻無人向官府舉發，他也因此被視為愛爾蘭的英雄，並以此事自豪。〈野人芻議〉（"A Modest Proposal"）一文更以「野人獻曝」的手法，建議愛爾蘭窮人將稚子賣給英國人充當佳餚，既可減輕人口壓力，又可賺取收入，全文以看似為民興利的動機、無邪的口吻、具體的形象，生動呈現英格蘭剝削、吞噬愛爾蘭的情景，為英國文學史上最有名的諷刺文。他也曾撰詩自悼，〈悼綏夫特博士之死〉（"Verses on the Death of Dr. Swift, D.S.P.D."）一詩自諷、自褒、自白兼而有之。簡言之，他深知自己的長處在於犀利的文筆，特殊的發言位置，並善於選擇適當時機積極介入，濟弱扶傾，伸張正義，發揮最大的效應。這種情況符合薩依德所說的：「知道如何善用語言，知道何時以語言介入，是知識分子行動的兩個必要特色。」[25] 無怪乎薩依德在早年的文章中便以「知識分子」一詞相許，在接受筆者訪

---

25 薩依德著，《知識分子論》（Representations of the Intellectual: The 1993 Reith Lectures），單德興譯（台北：麥田，1997），頁57。

問時更推崇綏夫特為最偉大的英文文體家（stylist）。[26]

在綏夫特的眾多著作中，流傳最廣的就是1726年10月28日於倫敦出版的《格理弗遊記》，當時他已年近六十，貴為聖帕提克大教堂總鐸。此書一出，不但頗受英國人矚目，廣為流傳（不少人甚至針對書中所諷刺之人、事「對號入座」，以此自娛），而且博得外國人的青睞，第二年便出現荷蘭文、法文、德文譯本，第四年出現義大利文譯本，風行歐洲。然而由於書中有些諷刺過於露骨，倫敦書商莫特（Benjamin Motte）於初版時唯恐因文賈禍，於是增刪、改寫若干地方。綏夫特對此甚為不滿，九年後都柏林書商福克納（George Faulkner）出版的四冊《綏夫特作品集》（*The Works of Jonathan Swift, D.D., D.S.P.D.*）中，納入了作者親自修訂的《格理弗遊記》作為第三冊，書前特以主角格理弗的名義撰寫一函，批評遭到竄改的先前版本。

綏夫特大約在四十歲時罹患梅尼爾症，以致暈眩、重聽，以後一直為此疾所苦，不少人認為他作品中的憤世嫉俗與他的身體狀況有關。七十歲之後，痼疾益發嚴重，逐漸喪失記憶與心智能力，於1745年10月19日逝世，享年七十八歲。綏夫特終生未娶，身後與情人同葬於大教堂的地板下，遺產的三分之一（一萬一千英鎊）在都柏林創立第一所瘋人院，甚具規模，至今依然是愛爾蘭著名醫院之一，即以治療精神病聞名的聖帕提克醫院（St. Patrick's Hospital）。他除了為愛爾蘭伸張正義，發揚人道精神之外，留給後世的最大遺產便是他的文學作品，尤其是《格理弗遊記》。

---

26 參閱薩依德，〈知識分子綏夫特〉一文（"Swift as Intellectual," in *The World, the Text, and the Critic*, pp. 72-89），以及筆者〈權力・政治・文化──三訪薩依德〉，《當代》174期（2002年2月），頁47。

翻譯與違逆：中外翻譯史上罕見的誤譯

　　在中外翻譯史上，像《格理弗遊記》這樣普受歡迎而且遭到誤譯與誤解的作品極為罕見。甚至誇張一點地說，《格理弗遊記》的中譯史本身便是一部誤譯史，因為這部公認的英國／英文文學經典諷刺敘事，在進入中文世界之後，不僅易「文」改裝，而且改頭換面程度之大不但是「一新耳目」，甚且是「面目全非」了。因此，這裡出現了一個很弔詭的現象：一方面《格理弗遊記》在中文世界裡幾乎是一部家喻戶曉的兒童文學、奇幻文學之作，另一方面這種「盛名」反倒掩蓋了原作在英文世界的經典文學地位，以及作者綏夫特身為英國文學史上最偉大的諷刺作家之評價。換言之，過於強調這部作品中的奇幻成分，固然凸顯了這方面的特色與豐饒，卻也付出了沉重的代價。這些從以往的中譯便可明顯看出。

　　筆者曾在〈格理弗中土遊記〉一文追溯此書最早的三個中譯本。第一個「中譯」《談瀛小錄》其實是改寫，於清同治11年4月15至18日（1872年5月21至24日）連載於當時甫創刊的《申報》，譯者不詳；第二個中譯出現於1903年7月的《繡像小說》，直到1906年3月（共三十六回，斷斷續續出現於第5期至71期，先取名《僬僥國》，後改為《汗漫遊》），由上海的商務印書館印行，譯者不詳；第三個中譯則是由林紓與魏易（一說曾宗鞏）合譯的《海外軒渠錄》，光緒32年（1906年）由商務印書館印行，是此書首次以專書形式出版。筆者指出：「一般說來，此書雖可概稱為奇幻文學，但其中譯傳統大略有二，一為諷刺文學，一為兒童文學，後者大都以改寫的腰斬版形式出現，直到晚近才漸有納入全本的趨勢。中文世界裡尚出現另一旁支。由於故事具想像力，內容生動有趣，半個多世紀以來便有英漢對照本或註解本，作為學習英文之用，延續至今。」[27]

「文字─文本─文學─文化」及其他

下文便以筆者實際從事此書譯注及評介時所遭遇的挑戰與問題，依照文字─文本─文學─文化的層次，逐一具體討論經典文學翻譯。

（一）文字

翻譯是由逐字逐句的閱讀、理解、詮釋與轉換而來，而文字隨著時代而演化，因此在翻譯古典作品時，特別要留意同一個字在不同時代的意涵，切忌以當代之意來硬套，否則就會鬧出把「美麗新世界」（"brave new world"）譯成「勇敢新世界」的笑話。因此，在翻譯像《格理弗遊記》這類英文經典作品時，根據歷史原則編纂的《牛津英文字典》（*Oxford English Dictionary*，簡稱 *OED*）是必備的工具書。[28] 此外，名著流傳時，代代的讀者、批評家、文學史家都會加上自己的見解，因此閱讀歷代的代表性評論以了解不同時代的詮釋和解讀，也是嚴謹譯者的重要功課。

有關單字的翻譯，底下舉三個字的中譯（"Physick"、"Mrs"和"Yahoo"）加以說明。第一部第一章提到主角到荷蘭的*Leyden*: There I studied Physick two years and seven Months, knowing it would be useful in long Voyages"。[29] 文中"Leyden"的現代拼法為 "Leiden"，而 "Physick"

---

27 參閱筆者〈格理弗中土遊記〉，頁42。對此書批評史及流傳史（翻譯史）有興趣的讀者，可參閱威廉絲（Kathleen Williams）編輯的《綏夫特批評資料彙編》（*Jonathan Swift: The Critical Heritage*. 1970. London; New York: Routledge, 1995），及筆者為《格理弗遊記》中文譯注本所撰寫的長篇緒論。

28 以往的英文註解版即留意於此，2001年德馬利亞（Robert DeMaria, Jr.）編註的企鵝版新版《格理弗遊記》更強調以《牛津英文字典》，以及與綏夫特年代相近的江森（Samuel Johnson）於1755年出版的《字典》（*Dictionary*）作為註解的重要根據。

的現代拼法為 "Physics"。第一個中譯本由於是改寫，把主角轉化為中國華南人士，因此根本略去這一段。在《繡像小說》上刊登的第二個中譯本則譯為：家人「送我到荷蘭國學習格致，因為格致為操航海業的人必不可少的學問」。[30]《海外軒渠錄》中，林紓及其合譯者則譯為「資余客於利登之間。余之居利登也。習格物學。凡二年有七閱月。即以此資為客行之助」。[31] 來登位於荷蘭西南部，在倫敦之東大約兩百英里，其大學以法律和醫學聞名，思想自由開放，吸引了包括英國在內的許多外國學生前往就讀，多少也暗示了主角的個性和志向。換言之，單單一個地名般的文本細節便承載了不少訊息。第二個譯本為清末的中文讀者設想，化小為大，把陌生的「來登」城市轉換為較熟悉的「荷蘭國」，林紓則直接音譯，未註明是何國，以致讀者只曉得是異地。但更重要的則是 "Physick" 一字的中譯，這兩個早期中文譯本分別譯為「格致」和「格物學」，也就是「物理學」早先的中文譯名。由此可見，二十世紀初的中文譯者都把此字當成現代的物理學，而且置於上下文中似乎也說得通。然而，在綏夫特那個時代，此字的意思是「醫學」（相當於今日的 "medicine"），因此，原文的意思應為「我在來登習醫兩年七個月，知道那在長途航行中派得上用場」。這種譯法不但忠於史實，也符合主角的船醫身分和遊記的意旨，兼顧了文本的外緣與內緣因素。[32]

---

[29] Swift Jonathan. *Gulliver's Travels.* 1726/1735. Ed. and with explanatory notes by Paul Turner, p. 5.

[30] 《汗漫遊》（原名《僬僥國》），譯者不詳，《繡像小說》5-71期（清光緒29年6月至32年3月〔1903年7月至1906年3月〕），頁1。

[31] 林紓與魏易（一說曾宗鞏）譯，《海外軒渠錄》（上海：商務，光緒32年〔1906〕），頁1。

[32] 林譯的另一個謬誤就是把「習醫……在長途航行中派得上用場」解釋成「以親人的資助作為主角旅行之用」。

第一部第一章也提到主角的情況："... being advised to alter my Condition, I married Mrs *Mary Burton*, second Daughter to Mr *Edmond Burton*, Hosier, in *Newgate-street*, with whom I received four Hundred Pounds for a Portion"。[33] 大意是說，主角經濟拮据，為了改善自己的處境，娶了襪商艾德蒙‧伯頓先生的次女，獲得了四百英鎊的嫁妝。然而此處 "Mrs *Mary Burton*" 在今天的讀者看來會覺得有些奇怪，因為現代英文中 "Mrs" 指的是已婚婦女，若「以今釋／譯昔」就會認為襪商的次女是再嫁婦人，而且前夫／先夫恰巧與她父親同姓（「瑪麗‧伯頓夫人／太太」），連帶著似乎暗示了即使主角曾經就讀國外著名大學並有一技之長，但為了改善經濟狀況，故而迎娶一位仍冠前夫／先夫姓氏的婦女。雖然這種解釋有些複雜，也說得通，卻是對原文的誤解。其實，"Mrs" 一詞在當時泛指有相當社會地位的已婚女子「以及」未婚女子，[34] 後來才專指已婚女子，而現今中文裡的「女士」一詞則是兼對已婚及未婚女子的尊稱。因此，在這種巧合之下，若能了解 "Mrs" 一詞在當時的意義，"Mrs *Mary Burton*" 就可順理成章地譯為「瑪麗‧伯頓女士」，該句則可譯為主角「聽了別人的勸，為了改善處境，娶了住在新門街的襪商艾德蒙‧伯頓先生的次女瑪麗‧伯頓女士，獲得了四百英鎊的嫁妝」，如此不但忠於原文，而且合情合理。

　　當然，這部作品中最為當今世人所廣用的當屬 "Yahoo" 一詞了──雖然許多人未必知道此詞為綏夫特所創。此詞出現於《格理弗遊記》第四部「慧駰國遊記」（"A Voyage to the Houyhnhnms"），指的

---

33 Jonathan Swift. *Gulliver's Travels*. 1726/1735. Ed. and with explanatory notes by Paul Turner, p. 5.

34 另一例證就是綏夫特為了悼念紅粉知己瓊森（Esther Johnson，即文學史上著名的「斯黛拉」"Stella"）所撰寫的 "On the Death of Mrs Johnson"（〈瓊森女士之死〉）一文。此女終生未婚（諸傳她曾與綏夫特祕密結婚），死後與綏夫特二人同葬於都柏林的聖帕提克大教堂的地板下。

是與該地的慧駰形成極端對比的劣等動物，集各種劣根性於一身。而身為人類的主角則介於理性、智慧、神性的慧駰與卑劣、淫欲、獸性的 Yahoo 之間。以往的中譯雖然試圖掌握此動物的劣質，但譯法依然有值得商榷之處。如第二個中譯本《汗漫游》（原譯為《僬僥國》）將之譯為「狎花」，二字在聲音上與原字有些出入。張健自許為第一個全譯本的《格列佛遊記》出版於 1948 年（上海：正風），書中把 "Houyhnhnm" 譯為「慧駰」，可謂兼顧音義的神來之筆，因而為後來譯者所襲用。[35] 該書把 "Yahoo" 譯為「哲胡」，其中的「胡」字在聲音上近似 "hoo"，也有區隔、貶抑之意，然而如此沉溺於本能、肉欲的動物不但難擔得上「哲」字，反而與其南轅北轍。以往也有譯為「犽猢」者，由於用上「犬」字的偏旁和「牙」、「虎」等字眼，就中文的象形、會意、形聲等來看，似乎是「帶了尖牙利齒的惡犬猛虎」，強調出獸性的一面，但「猢」字意為「虎吼聲」，讀音卻是「蕭」，而不是「虎」，與 "hoo" 相去甚遠。1995 年大陸譯者楊昊成則譯為「野胡」，[36] 雖然用字簡單，掌握原意，但「野」字與 "ya" 在聲音上依然有些出入。筆者從前人的諸種翻譯中汲取靈感，採用「犽猢」一詞，暗示這種動物是「帶了尖牙利齒、有如惡犬的非我族類，其心其行必然詭異卑劣」，以期兼顧原文的音、義。

　　特別值得一提的是，"Yahoo" 只是作者在《格理弗遊記》中自創的許多字眼之一。[37] 此詞由原先形容低劣、粗魯、野蠻、淫蕩的動

---

[35] 王建開指出，「進入 2000 年，我國〔中華人民共和國〕教育部修訂了《中學語文教學大綱》，列出中學生課外文學名著必讀的指定書目（中外共 30 部），《魯濱遜飄流記》（徐霞村譯）和《格列佛游〔遊〕記》（張健譯）雙雙入選」，參閱《五四以來我國英美文學作品譯介史，1919-1949》，頁 99。張健譯本的評價由此可見。

[36] 楊昊成譯，《格列佛游記》（南京：譯林，1995）。

[37] 綏夫特在書中玩了不少文字遊戲，詳見克拉克之《格理弗字典》（Paul Odell Clark. A

物，到被楊致遠（Jerry Yang）和夥伴費羅（David Filo）挪用來為自己的高科技網路事業命名，[38] 到廣告中將此名詞轉化為動詞（"Do you Yahoo?"），到中文以「雅虎」之譯名兼具高科技之文「雅」、風「雅」、「雅」緻（甚至「雅痞」）與「虎虎」生風之威猛（甚至化為動詞「你『雅虎』嗎？」）……凡此種種具體而微地顯示了（甚至在同一語言中）翻譯與變易的潛能與不可預測。

（二）文本

《格理弗遊記》的靈感可能來自綏夫特與當時著名文人波普等人於1713年組成的思克理布勒洛思俱樂部（Scriblerus Club），其成員計畫合寫一部《思克理布勒洛思回憶錄》（*The Memoirs of Martinus Scriblerus*）。綏夫特很可能在那時寫下了前兩部的若干部分。根據作者的書信，此書撰寫於1721至25年之間：1721年認真從事創作，次年完成第一、二部，1723年撰寫第四部，1724至25年撰寫第三部，並於1725年修訂全書。由於文稿中不少地方影射時政，為了避免因文賈禍，書商莫特請友人屠克（Andrew Tooke）改寫若干段落。[39] 1726年10月28日，《格理弗遊記》以兩冊的八開本匿名問世，書商依例未保留原稿。全書出版後廣受歡迎，市井傳聞為綏夫

Gulliver Dictionary. New York: Haskell House, 1972）。

38　二人當時是史丹佛大學博士生，成天上網，無暇研讀，特選此詞，以示「粗魯無文」（"rude and uncouth"）、「沒水準」、「沒文化」，並不認同下述的說法 "Yet Another Hierarchical Officious Oracle"（「另一個層次分明但非正式的神諭」，五字首合為 "Yahoo"）。

39　稍微認真的編者都會在《格理弗遊記》的序言或緒論中提到該書出版的情況及簡要的版本史。有關莫特和屠克更動原稿的考證，詳見崔德威之文（Michael Treadwell. "Benjamin Motte, Andrew Tooke and *Gulliver's Travels*," in *Proceedings of the First Münster Symposium on Jonathan Swift*. Ed. Hermann J. Real and Heinz J. Vienken. München: Wilhelm Fink, 1985, pp. 287-304）。

特所著。許多人以猜測書中影射的對象為樂，次年歐陸便出現翻譯本。然而，綏夫特看到書中內文遭書商更動，甚為不滿，在書信中抱怨書商動了手腳，擅加增刪，「有些段落似乎遭到修補和改動」。[40] 六個星期後，綏夫特為了維護身分之隱密，委由友人福特（Charles Ford）致函書商，除了抱怨竄改內文之外，並附上修訂之處，要求更正。書商一方面據以修訂，另一方面卻因手中已無原稿，以致若干部分無法還原。

此外，福特根據綏夫特的稿本，在兩本第一版的《格理弗遊記》上加以修訂——有些是還原，有些根據綏夫特的意見，有些則是福特自己的見解。[41] 綏夫特手邊也有兩本供自己修訂之用。[42] 然而，莫特並未根據綏夫特和福特兩人手邊的修訂稿印行。1735 年，都柏林書商福克納出版《綏夫特作品集》，總共四冊，其中第三冊收錄了《格理弗遊記》。之前，綏夫特曾試圖取得福特修訂的版本作為福克納版的底本，結果如何不得而知，但福克納版宣稱全書校樣經作者本人過目。[43]

因此，1726 年的莫特版和 1735 年的福克納版是《格理弗遊記》的兩個通行版本，前者在時序上占有優勢，是該書問世時的模樣，也是最初的讀者閱讀、評論和回應的根據，後者則宣稱經過綏夫特

---

[40] Jonathan Swift. *The Correspondence of Jonathan Swift*. Vol. III. Ed. Harold Williams. Oxford: Clarendon Press, 1963-65, p. 189.

[41] 這兩本分別庋藏於倫敦的維多利亞與亞伯特博物館（the Victoria and Albert Museum）和紐約的摩根圖書館（the Pierpont Morgan Library）。

[42] 其中較有趣的一本原收藏於北愛爾蘭的阿馬公立圖書館（the Armagh Public Library），1999 年 12 月遭竊。參閱德馬利亞編注的《格理弗遊記》（New York: Penguin, 2001），頁 xxvii。

[43] 有關此書稿的關係圖（stemma），可參閱 David Woolley. "'About ten days ago...,'" in *Swift: The Enigmatic Dean: Festschrift for Hermann Josef Real*. Ed. Rudolf Freigurg, Arno Löffler, and Wolfgang Zach. Tübingen: Stauffenburg, 1998, p. 293。

本人修訂、認可，更接近作者的原意。然而，莫特的版本一直較為風行，直到1926年威廉思（Harold Williams）根據福克納版編出《格理弗遊記》，後者才漸占上風，1941年戴維思（Herbert J. Davis）校訂、出版的《格理弗遊記》更使福克納版後來居上，成為眾多學者心目中的權威版本。批評家對這兩個版本的優劣時有爭議，但一般認為1735年版（連同書前的〈啟事〉和〈信函〉）較貼近作者的意圖。[44] 此處不憚其煩地敘述本書的出版史，主要因為版本影響文本及翻譯至鉅，而文本的抉擇對翻譯有著決定性的作用。這些雖非一般讀者所知，但負責的譯者卻應盡可能多所了解。換言之，譯者有時須擔負起研究、考證的工夫。

較大的版本問題見於第三部第三章結尾部分。本章最後五段描寫底下陸地的人民如何以智謀反抗高高在上的飛行島的高壓統治，這次「起義」或「造反」幾乎使飛行島毀於一旦。此節明顯影射英格蘭與愛爾蘭的關係，尤其是愛爾蘭人成功地杯葛伍德半便士硬幣（Wood Halfpence）計畫。此事件的來龍去脈如下。1722年伯明罕的五金商伍德（William Wood）以一萬英鎊鉅額賄賂國王喬治一世的情婦肯鐸公爵夫人（the Duchess of Kendall）取得專利，要以三百六十噸的銅來鑄造愛爾蘭的半便士硬幣，在該地流通。消息傳來，引起愛爾蘭民眾普遍的恐慌與憤怒，因為此舉將使該地財富化為廉價的銅，不但會造成愛爾蘭的金銀外流，使原已凋蔽的經濟雪上加霜，而且單憑一個商人的賄賂便可罔顧愛爾蘭的所有民意與福祉，

---

[44] 凱思於1945年出版的專書《〈格理弗遊記〉四論》（Arthur E Case. *Four Essays on Gulliver's Travels*. Gloucester, Mass.: Peter Smith, 1958）是對莫特版本最後的重要辯護，然而威廉思在1950年有關書目學的單德思系列演講中（Sandars Lectures on Bibliography）中，以《〈格理弗遊記〉的版本》（*The Text of Gulliver's Travels*）為題，逐點加以反駁。目前市面上通行且較具學術價值的版本中，1726年版與1735年版都有。

是可忍孰不可忍。1724年，綏夫特化名為 "M. B. Drapier" 的布商，針對此一關鍵議題，隨著最新情勢發展，以書信體接連寫出七篇文章，是為《布商書簡》。此系列書信一問世，就發揮了同仇敵愾的作用，有效地凝聚了愛爾蘭的反抗意識，以致英國政府不得不體察時勢，放棄成令，撤回專利，並另行補償鑄造商的損失。綏夫特以一枝筆打敗惠格黨政權企圖強制改變愛爾蘭幣制的決策，世所罕見，為他贏得了「愛爾蘭的愛國者」（Hibernian Patriot）的美號。綏夫特視此為畢生最得意的事，甚至在自悼詩中都忍不住要提上一筆。然而由於書中此節有關反抗高壓政權的描述過於明顯，因此不但在最早的莫特版中遭到刪除的厄運，甚至後來的福克納版也不敢納入，直到1896年才得見天日，這時距離福克納版印行已經一百六十一年，距離《格理弗遊記》初次問世一百七十年，甚至在第一個中譯本問世之後二十四年。譯者若不能掌握這些段落，僅憑手邊現有的版本，可能就會遺漏如此具有反抗精神的部分，也錯失作者畢生屢屢為愛爾蘭生民請命的義舉。

　　以上提到的是大段的刪節，至於細微的版本差異雖然看似無關宏旨，但其中自有妙趣，非細察難以得知。例如，第一部第三章第四段提到小人國（Lilliput）國王將三種不同顏色的細絲線賞給類似凌波舞表演中最佳的三位，誰的「表現最靈巧，跳躍和爬行的時間撐得最久，就賞給藍絲線，第二名賞給紅絲線，第三名賞給綠絲線，他們〔獲賞的人〕就把絲線圍在腰間兩圈；朝廷裡的大人物身上很少不配戴這些絲線的。」這些彩色的細絲線分別影射當時幾種勳章的綬帶：嘉德勳章（Order of the Garter）為愛德華三世於1348年左右所設，1726年5月（本書出版前半年）授予首相華爾波（Robert Walpole，此人為綏夫特的政敵，書中常加影射），綬帶為藍色；巴斯勳章（Order of the Bath）為喬治一世在華爾波建議下，於1725年（本書出版前一年）所設，綬帶為紅色；薊勳章（Order of the Thistle）為詹姆士二世於1687年所設，是蘇格蘭勳位，綬帶為綠色。三種勳章都頒予爵士，其中以嘉德勳章歷史最悠久，勳位最崇隆，其他兩種勳章位階相同。本書初版時，出版商擔心諷刺過於明顯，會招致危險，就把顏色改為紫色、黃色、白色。九年後於愛爾蘭出版的福克納版改回原來的顏色，凸顯原先的諷刺。筆者就是依照前後版本中三種綬帶顏色之不同，考證不同的中譯本所根據的版本，斷定「林〔紓〕譯的原本係根據1726年版或其衍生版本」。[45]經過這種背景的考證，不但譯者更能領會作者的諷刺原旨，在經過譯注之後，讀者也能分享譯者的考證成果，進一步了解作者的微言大義。

（三）文學

在翻譯時，進一步要考量的就是文學上的意義，這裡不僅涉及文本本身的意義，也應盡可能納入此書的批評史或領受史（reception history）。以《格理弗遊記》而言，最明顯的首推書名和主角名字的翻譯。此書原名"Travels into Several Remote Nations of the World"（即「寰宇異國遊記」），底下註明共有四部（"in Four Parts"），而且「作者」Lemuel Gulliver分別在幾艘船上先後擔任醫生、船長（"By Lemuel Gulliver, first a Surgeon, and then a Captain of several ships"），後世的編者與讀者逕自將全書簡稱為 "Gulliver's Travels"。細察本書的中譯史，真可謂「命運多舛」。最早的三個譯本不是改寫，便是節譯、腰斬。後來通行的各式《大小人國遊記》版本，不僅將原先的經典名著化為兒童文學和奇幻文學，也依然腰斬全書，還為了中文的音調而顛倒主角行蹤的順序（其實主角是先到小人國，再到大人國〔Brobdingnag〕）。至於其他的中譯名，無論

---

45 參閱筆者〈翻譯・介入・顛覆〉，頁31。

是《格列佛遊記》、《格利佛遊記》、《葛利佛遊記》……在名稱上均較忠實於原作，有些在內容上也多少保留了第三、四部。以類似名稱出現的中譯本屢見不鮮，縱使用字稍有差異，但發音類似，不致造成讀者的困擾。

　　然而，若是細究本書的內容與批評史，則這些譯名仍有值得商榷之處。不少批評家，尤其是二十世紀的學者，區別作者及主角／敘事者，認為主角不但不是作者的代言人，反而淪為作者諷刺的對象，最明顯的例子就是第二部中主角與大人國國王的對話，以及第四部中主角與慧駰的交往。主角自大人國返回之後，個性並未明顯改變，可謂「依然故我」，但從慧駰國回來之後卻「判若兩人」，儘管理性的慧駰無視於格理弗的「進步」而把他逐出，但主角仍然極推崇在他心目中具有種種美德的慧駰，鄙視甚至痛恨同為圓顱方趾的人類。[46] 相對於救助他的葡萄牙籍船長的仁慈體貼、熱心助人、善巧方便，以及家人的和善親切、寬宏大量，主角的所作所為不僅是不通人情，甚且是連番荒誕、近乎瘋狂的舉動，在在顯示出他判斷錯誤、容易受騙。雖然正文前的〈編者致讀者函〉（"The Publisher to the Reader"）[47] 中指證歷歷，明言確有 "Gulliver" 家族（其實，這封信函可視為全書的敘事策略之一，以證明其內容真實可信），但無可否認的，此姓氏不僅罕見，而且很容易讓人聯想到 "gullible"（「容易受騙」），甚至有論者指出，從這個角度來看，本書更可恰切地命名為 "Gullible's Travels"。[48] 因此，舊譯「格列佛」、「格利佛」、

---

[46] 綏夫特為虔誠的宗教人士，對人性抱持基督教的觀點，視 "Pride"（傲慢）為重大罪行，這在他的宗教和思想脈絡下是相當自然的事，而在文本中則顯現於格理弗的角色塑造。

[47] 特納指出，此處的 "Publisher" 意為「編者」（"editor," p. 291）。

[48] Christopher Fox. "A Critical History of *Gulliver's Travels*," in *Gulliver's Travels*. Ed. Christopher Fox. Boston: Bedford, 1995, p. 285.

「葛利佛」……雖然稱得上是相當忠實的「音譯」，但並未試圖傳達原文幽微、諷刺之處，也未能具體而微地納入相關的詮釋與批評──畢竟像如此「不安於室」、汲汲為稻粱謀、三番兩次拋妻棄子、遠赴重洋，最後落得憤世嫉俗、言行荒唐、格格不入的主角，如何以「悲智雙運，覺行圓滿」的「佛」相稱。再者，以「佛」命名，在中文裡似不多見。

因此，筆者的變通之計是將 "Gulliver" 譯為「格理弗」，一方面避免過於標新立異，以致完全捨棄中文讀者所熟悉的舊譯「格列佛」、「格利佛」、「葛利佛」……，另一方面勉力維持原文可能具有的意涵，暗示主角心懷四海、勇於冒險、敏於學習、好奇心盛、致力於「格」物窮「理」、崇尚理智、堅持理想，卻屢遭凶險，到頭來落得自以為是、窒礙難行、違背常理、拂逆人情、格格不入、鬱鬱寡歡（「弗」字基本上具有「否定」之意）。[49] 雖然「弗」字依然不似中文人名，但相較之下，新譯「格理弗」在音譯上既不亞於也不致太偏離於舊譯，在意譯上則期盼兼顧原作之用心，及其批評史上衍生的意涵。這也是譯者有關「雙重脈絡化」（dual contextualization）的翻譯理念的具體實踐之一。

（四）文化

譯者在處理文本時，須隨時隨地留意中外文化差異可能造成的影響，有時甚至看似平常的一個字或一句話，但對於體認到文化差異的人來說，卻具有深遠的意義，或造成理解和翻譯上的困難。底下以兩個例子說明。

---

49 王安琪認為「格理弗」是個「傳神的譯名」，並對此三字做了以下的解釋：「『格』，格物致知；『理』，追求真理；『弗』，無遠弗屆。」見王安琪，〈「格理弗中土遊記」講評〉，收入彭鏡禧編，《解讀西洋經典》（台北：聯經，2002），頁47。

　　正文之前有主角寫給親戚的一封信，信中抱怨自己的作品遭人竄改，而且此書問世以來，惡劣的世人依然故我，沒有任何長進，有負出版本書之原意——改善人類，俾益世道人心。這封信除了表達對初版竄改的不滿，並且維持了作者的神祕身分，也撇清了書中的錯誤和矛盾之責。此信乃為作者的敘事策略之一，以故現真實的方式，來表示自己的作品是寫實的。但這封 "A Letter from Capt. Gulliver, to His Cousin Sympson" 看似平常，卻為中文譯者製造了難題，原因在於中國文化和社會中的親戚稱謂。英文的"Cousin"一詞涵概了中文裡的「堂、表兄弟姊妹」，此處我們依照姓氏、性別、年齡來判斷、區別，可以看出：⑴兩人姓氏不同；⑵從下一封〈編者致讀者函〉中的署名「理查・辛普森」（Richard Sympson），可斷定對方是男性。[50] 因此，我們只能推究到「表兄弟」這個層次。然而，從正文或其他文本內的資訊都無法斷定此人比格理弗年長或年幼（雖說由此人屢次勸請見多識廣的主角撰寫此書，以益世道人心，也許可以推斷較格理弗年輕，卻也不盡然）。筆者寓目的日譯本使用「從兄」一詞，但不知根據何在。因此筆者中譯時為了避免犯錯，只得犧牲完全的精確，勉強使用「表兄弟」一詞，而譯為「格理弗船長致辛普森表兄弟函」。總之，連"Cousin"這般看似平常的字眼，卻由於文化差異而在翻譯過程中造成難以克服的挑戰。

　　另一例出現於正文第一句，"MY FATHER had a small Estate in *Nottinghamshire,* I was the Third of five Sons." 全句平鋪直敘，可直截了當地譯為「我父親在諾丁漢郡有份小家產，在五個兒子中我排行第

---

50 一些英文註解者指出，綏夫特曾用「辛普森」之名與莫特接洽本書出版事宜。而出版田波爵士一些作品的書商也叫辛普森（Richard Simpson）。此外，這個名字也可能影射格理弗與威廉・辛普森（William Sympson）船長的關係，此人據說是《新東印度群島之旅》（*A New Voyage to the East-Indies,* 1715）一書的作者，見 Jonathan Swift. *Gulliver's Travels.* 1726/1735. Ed. and with explanatory notes by Paul Turner, p. 289 。

三」。此句中的「諾丁漢郡」相傳為俠盜羅賓漢（Robin Hood）出沒之地。然而，若對英國社會及其帝國發展略有所聞的人，就知道英國當時採取長子繼承制（primogeniture），除了長子，其他子女不得繼承遺產，因此許多男子便擔任神職、教職，或經商、從軍、跑船、赴海外發展，等而下之者甚至淪為劫匪，當起海盜，這些對於大英帝國的拓展影響深遠。因此主角「排行第三」看似平常，卻寓意深遠。[51] 此外，當時的小說為了取信於人，多在敘事策略上採納紀實手法，以記述生平家世開始。寫實作品《魯濱遜冒險記》固然如此，即使奇幻如《格理弗遊記》也不例外，以種種文學成規和敘事策略來故示寫實狀。

（五）譯注、文體、段落、標點

　　由以上對文字、文本、文學、文化的逐項討論，就可看出翻譯牽涉甚廣，而翻譯經典文學尤其如此。因此，在翻譯如此富於文字、文本、文學、文化的聯想與暗示的經典之作時，必須借助於譯注才可能較為忠實、周延地呈現原作。然而，愈是豐富的作品，相關的資料就愈多；愈是嚴謹的譯者／學者，就愈覺得難以取捨。因此，譯注者除了要翻譯出正文之外，隱藏在譯者決策過程（decision-making process）中的，還包括了要注釋到何種程度——如什麼該注、什麼不該注；若要注釋，該如何取捨才能長而不冗，短而不略……一般讀者很少注意到這些細節，卻往往是譯注者最困擾、費心之處，也很可能是後來研究者和學子興趣之所在。[52]

---

51 類似情節也出現於狄福的《魯濱遜冒險記》（Daniel Defoe, *The Adventures of Robinson Crusoe*, 1719），主角魯濱遜也是排行第三，上面有兩位兄長。

52 筆者譯注《格理弗遊記》時苦思多日，煞費周章，參考十餘本英文注解本，再針對中文讀者的需求，綜合整理，並仿效中國古典小說評點，針對作者的技巧、筆法、主旨等，適時提出評論，供中文讀者參考。

　　就文體而言，本書撰寫於 1720 年代，距今約兩百八十年，雖然當時的英文與現在相差不遠，但依然有一些歧異。在中譯時，如果使用作者同時代的中文文體（即文言文，也是第一個中譯者及林紓所採用的文體），雖然年代相近，但效果迥異，而且原作出版時盛行於倫敦的街頭巷尾，流傳之廣應非文言之作所能比擬。如果完全譯為白話文，固然方便所有中文讀者接近，也符合此書的另一個面向──被當成兒童文學來閱讀──卻似與經典文學有些差距，也未能顯現此書為近三百年前之作。換言之，文體的選擇除了涉及原作的詮解和再現之外，也涉及讀者對象（target audience）的設定，因此筆者採用的是較為精練的語體文，並且不諱稍具文言色彩的表達方式，試圖兼顧此書既為近三百年前的經典著作，以及其為兒童文學的不同面向，盡可能擴大讀者群，希望九歲到九十九歲的讀者都能閱讀。

　　此外，綏夫特那個時代的英文寫作格式不似今日嚴謹，冗長的段落、句子比比皆是，有些句子未必完全符合文法，[53] 大小寫互見，有些字的拼法也與今日不同，而標點符號更是未臻完備（如尚無現行的引號、驚嘆號等），[54] 若完全比照原文，勢必造成讀者的困擾。因此，許多英文本（遑論給兒童閱讀的版本）均將大小寫、拼法、標點符號改為現在通行的方式，以利讀者閱讀。而中譯者在為了達到等效翻譯（equivalent translation）的目標下，也多少奉行。此處的「等效」具有雙重意義，一方面是針對原作而言，指出作者綏夫特若在今日以英文寫作，也必然會使用這些約定俗成的格式，達

---

[53] 辜（A. B. Gough）在他的註釋中便一一指出。參閱 Jonathan Swift. *Gulliver's Travels*. 1726. Ed. with an introduction and notes by A. B. Gough. London: Oxford University Press, 1915.

[54] 如書中甚少直接對話；偶爾出現直接對話，則使用斜體字。若以現今的英文方式處理，就是逗號下接引號。

到如同原作對最初的讀者所達到的效果；另一方面是針對今日的各種英文本，而中譯本希望達到英文本在英文讀者中所達到的相同效果。析言之，文法、大小寫、拼法等不符當今用法之處，在譯文裡並看不出差異，也無須特別註明而煩擾讀者。在標點符號方面，只要不與今日的用法過於扞挌，或導致文意上的不清，則依照原文的方式；但若當今已發展出更周全的格式，或謹守原文卻可能妨礙文意，則改為今日的格式，以免食古不化，得不償失──畢竟，譯文的對象是二十一世紀初的中文讀者。至於段落方面，由於其長短無損於文意，因此悉照原文，讓中譯本的讀者親身感受原來的分段方式。然而，這一切作法及取捨的標準，都得先向讀者說明，以示負責。

結論

　　翻譯難，翻譯文學更難，翻譯經典文學尤難。就原文的讀者而言，特定的文學作品之所以能代代相傳，成為經典，必須透過一代代的讀者一再重新解讀與翻譯，而這也正符合史泰納所言。換言之，同一語言中的文學經典經由重讀與「翻譯」而跨越時間的限制，一代代感動著眾多的讀者。再就世界文學或全人類的眼光來看，經典作品之所以能超越時間、空間與語言的障礙，而在不同時空中為不同語文的讀者所閱讀並受到感動，都非靠翻譯不得竟其功。

　　如前所言，翻譯不僅限於字、句的閱讀、了解與再現，而且涉及文本、文學，甚至文化的層面。不同時空、語文的讀者藉著翻譯得以閱讀經典文學，從中獲得啟發與感動。而文字、文學與文化都處於演化與變動中，時時會有衍義／衍異，因此不但要對同一語文中的經典時時予以符合時代的詮釋和解讀，對於不同語言與文化中

的經典也應如此，而這就得以翻譯為第一步。因此，經典的（重新）翻譯是促使經典獲得新生的必要之舉；[55] 經典必須透過一再的翻譯、詮釋和解讀，才能連接上各個時代，在其中發揮作用，成就其為經典的意義和重要性。我們甚至可以說，在涉及異語言與異文化的文本時，沒有翻譯與重譯就無經典可言。這絕非誇大之詞，因為原作必須透過翻譯與再譯，才能維持其意義、甚至生命於不墜，而原作者必須仰賴各個語文中的再現者，才能成就其為作家的意義。換言之，原作者必須仰賴各個語文中的譯者來召喚出他作品裡的時代意義，感動或說服不同時代的讀者，維繫其經典作家的地位與生命。至於「為人喉舌」的譯者，透過自己的文字與聲音，再現／衍異作者的原文與原音，在譯作中找尋到自己的意義，在再現作者的同時也再現了自己。既然翻譯不僅涉及文字與文本，而且涉及文化，因此「每個翻譯都是文化翻譯」（Every translation is a cultural translation）、「每位翻譯者都是文化翻譯者」（Every translator is a cultural translator）也就理所當然了。

　　《格理弗遊記》一書中涉及翻譯之處不少，主要因為主角遊蹤甚廣，秉性好奇，敏於學習，而且具有語言才華。比較明顯的就是他在小人國時把與該國簽訂的條約譯成英文，在大人國和慧駰國裡

---

55 如班雅明在〈譯者的職責〉（Benjamin, Walter. "The Task of the Translator," in *Illuminations*. Trans. Harry Zohn. Frankfurt: Suhrkamp, 1968, pp. 69-82）一文中，就以「來生」（after-life）來比喻譯作。有關班雅明的翻譯理論，可參閱邱漢平，〈凝視與可譯性——班雅明翻譯理論研究〉，《中外文學》29卷5期（2000年10月），頁13-38；莊坤良，〈翻譯（與）後殖民主體——讀阿切貝的《四分五裂》與魯西迪的《魔鬼詩篇》〉，《中外文學》29卷5期（2000年10月），頁73-104；廖朝陽，〈可譯性與精英翻譯——談《譯家的職責》〉，《中外文學》31卷6期（2002年11月），頁19-40，以及張歷君，〈邁向純粹的語言——以魯迅的「硬譯」實踐重釋班雅明的翻譯論〉，《中外文學》30卷7期（2001年12月），頁128-58。

學習對方的語言以便交談，即使在第三部諸島國遊記裡不通曉其中一國的語言，也還有舌人協助口譯，溝通無虞。至於有一地之人認為語言不足以表達而必須隨身攜帶實物（見第三部第五章），則是以另一種方式質疑語言的表達與溝通作用。然而由該處的描述，可知這些人是作者諷刺的對象，反證出綏夫特基本上肯定語言的表達作用。

　　然而，作者與譯者的關係錯綜複雜，筆者在〈譯者的角色〉一文中強調譯者的重要作用，肯定譯者的關鍵地位，指出譯者由於不同的主客觀條件、目標、策略，以及涉入程度的深淺，扮演了中介者、溝通者、傳達者、介入者、操控者、轉換者、背叛者、顛覆者、揭露者／掩蓋者、能動者／反間（agent/double agent）、重置者／取代者、脈絡化者，甚至雙重脈絡化者的角色。從這個顛覆原作者與譯者之間傳統的主僕，甚至主奴關係的角度出發，我們可以重新閱讀、「翻譯」第三部第二章開頭所描述的飛行島（Laputa）上執拍人（flapper）的角色。主角如此描述他初到飛行島時所看到的情景：

> 我四處看到許多穿著僕人衣著的人，把吹滿氣的氣囊綁在短杖的末端，樣子就像梿枷一般，拿在手裡，後來有人告訴我，每個氣囊裡都裝了少許乾豌豆或小卵石。他們不時用這些氣囊拍打站在身旁的人的嘴巴和耳朵，當時我還想不透這種作法的用意何在。原來，這些人的心似乎都專注於沉思，如果不用外在的接觸喚起他們言語和聆聽的器官，就無法說話或注意別人的言談；因此，有辦法的人總是在家裡雇個執拍人（在原文裡稱為「開理門路」[56]），當作家僕，出外或訪人時總是隨侍左右。

---

[56] "Climenole"，此詞為綏夫特自創，此處譯作「開理門路」以兼顧音、義。

這個人的職責就是兩人或多人相聚時，用氣囊輕拍該說話的人的嘴巴和對方的右耳。主人行走時，執拍人同樣殷勤照料，不時輕拍主人的雙眼，因為主人總是陷入沉思，每每有墜入懸崖或撞上柱子的明顯危險，走在街頭則有撞上他人或被人撞入水溝之虞。

筆者認為我們可以用隱喻的方式來看待這裡的執拍人，並用來詮釋作者與譯者之間的關係。此處看來主人耽溺於沉思中，雇用執拍人為家僕，隨時提醒主人。然而綏夫特明白告訴我們，如果沒有執拍人在旁「殷勤照料」，主人不但往往因為陷溺於沉思而不知如何溝通、應對，而且會有受傷甚至喪命之虞，必須仰賴執拍人隨時隨地提醒，才能正常生活，與人溝通、交流。

　　我們若將這種角色大膽延伸，可以說執拍人多少象徵著譯者的角色。執拍人雖不主動發言，只是侍立一旁，適時輕撫拍打，卻扮演著不可或缺的角色；而原作者及其作品若非經過譯者的召喚、處理，就無法越過語言與文化的疆界，與異時異地的讀者溝通。主人（原作者）必須在執拍人（譯者）隨侍左右、殷勤照料下，才能張開眼睛、耳朵及嘴巴，達到與人溝通的效果；否則不但不能溝通，反而有喪失其為作者的身分與地位之虞。因此，雖然主人與執拍人之間表面上是僱人者和受僱者，但彼此之間的權力關係卻頗堪玩味，而綏夫特的諷刺手法正好促使人們進一步省思兩者之間的關係——到底誰主、誰奴，誰主動、誰被動等等。進言之，譯者有如執拍人，扮演著喚醒原作者的耳目及喉舌的重要作用，使他能在另一個時空及文化中甦醒過來，針對特定脈絡中的對象，以嶄新的語彙重新發言，使得原作得以再生／再（度發）聲；愈是經典作品，愈需要執拍人隨時隨地喚醒並促使發言，讓原作時時地地獲得新生。譯者角色之關鍵、作用之重大，由此可見一斑。

　　既然原作及原作者因為譯者而屢屢獲得新生，而譯者也在使原作者一再重生中肯定了自己的存在及意義，因此：

Let's celebrate the flapper/translator!

（且讓我們稱頌執拍人／譯者！）

亞洲篇

第六講

魂兮歸來

王德威

「鬼之為言歸也。」——《爾雅》[1]

　　晚明文人馮夢龍（1574-1646）的話本小說集《喻世明言》裡，有一則〈楊思溫燕山逢故人〉的故事。這個故事發生在北宋亡於金

---

[1] 鬼的觀念在中國傳統裡有複雜的淵源。見如沈兼士早年的研究〈鬼字原始意義之試探〉，《國學季刊》5卷3號（1935），頁45-46。傳統中國的死亡觀的討論，見余英時，〈中國古代死後世界觀的演變〉，《中國思想傳統的現代詮釋》（台北：聯經，1987），頁123-43；杜正勝，〈形體、精氣與魂魄——中國傳統對「人」認識的形成〉，《新史學》2卷3期（1991年9月），頁1-65；Arthur Wolf, "Gods, Ghosts, Ancestors," in idem, ed. *Religion and Ritual in Chinese Society*. Stanford: Stanford University Press, 1974, pp. 131-82。對死亡、喪葬的社會意義探討，見 James Watson and Evelyn Rawski ed. *Death Ritual in Late Imperial and Modern China*. Berkeley: University of California Press, 1988; C. K. Yang. *Religion in Chinese Society*. Berkeley: University of California Press, 1970, pp. 28-57；郭于華《死的困擾與生的執著：中國民間喪葬儀禮與傳統生死觀》（北京：中國人民大學，1992）；林富士《孤魂與鬼雄的世界：北台灣的厲鬼信仰》（台北：台北縣立文化中心，1995）。對台灣及中國傳統的神鬼觀念發展，我特別受益於林富士博士，謹此致謝。

人後的第三年（1129）。那年的元宵燈節的晚上，落籍於燕山（即北京）的楊思溫偶遇一似曾相識的女子。就像許多宋亡後未能即時南渡的北人一樣，楊思溫臣服異族統治，苟且偷生。楊在燈會上所遇的女子竟是他結拜兄弟韓思壽的妻子鄭意娘。從意娘處楊得知她和她的丈夫在東京（汴梁）失陷時被亂軍驅散，而她如今獨在燕京韓國夫人府室中權充女婢。恰當其時，已經南遷的韓思壽隨南方朝廷的議和者重回故土。楊思溫向兄弟韓思壽提及與意娘相遇，才大吃一驚的發現，意娘其實早已死了。

　　故事自此急轉直下。原來意娘落入金人之手後即自殺以明志，然而她卻不能忘卻人世情緣。意娘與夫韓思壽重逢一景，成為小說的高潮。即使化為冤鬼，意娘也要還魂與夫一訴前緣。楊思溫問起與意娘一起出沒的其他麗人，究竟是人是鬼，意娘嘆道：

> 太平之世，人鬼相分；
> 今日之世，人鬼相雜。[2]

　　鄭意娘的故事可視為中國古典鬼魅傳奇中的重要母題：生當亂世，社會及天地的秩序蕩然無存，種種逾越情理的力量四下蔓延。死生交錯，人鬼同途。〈楊思溫燕山逢故人〉源出於宋代話本〈灰骨匣〉，而〈灰骨匣〉又承自洪邁《夷堅志》的記載。[3] 學者已經指

---

[2] 馮夢龍，《喻世明言》（香港：古典文學，1974），頁376。此一故事出自洪邁，《夷堅志·太原意娘》，南宋時期已演變成為流行話本故事〈灰骨匣〉，元代沈賀曾有雜劇《鄭玉娥燕山逢故人》。見胡士瑩，《話本小說概論》（台北：丹青，1983），頁222-23，243-44。

[3] 《夷堅志》為《太平廣記》後又一敘事說部集成，包括420卷，2700條故事；但現存二百餘卷。這些故事為洪邁於1161至1198年所作，有關夢境、世俗及傳奇事件、詩詞探源等。見 William H. Nienhauser, Jr.（倪士豪）ed. *The Indiana Companion to*

出，這個故事對北宋覆亡後的民間實況，有相當生動的紀錄。[4] 而通過對當年東京人情景物的追述，小說瀰漫著故國不堪回首的悼亡傷逝情懷。[5] 引人深思的是，小說之所以顯得如此真實動人，竟是有賴於對鬼魅異端的渲染。所謂真實與幻魅的區分，因此變得問題重重。

意娘的鬼魂回到陽世，反而使仍健在的楊思溫與韓思壽猛然驚覺，逝者已矣，生命的缺憾再難彌補。國破家亡，他們的處境可謂雖生猶死，有如徬徨鬼魅。而他們的追逝悼亡之舉無異是魍魎問影、虛空的虛空。〈楊思溫燕山逢故人〉的「故」人因此不妨有一新解：故人一方面意味故舊，一方面也指的是逝者。

有鑑於意娘對亂世中「人鬼相雜」的說法，我們發現古典中國敘事史中一個相當反諷的現象。古典說部中充斥著怪力亂神的描寫，無時或已。這似乎暗示歷史上「太平之世，人鬼相分」的時代難得一見，反倒是「人鬼相雜」成為常態。鬼魅流竄於人間，提醒我們歷史的裂變創傷，總是未有盡時。跨越肉身及時空的界限，消逝的記憶及破毀的人間關係去而復返，正有如鬼魅的幽幽歸來。鬼在死與生、真實與虛幻、「不可思議」與「信而有徵」的知識邊緣上，留下曖昧痕跡。正因如此，傳統的鬼怪故事不僅止於見證迷信虛構，而更直指古典敘事中寫實觀念游離流變的特徵。

鬼魅敘述早在六朝時代即達到第一次高峰，[6] 以後數百年間屢

Traditional Chinese Literature. Bloomington: Indiana University Press, 1986, p. 457。

[4] 胡士瑩，《話本小說概論》，頁223。

[5] 有關北宋南遷士人對故國及故都汴梁風物的追思，見Pei-yi Wu（吳百益），"Memories of K'ai-feng," *New Literary History* 25. 1 (Winter 1994): 47-60。此文以孟元老《東京夢華錄》為例，討論汴京當年的繁華及衰落，及記憶。

[6] 對中國古典小說的奇幻敘事的研究，可參見楊義，《中國古典小說史論》（北京：中國社會科學，1995），第四、八章；李劍國編，《唐前志怪小說輯釋》（台北：文

有創新。[7] 迄至明清時代，市井業者及風雅文人對談玄道怪有共同的興趣。文言傳統中的「剪燈三話」──《剪燈新話》（1378）、《剪燈餘話》（1420）、《明燈因話》（1592）──《聊齋誌異》（1679）、《子不語》（1781）、《閱微草堂筆記》（1798）及《夜雨秋燈錄》（1895），僅是其中犖犖大者。俗文學傳統中的例子更為豐富，「三言」及「二拍」還有神魔小說都有佳作。歷來學者注意，儘管這些例子在文類、主題、風格、世界觀等方面，彼此極有不同，但越近現代，鬼魅小說越顯示其探討人鬼、虛實關係的複雜特色。誠如魯迅所言，明代神魔小說流行之際，世情小說──描寫現實人生點滴的小說──也大行其道。晚明與清初的中篇小說頗多以糅合神怪與世俗為能事；[8] 魯迅更認為清代諷刺小說的源頭之一，即在於此。[9]

　　然而時至現代，此一傳統戛然而止。五四運動以科學民主、革命啟蒙為號召，文學的任務首在「反映人生」。放諸文學，此一摩登話語以歐洲上一世紀的寫實主義為模式，傳統的怪力亂神自然難有一席之地。[10] 鬼魅被視為封建迷信，頹廢想像，與「現代」的知

史哲，1987）；亦見 Karl S. Y. Kao（高辛勇）. "Introduction," in *Classical Chinese Tales of the Supernatural and the Fantastic*. Bloomington: Indiana University Press, 1985; Kenneth DeWoskin. "The Six Dynasties Chih-kuai and the Birth of Fiction," in *Chinese Narrative: Critical and Theoretical Essays*. Ed. Andrew Plaks. Princeton: Princeton University Press, 1977, pp. 21-52。

[7] 見楊義，《中國古典小說史論》，第四、八、十二、二十章；陳平原，〈中國小說史論〉，《陳平原小說史論集》下卷（石家莊：河北人民，1997），頁1495-506，1533-541；程毅中編，《神怪情俠的藝術世界：中國古代小說流派漫話》（北京：中共中央黨校，1994）。

[8] 魯迅，《中國小說史略》（香港：青文書屋，1972），頁230。

[9] 同前註。

[10] 事實上十九世紀的歐美現實／寫實小說包羅各種題材，及於夢境和超自然現象。作

識論和意識形態扞格不入。1915年，留美的胡適贈梅光迪赴哈佛的詩裡，已將文學革命的構想喻為打鬼：「且復號召二三子，革命軍前杖馬箠，鞭笞驅除一車鬼，再拜迎入新世紀。」[11] 1920年，留日的郭沫若致宗白華的信中亦寫道：「我過去的生活不過是地獄裡的鬼，今後的生活當作為人而在光明世界裡生。」[12] 郭沫若此語可能受到易卜生的影響，後者的名劇《群鬼》恰在前一年譯成中文。

但五四諸子中應以周作人最能道出時代的心聲。他提倡〈人的文學〉，力陳〈無鬼論〉，[13] 更問道：「我們的敵人是什麼？乃是野獸與死鬼，附在許多活人身上的野獸與死鬼。」[14] 而當胡適整理國故，自膺為「捉妖打鬼」的健將時，傳統的神鬼觀無所遁形：

> 我披肝瀝膽地奉告人們：只為了十分相信「爛紙堆」裡有無數無數的老鬼，能吃人，能迷人，害人的厲害勝過柏斯德（Pasteur）發現的種種病菌。只為了我自己自信，雖然不能殺菌，卻頗能「捉妖」「打鬼」。[15]

到了三〇年代，胡適提出了「五鬼論」，即貧窮，疾病，愚

家憑藉文化、宗教、風俗或意識形態定義的「真實」標準書寫這些令人信以為真的事物，構成「逼真」（verisimilitude）的準則，像福樓拜（Flaubert）的《聖安東尼的誘惑》（*Temptation of St. Anthony*）即為一例。

11　引自丸尾常喜，《「人」與「鬼」的糾葛：魯迅小說論析》，秦弓譯（北京：人民文學，1995），頁214。

12　同前註，頁213。

13　周作人亦稱不相信靈魂的存在，見《瓜豆集》（上海：宇宙風社，1937），頁21。

14　丸尾常喜，《「人」與「鬼」的糾葛》，頁215。

15　胡適，〈整理國故與「打鬼」〉，《治學的方法與材料》（台北：遠流，1986），頁160。五四及五四後學者文人對鬼魂的態度，見曾煜編，《聊侃鬼與神》（長春：吉林人民，1996）。

昧，貪污，擾亂。五四理性精神的表現，莫此為甚。[16]

　　現代知識分子及革命者念念以驅鬼為職志，而此一姿態更在左翼政治、文學話語中大顯身手。三〇年代曹禺、巴金各在《雷雨》及《家》中控訴，傳統家庭制度製造無數冤魂怨鬼。四〇年代延安文學有名的《白毛女》號稱「舊社會把人變成鬼，新社會把鬼變成人」。[17] 五〇年代何其芳編寫「不怕鬼的故事」，而六〇年代初孟超的新編京劇《李慧娘》見罪當局，罪狀正是提倡「有鬼無害論」。[18] 文化大革命爆發，凡是有待鬥爭的壞分子俱被冠以「牛鬼蛇神」的稱號，豈僅偶然。

　　這一驅妖趕鬼的語境強調理性及強健的身體／國體的想像，不在話下。然而時至八〇年代，不論雅俗文學及文化，妖魔鬼怪突然捲土重來，而且聲勢更盛以往，在台灣及香港，有關靈異及超自然的題材早已享有廣大市場，司馬中原或倪匡等作家的聲勢也水漲船高。[19] 其他媒體，從電視劇到電影，從廣播到報刊，演述陰陽感應、五行八卦、神鬼傳奇，無不大受歡迎。更值得注意的是，這股陰風也逐漸吹向大陸，連主流作家也趨之若鶩。殘雪及韓少功早期即擅處理幽深曖昧的人生情境，其他如蘇童、莫言、賈平凹、林白、王安憶及余華，也都曾搬神弄鬼。新中國的土地自詡無神也無鬼，何以魑魅魍魎總是揮之不去？當代作家熱中寫作靈異事件，其實引人深思。〈楊思溫燕山逢故人〉裡鄭意娘的話又回到耳邊：

---

[16] 丸尾常喜，《「人」與「鬼」的糾葛》，頁215。

[17] 賀敬之等所改寫《白毛女》的名句；見孟悅的討論，〈《白毛女》演變的啟示——兼論延安文藝的歷史多質性〉，《再解讀：大眾文藝與意識形態》（香港：牛津大學，1993），頁68-89。

[18] 戴嘉枋，《樣板戲的風風雨雨：江青‧樣板戲及內幕》（北京：知識，1995），頁7-8。

[19] 從通俗文學角度，兩位作家都有值得注意之處。

「太平之世，人鬼相分；今日之世，人鬼相雜。」我們還是生在亂世裡麼？

　　識者或謂最近這股鬼魅寫作其實受到西方從志異小說（Gothic novel）到魔幻寫實主義的影響；更推而廣之，後現代風潮對歷史及人文的許多看法，也不無推波助瀾之功。但我仍要強調，傳統中國神魔玄怪的想像已在這個世紀末捲土重來。作家們向「三言」、「二拍」、《聊齋誌異》借鏡，故事新編，發展誼屬自己時代情境的靈異敘述。我尤其關心的是，如果二十世紀文學的大宗是寫實主義，晚近的鬼魅故事對我們的「真實」、「真理」等觀念，帶來什麼樣的衝擊？如前所述，如果鬼魂多出現於亂世，為何它們在二十世紀前八十年的文學文化實踐中，銷聲匿跡？這八十年可真是充滿太多人為及自然的災難，是不折不扣的亂世。難道中國的土地是如此怨厲暴虐，甚至連神鬼也避而遠之？

書寫即招魂

　　就字源學考證而言，「鬼」在遠古與「歸」字可以互訓，是故《爾雅》有言：「鬼之為言歸也。」[20]「歸」意味「返其家也」。但這「返回」與「家」的意思與一般常人的想法有所不同。歸是離開塵世，歸向大化。死亡亦即回到人所來之處。《禮記》：「眾生必死，死必歸土：此之謂鬼。」《左傳・昭公七年》：「鬼有所歸，乃不為厲，吾為之歸也。」[21] 如果歸指歸去（大化），那麼潛藏的另一義應是離開——離開紅塵人間。通俗的詮釋則往往顛倒了此一鬼

---

20 《爾雅・釋訓第三》（上海：上海古籍，1977），頁61。
21 《左傳・昭公七年》（台北：廣文，1963），頁1291。《禮記・祭義》（台北：台灣學生書局，1981），頁757。

與歸的意涵。鬼之所以有如此魅惑力量，因為它代表了我們對大去與回歸間，一股徘徊懸宕的欲念。我以為此中有深義存焉。有生必有死固然是人世的定律，但好生懼死也是人之常情。鬼魅不斷回到（或未曾離開）人間，因為不能忘情人間的喜怒哀樂。鬼的「有無」因此點出了我們生命情境的矛盾；它成為生命中超自然或不自然的一面。唯其如此，鬼魅反而襯托出生命想像更幽緲深邃的層面，仍有待探勘。

以〈楊思溫燕山逢故人〉為例，鄭意娘回到世間，因為念念不忘夫君楊思壽，以及他們當年在汴京共享的歲月。但意娘的「回來」卻徒然提醒我們陰陽永隔，人鬼殊途。「故」人與「故」國再也不能喚回。所謂的夫妻團圓變成一場虛空的召魂儀式，一種迷離幻境。因此意娘的魂兮歸來與其說是欲念或相思的完成，不如說是凸顯欲念與相思的缺憾。生與死被一層神祕的時空縫隙隔開，是在此一縫隙間，不可思議、言傳的大裂變——國破、家亡、夫妻永訣——發生了。此生的紛亂無明與他生的神祕幽遠何其不同，而在兩個境界間，但見新魂舊鬼穿梭徘徊，不忍歸去，不能歸來。

在二十世紀末期，「魂兮歸來」的古老主題有了什麼新的面貌？以韓少功（1956-）著名的小說〈歸去來〉（1985）為例，這篇小說敘述文革期間下鄉的知青在文革後重遊故地的「神祕」經驗。主人翁來到一個村落，其中一景一物都似乎印證他當年下鄉處的所聞所見，更不提所有似曾相識的村人。但主人翁卻無從確認這到底是他陰錯陽差的幻覺，還真是他其來有自的經歷——畢竟所有村人都用另外一個人的名字稱呼他。小說高潮，主人翁巧遇據說是他當年「心上人」的妹妹，從而得知他的心上人已死去多時。

〈歸去來〉常被當做傷痕文學或尋根文學來討論。但此作也大可以放在鬼魅敘事的框架中觀之。〈歸去來〉的題目當然遙指陶淵明（365-427）〈歸去來兮〉的名作。但二十世紀末中國作者的歸家

返鄉渴望，不以回到故園為高潮；恰相反的，它是一種夢魘式的漫遊，以回到一個既陌生又極熟悉的所在為反高潮。如果運用佛洛依德式說法，我們可說這一回歸引發一種詭祕（uncanny）的癥候，「家」及「非家」的感受混淆不清，因此引起回歸者最深層的不安。[22] 韓少功的故事為此類詮釋再加一變數。新中國社會的「家」曾以集體生活為能事，不只背離佛洛依德式的中產核心家庭觀，也與傳統中國的家族結構相去甚遠。韓少功的〈歸去來〉到底「歸」向何處，語意因此更為含混。

韓少功以尋根意識見知文壇。〈歸去來〉儘管充滿鄉愁，[23] 韓少功的歸屬感卻終必化作幻影。「鬼之為言歸也」，作為敘述者，韓少功所散發的鬼氣，何曾小於他筆下的人物？失落在歷史與記憶的軌道中，他豈止是無家──那生命意義的源頭──可歸！

跨過台灣海峽，朱天心（1958-）在1997年寫出了中篇小說〈古都〉。在其中一位貌似朱本人的中年女作家自日本回來，發現如果以一個偽東洋客的眼光重新審視台北，她所生長於斯的城市居然出落得如此陌生，乃至恐怖。憑著一張日據時期的地圖，她漫遊世紀末台北的大街小巷，所見種種景觀無不如寒磣醜陋如廢墟。台北是一座忘懷歷史、背棄記憶的城市，以致連孤魂野鬼都無棲身之地。朱的回鄉之旅，儼若直搗一代台北人的「黑暗之心」。

朱天心近年以創造一系列「老靈魂」角色知名。她筆下的老靈魂太早看透世事，以致長懷千歲之憂；他們遊蕩前世今生，不再能天真的過日子。朱本人就是個老靈魂，而她的焦慮有其歷史因緣。

22　譬如參見 Anthony Vidler. *The Architectural Uncanny : Essays in the Modern Unhomely.* Cambridge, Mass.: MIT Press, 1992。

23　我曾以「想像的鄉愁」一詞討論沈從文的小說，見 *Fictional Realism in Twentieth-Century China: Mao Dun, Lao She, Shen Congwen.* New York: Columbia University Press, 1992, chapter 7。

作為外省第二代作家，朱面對氣焰日盛的本土主義，有不能已於言者的疏離抑鬱。而昔日所信奉的偉人已逝，主義不在，也使她悵然若失。她苟安於台北，實則有若遊魂，在失憶與妄想的邊緣遊走，找尋歷史的渣滓。與台北相對比的是小說中不斷提及的桃花源。但桃花源既然自外於歷史，不知有漢，無論魏晉，不也是一座虛假的所在？朱天心於是也成為原鄉神話裡的異鄉人。[24]

　　不論是〈歸去來〉或是〈古都〉都沒有正面觸及鬼魂人物，但讀者不會錯過故事中陰慘黯淡的背景。我們所遭遇的一切都恍若隔世。迷離恍惚中，主人翁陷入對往事的追憶，但見事物影影綽綽，陰陽難辨。兩部作品都一再強調視線不清（或偽裝）所造成的雙重或多重視野，這一視像的曖昧感，加上主人翁無所不在的命名渴望及命名錯誤，更顯示全文再現、指涉系統的崩潰。而也就在感官及認知功能的錯亂中，幻想與現實交投錯綜、互為因果——造成鬼影幢幢。

　　以上的觀察引領我們再思二十世紀末「書寫即招魂」的現象。以余華（1960-）的〈古典愛情〉（1988）為例。[25] 這篇小說顧名思義，靈感來自傳統才子佳人的主題，像是書生赴京趕考，偶遇絕色佳人，一見鍾情，共結鴛誓等。但小說中段情節急轉直下，當書生自京歸來、再訪佳人時，但見一片荒煙蔓草，佳人已渺。數年後書生又來，斯地早成鬼域，饑荒蔓延，人人相食。書生最後見到了佳人，竟是在餐廳的飯桌上——佳人已被賣為「菜人」，成了不折不扣的俎上肉。

　　余華如此殘暴的改寫傳統，也許意在指出歷史的非理性力量，

24 王德威，〈老靈魂前世今生——朱天心論〉，《跨世紀風華：當代小說二十家》（台北：麥田，2002），頁113-34。

25 王德威，〈傷痕即景，暴力奇觀——余華論〉，《跨世紀風華》，頁161-84。

隨時蓄勢待發，人為的救贖難以企及。才子最後救了佳人，但四肢不全，奄奄一息的佳人只求速死；故事的高潮是才子殺了佳人。余華自承對巴岱伊（George Bataille）的色情與暴力觀著迷不已。[26] 但他小說中的暴力相衍相生，最終變成一種定律，反讓我們見怪不怪。在〈古典愛情〉的後半部裡，我們看到書生舊情難忘，在佳人的墓畔築屋懺情。然後某夜佳人翩然而至，自薦枕蓆，遂再成好事。書生疑幻疑真，終於掘墓觀察佳人生死下落，但見枯骨生肉，幾如生人。然而書生的莽撞，難使佳人還陽投生的過程克竟全功；一場人鬼戀因此不了了之。

對熟知傳統小說的讀者這一結局並不陌生。它讓我們想到了陶潛《搜神後記》的故事〈李仲聞女〉，[27] 而〈李仲聞女〉正是湯顯祖《牡丹亭》的源頭之一。[28]《牡丹亭》一向被奉為古典豔情想像的經典，余華的〈古典愛情〉將這一傳統由內翻轉顛覆，自然要讓當代讀者側目。他重複古人不僅是擬仿（parody），簡直是有意的造假搞鬼（ghosting）。

誠如楊小濱所言，余華世界中，「所有往事都分崩離析，如廢墟、如裂片。時間消逝，歷史理性退位，每一事件都僅在現實裡曇花一現。」[29] 余華小說中最令人可怖之處不是人吃人的獸行，而是不論血淚創痕如何深切，人生的苦難難以引起任何（倫理）反應與結局。在此「敘事」已完全與重複機制，甚或死亡衝動，融合為

---

[26] 余華對《眼之色》（*Eros of Eyes/Les larmes d'Eros*）有極大的好奇。請參見 Xiaobin Yang（楊小濱）. "The Postmodern/Post-Mao-Deng: History and Rhetoric in Chinese Avant-garde Fiction," Ph. D. Diss., Yale University, 1996, p. 205。

[27] 陶潛，〈李仲聞女〉，《搜神後記》，收入《唐前志怪小說輯釋》，李劍國編，頁429。

[28] 湯顯祖，〈牡丹亭題記〉，收入《唐前志怪小說輯釋》，李劍國編，頁433。

[29] Xiaobin Yang. "The Postmodern/Post-Mao-Deng," p. 90.

一。這令我們想到精神分析學裡視敘事行為為死亡衝動的預演一說；藉著敘述，我們企圖預知死亡，先行紀事，以俟大限。[30] 這裡有一個時序錯亂問題：一反傳統「不知生，焉知死」的教訓，作家們暗示不知死，焉知生？在這一層次上，寫作不再是對生命的肯定，而是一種悼亡之舉：不只面向過去悼亡，也面向未來悼亡。

　　然而談到「寫作即招魂」，台灣和大陸的作家又哪裡比得上他們的香港同行在上個世紀末書寫「大限」、敘述「回歸」的心情？在知名通俗作家李碧華的作品裡，「回歸」既是歷史必然，也是前世宿命。李的暢銷小說中以《胭脂扣》最能搬演鬼事，而且古意盎然。《胭脂扣》中的女鬼如花曾為三〇年代名妓，她幽幽回到世紀末的香港找尋當年愛人十二少。[31] 兩人曾相約殉情，十二少卻死裡逃生。趕在九七大限前，如花還魂了卻情債，卻終於了解人事早已全非。她的癡情及徬徨讓我們想起了八百年前的鄭意娘，她的結局卻讓人更無言以對。她找到了垂垂老矣的十二少，但即便如是，又能奈何？一切終歸徒然。

　　如花以她的尋死和還魂，見證時光消逝，人間情愛與恩義只能是想像中的美德，如幻似魅的寄託。八〇年代末的香港人心浮動，中國政府「五十年不變」的承諾不是一樣當不得「真」？《胭脂扣》

---

30 見彼得・布魯克斯（Peter Brooks）的討論，*Reading for the Plot: Design and Intention in Narrative*. Cambridge, Mass.: Harvard University Press, 1992。

31 對《胭脂扣》的評論，見 M. Ackbar Abbas. *Hong Kong: Culture and the Politics of Disappearance*. Minneapolis: University of Minnesota Press, 1997, pp. 40-47; Rey Chow（周蕾）. *Ethics after Idealism: Theory, Culture, Ethnicity, Reading*. Bloomington: Indiana University Press, 1998, pp. 133-48；李小良，〈穩定與不定──李碧華三部小說中的文化認同與性別意識〉，《現代中文文學討論》第 4 期（1995 年 12 月），頁 101-11；也斯，〈懷舊電影潮流的歷史與性別〉，《香港文化》（香港：香港藝術中心，1995），頁 32-37。

因此引生了政治的解讀，香港租界的一晌繁華，在大歷史中卻是妾身未明，一朝回返到充滿陽光的祖國，真值得麼？

　　李碧華對歷史記憶的反思亦可見諸像《潘金蓮之前世今生》（1989）這樣的小說。她改寫《金瓶梅》的高潮情節，想像潘金蓮生在二十世紀末的香港，將會有何下場。與其他《金瓶梅》續貂之作不同，李的重心不在潘的生前，而在她的死後。故事開始，潘金蓮已來到地獄門口，她拒絕喝下可以忘卻前生的孟婆湯，一心一意要轉世還陽，重續孽緣——尤其是和武松的一段情。如此，其他人物如張大戶、西門慶，與武松、武大，都陪著她墮入輪迴。香港潘金蓮於是舊戲重演，而且用李碧華的話說，把悲劇演成了荒謬的喜劇。[32]

　　而香港在穿過九七大限，「後事」是如何？陳冠中（1952-）的《什麼都沒有發生》（1999）最能道破箇中端倪。在香港回歸的一週年，我們的主角回憶前半生他的商場及情場冒險，悚然明白拋開聲色繁華，其實「什麼也沒有發生」。他沒有告訴我們的是在敘述開始時，他已經為人狙擊，奄奄一息，而在他的故事說完以前，他已經一命嗚呼了。整部小說因此是一個香港死人在回歸週年所留給我們的一席鬼話。所謂回歸，果然就是大限。黃碧雲（1961-）的鬼魅敘事又以另一種面貌出現。黃耽溺暴力，玩弄施虐與受虐想像，每每讓我們想起余華。在她有關回歸的寫作裡，各種不同時期、文類、國家的文學輪番被她改寫操演，毫無顧忌可言。魯迅與張愛玲，費里尼與沙特都借屍還魂，權充黃的素材。尤其是她塑造的同一人物竟能投胎轉世到不同的作品中，經歷不同的命運。以此黃碧雲不只是寫回歸，而是寫永劫回歸，循環的循環，虛空的虛空。[33]

---

32 李碧華，《潘金蓮之前世今生》（香港：天地，1993），頁218。

33 見我的討論，〈暴烈的溫柔——黃碧雲論〉，《跨世紀風華》，頁327-48。

　　前面我討論韓少功與朱天心作品裡「似曾相識」（deja vu）的荒謬感；李碧華等香港作家則另闢蹊徑，處理「尚未發生，已成過去」（deja disparu）的時間鬼魅性。用維希留（Paul Virilio）的話說：「任何新鮮式特殊的事物總已在尚未發生之前就已成明日黃花。我們總是面對還來不及發生的記憶或陳腔濫調。」[34] 果如此，歷史原來就是鬼魅的淵藪，那麼回歸與不回歸竟然沒有什麼兩樣。

現實主義中的幽靈

　　二十世紀末文學裡魂兮歸來的現象，讓我們重思曾凌駕整個世紀文學論述的寫實主義。寫實主義曾被奉為喚起國魂，通透人生的法門，也是中國文學晉入「現代」之林的要素。我在他處已一再說明寫實主義的興盛，不僅代表一種敘述模式典範性的變遷，也更意味一代學者文人以「文化、思想方式」解決中國問題的文學例證。這一思維方式名為革新，但在面對中國現代化千絲萬縷的問題時，仍堅持以全盤的文化、思想重整，作為改革的起步，其內爍一統的邏輯其實去古未遠。準此，不論是修辭上或觀念上，寫實主義的出現都被視為反映並改造現實的妙著。用羅蘭・巴特（Roland Barthes）的話說，彷彿有了寫實主義，一種歷史的向心力就能經書寫而達成。[35]

　　寫實主義論述的核心之一就是驅妖趕鬼。胡適「捉妖打鬼」的例子，足以代表時代的癥結。但我們如果仔細探究這些妖與鬼究竟何所指，立刻會發現歧義叢生。事實上，為了維持自己的清明立

---

34 引自 M. Ackbar Abbas. *Hong Kong*，頁 25。

35 Roland Barthes. *Writing Degree Zero*. Trans. Annette Lavers and Colin Smith. New York: Hill and Wang, 1978, p. 14.

場，啟蒙、革命文人必須要不斷指認妖魔鬼怪，並驅之除之；傳統封建制度、俚俗迷信固然首當其衝，敵對意識形態、知識體系、政教機構，甚至異性，也都可附會為不像人，倒像鬼。鬼的存在很弔詭的成了必要之惡。

這個藉想像鬼域以釐清現實的寫實法則，可以上溯至清代或更早。以敘事學而論，晚明清初一系列的喜劇鬼怪小說，像是《平妖傳》、36《斬鬼傳》（1688）、《平鬼傳》（1785）及《何典》（1820），都可資參考。這些小說多半篇幅不長，它們延續了晚明神魔小說的傳統，敷衍怪力亂神。但與《西遊記》或《封神傳》相比，喜劇鬼怪小說無論在人物、情節或主題上，都顯示以往龐大的奇幻想像已經下滑，而沾染了越來越多的人間色彩。取而代之的，是對種種世態人情的尖刻嘲弄，每多黑色幽默，37魯迅因此將其納入諷刺小說的項下。

喜劇性鬼怪小說浮游神魔與諷刺、虛幻與世情的邊際，確是名分飄忽不定的文學。這類小說視人間如鬼域，嬉笑怒罵的寫作形式，對晚清小說的寫實觀影響深遠。我在專書討論晚清小說時，曾指出像李伯元（1867-1906）與吳趼人（1866-1910）等作家寫盡人間怪惡醜態，他們的靈感有可能來自早期的喜劇鬼怪小說。儘管作家的著眼點是現實，他們卻明白除非訴諸魑魅魍魎的想像，否則不足以表達他們心目中的怪現狀於萬一。吳趼人《二十年目睹之怪現狀》（1910）開篇即點明敘述者歷盡人生妖孽，只能自詡為「九死一生」。38小說的另一題名，《人間魑魅傳》，也就令人會心微笑

36　見胡萬川，《鍾馗神話與小說之研究》（台北：文史哲，1980），頁127-55。

37　見我的討論，*Fin-de-siècle Splendor: Repressed Modernities of Late Oing Fiction, 1849-1911.* Stanford, Calif.: Stanford University Press, 1997, pp. 191-209。

38　同前註，頁200。

了。

　　晚清的譴責小說以誇張扭曲、人鬼不分為能事。作者似乎明白，在一個價值體系——不論是本源論、知識論、意識形態或感官回應——四分五裂的時代，任何寫實的努力終必讓人質疑現實的可信性。小說中充斥騙徒郎中、假冒偽善的角色，爾虞我詐，此消彼長。但無論如何精力無窮，這些人不能算是巴赫汀（Mikhail Bakhtin）筆下以「身體原則」顛覆禮教的嘉年華狂歡者。[39] 他們氣體虛浮，在魅幻的價值空間遊走，似假還真，以假亂真。他們最多算得上是果戈里（Nikolay Gogol）「死魂靈」（dead souls）的中國翻版。

　　五四文人一向貶斥晚清譴責小說作者，謂之言不及義，難以針砭現實病源。事實上，我以為晚清譴責小說融神魔、世情、諷刺於一爐，其極端放肆處，為前所僅見。作者所創造的敘述模式不僅質詰傳統小說虛實的分界，也更對形將興起的五四寫實主義，預作批判。譴責作家唯其沒有堅定信念，缺乏道德自持，對社會的罪惡「本質」，人性善惡分野，就有更模稜兩可的看法。他們的寫實觀中，因此有更邪惡且不可知的黑洞要鑽研，而他們對正必勝邪的信念，也殊少信心。五四文人對社會墮落的撻伐雖然較晚清前輩有過之而無不及，但他們的極端批評總是坐實了改造國是的信念，以及對掌握「真理」、「真實」的自得。晚清作家「目睹」「怪現狀」之餘，終頹然承認在所「見」與所「信」之間，總有太多變數。他們的寫實觀最終指向一種價值的虛無主義；看得到的人間惡行只是這一虛無的一部分。

　　五四主流作家以啟蒙革命是尚，發之為身體美學，他們強調耳聰目明，以洞悉所有人間病態。不僅此也，（魯迅式）「吶喊」與「革命」成為寫作必然的立場——彷彿真理的獲得，在此一舉。寫

---

39 同前註，頁200-209。

實主義小說容不下不清不楚的鬼魅。即便是有，也多權充為反面教材。例如王魯彥（1901-1944）〈菊英的出嫁〉寫冥婚；彭家煌的（1898-1933）〈活鬼〉暴露寡婦偷情的醜聞。同樣吳組緗（1908-）的〈菉竹山房〉也寫了個寡婦面對性禁忌的荒涼孤寂，而羅淑（1903-1938）的〈人鬼和他底妻的故事〉明白控訴下層社會生活的苦況，人不如鬼。

正因寫實小說以驅鬼為能事，強調光天化日之下沒有不能合理化的人生，我們對偶見的實驗性小說，如徐訏（1908-1980）的〈鬼戀〉寫一浪漫作家與一裝鬼女子的頹廢勾搭；沈從文（1902-1988）的〈山鬼〉寫湘西迷離悽惻的超自然風習；錢鍾書（1910-1998）的〈靈感〉寫一二流作家死後被打入地獄的鬧劇，就更能引起會心的微笑。儘管成績有限，這些作家顯然不以創造有血有肉的角色為滿足，立志要與鬼打交道。

相形之下，戲劇界也有一二作品可資一提：洪深（1894-1955）的《趙閻王》糅合表現主義劇場及傳統鬼戲方式，挖掘人的「黑暗之心」。白薇（1894-1987）的《打出幽靈塔》揭露父權壟斷的家庭，無異是鬼氣沖天的世界。亂倫、瘋狂、死亡充斥其中，主要角色多半不得好死。此劇多不為人所知，但日後曹禺（1910-1996）情節相似的《雷雨》，亦安排了鬧鬼的情節（似乎也得自易卜生《群鬼》的影響），則成了經典名作。

在啟蒙的光芒照映下，鬼怪看來無處肆虐。但新文學的背後，似乎仍偶聞鬼聲啾啾。事實上我們注意到一個弔詭：五四文人最迷人之處，是趕鬼之餘，卻也無時不在召魂。最可注目的例子是魯迅（1881-1936），現代文學的號手。評者自夏濟安至李歐梵已一再指出，雖然魯迅極力抵制傳統，他的作品有其「黑暗面」。喪葬墳塋，砍頭鬧鬼，還有死亡的蠱惑，成為他揮之不去的夢魘。1924年他就寫道：「我自己總覺得我的靈魂裡有毒氣和鬼氣，我極憎惡

他，想除去他，而不能。」[40] 魯迅對那神祕陰森世界的迷戀與戒懼，形成他作品的一大特色，這一特色可自〈狂人日記〉的吃人盛宴、〈白光〉中的祕密致命的白光、〈孤獨者〉死後露齒冷笑的屍體中，可見端倪。「一個人死了之後，究竟有沒有魂靈的？」魯迅的祥林嫂（〈祝福〉）問著。而魯迅的魅異想像在散文詩集《野草》達到高峰。

在《墳》的後記裡，魯迅寫道：「總之：逝去，逝去，一切一切，和光陰一同早逝去，在逝去，要逝去了。——不過如此，但也為我所十分甘願的。」「我有時也想就此驅除旁人，到那時還不唾棄我的，即使是梟蛇鬼怪，也是我的朋友……」[41] 在他清明的政治、思想宣言之後，魯迅不能，可能也不願，擺脫那非理性世界的引誘。他逾越明白淺顯的「現代」化界限，執意回到古老的記憶中，唷囁自身所負載的原罪。他因而充滿鬼氣。

夏濟安特別提醒我們魯迅對故鄉目蓮戲的興趣。目蓮戲的源頭可溯至宋代或更早[42]。融合了佛家道理及地獄輪迴想像，目蓮戲有其宗教意義，但表達的方式則集「恐怖與幽默」於一爐[43]。夏注意到儘管目蓮戲內容荒誕不經，魯迅對其抱持相當包容的態度。戲裡的鬼怪神佛就算無中生有，但其所透露的死亡神祕之美及生命的豔異風景，卻讓魯迅難以坐視。在他的筆下那些「千百年來陰魂不散

---

40 丸尾常喜，《「人」與「鬼」的糾葛》，頁222。

41 魯迅，〈寫在《墳》後面〉，《墳》，《魯迅作品全集》6（台北：風雲時代，1989），頁324-25。

42 目蓮戲的背景與發展，如見陳芳英，《目連救母故事之演進及其有關文學之研究》（台北：國立台灣大學出版委員會，1983）；亦見湖南省戲劇研究所及中國藝術研究院《戲曲研究》編輯部編，《目蓮戲學術座談會論文選》（長沙：湖南，1985）。

43 T. A. Hsia, *The Gate of Darkness; Studies on The Lefist Literary Movement in China*. Seattle: University of Washington Press, 1968, p. 160.

的幽靈，又有了新的生命」。[44]

　　但魯迅不是新文學裡唯一與鬼為鄰的作者。站在光譜的另一端是張愛玲，四○年代上海「頹廢風」的代言人。半因家庭背景，半因個人秉性，張在描寫死氣沉沉的封建世家，或虛矯文飾的慘綠男女時，特別得心應手。這些故事雖然架構於寫實觀點之上，卻顯得陰氣襲人。張愛玲有言：「人們只是感覺日常的一切都有點兒不對，不對到恐怖的程度。人是生活於一個時代裡的，可是這時代卻在影子似地沉沒下去，人覺得自己是被拋棄了。為要證實自己的存在……不能不求助於古老的記憶……這比瞭望將來要更明晰、親切。於是他對於周圍的現實發生了一種奇異的感覺，疑心這是個荒唐的，古代的世界，陰暗而明亮的。」[45]

　　在張的第一篇小說〈沉香屑——第一爐香〉裡，少女葛薇龍初訪她姑母的巨宅，彷彿進入古代的皇陵。[46] 小說以香港為背景，寫葛薇龍的天真與墮落。但已故的唐文標直截了當的指出，此作根本是篇鬼話，「說一個少女，如何走進『鬼屋』裡，被吸血鬼迷上了，做了新鬼。『鬼』只和『鬼』交往，因為這世界既豐富又自足的，不能和外界正常人互通有無的。」[47]

　　張愛玲的鬼魅想像更由下列作品發揚光大：〈金鎖記〉中的曹七巧由怨婦變成如吸血鬼般的潑婦；《秧歌》中受制於共產黨的村民以一場扭秧歌——跳得像活見鬼的秧歌——作為高潮；而《赤地之戀》更將此一想像發揮到極致，將上海這樣的花花世界寫成一個

[44] 同前註，頁162。

[45] 張愛玲，〈自己的文章〉，《流言》，《張愛玲全集》3（台北：皇冠，1991），頁19-20。

[46] 張愛玲，〈第一爐香〉，《第一爐香：張愛玲短篇小說集之二》，《張愛玲全集》6（台北：皇冠，1991），頁44。

[47] 唐文標，《張愛玲研究》（台北：聯經，1984），頁56。

失魂落魄的鬼城。[48]魯迅的「鬼話」撇不去感時憂國的焦慮。張愛玲則似安之若素，夷然預言你我一起向下沉淪的宿命；她成了早熟的末世紀（eschatology）見證。

但張愛玲面對死亡及鬼魅登峰造極的演出，應是她在1993年所出版的家庭相簿《對照記：看老照相簿》。在隱居將近三十年後，她突然將自己和家人的影像曝光，儼然有深意存焉。《對照記》不只刊出張自孩提至暮年的寫真，也包括她的父母甚至祖父母的造像。她寫道，「他們只靜靜地躺在我的血液裡，等我死的時候再死一次。」[49]浮光掠影，參差對照，張排比這些已逝的生命印象，追憶似水年華，正是無限的華麗與蒼涼。由照片觀看死亡的風景，張的做法讓我們想到了巴特的話：「不論相片中的人物是否已經死去，每張相片都是一場已經發生了的劫數。」「我自己的死亡已經銘刻在其中，而在死亡到來前，我所能做的只有等待。」[50]

魯迅曾被他生命及作品中的鬼魅誘惑，攪擾得惴惴不安。張愛玲則反其道而行，以幾乎病態的歡喜，等待末世，參看死亡。五、六〇年代，魯迅式的鬼魅題材人物在大陸文學中橫被壓抑，張愛玲的所思所見卻在海外大受歡迎。我們甚至可以歸納一系列張派的「女」「鬼」作家。我在1988年的專論裡，提出像李昂（1952-）、施叔青（1945-）、蘇偉貞（1954-）、李黎（1948-）、鍾曉陽（1962-）等人的作品都可據此觀之。她們的才情感喟唯有在書寫幽靈般的人事，得以凸顯。而我也問道：「『鬼』到底是什麼呢？是被鎮魘住

---

48 見拙作〈重讀張愛玲的《秧歌》與《赤地之戀》〉，《如何現代，怎樣文學？：十九、二十世紀中文小說新論》（台北：麥田，1998），頁337-62。

49 張愛玲，《對照記：看老照相簿》，《張愛玲全集》15（台北：皇冠，1994），頁52。

50 Roland Barthes. *Camera Lucida: Reflections on Photography*. Trans. Richard Howard. New York: Hill and Wang, 1981, p. 96.

的回憶或欲望？是被摒棄於『理性』門牆之外的禁忌、瘋狂、與黑
暗的總稱？是男性為中心禮教社會的女性象徵？是女作家對一己地
位的自嘲？是邪惡與死亡的代表？……但正如法國小說評論家巴他
以〔岱伊〕（Bataille）所謂，它們形成了『好』的言談敘述之外的
『惡』聲，搔弄、侵擾、踰越了尋常規矩。」[51] 九〇年代以來的鬼聲
方興未艾，這一列作家尚可加入鍾玲（1945-，〈生死冤家〉）、袁瓊
瓊（1950-，《恐怖時代》）、林白（1941-，《一個人的戰爭》）、黎
紫書（1972-，〈蛆魘〉），以及前所提及的黃碧雲和李碧華。[52]

體魄的美學

　　有鑑於現實主義已逐漸喪失其在現代中國文學的主導位置，我
們可以探問鬼魅的敘事法則如何提供一種不同的方式，描摹現實。
我所謂的鬼魅敘事除了中國古典的傳承外，也有借鏡晚近西方的
「幻魅」（phantasmagoric）想像之處。此一幻魅想像可以上溯至十九
世紀初的幻術燈影表演（phantasmagoria）；藉著燈光折射的效應，
表演者在舞台投射不可思議的影像，而使觀眾疑幻疑真。[53] 法蘭克
福學派的評者如阿多諾、班雅明藉此幻魅現象，批評1850年以後市
儈失真的社會表意系統。如班雅明指出第二帝國的巴黎已經淪為奇
觀的展覽場；都市的文明的羅列有若鬼魅排撻而來，意義流竄，虛

---

[51] 見拙作〈「女」作家的現代「鬼」話──從張愛玲到蘇偉貞〉，《眾聲喧嘩：三〇與
　　八〇年代的中國小說》（台北：遠流，1988），頁237-38。

[52] 見〈女作家的後現代鬼話〉，《聯合報・讀書人專刊》，1998年10月18日。

[53] See Jonathan Crary. *Techniques of the Observer: On Vision and Modernity in the Nineteenth
　　Century.* Cambridge, Mass.: MIT Press, 1990, pp. 132-34. Also see Terry Castle.
　　"Phantasmagoria: Spectral Technology and the Metaphorics of Modern Reverie," *Critical
　　Inquiry* 15, 1 (Autumn 1988): 26-61.

實不分，不啻就是一場幻術燈影表演。[54] 另一方面，阿多諾以華格納為例，批判這位作曲家「將商品世界的夢想寫成神話」，與玩弄幻術無異。當商品形式全面滲入日常生活，所有美學表徵都為「弄假成真」的附庸。[55]

　　班雅明、阿多諾的評判儘管各有特點，也都呼應了西方馬克思主義內蘊的「志異」（gothic）傳統一端。這一志異傳統「專注社會過程中非理性的現象；尤其視鬼魅幽靈為社會文化生產中有意義的現象而非幻象」，不可等閒視之。[56]九〇年代初，德希達據此探討西方馬克思主義式微後，「馬克思的幽靈」陰魂不散的問題。德希達認為以往的思想界對鬼神保持本體論的態度，因此規避了歷史的幽微層面。然而「幽靈總是已在歷史之中……但它難以捉摸，不會輕易地按照時序而有先來後到之別」。[57] 換句話說，幽靈不只來自於過去，也預告了在未來的不斷出現。在後馬克思的時代，我們其實並不能擺脫馬克思，而必須學習與他的幽靈共存。德希達因此將傳統的本體存在論（Ontology）抽空，而代之以魂在論（hauntology）。[58]

54　Walter Benjamin. *Charles Baudelaire: A Lyric Poet in the Era of High Capitalism*. Trans. Harry Zohn. London; New York: Verso, 1983, pp. 67-101. 亦參見 Christina Britzolakis. "Phantasmagoria: Walter Benjamin and the Poetics of Urban Modernism," in *Ghosts: Deconstruction, Psychoanalysis, History*. Ed. Peter Buse and Andrew Stott. Basingstoke, Hampshire: Macmillan; New York: St. Martin's Press, 1999, pp. 72-91。

55　Theodor Adorno. *In Search of Wagner*. Trans. Rodney Livingstone. London; New York: Verso, 1991, p. 85.

56　Margaret Cohen. *Profane Illumination: Walter Benjamin and the Paris of Surrealist Revolution*. Berkeley: University of California Press, 1993, pp. 2, 12.

57　Jacques Derrida. *Specters of Marx: The State of the Debt, the Work of Mourning, and the New International*. Trans. Peggy Kamuf. New York: Routledge, 1994, p. 4.

58　見 Peggy Kamuf. "Violence, Identity, Self-Determination, and the Question of Justice: On *Specters of Marx*," in *Violence, Identity, and Self-Determination*. Ed. Hent de Vries and Samuel

　　以上對幻魅想像、志異論述,以及魂在論的討論,使我對現代
中國文學「魂兮歸來」現象的觀察,更為豐富。藉此我希望對一個
世紀的寫實主義所暗藏的幻魅現象,再作省思。以往寫實主義如何
在重塑中國的「身體政治」(body politics)上,占有舉足輕重的位
置。五四以來的文人以寫實為職志,因為他們希求從觀察社會百
態,蒐集感官、知性材料入手,重建「國體」、喚起國魂。歷史的
實踐正在於現實完滿的呈現。隨著此一寫實信條而起的,是我所謂
「體魄的美學」(aesthetics of corporeality)。堅實強壯的身體是充實國
家民族想像的重要依歸。尤其在中國的革命論述及實踐裡,自毛澤
東的〈體育之研究〉到文革時期的集體勞動改造,我們可以不斷看
見意識形態的正確往往需由身體的鍛鍊來證明。右派政權在改造身
體的政治上,極端處也不遑多讓。我們還記得1934年蔣介石推行新
生活運動,首在打倒不健康的,不夠軍事化的,沒有生產力的「鬼
生活」。[59] 反諷的是,革命論述每每暗自移形換位,將體魄的建構化
為語意的符號的建構:鍛鍊「身體」的動機與目標,畢竟是為了
「精神」的重整。所以有了魯迅在《吶喊》自序中有名的宣言:
「凡是愚弱的國民,即使體格如何健全,如何茁壯,也只能做毫無
意義的示眾的材料和看客,病死多少是不必以為不幸的。所以我們
的第一要者,是在改變他們的精神,而善於改變精神的是,我那時
以為當然要推文藝……」[60]

Weber. Stanford, Calif.: Stanford University Press, 1997, pp. 271-83; Nigel Mapp. "Spectre and Impurity: History and the Transcendental in Derrida and Adorno," in *Ghost*, pp. 92-124。對德希達的批評,見Michael Sprinker ed. *Ghostly Demarcations: A Symposium on Jacques Derrida's Specters of Marx*. London; New York: Verso, 1999。

59 見黃金麟的討論,《歷史、身體、國家:近代中國的身體形成(1895-1937)》(台北:聯經,2000),第二章,頁33-107。

60 魯迅,《吶喊・自序》。

　　學者王斑描寫此一將體魄形上化的衝動，名之為「雄渾」符號（figure of sublime）的追求。這一雄渾寓意指的是「一套論述過程，一種心理機制，一個令人嘆為觀止的符號，一個『身體』的堂皇意象，或是一個刺激人心的經驗，足以讓人脫胎換骨」。經由「雄渾」的機制運作，「任何太有人味的關聯——食慾、感覺、感性、肉慾、想像、恐懼、激情、色慾、自我的興趣等——都被壓抑或清除殆盡；所有人性的因素都被以暴力方式昇華成超人，甚至非人的境地。」[61]

　　正是在對應這種雄渾敘事觀的前提下，幻魅的寫實手法可被視為一種批判，也是一種諧仿。作為文學方法，現實主義不論如何貼近現實，總不能規避虛構、想像之必要。觀諸五四以來的種種寫實／現實流派，已可見一斑。二十世紀末的幻魅現實手法則一反前此「文學反映人生」的模擬信念，重新啟動現實主義中的鬼魅。這樣的辯論仍嫌太附會形式主義（formalism）的窠臼。我以為當代華文作家所經營的幻魅觀是將現實主義置諸「非實體的物質性中」，[62] 這正是傅柯「鬼影論」（phantom）的看法。對傅柯而言，「鬼影必須被允許在身體邊界範疇活動。鬼影反抗身體，因為它附著身體，自其延伸，但也因為鬼影接觸身體、割裂它，將其粉碎而予畛域化，將其表面多數化。鬼影同樣在身體之外活動，若即若離，產生不同的距離法則。」[63]

　　「雄渾」的傳統今非昔比，世紀末華文作家在歷史的廢墟上漫

61　Ban Wang. *The Sublime Figure of History: Aesthetics and Politics in Twentieth-Century China.* Stanford, Calif.: Stanford University Press, 1997, p. 1.

62　Michel Foucault. "Theatrum Philosophicum," in *Language, Counter-Memory, Practice: Selected Essays and Interviews.* Trans. Donald Bouchard and Sherry Simon. Ithaca, New York: Cornell University Press, 1980, p. 170.

63　同前註，頁169-170。

步。他們「歸去來兮」的渴望——回返到已經喪失的革命、真理、真實的源頭的渴望——已經墮落為一趟疑幻疑真的幽冥之旅，就像韓少功〈歸去來〉一作所示。這些作家也來到了當年讓魯迅進退維谷的「黑暗的閘門」前，但不像魯迅，他們執意要開啟閘門，走了進去。跨過門檻，他們發現了什麼？可能是張愛玲式的「荒唐的，古代的世界，陰暗而明亮的」？古老的記憶比未來的瞭望更明晰、親切。面對那個世界，這些作家更可能為之目眩神迷，而以為自己從來沒離開過。以這樣的姿態回顧過去，這些作家顧不得「模擬（寫真）的律令」（order to mimesis），轉而臣服於擬像（simulacrum）的虛擬誘惑。[64]

當代作家一方面揭穿現實主義的述作，卻也難免自外於非現實因素的「污染」，同時他們也必須思考古典神魔作品中所隱含的現實因素。我們可以詢問，在二十世紀末寫作鬼魅，是否仍可能導生古典說部中的說服力？他們又如何營建一套屬於自己歷史情境的、能讓人寧可信其有的虛構敘事方法？換句話說，就算作家把古典的怪力亂神搬到現實環境裡，他們仍必須辨別哪些因素可以讓今天的讀者「信以為真」，或哪些會被斥為無中生有。誠如我以「幻魅寫實」一辭所示，古典與現代、人間與鬼域，相互交錯琢磨，互為幻影，使現實的工作較以往更具挑戰性。[65]

在台灣作家林宜澐的〈捉鬼大隊〉裡，一個小城因謠傳鬼來了而人心惶惶。目擊者是一個跳脫衣舞的舞孃；某夜中場時分她正在

---

[64] 我引用克里斯多夫・潘德蓋斯特（Christopher Prendergast）的立論，見 *The Order of Mimesis: Balzac, Stendhal, Nerval, Flaubert.* Cambridge: Cambridge University Press, 1986, chapters 1-2。

[65] 這可與德勒茲（Gilles Deleuze）的觀察互相印證，見他論敘事的鬼影 *Loguique du sens*，引自 J. Hillis Miller. *Fiction and Repetition: Seven English Novels.* Cambridge, Mass.: Harvard University Press, 1982, p. 4。

方便，猛的瞧見一張白臉，外加一尺長的舌頭，正在窗上偷窺。這位舞孃嚇得跌進糞坑裡。她活見鬼的消息立刻傳遍全市，警察也忙著成立了捉鬼大隊。民眾熱心檢舉他們認為有嫌疑的鬼：精神病患、「匪諜」、江湖郎中、棄婦、不良少年、無業遊民，甚至夢遊症患者都一網打盡。同時社會文化批評家與群眾的捉鬼熱相輝映，藉媒體發表專論，大談鬼之有無。他們的論點自「父系社會受壓迫的女性」到「集體潛意識的投射」，無所不包，好不熱鬧。

小說至此看得出林意在諷刺社會假「鬼」之名，奉行其圖騰與禁忌之實。他也必然預見（如本文般）連篇談神道鬼的學術「鬼話」，乾脆先發制人，予以解構。而故事進行至中段更有一逆轉：原來「真」的有鬼。「真鬼」來到小城，深對全城熱中自行想像的鬼不以為然；它要一展身手，顯現正牌的鬼才。但事與願違，沒人怕它。我們最後看到全城為捉到鬼而盛大遊行。但這鬼其實是裝鬼；而且是警察捉鬼大隊為了交差而出的鬼點子。

我們可視林宜澐意在揶揄一個社會自以為是的理性力量。但更有趣的是小說的人物、布局大有晚明、晚清喜劇鬼魅小說的影子。而林別有用心，他要點出在我們這個諸神退位的時代，就算沒有鬼，也得「裝」個鬼。而既然鬼原已是個迷魅；「裝」鬼其實是鬼上加鬼，越加不可捉摸。但就在這疑神疑鬼的過程中，所謂的社會「真實」的論述得以向前挺進。

類似的辯論可以運用到大陸作者蘇童的〈儀式的完成〉（1988）上。在這個短篇裡，一個民俗學家來到一個小村中，找尋已經失傳的趕鬼儀式。這個儀式的高潮裡，村民抽籤選出一個鬼王；選中鬼王的被其他人亂棒打死。民俗學家請求村民為他重演此一儀式，殊不料自己抽中鬼王籤。神祕事故由此一發不可收拾。村民假戲真作，幾乎要把人類學家打死；後者僥倖逃過亂棒，卻在離村的途中被機車撞死。民俗學家的死也許純屬意外，但也許是他觸動天機，

真把一個古老的儀式喚了回來。他的學術追求其實為的是後見之
明，而且不無作戲成分，然而他卻好似命中注定，在劫難逃。他原
本意在重現一個已逝的場景，結果惹鬼上身。他既是死亡儀式的執
行者，也是受害人。

　　這兩個故事為我們提供相關的角度，審視「幻魅現實」主義如
何顛覆以往的寫實觀。林宜澐的故事加插了一個奇幻的成分——
「真鬼」，卻能見怪不怪，把它視為現實裡的當然。我們因此必須再
思「現實」的多重可能。另一方面，蘇童的小說中的鬼則僅止於一
種迷信或風俗。小說敘述的表面毫無不可知或不可思議的現象或角
色，但是每每投射了現實的對應面，產生鬼影。民俗學家是抱著致
知求真的心情審理趕鬼風俗；他是否弄假成真，引鬼上身，始終是
個謎團。作為散布鬼話者，蘇童總棲居在一個鬼影互為牽引的迷離
世界中。林宜澐及蘇童兩種看待幻魅現實的角度，都威脅到前述
「體魄的美學」，也再次解構了模擬現實主義念茲在茲的政治動能
性。一片恍惚中，現實／寫實典範中的兩大知覺反應，「說」（吶
喊）及「看」（見證），都必然受到衝擊。[66]

　　在楊煉的〈鬼話〉（1990）裡，一個孤獨的聲音在一幢空盪盪
的屋子裡喃喃自語，唯一的回應是自己的回聲。這是誰的聲音？楊
煉曾是八○年代大陸詩界新秀，八○年代末期遠走他鄉。他的故事
也許是人在海外，有感而發，但小說沒有、也並不需要明白的歷史
表述。生存在後現代（postmodern）的時代裡，後「摩登」與後
「毛鄧」豈真是意隨音轉，夸夸真言都要分崩離析，成為鬼話。

　　朱天心的《漫遊者》（2000）更是變本加厲。此作繼承了前已

66　見如惹內（Gérard Genette）的研究，對惹內而言十九世紀寫實主義小說特重聲音與
　　視角（觀點），*Narrative Discourse: An Essay in Method*. Trans. Jane E. Lewin. Ithaca, New
　　York: Cornell University Press, 1980, pp. 212-14。

討論的〈古都〉姿態,唯悼亡傷逝的對象自一座城市(台北)轉為作者的至親(父親)。在父親大去後的空虛裡,朱天心任自己悠游在時間鴻蒙的邊緣,幻想死亡的種種感覺,悲從中來,不能自己。朱天心的悲傷及死亡想像不可等閒視之。她讓我想起米歇·德色妥(Michel de Certeau)所述,在一個「現代的符號的社會」裡,找尋「喪失的幽靈聲音」真是難上加難。[67] 朱的故事,或楊煉的故事亦然,企圖運用一種旁敲側擊的邊緣聲音或身影,拼湊現實碎片,清理歷史殘骸。而此舉正印證了中國後現代性的「異聲」、「異形」特色。

與上述現實主義所強調的聲(聲音)與色(視象)的寫實基礎相對抗,我們又在蘇童、莫言等人的作品得見更多的例子。蘇童的《菩薩蠻》寫一個父親眼見子女墮落,亟施援手,卻忘了自己已經死了。莫言〈懷抱鮮花的女人〉寫一個軍人的浪漫邂逅,未料對方非我族類,窮追他至死而後已。兩作都可以附會於心理學中,看與被看,幻想與象徵,愛欲與死亡的辯證。[68]

更進一步,黎紫書、王安憶等作家也有意的把鬼魅與歷史——個人的、家族的、國家的歷史——作細膩連鎖。馬來西亞的黎紫書以〈蛆魘〉(1996)贏得評者注意。故事中的敘述者娓娓追述家中三代的愛欲糾纏,令人驚心動魄,而敘述者洞悉一切,無所顧忌的靈魂來自於她的身分——她已是自沉的女鬼。王安憶的〈天仙配〉(1998)以四九年以前,中國一個村落的冥婚為背景。一次國共血

---

67 Michel de Certeau, Luce Giard and Pierre Mayol. *The Practice of Everyday Life. Volume 2, Living and Cooking*. Trans. Timothy J. Tomasik. Minneapolis: University of Minnesota Press, 1998, pp. 131-32.

68 Jacques Lacan. "The Mirror Stage as Formative of the Function of the I as Revealed in Psychoanalytic Experience," in *Écrits: A Selection*. Trans. Alan Seridan. New York: Norton, 1977, pp. 1-2, 4-5.

戰後，一個共產黨的小女兵重傷死在村中。村人不忍見她成為孤魂野鬼，為她找了個地下冥配。多年後，女兵當年的情人，如今垂老的高幹，找上墳來，要開棺移屍，永遠紀念。

兩造對小女兵遺骸的爭執正觸及了兩種記憶歷史與悼亡方式的衝突。儘管小女兵為「革命」而死，村人卻堅持以「封建」方法安頓她，甚至為此又發明一套新神話。小女兵的舊情人卻要挪走她的骨骸，由國家來奉祀。畢竟共和國的基礎由她這樣的先烈以血肉築成。王安憶描寫雙方的談判之餘，似乎有意提醒我們，小女兵的冥婚也許是荒唐之舉，但把她擺到革命歷史殿堂中接受香火，就算合情合理麼？在村里迷信及國家建國神話間，故舊情人及「地下」丈夫間，小「女」兵的骨頭突然變得重要起來。但她的「魂」歸何處，豈能如其所願？王安憶因此不寫詹明信（Fredric Jameson）式「國族寓言」的發現，而寫它的失落。幽靈徘徊在歷史斷層的積澱間，每一出現就提醒我們歷史的不連貫性。[69]

到了莫言的〈戰友重逢〉（1991），國家與鬼魂的辯證，更充滿反諷性。小說中的第一人稱敘述者在返鄉過河途中，突遇大水，攀樹逃生。在樹上他遇到昔時中越戰爭的同袍，聊起往事，不勝唏噓。一個接一個當年戰友加入談話，直到敘述者心裡發毛，暗忖莫不是見到了鬼。但如果別人是鬼，他自己呢？先前他在大水中見到一個軍官的浮屍，現在想來，原來那個浮屍就是自己！

莫言的英雄角色們為國捐軀，正所謂「生當為人傑，死亦為鬼雄」。但殉國後的日子陰森慘淡，漫漫無際。還有的戰友戰爭後死於瑣碎意外，更為不值。在群鬼的對話中，我們的感慨是深遠的。

---

69 Fredric Jameson, "Third World Literature in the Era of Multinational Capitalism," *Social Text* 15 (1986): 65-88. 對此文的批評，見 Aijaz Ahmad. "Jameson's Rhetoric of Otherness and the 'National Allegory'," *Social Text* 17 (1987): 3-25。

大歷史不記載這些鬼聲，唯有小說差堪擬之。敘事者自己原是鬼魂，他對同僚的哀悼竟也及於自身，而他因意外而死，死得真是有如鴻毛。小說的寫實架構終因此一連串的鬼話嫁接，而顯出自身的虛幻。失去的再難企及，語言的擬真及歷史「實相」的追記形成一種不斷循環的悼亡辯證。[70]

我寫，故我，在

回到首節的引言，「鬼之為言歸也」。我提及「鬼」及「歸」二字所隱含的複雜意義；「鬼」／「歸」是古字源學中的歸「去」，也是通俗觀念中的歸「來」。鬼在中國文化想像中的浮動位置，由此可見。在本節裡，我再以數篇當代小說作為例證，說明傳統文學裡的「鬼話」經過一世紀「捉妖打鬼」、啟蒙維新的衝擊後，如何悄悄滲入世紀末小說的字裡行間。在永恆的忘卻，以及偶存的記憶間，鬼魅扮演了媒介的角色，提醒我們欲望與記憶若有似無的牽引。

以台灣作家鍾玲的中篇小說〈生死冤家〉（1991）為例。此作的源頭是宋代話本〈碾玉觀音〉[71]；明代馮夢龍改寫的〈崔待詔生死冤家〉的本子，尤其膾炙人口。原作中玉匠崔寧以手工精巧、擅雕觀音見知咸安王，並蒙其賜婢秀秀為妻。某夜王府著火，崔寧為秀秀鼓動逃走。兩人於潭州另立門戶，但不久即為親王侍衛所執。崔寧於流放途中與秀秀重逢，日後獲釋回京重拾舊業。兩人又被前此緝捕他們的侍衛撞見，後者大驚，因為秀秀早已在崔寧流放之前

70 參考 Eric L. Santner. *Stranded Objects: Mourning, Memory, and Film in Postwar Germany.* Ithaca, New York: Cornell University Press, 1990, chapter 1。

71 小說出處與發展，見胡士瑩，《話本小說概論》，頁 200-201。

被親王處死。

　　馮夢龍版的崔寧故事雖忠於宋作，但已將焦點大幅移至市井男女的恩怨動機上。此由故事題名的改變——從〈碾玉觀音〉到〈崔待詔生死冤家〉——可以得見。兩作中的敘事者都擅於控制情節，創造懸疑。因此，當秀秀是鬼的真相曝光，現實呈現，我們驚覺生與死、人與鬼間的穿梭來往，是如此在意料之外，又發展得在情理之中。

　　在鍾玲的處理下，傳統作為敘事者的說話人不見了，取而代之的是秀秀的聲音。女性主義者可以說這一安排凸顯了女性——即使作了鬼的女性——強韌的立場。[72] 但另一方面，秀秀的話畢竟只是「鬼」話，不能當真。但我對鍾玲處理愛情與死亡的方式更有興趣，而其媒介點正是玉匠崔寧碾玉的功夫。與宋明版本相較，鍾玲在描寫崔寧與秀秀的要命關係時，因此多了一份情色魅力，而這樣激烈的愛情只能以死為高潮。所以在原作中崔寧被秀秀強索共赴黃泉，鍾玲的崔寧則是被秀秀色誘而死，作鬼也風流。秀秀的還魂了結了一段孽緣。然而鍾玲的用心仍不止於此。她尤其強調崔寧與秀秀都是技巧精緻的手藝人。秀秀的刺繡府內知名，她之所以傾慕崔寧，主要因為他的玉雕功夫了得。

　　鍾玲自己是有名的玉石賞玩家。她不會不知道王國維把「玉」與「欲」等量齊觀的論述；[73] 另一方面，玉與死亡及殯葬的關聯自古有之。隨著故事發展，玉的象徵愈益複雜，崔寧與秀秀的生死戀成了有關「玉」與「欲」的寓言。如果秀秀愛戀崔寧的原初動機是愛玉／愛欲，那麼這個故事也不只是戀人，也是個戀物故事。而什麼又是戀物？戀物無非是欲望對象的無限挪移置換，以物件暫代鬼

---

[72] 見陳炳良為《生死冤家》寫的序（台北：洪範，1992），頁1-15。

[73] 我指的當然是王國維《紅樓夢評論》中有名的辯論。

影般不可捉摸的原欲。[74] 此一替換原則正是一種幻魅的機制。當宋代的女鬼進入鍾玲的世界，她已沾染了這一個世紀末的頹廢風習。

　　我們也可在賈平凹（1952-）的小說《白夜》（1995）看到當代作家如何自古典戲曲與儀式汲取靈感，使之起死回生。賈平凹在八〇年代嶄露頭角，以鄉土尋根式作品得到好評。1993年他因《廢都》的性描寫成了話題人物，而小說記述世情方面的成績，反而為讀者所忽略。《白夜》延續了賈對俗世庶民風采的好奇，在架構上則另抒新機。如賈所言，《白夜》的靈感得自1993年他在四川觀看目蓮戲的經歷。他為目蓮戲貫穿死人與活人、歷史與真實、演出與觀眾、舞台與人生的戲劇形式感動不已，[75] 因有《白夜》一作。

　　目蓮戲是中國最古老的劇種之一，其淵源及豐富面貌，我們當然不能在此盡述。[76] 但不分時代、區域及演出形式，此戲以目蓮僧下地獄救母為主題，發展出繁複的詮釋形式。《白夜》的主人翁夜郎是個文人兼目蓮戲演員。通過他的四處演出，他見識到了社會眾生相，無奇不有，同時他的感情歷險也有了出生入死、恍若隔世的顛仆。小說以一神祕的「再生人」出現，自稱為街坊齊奶奶的前世丈夫而起，一股宿命氣息即揮之不去。隨後重心移向夜郎的演出及愛情經驗，其間賈平凹並加插種種民間藝術。這些藝術體現了日益消失的民間風情，有如「活化石」，[77] 而目蓮戲正是集其大成者。如賈平凹所述，目蓮戲之所以可觀，不只因為它的故事穿越陰陽兩界，更因它的形式本身已是（死去的藝術）起死回生的見證。它滲

---

[74] Sigmund Freud. "Three Essays on the Theory of Sexuality," in *The Freud Reader*. Ed. Peter Gay. New York: Norton, 1989, pp. 249-50.

[75] 賈平凹，《白夜》（台北：風雲時代，1996），頁3。

[76] 見陳芳英，《目連救母故事之演進及其有關文學之研究》。

[77] 賈平凹，《白夜》，頁3。

入到中國庶民潛意識的底層，以其「恐怖及幽默」迷倒觀眾。而夜郎如此入戲，他的生命與愛情也必成為不斷變形轉生的目蓮戲的一部分。

就此我們不能不記起魯迅七十年前對目蓮鬼戲的執戀。對大師而言，目蓮戲陰森幽魅，鬼氣迷離，但他卻難以割捨。九〇年代的中國，目蓮戲居然捲土重來，以其光怪陸離、匪夷所思的形式又傾倒一批後摩登／後毛鄧的讀者。何以故？目蓮戲百無禁忌，人鬼不分，豈不正符合了我們這個時代的精神？[78] 小說橫跨晝與夜、現在與過去，正對照了一個世代昏昏然似假還真的（鬼魅）風情。

當然，世紀末作家的搜神志怪不能不回到《聊齋誌異》。《聊齋》堪稱古典鬼狐說部登峰造極之作，自十八世紀以來即成為日後作家效法的對象。誠如學者所謂，《聊齋》的魅力不僅及於描述玄異世界而已，而更能藉談狐說鬼的異端論述，投射「異」之所以若是的「常」態規範，人間道理。[79] 蒲松齡自命為異史氏，其實明白他的《聊齋》所從事的是「另類」的歷史（history of alterity）。藉著狐鬼魑魅，蒲松齡記起了一個異樣的過去，因此成就正史之外的異史。

世紀末的作家裡，莫言的《神聊》（1993）顯然是踵飾《聊齋》的有心之作。莫言以《紅高粱家族》等作享譽，自承好談「鬼怪神魔」。這樣的風格也許其來有自；莫言的老家山東高密與蒲松齡故里淄博同屬一境之內，[80] 而他對蒲氏影響也一向念茲在茲。當我們

---

78 同前註，頁7。

79 Judith Zeitlin. *Historian of the Strange: Pu Songling and the Chinese Classical Tale.* Stanford, Calif.: Stanford University Press, 1993, chapter 1.

80 莫言，〈好談鬼怪神魔〉收入《從四〇年代到九〇年代：兩岸三邊華文小說研討會論文集》，楊澤主編（台北：時報文化，1994），頁345。

讀到像捕魚人夜晚與女鬼的豔遇（〈夜漁〉）、專吃鐵器的鐵孩（〈鐵孩〉）這類故事，蒲松齡的身影幽然得見。但我以為莫言是類小說也許太有刻意為之的意圖，因此成績不能超過他前此的作品。

相形之下，《聊齋》對香港作家李碧華的新作《煙花三月》（2001）的影響就更引人入勝。此書號稱是根據真人實事所作的報導文學，記錄一位抗戰時期的慰安婦如何在解放初期與一前國民黨警察共組家庭，兩人如何因政治原因被拆散，又如何在大躍進期間被迫離婚。38年後，垂垂老矣的婦人一心要找到下落不明的前夫，重敘離情。在李碧華的協助下，世紀末的香港竟然掀起了尋人熱潮，而且延伸到國際華人圈內。李碧華的尋人行動既藉助最時新的國際網路科技，也藉助最古老的易經卜卦數術，結果天從人願，老兩口終於重逢。而重逢的地點竟是淄博，蒲松齡的故鄉！用李碧華的話來說：「如果一個傳奇，可自《易經》開始，以《聊齋》作結，就很圓滿。」[81]

我對《煙花三月》更有興趣之處，是李碧華自己在書中的角色。李自喟深為這對老夫婦的經歷所感動，不辭辛苦，促成他們的團圓。她動員科技，占問休咎，幾乎像是個後現代的靈媒。在全書高潮，李甚至陪同老婦人到淄博認親。但作為「中國現代史上最惆悵的重逢」的報導人，李的位置卻恍若幽靈。這不僅是因為她刻意強調全書無我的臨場感，也更因為這本來就是別人的羅曼史，容不下第三者。在《煙花三月》的後記，李碧華如是寫道：「我的第一個小說喚《胭脂扣》。是女鬼如花五十年後上陽間尋找她最心愛的十二少的故事。──回頭一看，有很多虛構的情節，竟與今天尋人過程有詭異的巧合。《煙花三月》便是血淋淋的《胭脂扣》。它成

---

81 李碧華，〈後記──情緣就在一念間〉，《煙花三月》（台北：臉譜，2000），頁285。

書了，也流傳開去，冥冥中是否一些亡魂在『借用』寄意呢？」[82]

在《煙花三月》裡，《胭脂扣》那虛無縹緲的人鬼情突然落實到現代中國史的血淚中，而莽莽大陸，陡然提供了一個新的言情述愛的空間。「回歸」後的李碧華，「再世為人」，畢竟顯現不同面貌。九七前後，香港文化界開始談論「北進想像」。但少有像李碧華這樣將「北進想像」的實相與虛相發揮得如此淋漓盡致。

馬華作者黃錦樹的實驗就更為可觀。〈新柳〉（1992）中黃錦樹講述了個迷離曲折的《聊齋》式故事：書生鞠藥如夢中來到一神祕境界，受託於一位瞎眼老者探究人生命運。鞠驚醒，卻發覺自己名叫劉子固，娶妻阿繡；但他也證得在別的前世中他曾名喚彭玉桂、宮夢弼、陳弼教、韓光祿、馬子才等。熟悉《聊齋》的讀者當然會體認出來，這都是蒲松齡筆下的人物。[83] 黃錦樹積累這些不同故事中的人物，創造了一個無限延伸的虛構中的虛構，啼笑恩怨，糾纏不已。小說最後，劉子固又跌入鞠藥如的現實裡，而他又遇到一位名叫蒲松齡的老者。

〈新柳〉出虛入實，既似向《聊齋》致敬，也似對前人的諧仿。黃錦樹安排鞠藥如與蒲松齡相見，也托出自己的創作心事。他的蒲松齡力陳筆下角色雖然玄奇，卻也無非是歷史人物的反照，他幾乎像是呼應卡爾維諾（Calvino）或波赫士（Borges）的創作觀。真正令人感動的是，（黃的）蒲松齡自述創作動機有如鬼神相尋，不能自己，而且他的創作前有來者。溯源而上，蒲松齡其實刻畫了一個「異史」的譜系學。這一異史譜系與正史相互對應：「披蘿帶荔，三閭氏感而為騷；牛鬼蛇神，長爪郎吟而成癖。自鳴天籟，不擇好音，有由然矣……才非干寶，雅愛搜神；情類黃州，喜人談鬼

---

82 同前註，頁404。

83 見《聊齋誌異》卷12〈鞠藥如〉；劉子固出現於卷9〈阿繡〉中。

……集腋為裘，妄續幽冥之錄；浮白載筆，僅成孤憤之書，寄託如此，亦足悲矣！」[84] 小說終了，蒲松齡遞給鞠藥如一枝筆，囑他「以你獨特的筆跡，填滿謄下的所有空白」。[85]

　　我們可以看出黃錦樹的用心所在。拋開令人目眩的後設小說技巧，他有意重開幻魅歷史的敘事學，作為賡續「異史」的最新傳人。而在二十世紀末寫異史，他發現真正令人魂牽夢縈的題材不在大陸或台灣，而在他的故鄉，東南亞的華人群聚處。這些早期華人移民的子孫注定是正統中土以外的飄流者。儘管他們心向故土，在海外遙擬唐山丰采，竟至今古不分，他們畢竟去國離家日久，漸成化外之人。時空的乖違，使這些華族後裔宛若流蕩的孤魂。當他們落籍的新祖國屬行歸化認同政策時，他們非彼非此的曖昧身分更二度凸顯出來。

　　因此在他得到大獎的短篇小說〈魚骸〉裡，[86] 黃敘述了個年輕旅台馬華學者尋根的奇詭故事。這位馬華主人翁來到台灣，一心要追求華族文化的源頭。然而從馬來西亞到台灣，從一個（中華政治地理）的邊緣到另一個邊緣，他豈能實踐他的情懷？這位學者專治上古甲骨文字學，治學之餘，他自己居然效法殷商祖先，殺龜食肉取甲，焚炙以窺休咎。他甚至考證出四千年以前，僅出產於馬來半島的一種大龜即已進貢中土。當「深更人定之時，他就可以如嗜毒者那般獨自享用私密的樂趣，食龜，靜聆龜語，暗自為熟識者卜，以驗證這一門神祕的方術。刻畫甲骨文，追上古之體驗」。[87]

　　我們還記得，現代中文裡的「龜」音同「歸」。如果「鬼之為

---

[84] 見 Judith Zeitlins. *Historian of the Strange*, chapter 2。

[85] 黃錦樹，〈新柳〉，《烏暗暝》（台北：九歌，1997），頁157。

[86] 〈魚骸〉為1995年中國時報短篇小說類首獎作品，收入《魚骸：第十八屆時報文學獎得獎作品集》，楊澤主編（台北：時報文化，1995），頁18-46。

[87] 同前註，頁34-35。

言歸也」，那麼黃錦樹的「歸」去之鬼已化成歸去唐山的「龜」。如此，主人翁寅夜殺龜卜巫之舉在在令人深思。在焚炙龜甲的縷縷青煙中，他重演殷人召喚亡靈的儀式。而他最難忘懷的是他哥哥的鬼魅；多年前在馬共起義中，哥哥為了遙遠的唐山「祖國」犧牲一切，最後在圍剿中失蹤死亡。故事中的主角撫摸魚骸——也是餘骸——之際，可曾有如下之嘆：世紀末在台灣的馬籍華裔可仍在夢想那無從歸去的故土？如果如前所述，韓少功等大陸作家寫〈歸去來〉，已把尋根歸鄉化為此路不通的鬼魅之行，像黃錦樹這樣的海外遊子孤魂，又能如之何？黃的主人翁企圖重演三千年前的召魂式，其時光錯亂處，豈正如蘇童〈儀式的完成〉中，那個召請鬼王的民俗學家？但弄假可以成真，請鬼容易送鬼難。黃的主角刻畫龜甲，徒然的追求神祕的天啟神諭。而黃自己呢？客居台灣，寫作一個回想故土不再、神諭消失的故事，他對自己的離散身分，能不有所感觸？這一銘刻龜甲／書寫小說的努力，最後會變成一種戀物儀式——就像鍾玲〈生死冤家〉中的兩個角色那般；或是一種超越的幻想——就像黃的〈新柳〉中的蒲松齡一樣？中原與海外，文化命脈與歷史流變，千百年來的華族精魄何去何從？

　　回到本文的開始，鄭意娘的鬼故事還沒說完，她的魂魄依然沒有歸宿。意娘與丈夫韓思壽重逢後，韓答應把她的骨灰匣帶到南方，朝夕供奉，永不忘懷。韓後來遇到個還俗的女尼，她的丈夫也在靖康難中被金人所殺。兩人一拍即合，旋即成婚。婚後一個月異象即出現，不斷侵擾他們。為了驅鬼，一個道士建議韓思壽把意娘的骨灰從墳中挖出，倒於揚子江中。韓照辦之後，鬼祟乃平。數年後，韓及妻子泛舟揚子江上，突然之間，兩個厲鬼，一男一女，從江心竄起，各捉拿韓氏夫婦，擲入水中溺死。人的記憶有時而窮，鬼的記憶天長地久。魂兮歸來！

第七講

五、六〇年代的香港新詩及台港交流

鄭樹森

　　五〇年代初活躍於香港文壇的詩人多為格律派。年齡較大的是徐訏（1908-1980）和林以亮（宋淇，1919-1996）；年輕一輩則為力匡（1927-1991）和齊桓（夏侯無忌，1930年生）。其中林以亮甚至認為：「自由詩對中國新詩的總的影響是極其不健康的……以致形成中國詩有史以來格調最卑的局面。……這種現象恐怕還要維持下去，一直等到新詩人創造出各種新的形式來才會澄清。」[1]五〇年代初同時有作品發表的這四位詩人對自西方引進的十四行詩體都較為喜愛，其中徐訏和力匡則特別重視每段行數對等及段內韻腳。在韻腳的構成和位置方面，這幾位詩人都不太拘泥西方形式。換言之，只是以音樂性或節奏感為形式上的大方向。

　　五〇年代初為韓戰及韓戰後的東西冷戰對峙時期，大量作家的抗共意識不時流露於詩中。調景嶺詩人因為強烈反共而不斷口號式吶喊，是可以理解的。[2]但這個「時代的烙印」則連詩作向以抒情

---

[1] 林以亮編選，《美國詩選》（香港：今日世界，1961），頁148。

[2] 調景嶺詩人中最突出的應是以小說《半下流社會》馳名一時的趙滋蕃（1924-

為主的徐訏亦未能免；例如1956年的〈故居〉，首段的文字覆杳頗見效果，但第二段起就立即轉入明顯的政治喻意，至終段（第六段）才結束[3]：

在燕子飛去前，燕子飛來後，我無時不勸你遠行，
等蓮花開了，蓮花謝了，我還是叫你莫留戀故居，
長長的路途彎彎的河流哪裡沒有大城小城？
哪一個大城哪一個小城裡沒有舊雲舊雨？
但是你偏要守你荒蕪的庭院，
說庭前有你熟悉的鶯歌燕語；
而今樑間的燕巢裡躲著蝙蝠，
翠綠的樹梢也被兇殘的烏鴉占據。

相對於右翼知識分子的反共辭藻，左派作家亦不乏「抗美援朝」、「反帝反蔣」之作。其中以產量驚人的何達在藝術上較有特色，主要是明朗和朗誦性兩點。在〈學詩四十五年〉一文，何達有以下自剖：「我成長在抗戰的年代。為了抗戰，必需明朗。……也只有明朗的詩，才能拿到群眾的集會中朗誦。這種詩朗誦，可不是目前香港『朗誦節』中的『朗誦』，不是那種類似聲樂表演似的花樣，而是詩作者和朗誦者與廣大群眾之間的直接的交流。」[4]

1986）。1954年3月由香港亞洲出版社印行的《旋風交響曲》，據詩人自己的介紹，「是首八千行大型劇詩」。這個作品以湖南雷峰山武裝抗共事件為題材，共分十四場，主要人物多達十六位，有配音、表演指示、上下場標示，甚至多種歌唱，形式上其實是詩劇，可以演出。這部作品在趙滋蕃離開香港前，曾印行三次，發行量在當年極為罕見。

3 徐訏，〈故居〉，《文藝新潮》第2期（1956年4月18日），頁14。

4 尹肇池編，《何達詩選》（香港：文學與美術社，1976），頁153-54。

　　1958年的〈簽名——記一個知識分子的話〉很可以說明何達的自述。當然，到了五〇年代，明朗就不再是支持抗戰，而是香港的工人和工運。何達的這類詩確實不能默讀，而要朗聲誦出，才能充分掌握其斷句、分行、音步背後的另一種節奏感。何達也很可能是香港五、六〇年代產量最大的詩人；曾以洛美筆名長期在《新晚報》副刊上每日發表一首詩。這些作品多以抒情為主，偶亦針對時事，但也許限於篇幅，朗誦特色無法凸顯。

　　異於格律派和朗誦風的，則是取向接近西方現代主義的馬朗、崑南、王無邪（伍希雅）、海綿等。雖然創作觀點不同，馬朗等人和林以亮、徐訏都同在《文藝新潮》（1956年2月創刊）發表作品。《文藝新潮》在1956年至1959年間，肯定為當時現代派的主要陣地；對外國現代主義詩作及運動的譯介，在英、美、法、德之外，尚能照顧拉丁美洲、希臘、日本等地重要聲音，其世界性的前衛視野，在當時兩岸三地的華文刊物，堪稱獨一無二。現代派的形式是自由詩，甚或有以文字排列來追求視覺效果的「具象」（concrete）傾向，例如崑南的〈布爾喬亞之歌〉：[5]

> 風，緊摟我；風，狂吻我
> 我撞向時間，我撞向空間
> 啊
> 希望
> 是
> 大
> 大
> 大

---

[5] 《文藝新潮》第7期（1956年11月），頁36-37。

大
啊
…………
啊
生命
是
長
長
長
啊

　　現代派在整體感受上也不免受西方現代主義的影響，沾染灰暗、幻滅、敗北、虛無的氣息；崑南〈布爾喬亞之歌〉就以艾略特名作〈阿弗瑞德・普魯弗洛克的戀歌〉之名句為引言：「我已用咖啡匙量掉我的生命」。這種格調及其背後的「都市性」亦見於王無邪的長詩〈一九五七年春：香港〉[6]：

　　一草一木的真實，已不能使我們
　　感覺到這世界；這種空洞與躊躇
　　隨時月而增長，我們看到的全部
　　是青灰的頑石疊成莊嚴的長方形
　　立體，世界從沒有如此充實的內容。
　　人類是其中的蟻群，對本身的渺小
　　儘管有怨言，但文明是高高的築起了，

---

[6]《文藝新潮》第13期（1957年10月），頁32-33。

日趨偉大，已開始統治我們的一生。

…………

流落在無人注意的角落裡，晚上
在茶酒咖啡之間，我們纔有權利
閉目而又注視這狹小的土地，
也不復記懷眼前的生命，是慌張
而蜷縮，遠非我們所自命的氣概，
只隨時面臨著淪落和死亡的恐怖，
承受著來日如末日，我們的道路
伸展到幻夢和傳統和宗教以外。

　　此外，現代派在感官刺激和肉欲題材方面向固有道德規範、正統詩歌品味的挑戰，也見於海綿的作品，如〈女人：子宮、乳房〉[7]：

子宮下垂是懷孕的象徵
乳房下垂是衰老的表徵
唔。是以阿七姑開始了她之回憶——
嘩：當我年輕的時候有著珍羅素的胸部是如許豐滿地以及子宮
　　之凸起是如許如許。那時我開始了我之傲性。對著那些淫
　　色的眸子我是挑逗。和那些最時髦的華裝。和那些最名貴
　　的花都香水。和那些最美最狂以及最熱的表演：唇與唇之
　　吻。觸角性與危險性的撫摸等等。

---

[7]《文藝新潮》第15期（1959年5月），頁30。海綿是否為另一位詩人化名並不清
楚；對其整體創作情況也不熟悉。就目前所見，創作量不多，甚難評價；故此處全
首引錄，供讀者參考。

啊，還有的——

嗟：那我便跳一個叉叉。探戈。熱浪。樂樂。

漫波。加力騷等。

噯：那我便低哼吻在心上。只有你。舞伴淚影。什麼話。黃玫
　　瑰。鐵血柔情。Rock等。

唉：那時我從不知道什麼叫——

乳房下垂是衰老的表徵

子宮下垂是懷孕的象徵

　　海綿此詩中香港獨特之中西混合的「都市性」，在意象和語言層面都相當明顯。在這方面，同一時期台灣的現代主義詩就較不顯著。紀弦同時在台港發表的代表作〈阿富羅底之死〉、〈存在主義〉和在《文藝新潮》上的十多首作品，[8] 絕對是針對古典美學及傳統的急先鋒，但偶一出現的「都市性」都非常抽象，是知性的表達，而不是感性的呈現。

　　在紀弦的安排下，台灣「現代詩社」及《現代詩》雜誌全人先後以兩個專輯在《文藝新潮》亮相，隔海唱和。首次為「台灣現代派新銳詩人作品輯」，[9] 有林泠「秋泛之輯」五首、黃荷生「羊齒秩序」四首、薛柏谷「秋日薄暮」四首、羅行「季感詩」五首、羅馬（商禽）〈溺酒的天使〉外二題。接踵而來的是「台灣現代派詩人作品第二輯」，[10] 有林亨泰〈二倍距離〉外二章、于而〈消息〉外一首、季紅〈樹〉外兩帖、秀陶〈雨中〉一輯三首、流沙〈碟形的海

8　首二詩分見《文藝新潮》第14期（1958年1月），及《文藝新潮》第9期（1957年2月）。

9　《文藝新潮》第9期（1957年2月）。

10　《文藝新潮》第12期（1957年8月）。

洋〉及其他。而方思則先後在《文藝新潮》發表詩作和里爾克中
譯。紀弦和葉泥則先後參與譯介法國及日本的現代詩。[11] 從以上的
簡介來看,《文藝新潮》堪稱五〇年代港台兩地現代派文學的一大
集結地,而對西方現代派及當代小說、戲劇、詩的譯介,在其短暫
的燦爛中,甚至比台北後來出現的《現代文學》更為多元和新穎。

　　現代派之外,瘂弦於1959年9月在香港出版首部詩集《苦苓林
的一夜》,[12] 盡收五〇年代主要作品,雖然表面上不甚矚目,但以六
〇年代香港詩壇小小的「瘂弦風」來看,可說是台灣詩人第一位在
港較有影響的。[13] 瘂弦的詩節奏鏗鏘、句法多姿、意象綿密、構思

---

[11] 方旗在《文藝新潮》第13期(1957年10月)發表〈江南河〉、〈四足獸〉、〈守護
　　神〉、〈火〉、〈BOAT〉、〈火災〉、〈夜窗〉、〈蜥蜴〉、〈默戀〉等九首詩,是1966年
　　友人代為出版詩集《哀歌二三》之前,唯一大規模正式發表的一回,而且是在不能
　　在台灣出售發行的香港刊物(當時台灣軍事戒嚴,對香港報章刊物管制極嚴,連港
　　方反共報刊都不能隨便進口)。因此,不少台灣讀者和評論家在六〇年代後期都以
　　「新人」來形容方旗。余光中在1968年〈玻璃迷宮——論方旗詩集《哀歌二三》〉一
　　文,就視方旗為「年輕的新人」,「剛一出手竟已如高手」,「或直接或間接影響過
　　方旗的詩人,可能包括方思、鄭愁予、林泠、黃用、葉珊、敻虹、方莘」。就《文
　　藝新潮》及台灣《現代詩》雜誌上的發表情況來比較,方旗應是和這群詩人同一時
　　期的。余光中論文現收入《望鄉的牧神》(台北:純文學,1968)。《哀歌二三》詩
　　集可能因為是友人代印(此點為周夢蝶先生於1968年所告,李南雄先生也有同樣說
　　法),前無序,後無記,亦無出版社及出版年份,更無訂價,出版後就由周夢蝶先生
　　在明星咖啡屋前的小書攤代為展示及分送詩友。稍後(1972年)出版的第二本詩集
　　《端午》也情形相仿。兩本詩集的出版年份均據當年的閱讀筆記推斷。

[12] 除詩集外,瘂弦詩作不時在港刊出。《苦苓林的一夜》後,在港發表詩作尚有1960
　　年7月29日的〈海神〉、〈風神〉、〈亡兵〉、〈織〉、〈斷想〉,1961年1月6日的
　　〈夜章〉、〈甜夜〉,1962年2月23日的〈盲者〉,1964年5月29日的〈鹽〉,1964
　　年7月24日重發的〈傘〉、〈蕎麥田〉,均見《中國學生周報・詩之頁》。

[13] 影響向來是難以論定的創作關係。單憑外緣實證固然不足,即或加上內在類同排
　　比,很多時候仍不易確認。在西方比較文學界,這是個討論了數十年的老問題,此
　　處不贅。本文提及的瘂弦的可能「影響」,以當年西西的觀察為準。

奇巧，又有偶作「童真」的語氣，是六〇年代上半香港一些青年詩人模仿的對象。1965年間主編《中國學生周報・詩之頁》的西西，就對兩個新崛起的聲音（1947年出生的也斯和年齡應該相近的柏美），有此提點：「再擺脫不了瘂弦的影子就有危險；柏美同樣是。要知道，風格成為藝術家之神物利器的同時，也是他自己的陰影」。[14] 有趣的是，西西本人早年似乎也是瘂弦的追隨者，以各種筆名發表的詩作，也有一些類近瘂弦的意象和「童真」口吻的描繪。當然，這也極可能是西西、瘂弦當年都喜歡綠原、王辛笛和卞之琳，繼承的源頭大致相同（西西筆名之一「藍馬店」，無疑來自王辛笛）。而西西對瘂弦的熟悉，在1965年發表的〈塞納縣〉一詩中向瘂弦的致意，可以落實。[15] 從日後的發展來看（尤其是七〇年代），西西和也斯都各有個人獨特聲音，但均以平淡、白描見稱，又和早年的「瘂弦風」大異其趣。

　　瘂弦之外，余光中是另一位曾經影響六〇年代香港詩壇的台灣詩人。1964年自台北政治大學外交系畢業的香港僑生溫健騮，在政大時曾旁聽余光中在西語系兼課的「英詩選讀」。[16] 六〇年代上半溫健騮留台時，湊巧經歷當時現代派（主要為洛夫等大部分創世紀詩社詩人）與明朗派（以余光中等藍星詩社詩人為代表）之爭。前者是「激烈的反傳統」。後者以余光中為首，強調融和、吸收舊詩精華。[17] 1964年台灣的詩人節（即端午節），溫健騮獲中國詩聯會詩

14 見1965年10月1日《中國學生周報・詩之頁》。

15 見1965年2月5日《中國學生周報・詩之頁》。

16 見余光中序文，收入溫健騮，《苦綠集》（台北：允晨，1989）。

17 余光中的文章有〈幼稚的「現代病」〉、〈再見，虛無！〉、〈現代詩——讀者與作者〉、〈從古典詩到現代詩〉、〈迎中國的文藝復興〉、〈古董店與委託行之間〉等，均見《掌上雨》（台北：文星，1963）。洛夫的文章有〈天狼星論〉、〈靈魂的蒼白症〉，收入《詩人之鏡》（高雄：大業，1969）。

獎首名。余光中任評審之外，並為頒獎人。溫健騮獲獎作〈星河無渡〉並由余光中朗誦。[18] 此詩的語法、意象和情境，多見余光中1964年詩集《蓮的聯想》之痕跡。[19]

溫健騮返港後接編《中國學生周報・詩之頁》，在1967年1月6日介紹李賀〈北中寒〉之濃縮。文中對李賀的推崇、希望新詩能夠調和現代和古典，與余光中隔海呼應。[20] 另一位曾留學台灣師範大學（余光中時在英文系專任）的香港僑生羊城，1967年5月5日在《中國學生周報・詩之頁》開始寫〈根煇詩話〉，也回應溫健騮，強調要掌握中國文字的特性，注意傳統格律、聲韻、響度，自古詩吸收音樂性。而同一時期《中國學生周報・穗華》更以全版篇幅刊出溫健騮以杜甫為題材的一五二行長詩〈長安行〉。[21] 這樣一來，余光中多年來的理論與實踐，通過溫、羊二位，間接在港推廣流傳。當然，香港詩人也有少數一直都朝相同方向摸索的。例如戴天於1967年的〈聽佛有感〉、同年的〈京都十首〉，[22] 雖理同神合，但自闢蹊徑，別具一功。

---

[18] 余光中為《苦綠集》所作序文指為台北耕莘文教院的「水晶詩獎」。1964年8月29日《中國學生周報・詩之頁》的消息（據溫健騮信件），則為中國詩聯會首獎。〈星河無渡〉一詩見《苦綠集》及《溫健騮卷》（香港：三聯，1987）。

[19] 余光中在《蓮的聯想》（台北：文星，1964）後記，對回歸中國古典詩詞傳統有以下簡略歸納：「有深厚『古典』背景的『現代』，和受過『現代』洗禮的『古典』一樣，往往加倍地繁富而且具有彈性。桑德堡可以說是『沒有古典背景的現代』，艾略特則反是。」此說可與六〇年代中葉溫健騮詩觀比對參考。

[20] 余光中1964年長論〈象牙塔到白玉樓〉，津津樂道李賀「貫通現代各種詩派特質的風格」，對其高足顯然頗有啟發。余文先刊《文星》雜誌第77期，後收入《逍遙遊》（台北：文星，1965）。

[21] 此詩現見《苦綠集》及《溫健騮卷》。

[22] 〈京都十首〉原刊1967年《明報月刊》第31期，後收入詩集《峋嶁山論辯》（台北：遠景，1980）。

　　不過，現代派的淒寂、孤絕、虛無、存在主義式的呼喊，在六〇年代的香港也從者甚眾。一來香港與台灣現代派向有聯繫；二來《文藝新潮》在五〇年代就大力譯介西方現代派及存在主義名家如沙特、卡繆等。而1963年曇花一現的《好望角》雜誌，不但繼承這個傳統，且與洛夫等創世紀詩人交流頻密。1967年3月《盤古》月刊創刊後，胡菊人更多次長論介紹存在主義。1968年《中國學生周報・穗華》分兩次訪問與余光中大打筆戰的洛夫，當時主編《穗華》的吳平不無平衡余派觀點的想法。23 六〇年代香港詩人帶點存在主義色彩的現代派本來就為數不少；金炳興、蔡炎培、馬覺和羈魂都有過這類作品。但在羈魂的詩，又偶可聽到大陸「文化大革命」遙遠的迴響，例如1968年的〈紛落以後──致祖國〉：「他們用大字報蓋頂笑雨點不大／歡呼有鯤鵬溺翔於器氣之間」，24 頗見香港地緣政治和「中國瞭望站」的特色。

　　在六〇年代這幾種詩風之外，也有少數非左翼詩人特別關心香港本地小市民的生活，企圖從中提升轉化。其中以反映香港普羅大眾現實生活的小說作者江詩呂，在這方面最見心思，例如1965年的〈苦力〉和〈賣故衣的人〉，1966年的〈八塊半〉，1967年的〈新填地即興曲〉。江詩呂雖然關懷低下層現實，語言上卻極少以廣東話和香港俗語來凸顯加強（似乎忘記了崑南和王無邪的嘗試），〈苦

---

23 洛夫專訪由吳平委託筆者在台北進行，以〈詩人之鏡・詩人之境〉為題，在《中國學生周報・穗華》1968年7月26日及8月2日兩次刊出。7月26日《穗華》並同時發表洛夫近作〈事件──西貢詩抄之一〉及〈魚〉。但8月2日《穗華》則將溫健騮〈長安行〉同時刊出（兩期《穗華》均為擴版）。該年通過筆者邀約在《中國學生周報》發表新作的台灣詩人依次尚有瘂弦、張默、蘇凌、周夢蝶、羅門、七等生、蓉子、林煥彰、洛夫（連訪問）、周鼎、余光中等，可能是《中國學生周報》創刊以來最密集的一年。

24 見羈魂，1970年由台北環宇出版社刊行的第一本詩集《藍色獸》。

力〉一詩則是例外。[25]

　　回顧五、六〇年代的香港新詩，政治立場上左右對峙，詩風上晦澀的現代與明朗的新古典抗衡，沿承上五四餘緒與台灣聲音各有市場，視野上凝視本地與遠眺外國並行不悖，充分體現當時在海峽兩岸間，香港超然的寫作空間特色。

---

[25] 香港左派支持的《青年樂園》週刊（1956年4月創辦），就今日零星所見，不時有同情貧苦大眾、工人階級的詩作，但詩藝則遠不及江詩呂。及至大陸「文革」爆發，香港左派以「反英抗暴」響應，《青年樂園》及其特刊《新青年》在1967年11月22日被港英政府勒令停刊。

第八講
東西冷戰、左右對壘、香港文學

鄭樹森

在1949年前後，兩百多位在港暫避國民黨「白色恐怖」的文化人（多為左翼）紛紛北返。差不多同一時期，在國民黨節節敗退下，不少右派文人陸續南來，如徐訏、南宮搏、秋貞理（司馬長風）、力匡、林適存、趙滋蕃、路易士（李雨生）等。

從今天的角度回顧，這批右翼文人的南來，與稍早國共內戰時期來港暫避鋒頭的左派文人不同。第一，因為他們南來以後，並沒有轉去台灣、美國或其他地方，而是定居下來。因此，隨著時間流逝，他們的過客心態也日漸減弱，不少後來更成為提攜本地文學青年的長輩。第二，南來文人還包括不少新聞工作者和學者，後者的使命感和生活需要後來促成十多間專上學院在香港的慘澹經營，其中較有名的自然是後來合併成香港中文大學的新亞、聯合、崇基三間書院，和最近復稱大學的嶺南學院，其他還有珠海、德明、清華、遠東、光華等。這些幾乎都只能租樓辦學的專上學院，為五〇年代只有香港大學一枝獨秀的殖民地，培訓了一批沒有辦法、也沒有能力升學的青年。最近有一說甚至估計這批學校培養的學生人數高達三千五百多人。這從後來《中國學生周報》（1952年7月25日

創刊)、《大學生活》（1955 年 5 月 5 日創刊）創辦後工作人員均來自新亞、崇基，也可以間接證明。第三，大量文人的南來，再次將國共兩黨在大陸的鬥爭帶來香港，使香港成為海峽兩岸之間的意識形態戰場。這種形勢一方面說明香港與母體的緊密關係，另一方面又再證明香港的本土性、主體性在母國文化大舉南下時，往往會有一段時期湮沒不彰。

　　在四〇年代末期，中歐（冷戰時期被美國國務院改稱東歐）的捷克、匈牙利、波蘭等國成為美蘇兩大陣營的爭霸場所。當時雙方都將這場鬥爭視為意識形態、政治制度，甚至人類社會未來的競賽和抉擇。因此，「文鬥」之激烈、持久，並不下於軍力較量。1950年，美國國務院和中央情報局（以後者為主力）幕後策畫在西柏林舉行首屆大會的「文化自由聯盟」（Congress for Cultural Freedom），是針對蘇聯和原「共產國際」的文化反擊。這個以美國為主導、但在歐洲舉行的活動，雖由歐洲文人發起，經濟來源則是中央情報局，並就此趁便創辦了十多份刊物。最有名、影響最深遠的，大概是英國的《文匯》（*Encounter*）和德國的《月刊》（*Der Monat*）；這兩份刊物對戰後英德文化生態影響深遠。另外，聯盟更資助出版社，還辦電台（即「自由歐洲之聲」）。（關於美國政府及中央情報局的這些思想戰線活動，可參看 1999 年出版的兩本書：Frances Saunders, *Who Paid the Piper?* 及 Peter Coleman, *The Liberal Conspiracy*）這些活動在 1950 年韓戰爆發後，全都在香港「翻版」。中央情報局成立「亞洲基金會」後，1951 年 4 月「友聯出版社」受資助成立；同年「人人出版社」亦受資助成立。1952 年 9 月則有「亞洲出版社」成立（由報人張國興主持，後並創辦「亞洲影業公司」）。同年香港美國新聞處更直接參與香港文化活動，創辦綜合性月刊《今日世界》（1952 年 3 月 15 日創刊），稍後成立「今日世界出版社」，宣揚、介紹美國文化及其價值觀。「人人出版社」創辦《人人文學》（1952

年5月20日創刊），由黃思騁、齊桓、力匡等先後主編。「友聯出版社」則針對不同讀者群來創辦刊物，1952年7月25日開辦《中國學生周報》，1953年1月5日出版《祖國》月刊，1953年1月16日創辦《兒童樂園》，1955年5月5日刊行《大學生活》半月刊。「亞洲出版社」以文藝創作為主，還包括連環圖、兒童文學、青少年叢書、畫報（《亞洲畫報》於1953年5月創刊），種類甚多，並通過《亞洲畫報》在港、台、東南亞一帶舉辦小說徵文比賽，得獎作品並結集出版。冷戰氣候形成以後，美國國務院及中央情報局以香港作為橋頭堡，做意識形態的反擊，其實際效果有幾方面，第一是維持文人生活，第二是提供發表園地，第三是培養青年作家。至於是否因此就徹底改變了價值觀和意識形態，在今天回顧，很難有準確的結論；但在提供園地來培養青年作家方面，可說是相當成功的。不過，這與意識形態或政治取向未必有直接關聯，如後來美國國務院資助美國愛荷華大學開創的「國際作家交流計畫」，香港作家戴天、溫健騮、古蒼梧均曾參與，他們都曾經是《中國學生周報》、《大學生活》的作者；但是，他們當時及日後的政治取向或價值觀，與當時冷戰氣候所形成的、今天有人指責的所謂「美援文化」並無關係。

　　從當時香港政府各種統計數字看來，香港當時經濟相當匱乏，有大量失業人口，很多人三餐不繼，但文藝活動反而非常蓬勃。假如當時沒有美國國務院及中央情報局為了意識形態的鬥爭，對香港文化界實質經援，恐怕當時不能出現如此蓬勃的文藝生態。所謂「美援文化」還有一間接效應，就是美方為要宣傳其價值觀，翻譯大量美國文學作品，對當時香港文藝青年認識西方文學雖不免有所偏頗，但也有其歷史貢獻。此外，在東西冷戰期間，由於中國大陸被長期封鎖，加上本身的政策，香港這個英國殖民地，成為唯一與中國大陸相連，而又面對西方的窗戶，但也成為西方認識、了解中

國的唯一中文資料集散地，連台北也得來港轉購大陸報章刊物。
「友聯出版社」屬下的「友聯研究所」，除了蒐集、編輯各種中國大
陸文字資料作為參考外，還有研究員專事撰述，如丁淼《中共統戰
戲劇》（1954年7月出版）、趙聰《中共的文藝工作》（1955年9月出
版），都是較顯著的例子。這些各式各樣的材料，連同美英聯手在
港截聽收錄的電台廣播（以新聞為主，但也包括文學），都由國務
院、國防部等單位不斷譯成英語，供各部門及各方面研究人員參
考。美國政府各個駐港單位如何在港搜集各類型中國大陸資料，
五、六〇年代曾替美方工作六年半的關士光（Stanley Kwan），1999
年在加拿大多倫多出版的中文回憶錄《七十年來家國》（Joint Centre
for Asia Pacific Studies, University of Toronto-York University）有第一手
的記述。美國官方以外，也有民間單位在港從事中國大陸情況的研
究，如原籍匈牙利、四〇年代留學中國的勞達一神父（Laszlo
Ladany, 1914-1990）生前長期在港獨力主持的 *China News Analysis*，
自1953年至1982年的三十年間定期出版。依據這些自港收集的材
料，海外美籍華裔學者如陳世驤（加州大學柏克萊校區）和施友忠
（西雅圖華盛頓大學）等文史專家，都會偶然改變研究方向，撰文
分析五〇年代中華人民共和國的特殊文學現象。另外，西方不少文
人、記者、編輯，因為冷戰之封鎖政策，不能親赴大陸，要收集資
料，或「加強感受」，香港往往成為最接近大陸的「前線」，成為
「窺視」當時被形容為「竹幕低垂」（相對於蘇聯的「鐵幕」）的瞭
望站。五〇年代美國著名專欄作家約瑟夫·艾索普（Joseph Alsop）
自1953年9月17日以來，就曾多次來港「考察」；艾索普當年名重
一時，在美國發表文章，對當時美國輿論、民間，甚至政府有相當
重大的影響（關於艾索普的活動和影響，可參看1996年出版的
Robert W. Merry, *Taking on the World*）。

　　在東西冷戰的大氣候裡，國共雙方也在香港的文化戰場左右對

壘。當然，所謂「左右對壘」，只不過是概括上的方便。當時不少文藝青年閱讀書刊時，不會去區分左右，只作為文學作品來閱讀。而且不少文化人也談到當年自己既看美國、蘇聯的翻譯文學，也看中國三〇年代的文藝作品，才會閱讀台灣的新派作品。但是，在左右對壘的現象下，可以肯定的是當時左派較自覺地去辦一些刊物來抗衡右派的影響。如《青年樂園》主要抗衡《中國學生周報》，稍後《小朋友》（1959年4月25日創刊）是要對抗「友聯出版社」創辦的《兒童樂園》；較正統的文藝刊物《文藝世紀》肯定是針對受美援資助出版的文藝刊物。還有1954年8月創刊的《良友畫報》（海外版）是否希望抗衡《亞洲畫報》，雖未有確實的證據，可見左派也出版了與右派類似的刊物。在書店方面，也有相似的現象。右翼文化人在美援資助下成立了多間出版社，左派也成立了一些書店。當時以「三聯書店」為首，另有「南國出版社」、「三育圖書公司」、「南苑書店」、「新地出版社」、「上海書局」、「世界出版社」等書店投入出版活動。這些書店除了出版創作以外，更大量翻印了1949年前的中國新文學作品，後來更在海外及台灣地下流通。這對1949年前中國新文學的散播頗有貢獻。從所謂「左右對壘」的觀點來看，表面上有兩個陣營，但是，在實質閱讀經驗上，並沒有明顯的政治對抗。在報紙副刊方面，正統的《大公報》、《文匯報》副刊上刊登的作品，大多較嚴肅及認真，後來絲韋（羅孚）主編的《文匯報‧文藝》（1956年3月2日創刊）維持到1966年5月10日才因為「文革」影響而停刊。現今較少研究者注意到左翼的副刊長期在香港的堅持；相形之下，較多人討論、較受注意的是劉以鬯主編的國民黨黨報《香港時報》副刊〈淺水灣〉（1960年2月15日開始由劉以鬯主編。1962年6月30日〈淺水灣〉改版為〈大會堂〉）。當年〈淺水灣〉為香港青年作者提供發表作品的園地，但是，主要功績在於推動現代派文學的發展，而且能夠自香港進口台灣，與台北

現代派互動，都是較顯著的貢獻。左派方面，除了正統的《大公報》和《文匯報》外，增加了風格較為普羅的《新晚報》（1950年10月5日創刊）來吸引市民大眾，更在1955年2月8日開始連載金庸新派武俠小說《書劍恩仇錄》，這是左派報章中稍為打破雅俗界線的嘗試。此外，1952年10月11日《香港商報》創刊，更在其副刊連載金庸的《碧血劍》（1956年1月1日開始）。左派報紙中更為迎合普羅大眾口味的有《晶報》（1956年5月5日創刊）；更通俗、更外圍、幾乎完全不談政治的有《新午報》、《田豐日報》、《香港夜報》等幾份報章。這三份報章均於1967年8月18日因當時的政治風暴被香港政府下令停刊。當時所謂「左右對壘」帶來的效應有正負兩方面。負面的影響是有些創作滲入了政治成份。正面的影響，整體而言，在昔日經濟非常落後的情況下，文壇相對地頗為強旺，也間接提供了園地孕育香港的創作。

　　另一層面則為國際上進步及保守兩方面在香港的交錯。由於中國被全面封鎖，西方及亞洲的進步作家及文化人要去中國都得來香港，於是作為「自由港」的香港，便成為轉口港、中介的地點。如1957年10月29日意大利左派傑出小說家蒙蘭德夫人（Elsa Morante）經港，同年12月26日冰島的諾貝爾文學獎得主、小說家勒斯尼士（Halldor Laxness）也是訪中國後來港，至於韓素英（Han Suyin）更不斷以香港作為中途站來往中國，如1957年10月3日自中國來港，再去西貢。韓素英並以香港作為背景，寫傾向性較明顯的長篇小說《生死戀》（*A Many-splendored Thing*；改編成電影時作 *Love Is a Many-splendored Thing*）。如以1957年為例，當時牽涉國際層面的，尚有「日本戲劇訪華團」訪華後來港（1957年12月20日）、「南斯拉夫文化代表團」訪華後來港（1957年6月24日）、「錫中友協文化代表團」經港赴京（1957年3月30日）等。不過，同年也有右翼保守派的匈牙利流亡詩人卜納德（Paulignotus）來港（1957年9月15日）

後轉台訪問，甚至因此促成一些台灣詩人與西方流亡詩人的聯繫；同年另有「國際筆會」歐洲各國代表四十四人來港訪問（1957年9月10日），由右傾的「國際筆會香港中國筆會」代表接待。香港在左右對壘的國際層面上，大體上也不偏不倚地扮演了一個微妙的角色。

在「左右對壘」方面，值得注意的是，由於港英的統治其實並無明確的文化政策，大體上並不干預兩方的言論。但在某一邊聲勢洶洶、挑戰其統治權威時，則會偶然強勢表態，重申其實際治權。例如1952年5月5日《大公報》被停刊、左派文藝知名人士司馬文森和劉瓊等同年1月10日被遞解出境等。後來1964年右派小說家趙滋蕃因長篇小說《重生島》及其他言論令港英政府不快，成為所謂「不受歡迎人物」（persona non grata），被迫離港，後由台灣「救總」接回定居。

儘管有這些零星事件，殖民地政府無民主、有自由的統治方式，是容許左右兩股文化力量都可以各自宣揚信念、落實創作理想，群眾亦可自行選擇和認同。而香港這個空間的特殊性，由張愛玲在港出版的「反共」小說《赤地之戀》（1956）不見容於台灣當局（因結尾被視為不夠反共），及大陸全面禁絕的武俠小說由香港左派報章捧出金庸和梁羽生來吸引群眾等情況，就更為明顯。

在冷戰左右抗爭下蓬勃茁長的文學生產，全都有幕後經濟支援。但本地另有一些出版活動，仍努力在夾縫中自力圖存。「環球圖書雜誌出版社」專事出版俗稱「三毫子小說」的通俗作品，但偶然也會破例出版嚴肅、富實驗性的前衛作品，如西西的中篇小說《東城故事》（1966年3月出版），就是當時受電影剪接手法影響的實驗作品。這當然是商業掛帥下偶一為之的例外，但有時也會發揮深遠的影響。不過，「環球圖書雜誌出版社」也有不少較高價、較厚大的小說產品，如鄭慧的《四千金》（1954年11月出版，後由陶秦

搬上銀幕）。在方龍驤安排下，「環球圖書雜誌出版社」也支持、發行《文藝新潮》（1956年2月18日創刊）。這份刊物在譯介現代主義文學方面，遙遙領先兩岸。以1956年第二期為例，當中有史提芬·史賓德（Stephen Spender）分析西方現代主義的論文，同期譯介受超現實主義影響的墨西哥現代派名詩人渥大維澳·帕斯（Octavio Paz）（後獲1990年諾貝爾文學獎）、美國戰後劇壇先驅亞瑟·米勒（Arthur Miller）、法國存在主義文學家沙特（Jean-Paul Sartre）、自稱「惡魔主義」的日本感官派小說家谷崎潤一郎、瑞典表現主義小說家及詩人拉蓋克維斯特（Par Lagerkvist）等，單以這一期來看，絕對大大「超前」海峽兩岸當時「政治掛帥」的封閉。由於《文藝新潮》能夠與台灣文友郵政交換，對日後台灣少數現代派作家的個別發展，多少有點影響。這種情況顯現出當時香港另一文化現象：在商品化的主流以外，仍有嚴肅的文學生產活動；在左右對壘的政治氛圍下，仍有完全與政治無關的小眾文學生產活動。

第九講

1997前香港在海峽兩岸間的文化中介

鄭樹森

唯一的公共空間

　　1949年以來，在台灣全面開放之前，香港是海峽兩岸三地裡唯一的「公共空間」；也就是一種政治、文化的空間，可以不受國家機器的控制，免於恐懼和壓迫，自由地對各項議題發表意見。

　　香港曾經長期獨享的這個言論、思想空間，與英國殖民主義在香港的特殊運作息息相關。迥異於其他殖民地，英國在十九世紀通過三條條約奪得香港島、九龍半島、新界地區後，並無（或無意）建立文化霸權（或最終目標不是香港），因此沒有強制執行英語化的語文政策，對香港的華人、華語文化傳統亦任其自生自滅，甚至過分保守地尊重（例如《大清律例》裡的合法納妾，遲至七〇年代初才廢止）。在上層建築的法律、政治、文化等領域，只壟斷和引進政制及英式法治。而弔詭的是，英式法治及其依恃的英國本土悠久的自由民主傳統，又保障香港華人社會的言論自由。

　　另一個讓香港殖民地位置維持不變的原因是韓戰及冷戰。1950年6月韓戰爆發後，1949年10月才建政的中共，立刻「抗美援

朝」。而在此之前，歐洲早已進入美、蘇對峙的冷戰。自此之後，
美國及盟友對中國大陸展開封鎖、禁運及意識形態鬥爭，在英國人
控制下的香港，成為中國大陸對外的一扇窗口。反之，香港也是美
國和台灣進行反共鬥爭的前哨。在熱戰和冷戰的夾縫中，香港的歷
史情況就此成為各方勢力都需要維繫的。

　　但這個公共空間的政治言論和宣傳，並不單是左派和右派的兩
極對抗，還包括既反共又反蔣的第三勢力、既反中共又反右翼的托
派殘餘、暫時托庇殖民地的中間偏右的知識分子，在五、六○年代
意識形態鬥爭最激烈的時候，明顯缺席的反倒是港英殖民地政府，
其角色近乎「球證」、「警察」，遇有哪一邊越位過火，就進場緩
衝。例如1952年將左派小說家司馬文森（代表作《風雨桐江》）及
名演員劉瓊（作品有《大路》、《國魂》）遞解回大陸，稍後右派著
名小說家趙滋蕃（《半下流社會》）和蔣經國留蘇老同學、立法委員
王新衡遣送到台灣。

　　當年左派在港的文宣，強調新政府的革命性、道德性及正當
性。右派對五○年代初「鎮壓反革命運動」（「鎮反」）、「知識分子
思想改造運動」、「三反五反運動」，和稍後的「三大改造」（即將
個體農業、個體手工業和資本家的工商業逐步公有化），不斷攻
擊，以昭示「共產」之可怕。有美國背景的「第三勢力」，認為反
共必然要高舉民主自由，右翼獨裁並無號召力和說服力。左舜生就
曾來台力陳全面落實全民選舉之道理（其他論點尚有放棄「舊法
統」、凍結憲法、另擬新法、精簡政府）。這種說法無疑有「反攻無
望」之嫌，自然不受理會。至於反中共、反美帝、反蔣的中國托洛
斯基派殘餘分子，亦能在殖民地上喘息，並在國際托派的支援下，
出版老托派彭湃的作品。稍後王凡西（雙山）的自傳、他對毛澤東
思想的剖析，和托洛斯基對中國革命的分析等，都曾在港印行。行
事隱密的托派，七○年代後期加強本地化，投入香港基層勞工組織

運動，又不時出版小型刊物和小冊子，批評海峽兩岸政局。1989年六四風波、1996年台灣全民直選總統，香港托派都曾以其獨特觀點，出版小冊子來分析。

綜上所述，香港這塊公共空間，數十年來倒真做到「百花齊放、百家爭鳴」的局面。但值得注意的是，香港的時評政論，有很長的一段時期（近十多年自然日益關心本地），都只是從香港的「邊陲」，向母體（中國）或左右核心（北京和台北）喊話、發聲。這和世界殖民地發展史上，發話和抗爭對象往往是殖民宗主國，是大不相同的。

無不曾庇護過

自孫中山開始，香港這個公共空間就是文化人和政治人物的避難所、落腳站。四〇年代末國共內戰期間，不少左翼學界及文藝界人士都被安排到香港暫避戰火。學界的知名人士有吳晗、翦伯贊、侯外廬、鍾敬文、胡繩等；小說家有茅盾、張天翼、端木蕻良、葉聖陶等；戲劇家有歐陽予倩、田漢、洪深、吳祖光、于伶等；詩人有郭沫若、卞之琳、臧克家、陳敬容等；散文家有柯靈、秦牧等；電影藝術家有費穆、夏衍、蔡楚生、程步高、史東山等。在中共1949年10月建政前，如果連同其他文化界、新聞界略有名氣的人士，有上百人之眾。當時名詩人戴望舒主持香港《星島日報・文藝》編政，每日版面名家薈聚，陣容之強，在香港報紙副刊發展史上，難得一見。

在左翼文學家和文化人紛紛北上參加新政府的時候，右翼文藝界和新聞界則在國民黨全面敗退中南來香港。作家有徐訏、趙滋蕃、南宮搏、徐速、林適存、司馬長風、林以亮等。來港後投身電影界的有陶秦、易文、李翰祥、胡金銓等。在這場北上與南來的互

動中，香港不問背景、不分左右的「避風收容」特性，至為凸顯。
而五、六〇年代香港文藝界和新聞界鮮明的左右對壘，也自此形
成。

　　中國大陸「文化大革命」接近尾聲時，不少被迫「上山下鄉」
的前「紅衛兵」、知識青年，冒生命危險以各種方式逃來香港（時
香港尚奉行「抵壘」政策，即順利偷渡入境就可申請居留）。其中
一群知青理想未泯，在顛沛流離中創辦文化刊物《北斗》（1977年6
月創刊，共出九期），思考中國的問題，並以文學（詩、小說、報
導文學）見證「文革」的苦難。1979年7月出版的選集《反修樓》
後來亦傳入台灣，由爾雅出版社重刊。

　　而早在1973年，台灣作家陳若曦在回歸七年、親歷「文革」
後，獲准離開赴港。1974年11月在香港《明報月刊》發表小說
〈尹縣長〉，雖一時未能在台重刊，但備受香港及海外矚目；1978年
在美出版《尹縣長》短篇小說集英譯本，為西方對「文革」狂亂之
初窺。與陳若曦一樣懷抱理想、但回歸得更早的是金兆。1950年香
港高中畢業後就到清華、北大讀書的金兆，在大陸生活、教書、親
歷各種運動後，1976年返回香港，1979年在《聯合報‧聯副》發
表的「文革」小說〈芒果的滋味〉，當時相當震撼，並獲《聯合報》
小說推薦獎。這些作品的出現，都在大陸傷痕文學風湧之前，且下
筆無任何政治桎梏和陰影；如果沒有香港的自由和中介位置，恐怕
就沒有這些果實。

　　1989年6月4日的天安門風波後，香港再次成為不少作家和民
運人士逃離大陸後的首個落腳點。近七、八年來常在香港、台灣兩
地撰文或出書的劉再復、蘇曉康、鄭義、蘇煒等，殖民地的香港無
不曾庇護過。

左鞭右打下的出版

　　香港的出版自由及其空間，海峽兩岸政府都曾全力爭取利用，是意識形態交鋒的領域。但左右兩方原則上都各自支持的作品，有時亦未必「左提」、「右挈」，而會是「左鞭右打」。例如張愛玲於1954年的小說《赤地之戀》，雖由美國新聞處支持在香港出版中英文本，但台北當局負責審查的單位，認為結尾時主角返回大陸（沒有「投奔自由祖國」），加上個別幹部太過「人性化」，就無法在台印刷發行；一直要到八〇年代才能正式在台面世。

　　同樣，老舍和巴金的作品於1949年後雖曾在大陸廣泛印行，但私底下仍不得不文字上「潔淨」一下。例如老舍的1941年名作《駱駝祥子》，結尾時人力車夫祥子因絕望而低頭，是「不太正面的勞動人民形象」；加上女角虎妞的言行頗為露骨，與1949年後的「清教」規範不免扞格，因此1955年人民文學出版社的版本，作者自行刪修，以為配合。而巴金早期的一些小說，偶有無政府（安那其）主義色彩，在五〇年代中葉刊行《巴金文集》時都曾刪修。因此，在香港流傳的1949年前繁體字複製本反為不少名作保存原貌；這也包括沈從文和錢鍾書的作品。這兩位名家的代表作，有三十多年僅止在香港印行流通；在大陸有點不合「時宜」，在台灣則是「陷匪」文人（老舍和巴金自是更嚴重的「附匪」一類）。八〇年代初廣州花城出版社策畫《沈從文文集》時，老作家所用的版本，即多來自香港友人的舊藏。

　　1968年小說家陳映真因「思想問題」下獄，作品不能在台出版。他尚在綠島時，友人尉天驄將其小說代表作及其他相關文字，交時在國外的劉紹銘（曾以香港僑生來台升學）編訂，在香港由小草出版社刊行；自此引起香港文藝界對陳映真作品的興趣，〈將軍族〉等短篇就曾改編成舞台劇，由實驗劇團以粵語演出（方育平導

演於1983年由左派銀都公司出資拍攝的電影《半邊人》亦涉及此事）。

七○年代中葉，曾任《自由中國》半月刊文藝版編輯的小說家聶華苓的長篇《桑青與桃紅》，在台連載時過於「敏感」而中止，最後在1976年年底以完整面貌由香港友聯出版社出版。1979年「美麗島事件」及八○年林宅滅門血案後，詩人楊牧於1980年3月有〈悲歌為林義雄作〉一詩，在當日的氣氛自不能在台發表。同年9月在香港《八方》文藝叢刊第三輯刊出。由於《八方》另曾刊登陳映真作品，又為首份同時呈現大陸、台灣、香港、海外地區作品的文學刊物，當時更被誣指為「統戰」雜誌。

「政治思想犯」方面，兩邊不討好、但都在香港面世的作品，今日仍較熟悉的，先後有五○年代的雷震、六○年代的殷海光、七○年代大陸的王希哲、八○年代初的魏京生等。而八○年代後期，大陸「開放」「新時期」文學的流入台灣，香港也發揮了中介、轉口的功能。

電影的左右鬥爭

1952年間，二十一位粵語電影著名演員和導演，對當時武俠打鬥流行、神怪胡鬧氾濫，頗為不滿，便自行集資出力成立中聯影業公司，要為「進步」（左翼）的電影事業盡心力。創業片以巴金三○年代名作「激流三部曲」之一的《家》改編（由吳回導演）。1953年1月上映，票房口碑俱佳。接著改編拍攝《春》（李晨風導演），同年12月底上映。1954年2月中旬推出「三部曲」結局的《秋》（秦劍導演）。這三部電影不單為中聯在港發展奠下基石，且成為當年少數配音後進入大陸、全國放映的港產片。

五○年代中葉在大陸放映時，廣受歡迎之外，《春》還在1957

年獲北京文化部「1949-1955年優秀影片榮譽獎」。但這些影片的風靡一時，加上《巴金文集》出版後暢銷，不意竟引起大陸文藝界當權派的不滿（1957年已開始「反右派鬥爭」），通過北京師範大學中文系，成立巴金創作研究小組，要對「巴金創作中消極有害的方面」，「幫助讀者、觀眾正確的理解」，還要對「資產階級的評論家」，「徹底批判」（見1958年人民文學出版社《巴金創作評論》）。

　　相形之下，香港右派電影公司產品輸入台灣時，就沒有政治問題，待遇似乎較佳。美國幕後出資的亞洲影業公司於1953年成立後，在港自行購地建廠，由曾任「中央電影企業股份有限公司三廠」（簡稱中電三廠，國民黨黨營事業，張道藩任董事長）廠長的徐昂千負責，以改編拍攝文藝小說為主，代表作為趙滋蕃原著的《半下流社會》（易文改編，屠光啟導演），和沙千夢原著的《長巷》（羅臻改編，卜萬蒼導演）。在當年「商業掛帥」的大形勢下，亞洲的電影是比較認真嚴謹的；雖不免右派政治意識濃厚，但對香港當時的難民社會也有寫實的反映（1949年5月前，香港人口約一百六十萬，而1950年4月，已暴漲至二百六十萬：新增的一百萬自是南下流亡的人口）。

　　銀幕上雖偶有左右抗爭，但大多數作品仍是「市場導向」。五○年代的香港電影產量驚人，初步估計有二千一百三十部。其中一千五百多部為粵語片，四百五十多部為國語片，另有一百三十七部廈語片（即閩南語發音電影）。參加廈語片攝製的電影人員並不見得通曉閩南語，因此仍是以原有的國語片、粵語片工作人員為班底。曾拍攝廈語片的國語導演有馬徐維邦、王天林、周詩祿、程剛、袁秋楓等。演員較知名的有三○年代末國片紅小生白雲（後來台定居），和當時藝名小娟的凌波。這些廈語片（例如凌波的《五子哭墓》、《林投姐》）多為傳統戲曲片，音樂均為南管。在香港的廣東話觀眾為主的市場，廈語片出路有限，不時到台灣上映才搖身

一變為「台語片」。香港閩南語電影的單向輸出，及極少數台語片配粵語後改名在香港上映（如「王哥柳哥」系列），至今仍是比較忽略的一段電影史，但老影迷或尚音影殘存。

電影工業的奠基

　　1963年12月，李翰祥自香港來台灣成立國聯電影公司，影評家焦雄屏稱為「改變歷史的五年」，並無過譽。

　　李翰祥對台灣電影的成長，有兩大貢獻。一是成立大片廠和培育專業人才。台製廠長楊樵就指出：「李翰祥為拍攝《西施》而從香港引進的許多攝影、美術、布景、服裝、化妝、道具、燈光等技術方面的人才，對國片戰後的製作，發生了很大的影響，幫助很多。」（見1982年電影圖書館《六〇年代國片名導名作選》）。其次是提攜不少導演。例如宋存壽（《破曉時分》）、楊甦（《幾度夕陽紅》）、王星磊（《北極風情畫》）、朱牧（《辛十四娘》）、張曾澤（《菟絲花》）、林福地（《塔裡的女人》）、郭南宏（《深情比酒濃》）。其中不少作品，李翰祥都掛名「策畫導演」，實際參與，對新導演不無啟發。編劇小組方面，雖有高陽、姚鳳磐、康白、鄒郎等，但似只有姚鳳磐真正發揮作用。

　　照李翰祥自己的看法，他的貢獻是「廢止明星制度」和「防止了中國影壇出現『托辣斯』」。「有一陣子邵氏預備壟斷台港製片業和市場，成立一個一元的製片機構，而後對內設立機動系統，每年計畫生產。……如果『托辣斯』組織真是成立了，哪還有容導演討價還價的餘地？上面要什麼你拍什麼，毫無選擇。」（見但漢章訪問，〈等待大師〉，1972年2月《幼獅文藝》）。後者國聯的確做到了。

　　1966年，台灣聯邦影業公司自香港挖得胡金銓加盟，同年興建

大湳片廠，配合胡金銓《龍門客棧》一片攝製。此片於1967年上映，不但賣座鼎盛，且自此奠定胡金銓的地位；而在造型、服飾、美術指導、動作設計、場面調度、客棧為主軸的戲劇構思，都耳目一新，為華語電影里程碑。此片風格影響深遠，後來聯邦和其他公司不少古裝武打動作片，都可看到影子。稍後胡金銓拍攝《俠女》，在聯邦片廠建築永久性外搭景，仿古設計，耗時年半，成為台灣最大古裝片場地。多年後胡金銓在日本接受訪問時曾指出，《俠女》一片外搭景投資驚人，但後來在此拍攝的影片起碼一百部以上。由此可見，胡金銓的才華，和李翰祥一樣，不單顯示在自己的作品，也在他們來台工作的時期，對台灣電影工業的基礎，有重大貢獻。

張愛玲與兩個片種

張愛玲在1955年秋天自港乘船赴美。當時宋淇（林以亮）在香港的國際電影懋業公司（簡稱電懋）擔任編劇主任，邀得張愛玲編寫劇本。1961年張愛玲自美飛台轉港，到港後又為電懋趕寫劇本；翌年返美後仍有編寫。如以上映時間看來（在台首映時間偶與香港較有差距），1957年至1964年間，一共有八部（另有一部《魂歸離恨天》未曾拍攝，去世前曾由《聯合報‧聯副》獨家發表），平均是每年一部。

張愛玲的電影劇本有兩個類型成就特高。第一類是「都市浪漫喜劇」（Urban Romantic Comedy）。這類作品的題材為大都會裡的男歡女愛和兩性戰爭，亦是張愛玲小說的拿手好戲；情節鋪排的陰差陽錯、男女冤家的對立鬥智、人物的諧鬧逗笑，似都受三、四〇年代美國好萊塢「神經喜劇」（Screwball Comedy）的啟發；片內中上階層的視野和生活趣味，更是不謀而合。這類作品的代表作是電懋

草創期的《情場如戰場》（1957年，同年在台上映）。遺憾的是，此
片派交岳楓導演，其作品風格和個人思想都和張愛玲的劇本頗有扞
格，結果風趣機智的對話削減，改為增添說明性對白，節奏因此拖
慢。而下半的更動更大大削弱原劇本兩性戰爭的張力，本來對「男
權／父權」的挑戰、抗衡，甚至企圖顛覆，就不彰顯。幸好林黛光
芒四射，劉恩甲和陳厚搭配精采，加上淺水灣別墅實景和內搭景的
豪華，稍為彌補導演之不足（和同年在台上映的電懋製作、陶秦自
編自導的《四千金》相比，後者的神采飛揚，足證陶秦應為較佳的
導演人選）。張愛玲同一類型的作品尚有1957年的《人財兩得》（岳
楓導演，李湄、陳厚、劉恩甲合演；此片於1958年才在港上映）、
1958年的《桃花運》（岳楓導演，葉楓、陳厚、劉恩甲合演，1959
年才在港上映）、1960年的《6月新娘》（唐煌導演，葛蘭、張揚、
劉恩甲合演）。

　　張愛玲第二類值得注意的劇本可稱為「現實喜劇」（Realistic
Comedy），以中下和勞動階層為對象，探討五〇年代香港社會裡不
同族群的矛盾和融合，以當時北方外省移民和本地原居民之間的語
言隔閡和習慣殊異作逗笑喜劇元素，最後以下一代的戀愛和結婚收
場。劇本對社會習俗、人生百態採取嘲弄揶揄的態度。這類劇本原
由張愛玲好友宋淇編劇的《南北和》開始；1961年上映後賣座鼎
盛，不少人跟風趕拍，決定續拍同型作品，改請張愛玲編劇，有
1963年在台上映的《南北一家親》（王天林導演，白露明、雷震、
梁醒波、劉恩甲合演）、1964年在台上映的《南北喜相逢》（仍由王
天林執導）。張愛玲雖曾就讀香港大學，但粵語不靈光，據宋淇先
生生前所告，現所見劇本裡的廣東對白都由他與本地劇務照張愛玲
的原文改動。

　　張愛玲這兩類劇本相當難得。在當年中國大陸提倡「工農兵文
藝」、台灣高呼「反攻復國」的文化大氣候裡，「都市浪漫喜劇」

也只能倖存於英國殖民地的香港。而「現實喜劇」裡的族群問題，在二‧二八後的台灣，恐怕很難以諧趣和通婚來一笑置之，自然不會有香港搶拍跟風的現象。

載歌載舞，只有在香港

　　1949年前的歌舞片，嚴格來說，只能算是歌唱片。研究時代歌曲的名作家水晶就曾指出：「這些所謂歌舞片，其實只有歌還有聽頭，舞只是象徵性的，只是把拖地長的白舞裙，舉起來扇子似的搧兩搧就算數了。觀眾彷彿對舞的要求也不高，……講究唱工，作工只是臉上的表情……這些歌舞明星不是舞星。」（見1985年大地版《流行歌曲滄桑記》）。這種華裔影評人張建德戲稱為「卡拉OK」式極廣義的「歌舞片」，到1959年《歌迷小姐》一片出現時，甚至變本加厲，一共唱了十八首歌。

　　不過，同一年出現的陶秦編導、宋淇製片的《龍翔鳳舞》，不單是首部以彩色拍攝的國語歌舞片，也是真正歌和舞結合的製作。宋淇和陶秦雖是上海的洋場才子，不聽國語時代歌曲，但《龍翔鳳舞》到底是要給華人觀賞的歌舞片，便一共用了十三首中國流行歌曲，都是三、四〇年代上海的時代曲，如〈毛毛雨〉、〈漁光曲〉、〈何日君再來〉、〈玫瑰玫瑰我愛你〉、〈三輪車上的小姐〉等，但都經過姚敏西式重編，例如〈毛毛雨〉改為千里達島的加力騷節奏。與歌結合的舞蹈形式，因中國沒有現代舞傳統，乾脆「全盤西化」，從加力騷、踢躂舞、恰恰、西班牙民族舞、芭蕾舞，到三〇年代好萊塢歌舞片編舞大師巴斯比‧伯克利的舞者過百的圖案設計式集體舞姿，堪稱百花齊放。但此片在彩色視覺效果上的精心構思，在華語電影史上應為經典。衣服和布景的色彩搭配極為設計性和風格化之外，個別顏色又和劇中人物及情節發展內外呼應，匠心

獨具。

　　此片成功後，陶秦投身邵氏，1961年又有美高梅式大型歌舞片《千嬌百媚》，仍是自編自導，並續與姚敏合作，大體上沿承《龍翔鳳舞》風格。電懋方面，改由易文掛帥，有《桃李爭春》（1962）、《鶯歌燕舞》（1963）、《教我如何不想她》（1963）等三部大型歌舞片。在陶秦以外，邵氏在六〇年代中甚至自日本聘請導演井上梅次、攝影西本正、作曲家服部良一，合拍出《香江花月夜》（1967），但全片成績及個人風格反比不上陶秦初步嘗試的《龍翔鳳舞》。

　　今日回顧，真正歌舞結合，借鑑好萊塢的大型歌舞片，當年只有香港可以生產。首先是電懋和邵氏各自擁有完整的片廠，硬體上可以支持。其次是上海南來電影人才對這個美國獨有的這個電影類型特別熟悉。最後則是當年只有在香港，電影界才可以完全避開「政治主旋律」，盡情投入聲色之娛的「逃避主義」，徹底西化地《花團錦簇》、《萬花迎春》（陶秦於1963年及1964年拍攝的邵氏歌舞片）。

為中國招魂

　　1990年錢穆在台逝世後，中央研究院院士余英時為文追悼業師，說他「一生為故國招魂」。「招魂」是指錢穆以「他對中國文化的無比信念和他在中國史研究方面的真實貢獻」，「從歷史上去尋找中國文化的精神」。[1] 新亞書院於1950年3月在香港創辦時，一無憑藉，祇有理想。錢穆在1953年曾說明如下：「我們學校之創辦，是發動於一種理想的」，即中國民族「必會有復興之前途」，其

1　見余英時，《猶記風吹水上鱗：錢穆與現代中國學術》（台北：三民，1991）。

基礎必然是「對於中國民族以往歷史文化傳統之自信心的復活」，「要發揚此一信念，……其最重要之工作在教育。所以我們從大陸流亡到這裡，便立刻創辦了這學校」（見《新亞書院校刊》第3期）。

　　1949年間，大量中國知識分子南來香港。當時徐復觀和張丕介在港創辦《民主評論》雜誌。錢穆和唐君毅都是主要作者，因此促成錢穆邀請張、唐兩位一同興學。從舊照片來看，新亞書院在九龍深水埗桂林街六一至六五號三樓和四樓兩層校址，占地不大，只有教室和辦公室，沒有圖書館。開學時錢穆為院長兼文史系主任，唐君毅為教務長兼哲學系主任，張丕介為總務長兼經濟系主任。成立時專任教授僅定八位。1952年夏舉行第一屆畢業典禮，畢業生只有三人（均曾在大陸上過大學，故修業時間較短），其中一位為余英時。這個時候也是新亞風雨飄搖、經濟最拮据的。幸好翌年得到美國在港設立的亞洲基金會經濟支援，又獲耶魯大學的中國雅禮協會補助；稍後獲得哈佛燕京學社、洛克斐勒基金會等支持，才穩定下來。1956年九龍農圃道校舍建成後（地皮由港府撥贈），新亞書院和新亞研究所，終算初具規模。

　　1958年元旦，張君勱、唐君毅、牟宗三、徐復觀四位在香港《民主評論》發表〈中國文化與世界〉的宣言，自此有「新儒家」之說。而曾在新亞任教的唐、牟、徐三位後來對台灣哲學界、思想界的影響，廣為人知，不用在此多言。早年新亞畢業生多為文、史、哲人才；較為活躍的除余英時之外，尚有孫述宇（筆名費立），均先後參與香港《中國學生周報》（1952年創刊）和《大學生活》半月刊（1955年創刊）的工作。六〇年代自新亞研究所畢業的逯耀東，七〇年代後期曾在港創辦《中國人》月刊，一時與《明報月刊》和《七十年代》月刊鼎足而三，亦為當時大陸民主運動重要文獻的發表園地。

　　1973年夏天，位於新界沙田的香港中文大學新校舍落成，新亞
書院為中大三家基本成員學院之一，大學部遷入沙田，但新亞研究
所仍留設農圃道校址，並在行政上與隸屬中大的新亞書院脫離，但
其碩士、博士學位仍得台北教育部承認。及至1975年，香港政府將
中大三家學院的「聯邦」制統一為「中央集權」制，新亞董事會聯
名辭職抗議，新亞書院自此名存實亡。[2]

中國是一座神祕電台

　　「啊！我的祖國是一座神祕的電台」。1980年年間，中國大陸
已逐步開放，台灣詩人楊澤在香港《八方》文藝叢刊第二輯發表詩
作時，仍不免有這樣的感嘆。1950年韓戰爆發後「竹幕」低垂，中
國大陸對外人之「神祕」，自不在話下。香港不僅最接近大陸，還
有大量流亡困頓的知識分子，地理上和人力上很自然就成為瞭望中
國、窺探中國的前哨。五〇年代初，在美國資金的支持下，友聯出
版社和友聯研究所先後成立，除出版多種不同性質、不同讀者對象
的刊物，友聯研究所只有一個重點，就是中共問題。主要工作是大
量搜集大陸的各種資料，分門別類剪存歸檔，並有專職研究員；文
藝界較為熟悉的應為趙聰，1958年友聯版《大陸文壇風景畫》為當
時資料豐富的參考書。大陸「文革」爆發時曾撰寫一系列左派作家

2　香港中文大學三家學院，只談新亞，因為只有新亞師生在台港文化交流角色最吃
　　重。其他兩家學院可能傳統不同，與台灣無甚互動。崇基學院於1951年在港成
　　立，仰仗英、美及香港基督教會的大力支持，甚具規模，首任校長李應林即前嶺南
　　大學校長。崇基的教會色彩濃厚，校名即崇尚基督之意，校園有教堂及校牧。聯合
　　書院係1956年秋，由廣僑、光夏、文化、平正等大陸南來大專教育界人士興辦的
　　小型專上學校，因經濟壓力併合而成。史地學系主任、考古學者衛聚賢後來台定
　　居。

被鬥的文章，亦頗見其材料功力（1970年由右派俊人書店與其他文章結集出版；1980年擴大增補，易名《新文學作家列傳》在台刊行）。1953年1月5日，友聯出版社創辦《祖國周刊》，以大陸問題為重點，主要作者有徐東濱、秋貞理（司馬長風）等；文學創作的作者有李素、燕歸來、王敬羲（後在台灣師範大學英語系畢業）等。在五〇年代的港、台、海外，《祖國》（1964年4月改為《祖國月刊》）是關心大陸問題必然參考的刊物。

　　台灣方面，除購買美國支持的香港「中共研究」，也在港間接大量蒐集報紙、雜誌、書籍，供黨、政、軍的「匪情」研究單位運用。當然，大陸亦通過香港，長期訂購和收集台灣的各種出版物；例如《聯合報》、《中國時報》和《中央日報》，運港後都有「固定」訂戶，並不是全數送交尖沙咀天星小輪碼頭報販零售。

　　至於英國方面，對「中共問題」似無長期、通盤的研究（很可能依賴美方支援），在香港的工作重點是通過「政治部」（Special Branch, RHKP）監視左右兩派及其特工在港的活動。遇到「過火」情況，就動用移民局「不受歡迎人物」條款，不必審訊和定罪，拘留及驅逐出境（遣送回大陸或台灣）。六〇年代參與香港學運、七〇年代加入政治部、八〇年代協助解散政治部（因應九七）的「羅亞」，在1996年《政治部回憶錄》指出，國民黨特務有時通過黑房照片加工，再收買右派報章編輯，「串謀製造虛假消息」，送回台灣以「敵後工作新聞」發布。此類消息，台灣新聞界前輩想或尚有印象，此處不贅。

　　但在冷戰的封鎖時期，香港亦為中國大陸在文化上與外界溝通的轉口站。五〇年代大陸出外訪問的文化代表團都得先來香港（因無邦交及通航），例如1954年鄭振鐸率領訪問印度的中國文化代表團，1955年成仿吾、謝冰心、趙樸初等訪問日本的「反核武」團。同樣，當年無法前往大陸的西方極右派文化人，有時亦只能到最接

近中國的「前線」——香港蒐集考察,例如冷戰高峰期美國影響力甚大的專欄作家約瑟夫・艾索普就多次來港,亦往往就近訪台。由此可見,香港在另一條文化、新聞戰線上,也是「左」、「右」交錯。

台港的小說交流

1950年韓戰爆發後,為了圍堵共產主義的蔓延,美國官方幕後支持的亞洲基金會成立。1951年4月該會資助的友聯出版社創辦。翌年又資助報人張國興創辦亞洲出版社。友聯似以辦雜誌和中共研究(友聯研究所)為主。亞洲則大量出書,以文藝創作為主,另有中共問題、翻譯、連環圖、兒童書、青少年讀物等,約共四百多種。亞洲尚有《亞洲畫報》,經常舉辦短篇小說比賽,因在台灣可以正式發行,台灣的參賽者甚眾,1955年的短篇小說比賽得獎人即為彭歌(姚朋)。

在文藝創作方面,小說最多,粗略估計應有二百種左右。這些作品的作者不少都在台灣(或陸續來台定居),內容絕大多數都是「反共、反暴政」。以量而言,亞洲應為五○年代「反共」小說的大本營。這些小說中最有名的大概是1953年出版的趙滋蕃之《半下流社會》。

及至1956年2月《文藝新潮》月刊創辦,在左右對抗的意識形態鬥爭中,沒有任何援助之下獨標現代主義(前衛派)文藝的路線。雖不能在台發行,但通過少數文友幫助,偶有台灣來稿。1957年舉辦《文藝新潮》小說獎,首獎得主為後來以歷史小說馳名的高陽,題為〈獵〉的短篇諷刺當時台灣官場的「獵官」過程,恐以當年的大氣候不易在島內發表。1959年《文藝新潮》第十五期,高陽另發表中篇〈幻愛〉,寫一位外省新聞記者與台灣少年往來經過,

選材相當獨特。

　　《文藝新潮》結束後，1963年崑南、李英豪創辦的《好望角》，依舊標榜現代主義文藝路線，和台灣文壇的聯絡緊密。一共只出十三期的《好望角》，小說一向不多，先後僅有六位作者，但篇數最多的為台灣的汶津（張健）和大荒。創刊號尚有陳映真的抒情、略帶虛無色彩的短篇〈哦！蘇姍娜〉。

　　1967年，大陸「文化大革命」在港引起「反英抗暴」騷亂時，林海音在台創辦的《純文學》月刊以紙型重印方式在港出版，由師大英語系畢業的香港僑生王敬羲負責港版。為了增添一點本地色彩，不時在原台版後，加頁刊登香港作家稿件。例如姚克戲劇《陋巷》於1968年4月刊出，後來又有胡金銓《龍門客棧》和《俠女》電影劇本。在這個基礎上，王敬羲的正文社和文藝書屋，經銷、印行不少台灣作家的小說，例如於梨華的《變》、林海音的《城南舊事》、司馬中原的《山靈》等。

　　在這個時期，1949年後在港成長的小說作者也日趨成熟。較年長的西西在六〇年代中就以短篇〈瑪利亞〉獲《中國學生周報》小說獎第一名。及至七〇年代，也斯受法國「反小說」的「新小說」啟發，以高度客觀、純粹描寫、相當疏離的手法來寫香港商界的現實；又受拉丁美洲魔幻寫實主義技巧影響，有〈李大嬸的袋錶〉等之作。這兩輯風格殊異的作品，後來在詩人管管安排下，由台灣民眾日報出版社以《養龍人師門》書名於1979年刊行。

　　1978年大陸開放伊始，香港作家不受「戒嚴」所限，率先漫遊中國，也是最早通過小說藝術來過濾三十年的分離經驗，如辛其氏於1980年的〈尋人〉（見洪範版《青色的月牙》）。大陸的開放，也讓鍾曉陽的〈翠袖〉能夠初步呈現中、港的情意繾綣（見洪範版《流年》）。鍾曉陽於1982年在《聯合報・聯合副刊》連載的《停車暫借問》，更震驚文壇，行銷一時。1983年，西西在香港《素葉文

學》雜誌發表的〈像我這樣的一個女子〉，獲《聯副》重發，並因此獲取同年的「聯合報小說獎」短篇小說推薦獎。西西自此與台灣文壇結緣。

而在1977年，成名已久的台灣小說家施叔青定居香港，一住十七年，先以其細膩的文筆、敏感的觀察寫下十多篇香港故事（洪範版《愫細怨》、《情探》、《韭菜命的人》），點染香江繁華，感嘆新移民辛酸，側窺台灣客心情；再以《她名叫蝴蝶》、《遍山洋紫荊》、《寂寞雲園》的「香港三部曲」，為1997年6月30日午夜終結的殖民地歷史畫出瑰麗的長卷。

台港的新詩互動

1949年後南來香港的詩人，政治上屬於右派的徐訏、齊桓、力匡，都是新詩格律派。偶有詩作的林以亮更認為自由詩乃新詩之大弊。左派詩人中，格律和自由都有；但較有特色的仍是繼承抗戰時期朗誦詩傳統的何達。不過，兩派詩人和大陸、台灣詩壇似無甚聯繫，都只是在香江吟唱和控訴（暴政或窮人苦難）。

1956年馬朗負責編務的《文藝新潮》創刊後，情形為之改觀。港、台兩地現代派或前衛派開始隔海唱和。《文藝新潮》於1956年8月第四期法國文學專號，紀弦幫忙翻譯阿波里奈爾詩選，葉泥自日文轉譯古爾蒙和福爾詩抄。紀弦針對古典美學、反傳統的代表作〈阿富羅底之死〉和〈存在主義〉等詩先後在《文藝新潮》發表。在紀弦安排下，台灣「現代」詩社、《現代詩》同人先後以兩個專輯在《文藝新潮》亮相，開始串聯。首次為「台灣現代派新銳詩人作品輯」（1957年2月），有林泠「秋泛之輯」五首、黃荷生「羊齒秩序」四首、薛柏谷「秋日薄暮」四首、羅行「季感詩」五首、羅馬（商禽）〈溺酒的天使〉外二題。第二次為「台灣現代派詩人作

品第二輯」（1957年8月），有林亨泰〈二倍距離〉外二章、于而〈消息〉外一首、季紅〈樹〉外兩帖、秀陶〈雨中〉一輯三首、流沙〈碟形的海洋〉及其他。方思則先後在《文藝新潮》發表詩作及里爾克中譯。1957年10月更有方旗別樹一幟的〈江南河〉等抒情詩九首。以上的詩人，不少已成為台灣現代詩發展上的重要人物。當時對香港的一些青年詩人，似也有所刺激。而1959年9月瘂弦在港出版《苦苓林的一夜》，六〇年代初又在香港《中國學生周報‧詩之頁》，發表後來傳誦一時的作品十多首，仿者甚眾。西西在主編《詩之頁》時，就明白指出，當時創作力豐沛的柏美和范明雖表現不俗，但都要擺脫瘂弦的影子。

　　余光中在六〇年代上半企圖轉化中國古典詩的意象和境界，在現代主義的孤寂悽屬之外另闢路徑。這個嘗試對曾自其手上獲得「水晶詩獎」的香港僑生溫健騮，影響甚大；六〇年代中葉終以寫杜甫的長詩〈長安行〉，將舊詩文字肌理與主題人物心境，做出既現代、也中國的新詮。僑生戴天於1967年在港參與創辦《盤古》月刊，余光中應邀去稿，〈雙人床〉和〈如果遠方有戰爭〉在封面和封底內頁手稿製版刊出，可見重視。而《盤古》主編之一古蒼梧批判台灣現代詩過度晦澀的文章，則被余光中在島內引用，視為論戰中的外援。

　　七〇年代余光中到香港中文大學中文系任教，除引發出《與永恆拔河》裡的香港詩作，對當時還年輕的香港詩人黃國彬、陳德錦、曹捷等，有程度不一的影響。香港詩壇後來甚至一度有「余派」之說。但最為神似的，倒是八〇年代在余光中返台前才開始寫詩的王良和；1992年詩集《柚燈》中一些作品，直可亂真。[3]

---

[3] 不少台灣詩人都曾在香港發表詩作，也有一些香港僑生來台升學後成名於台灣詩壇。本文限於篇幅，只集中介紹兩地互動中影響較顯著的。此外，方旗的詩在台灣

「包浩斯」、張肇康、台灣建築

　　三〇年代末期，納粹主義猖獗，德國現代主義建築學派「包浩斯」（Bauhaus）領導人格羅皮奧斯（Walter Gropius）避居美國，出任哈佛大學建築系和研究所主任。貝聿銘於 1946 年在此獲碩士學位。世居香港，但在上海聖約翰大學建築系畢業的張肇康（當時張氏的老師黃作燊即為格氏最早的中國學生），後來在哈佛追隨格氏專攻建築時，認識了貝聿銘。

　　五〇年代中，貝聿銘承接東海大學的設計，張肇康和另一位在格氏建築事務所工作的建築師陳其寬，就很自然被邀合作。自 1955 年年底到 1959 年年初，張肇康承擔的是文理學院、圖書館（舊館）、體育館及部分男生宿舍的設計和施工。張氏的構思可視為「包浩斯」建築觀的落實：講求實用，與生活環境配合、造價低廉、設計時預求建材規格化。後兩項是一體兩面。因此先行設計一個基本單位，然後以此組合、聯結、配套。宿舍睡房的一個開間是九個格子，而兩單位（兩睡房）合併就是一教室。所有門窗尺寸一律，而兩扇窗就是一道門的闊度。至於外觀，則以宋代屋頂「人」字造型為藍本，配以本土傳統民居的磚牆（建材可取自本地）。基本單位組合成長度不同的校舍後，再以庭園和台灣檜木迴廊來連成一片。至於圖書館的設計，考慮台灣的亞熱帶氣候，以陶筒瓦為透穿式圍牆，又用傳統的琉璃花格磚作遮陽幕牆，完全發揮因地制宜、就地取材、功用實際、造價便宜的原則。

　　「包浩斯」的原則是抽象的，張肇康的實踐則有更大的意義。

只發表過兩次，亦鮮為人知；離開台灣多年後詩稿被友人自行印出，在六〇年代後期送武昌街明星咖啡館門前詩人周夢蝶的書刊攤，請免費代送詩友。這個創作和出版的時間差距，曾誤導一些論者將方旗視為鄭愁予、林泠、葉珊的「傳人」。現據 1957 年 10 月在港發表的九首抒情詩來看，實為同一世代的聲音。

首先是對本世紀華人建築界的摸索，早在五〇年代就提出另一個「既現代、又本土」的途徑。其次是對台灣官方建築的復古主義（即以現代的建築材料和方法來完全複製功能不同的古代建築外觀，例如圓山飯店之類），通過對比而有所啟發、批評。最後則是從台灣建築的發展歷史來看，當年的嘗試或可視為八〇年代後期台灣「本土式後現代」建築風格的濫觴。（此處是指以拼貼、湊合、互涉的西方「後現代」原則，用本地的傳統建材、風格、美學觀為基礎做全新的融合，例如劍潭青年活動中心和澎湖青年活動中心）。

1968年，落成的嘉新水泥大樓應是台灣第一幢現代化辦公大廈，象徵著工業進階和經濟茁長。設計是台港合作，由台北沈祖海事務所負責。自港來台的張肇康承擔的是細部設計和部分施工。大樓的外型應是脫胎自芝加哥學派早期現代主義風格，即台基高、屋身無變化直上、屋頂收頭的三段組合；談不上獨特創意。但在當年的台灣，要蓋這樣的大樓，施工應是最重要環節，而細部和建材的規格化及標準化，應該是張肇康來台的主要原因。

嘉新大樓完成後，香港在七〇年代中進入建築蓬勃期，但張肇康的才華卻從未能在土生土長的香港施展。他在香港一直是「紙上談兵」，只能長期在香港大學任教。退休後曾到大陸研究中國民居；1992年6月中風去世。[4]

金庸／查良鏞

金庸是香港最大宗的出口文化工業。大陸開放以來，據說已超

---

[4] 關於貝、張、陳三位建築師合作設計東海大學，陳先生部分可參看黃健敏，〈空間・時間・人間──建築家陳其寬〉，《聯合報・聯合副刊》，1997年1月31日、2月1日。

過千萬冊。香港、海外、台灣一向是長期暢銷。自1958年《射鵰英雄傳》拍成粵語片後,近三十年的粵、國語電影電視改編,更是深入民間。

金庸的武俠小說成就甚高,此處只扼要介紹幾個特色。首先是部分作品可視為新派歷史小說,如《碧血劍》、《書劍恩仇錄》(1955年2月8日開始在《新晚報》連載)、《射鵰英雄傳》(1957年1月1日在《香港商報》連載);也就是說,虛構主角與歷史人物混合出現,通過前者讓讀者管窺歷史事件對人的衝擊,而一個逝去的年代得以透過個人、直接的「經驗」展示出來。其次是一些主角不再是傳統的英雄,而是正邪之間,或叛逆傳統的「反英雄」,較為接近現代小說裡的一個新典型。最後是不「武」不「俠」的韋小寶,使《鹿鼎記》(1972年9月在《明報》刊完)成為武俠小說類型的「反文類」。金庸本名查良鏞。據老報人羅孚(筆名柳蘇)回憶,查良鏞於1948年來香港後,「先在《大公報》編國際新聞版,後在《新晚報》編副刊,然後又回《大公報》編副刊。……這當中,他還在1950年辭職北上,希望……進入外交部工作。」失望後「南回香港,重入《大公》」(見1993年北京三聯版《香港文壇剪影》)。替左派《新晚報》和《香港商報》寫武俠小說階段,查良鏞也為左派長城電影公司編劇本,筆名林歡。1953年有古裝片《絕世佳人》(李萍倩導演)、1955年有時裝片《不要離開我》(袁仰安導演)、1956年有喜劇《三戀》(李萍倩導演)、1957年有古裝片《小鴿子姑娘》(程步高導演)、1958年有《蘭花花》(程步高導演),同年更與程步高合導喜劇《有女懷春》。

1959年,查良鏞離開左派機構,以稿費和編劇收入創辦《明報》;5月20日創刊,同日開始連載《神鵰俠侶》(至1961年7月5日刊載完畢),單憑其武俠小說吸引讀者買報。早年的《明報》是小報格局,黃、賭、俗難免。六〇年代中開始提升報格。1966年

「文化大革命」爆發，《明報》深入報導，大量發表各種流傳出來的資料（紅衛兵報紙和所謂「黑材料」），後並由丁望編輯出版，備受各方矚目。1967年香港左派發動「反英抗暴」，呼應大陸「文革」。查良鏞每日在《明報》撰寫社論，痛批之餘，並呼籲香港市民支持港英政府鎮壓左派暴動；因此被罵為「豺狼鏞」，還上了左派的公開「暗殺」名單（當年極受歡迎的電台節目《大丈夫日記》主持人林彬就因叫市民支持「鎮暴」而被燒死）。

七○年代初，小說被禁的查良鏞訪問台灣，與台北高層相談甚歡，回港後發表〈所見、所聞、所思〉長文。八○年代初開始訪問大陸；1981年獲鄧小平接見，返港後發表訪談紀錄。稍後出任香港特區基本法起草委員會委員兼政制小組召集人，又擔任基本法諮詢委員會委員。1984年將百多篇社評輯成《香港的前途》中英文版，封面印有「自由＋法治＝穩定＋繁榮」之觀點。1989年六四悲劇後，甚表哀傷，向北京辭去所有職位。1996年病後復出，再次參與港事，擔任特區行政首長推選委員會委員。1997年6月初曾發表文章推崇鄧小平。看來金庸雖已「金盆洗手」二十多年，但查良鏞則仍未能「忘情於江湖」。

最後一程的見證

1997年春天，香港中文大學新聞系調查香港報紙的公信力，榜首是標榜財經新聞的《信報》。相對於不少同業，《信報》銷量不大，恐怕還比不上坊間一些「八卦」雜誌，但在掌握香港政經、理解中台局勢、盱衡國際變化方面，《信報》長期以來都是文化界、工商界菁英不可或缺之參考。八○年代中英談判的急管繁弦中，《信報》的言論更備受矚目，且不時引發官方回應，影響力由此可見。《信報》的影響力主要來自一枝筆桿子。

　　1973年創刊以來，文人辦報的林行止獨力撰寫、每日署名發表的「政經短評」（即社論），一週六天，從未中斷。林氏文章背後有兩大信仰。經濟上是不干預的自由主義市場運作；政治上是獨立意志、自由選擇的個人主義。在香港不少同業逐步市儈、媚俗、自殘的潮流中，「政經短評」能堅持個人理念放言高論，不僅是異數，甚至可視為「異議」。

　　「政經短評」的行文態度一向穩健、持平、實在。既有英美自由民主傳統強調的包容，又有自尊自重的大報社論應有的敢言。長期替香港「意見領袖」中介、申論、剖析中、港、台問題的過程中，這些每日限時交稿的文章，大體上都能照顧各方觀點，正反並陳，最後才做個人論斷。例如1989年5月21日，肯定北京學運長遠的「積極意義」之餘，也力排眾議，指出「會帶來消極影響」（見台灣版林行止政經短評第二冊《六月飛傷》）。九○年代初支持香港政制改變，但念念不忘民意代表大派免費午餐的通病。1989年12月2日評論台灣的立法院、縣市長、省市議員選舉，肯定「五千年來第一次」的「自由度與公平性」；但12月8日則評估，「政治自由民主化」勢必加強、深化台灣獨立的路線（見林行止政經短評第四冊《樓台煙火》）。

　　1975年及1976年，大陸「文化大革命」尚在尾聲，林行止率先提出1997年新界租約期滿後的香港前途問題，並認為英國人不會「賴著不走」；在當時可謂石破天驚，一些人更斥為「危言聳聽」。1976年12月9日甚至預測，「在我們的想像中，當新界租約屆滿之期，治港的英國人會光采地撤退，屆時由英國人一手培養出來的華人官員，包括不久前委出的華人港督在內，將率領港府文武百官及曾獲英皇頒贈勳銜的各界名流，在皇后碼頭或啟德機場悲送」（見1984年港版《香港前途問題的設想與事實》，全書六百多頁，台灣版分為「政經短評」第十三冊《前途半卜》及第十四冊《賦歸風

雨》）。二十年後回顧，除了送行地點及情緒或有不同，當時卜測可謂洞燭先機、推斷精確。

　　1997年年初，林行止宣布輟筆。「政經短評」5月在台出版最後四冊（一共四十五冊）。這一士諤諤的六百多萬字，析錄了一段歷史，見證了一個時代，陪伴殖民地的香港走到最後一程，也早成為香港風雲的一部分。

現代性的小腳
——文化易界與日常生活踐履

張小虹

> 學界開通到女流，金絲眼鏡自由頭。
> 皮鞋黑襪天然足，笑彼金蓮最可羞。
>
> 朱謙甫，《海上竹枝詞》

> 民初婦女大都是半大腳，裹過又放了的。我母親比我姑姑大
> 不了幾歲。家中同樣守舊，我姑姑就已經是天足了，她卻是從
> 小纏足。……踏著這雙三寸金蓮橫跨兩個時代，她在瑞士阿爾
> 卑斯山滑雪至少比我姑姑滑得好。
>
> 張愛玲，《對照記》

　　要談中國現代性的小腳，就讓我們先從魯迅的「小腳」開始談
起。

　　魯迅當然是沒有纏過小腳的，即使他有一個半天足的母親和一
個纏小腳的元配妻子。

　　但在魯迅那雙尺寸偏小的中國男性「小腳」之上，卻陰魂不散
著中國女性「小腳」的幻象（fantasy）。不信的話，讓我們看看他的

好友許壽裳怎麼說：

> 魯迅的身材並不見高，額角開展，顴骨微高，雙目澄清如水
> 精，其光炯炯而帶著幽郁，一望而知為悲憫善感的人。兩臂矯
> 健，時時屏氣曲舉，自己用手撫摩著；腳步輕快而有力，一望
> 而知為神經質的人。赤足時，常常盯住自己的腳背，自言腳背
> 特別高，會不會是受著母親小足的遺傳呢？[1]

　　魯迅的母親生於清朝咸豐年間，少時確實纏過小腳，但早在辛
亥革命前，她便受不纏足運動的號召影響，率先在家族裡帶頭放
足，甚至被族中的頑固長輩斥之為「南池大掃帚」（南池乃紹興縣
出產掃帚的名鎮）。[2] 當然我們好奇：為何魯迅這位勇於接受新思
想、新事物並且身體力行的母親——「在看不過家裡小輩的小腳，
特自先把自己的解放起來，作為提倡。不久她變成半天足了，而那
晚輩的腳還是較她細小」[3]——還是曾經不能免俗地以包辦婚姻的
方式，脅迫她的大兒子取了一名纏小腳的「舊式」女人？但更令我
們好奇的是，為何才高八斗、學富五車，又曾赴日習醫的魯迅，會
出現如此反科學的想法，認為母親後天的纏足也會「遺傳」到兒子
的腳背？難道侍母至孝的魯迅，性別越界認同過了頭，在自己的腳
背上彷彿看見了母親因纏足而彎折隆起的腳背？
　　我們大可將此視為魯迅一時的突發奇想，而一笑置之，但我們
也可以將此荒誕幻象，視為某種心理機制運作的蛛絲馬跡，以此一

1　許壽裳，〈亡友魯迅印象記〉，引自孫郁，《魯迅與周作人》（石家莊：河北人民，
　　1997），頁4。
2　周冠五，〈回憶魯迅房族和社會環境35年間（1902-1936）的演變〉，引自馬蹄疾，
　　《魯迅生活中的女性》（北京：知識，1996），頁32。
3　許廣平，〈母親〉，《許廣平文集》卷2（杭州：江蘇文藝，1998），頁4。

探晚清到民國國族／國足論述中有關性別焦慮與身體部位的對應與移轉。魯迅為文，向來對中國落後習俗的批判不遺餘力，而他認為其中最野蠻粗暴的自屬女子纏足，乃「土人」裝飾法的第一等發明。他在〈由中國人女人的腳，推定中國人之非中庸，又由此推定孔夫子有胃病〉一文中，以三寸金蓮為例，凸顯纏足審美觀求尖又求小的偏執，不小則已，小則必求三寸，寧可擺擺搖搖走不成路。魯迅以此偏執為證，大肆嘲諷了中國人自我標榜的中庸之道。在〈以腳報國〉一文中也不忘反駁遊歐進步中國女性的言論，譏其虛假的國民外交，用一雙天足征服了西方女人窺探好奇的目光，否認了中國從過去延伸至今的辮髮、纏足與續妾等陋習。在短篇小說〈風波〉的結尾，魯迅伏筆讓七斤的女兒六斤新近裹腳，一瘸一拐地在土廠上往來，哪怕已是專制改共和，野蠻土人的遺風陋俗依舊在魯鎮頑強存活。

　　魯迅對纏足的憎惡與批判，有助於我們了解魯迅在自己腳背上投射出的性別越界幻象嗎？是否此幻象一方面可以是魯迅對母親纏足的悲憫同情，由母子連心到母子連腳的身體想像認同（這種「小足遺傳」的想像，是否也與清末不纏足運動中視婦女纏足則子女體弱多病的社會達爾文主義進化論觀點，有異曲同工之處？），是否此幻象一方面也可以是西方人眼中野蠻殘忍的纏足陋俗，如何潛移默化成近現代中國男性知識分子的身體癥候，成為中國現代性／Shame 代性的創傷表面？就像魯迅的弟弟周作人所言一般，中國人以身殉醜的纏足，不僅讓中國女人吃盡苦頭，也讓中國的新青年顏面掃地：「我時常興高采烈的出門去，自命為文明古國的新青年，忽然的當頭來了一個一瘸一拐的女人，於是乎我的自己以為文明人的想頭，不知飛到哪裡去了。倘若她是老年，這表明我的叔伯輩是喜歡這樣醜觀的野蠻；倘若年輕，便表明我的兄弟輩是野蠻，總之我的不能免為野蠻，是確定的了。這時候彷彿無形中她將一面盾

牌，一枝長矛，恭恭敬敬的遞過來，我雖然不願意受，但也沒有話說，只能也恭恭敬敬的接收，正式的受封為什麼社的生番。」[4] 中國女人三寸金蓮所體現的，正是中國封建文明陰魂不散的「野蠻印記」，也是新中國新青年新願想中揮之不去的視覺夢魘。

然而在魯迅的眼中，中國男人雖不纏足，但卻像纏足的中國女人一樣，在面對西洋文明大舉入侵之際，戰戰兢兢、如履薄冰，「每遇外國東西，便覺得彷彿彼來俘我一樣，推拒，惶恐，退縮，逃避，抖成一團」，深恐「這樣做即違了祖宗，那樣做又像了夷狄」，瞻前顧後之際，裹足不前。魯迅慨嘆征服漢族的康熙皇帝之印，尚且自信大膽地用上羅馬字母，而今體弱過敏的中國藝術家，「即平常的繪畫，可有人敢用一朵洋花一隻洋鳥，即私人的印章，可有人肯用一個草書一個俗字麼？」[5] 但魯迅在痛責這些只會發抖、不會創新的男性「裹足」藝術家之同時，大概萬萬沒有想到另有一批敢用洋花、敢用洋鳥的女性「纏足」日常生活實踐家們，正在她們的三寸金蓮上繡上英文字母。[6] 曾幾何時作為野蠻土人第一等發明的三寸金蓮，作為中國現代性／Shame 代性第一級恥辱的三寸金蓮，為何又可以是日常生活實踐中第一線「拿來主義」的改良創新呢？

這篇論文要談論的正是這種中國「現代性的小腳」，在保守落伍與改革進步間又古又今、不中不西地曖昧遊走，之所以在起頭就先拿「魯迅的小腳」開玩笑，便在質疑是否「現代性的小腳」與

4　周作人，〈天足〉，《周作人代表作》，張菊香編（鄭州：黃河文藝，1987），頁17。

5　魯迅，〈看鏡有感〉，《魯迅讀本》，王士菁選編（上海：上海教育，1986），頁216-18。

6　此為收藏家楊韶榮先生「百展閣」的小鞋收藏品之一，參見徐海燕，《悠悠千載一金蓮：中國的纏足文化》（瀋陽：遼寧人民，2000），頁206。

「魯迅的小腳」一般，皆屬「矛盾修飾語」（oxymoron），是否因為現代vs.傳統，一如天足vs.小腳，所以小腳是走不進現代性的，就如同身為男人的魯迅是不會真的有一雙生理上的纏足的？而本篇論文正是要從這「矛盾修飾語」背後所預設的二元對立系統出發，看「現代性」與「小腳」如何「變成」相互矛盾的對立面（而非視其為本然的不相容），亦即「小腳」在晚清到民國有關現代性與國族／國足「論述形構」（discursive formation）中的變遷發展。如果誠如王德威所言，「現代」指稱的乃是「以現代為一種自覺的求新求變意識，一種貴今薄古的創造策略」，那「小腳」是否能在古／今、薄／貴的曖昧間也有由古到今、又古又今的創造策略呢？[7] 如果連最封建、最保守、最不易立即說變就變的「小腳」都可能求新求變，那我們又將如何重新看待當前現代性論述所奠基的古／今、中／西、卑／尊二元對立系統呢？

　　因此全文主要的論述軸線兵分二路，一路循傳統解纏足論述，以男性知識菁英觀點為中心，探究此主流「國足」論述如何將「纏足」變成了「殘足」，以及其中所涉及之性別焦慮移轉與創傷固結（如果傳統的纏足或「蓮癖」涉及男性變態性心理，那麼象徵現代性的解纏足、廢纏足、不纏足是否也涉及另一種未曾言明的男性變態性心理呢？）。另一路則企圖另闢纏足論述的蹊徑，由強調「斷裂感」的男性知識菁英論述，轉到著重「連續性」一步一腳印的庶民（女性）日常生活實踐，從食衣住行育樂、電影海報廣告月份牌，看纏足女人與改造腳（半天足）女人如何橫跨兩個時代，看晚

---

[7] 王德威此處對「現代」的定義，主要參考為 Matei Călinescu. *Five Faces of Modernity: Modernism, Avant-garde, decadence, Kitsch, postmodernism.* Durham: Duke University Press, 1987。參見王德威，〈沒有晚清，何來五四？──被壓抑的現代性〉，《如何現代，怎樣文學？：十九、二十世紀中文小說新論》（台北：麥田，1998），頁27。

清到民國女鞋樣式的「易界」（既是「譯介」〔translational〕、也是
「過界」〔transnational〕、更是「過渡」〔transitional〕的三合一），並
由此延伸出對當前「學舌／學步現代性」（mimetic modernity）論述
裡西方／中國、源初／模仿預設架構的批判，以期開啟出異／易／
譯類「踐履現代性」（performative modernity）之論述發展空間。[8]

I. 麻花辮與麻花腳

先讓我們從民國20年的一則趣事逸聞談起。

> 友人遍告余一幽默新聞，其言云：魯東某村有姑嫂二人，以
> 腳小冠一縣。放足公差秉承意旨，以擒賊擒王手段，將此二人
> 提到公堂。縣長為懲一儆百計，正欲得一極小金蓮而解放之，
> 以為倡導；否則嚴罰之，初不料求一獲雙也。乃升堂怒訊曰：
> 「本縣功令早懸，爾等竟抗不解放！」言時並飭當堂弛帛。姑
> 嫂急止之曰：「容民等一言。言而不當，弛之未晚。」即各就
> 懷中取出一物，置諸公案。縣長見為油炸「乾麻花」，因云：
> 「本縣向不受民間一草一木，需此何用？其速放爾腳。」姑嫂
> 同答曰：「正為縣長要強迫我們放腳，我們才帶這兩塊點心來

---

8 當代有關「翻譯現代性」的討論，企圖結合「翻譯理論」與「旅行理論」（traveling
theory），將論述焦點由「起源」轉為不同歷史文化轉譯系統間的語言中介，以顛覆
中／西、外來／本土的固定確立性。可參閱 Lydia H. Liu. *Translingual Practice:
Literature, National Culture, and Translated Modernity--China, 1900-1937.* Stanford, Calif.:
Stanford University Press, 1995；王德威，〈翻譯「現代性」〉，《如何現代，怎樣文
學》，頁43-76；劉人鵬，《近代中國女權論述：國族、翻譯與性別政治》（台北：
台灣學生書局，2000），頁75-126。而本文在易介／譯介方面的討論，則是企圖在
相關著作的語言（從字詞到文類）焦點之外，更著重於日常生活文化物質層面的轉
換變易。

的。先請縣長細細看這兩塊螺旋形，又像擰就了的繩子似的，已是極乾極緊、極酥極脆的了。縣長要是能夠把它解放開了，使它伸直，恢復沒炸以前的原狀，而保它分毫不損不斷，那麼我們立刻當堂遵令放腳。」縣長瞠目，無辭以對，竟為折服，縱之使去。若此二婦者，可謂工於譎諫，而為縣長者能不蠻幹到底，待人以恕，亦足欽敬。[9]

此新聞之所以幽默，正是因為它呈現了兩名機智與膽識皆過人的纏足姑嫂，與一名通情達禮、從善如流的縣長，讓迫在眉睫、當場解開裹腳布放足的羞辱迎刃而解、皆大歡喜。但此新聞也同時帶出了潛藏在幽默背後北洋政府時期強迫婦女放足的暴力，在部分雷厲風行的地區裡，「有些主持放足工作的人員不顧當時女子的羞辱感，在大庭廣眾之下強行把纏足女子的鞋襪足布一齊解除」，「也有一些放足檢查員違法亂紀，敲詐勒索。由於推行天足工作中的一些過火行為，在當時發生了多起纏足女子被逼致死的慘劇」。[10]

但這則新聞真正有趣的地方，卻是「麻花」作為一種固定成形（腳面骨已折斷）的小腳譬喻，卻歪打正著到「麻花」作為一種男子髮式的視覺聯想。如果近現代中國人身體的創傷表面，「男在頭，女在腳」，「大辮垂垂，小腳尖尖」，那男子剪辮、女子放足的難易卻有天壤之別。所有纏成麻花形狀的辮髮，一剪即斷，而許多不纏成麻花形狀的小腳，卻如麻花一般乾緊酥脆，無法解放恢復原狀。所以這則新聞的第一點提醒，當然是放足之難對比於剪辮之易。進入民國早已剪去辮髮的縣長，當然無法體諒進入民國依舊纏

9　鄒英，〈葑菲續談〉，《采菲錄》，姚靈犀編（上海：上海書店，1998），頁39-40。

10　高洪興，《纏足史》（上海：上海文藝，1995），頁172。有關國民政府頒布禁止婦女纏足的條例與罰則，可參閱《采菲錄》，姚靈犀編，頁100-15。

足的女子。辮髮與纏足在中國現代性的論述形構中，已屬被徹底打入十八層地獄、充滿恥辱的「身體殘餘」（bodily remainder），但男子身上的辮髮恥辱可一剪而去，女子身上的纏足恥辱不僅在女身之上纏繞不去，還如影隨形附於男身，讓已然剪去辮髮求新求變的男子（如魯迅、周作人、新聞中的縣長），無法與那恥辱的傳統與歷史（具現在其母、其妻、其嫂、其女縣民、其女性同胞的小腳之上），徹底決裂、一刀兩斷。

　　而這則新聞的第二點提醒，則是當我們順著「麻花」意象往歷史回溯，由民國放足運動追溯到清末的不纏足運動，彼時是否正有一群腦後拖著麻花辮，大聲疾呼要解放女子麻花腳的維新派黨人呢？這裡並非要說彼時不敢剪去辮髮（恐有殺頭之罪）的男性菁英，是否有資格過問女性的纏足，而是要在原有「男在頭，女在腳」的論述模式中，看出男的頭如何移轉到女的腳，使得同為國渣的「身體殘餘」，循性別位置再分層級，讓「辮髮在上、纏足在下」不僅是身體部位的上下，也是恥辱等級的上下。等而下之的中國女人小腳，加倍「陰性化」腦後拖著豬尾巴的中國男人，成為國渣中的國渣、萬劫不復。

　　我們就拿康有為於1898年上奏光緒皇帝的〈請禁婦女纏足折〉為例，

　　　　方今萬國交通，政俗互校，稍有失敗，輒生輕議，非復一統閉關之時矣。吾中國蓬蓽比戶，藍縷相望，復加鴉片薰纏，乞丐接道，外人拍影傳笑，譏為野蠻久矣。而最駭笑取辱者，莫如婦女裹足一事，臣竊深恥之。[11]

---

[11] 康有為，〈請禁婦女纏足折〉，《采菲錄》，姚靈犀編，頁56。

這段文字為我們標示出「西方凝視」與「中國恥辱」的歷史建構過程，當中國由「一統閉關」被迫進入「萬國交通」之際，原先的舊習陋俗曝呈為「拍影傳笑」的家醜外揚，成了外國人眼中野蠻的視覺憑證，纏足遂因此成為中國shame代性中「最駭笑取辱者」，更被當成所有種弱、國貧、兵窳的最終根源：「血氣不流，氣息污穢，足疾易作，上傳身體，或流傳子孫，弈世體弱。是皆國民也，羸弱流傳，何以為兵乎？試觀歐美之人，體直氣狀，為其母不裹足，傳種易強也」。[12] 雖在〈請禁婦女纏足折〉之後一個月，康有為也上書〈請斷髮易服改元折〉，但康有為論男子辮髮於機械之世之不便利，遠遠不及其論女子纏足之害時的痛心疾首、義憤填膺。[13]

　　然而有關不纏足運動中所涉及的男性菁英中心、西方凝視、保國保種訴求高於女性自覺等等之相關論述，已發展得相當完備，不須再次贅述。[14] 在此只想點明「纏足即殘足」的創傷固結（traumatic fixation），不僅在於「纏足」由「字義」（the literal）上女足的不良於行，轉換為「喻意」（the figural）上國足的舉步維艱（使得鴉片戰爭後一心想要迎頭趕上西方列強、對速度過度偏執的中國知識分子們痛苦萬分），更在於暫時「拒認」（disavow）辮髮等其他的身體創傷表面，而將焦點集中偏執在「二萬萬弱女子」的雙足之上。不論是把纏足與科舉同視為封建餘孽，「文人八股女雙翹」，還是把纏足與鴉片相提並論，「今我中國吸煙纏足，男女分

---

[12] 同前註，頁57。

[13] 當然此處亦須考慮清廷本身堅持辮髮、反對纏足的立場。

[14] 可參見林維紅，〈清季的婦女不纏足運動〉，《中國婦女史論集：三集》，鮑家麟編著（台北：稻香，1993），頁183-246；劉人鵬，《近代中國女權論述》，頁161-86；Dorothy Ko, "Bondage in Time: Footbinding and Fashion Theory," in *Modern Chinese Literary and Cultural Studies in the Age of Theory: Reimagining a Field.* Ed. Rey Chow. Durham, NC: Duke University Press, 2000, pp. 199-226.

途，皆日趨於禽門鬼道，自速其喪魂亡魄而斬決宗嗣也」。[15] 在感時憂國但還拖著麻花辮的維新派黨人眼中，纏足一日不廢，中國一日不興。

於是纏足／殘足便成了中國現代性論述中創傷固結的「國族／國足戀物」（national fetish），女人的小腳不再是昔日蓮癖變態性心理下令人愛不釋手的性戀物，而是今日強國保種眾矢之的眼中釘、肉中刺。纏足作為中西接觸動態區辨的「文化差異」（cultural difference），先是被西方的凝視「固置」為野蠻落後的「文化樣板」（cultural stereotype），而此西方「殖民戀物」（colonial fetishism）的「固置」，又進一步被憂國憂民的晚清知識分子內化為「駭笑取辱」的國恥國喪，被宣判為殘毀國體、阻淤國脈一切問題的「跟」源。[16] 如果乾麻花的幽默新聞，讓我們一瞥隱於其中北洋政府時代強迫放足的「暴力的再現」（the representation of violence），那清末不纏足運動化纏足為殘足的悲憤，則不更是一種「再現的暴力」（the violence of representation），前者帶來的是對已纏足女子直接的身體暴力，後者帶來的則是對已纏足女子間接的象徵暴力，用文字語言的論述「纏死」小腳，讓小腳成為落後封建傳統的象徵，讓小腳永遠無法「走入／走路」現代性，讓小腳女人只剩自生自滅、了此殘生的末路窮途。

---

15 今一，〈女界鐘〉，引自高洪興，《纏足史》，頁165。

16 Dorothy Ko, "Bondage in Time," 一文對「西方凝視」與小腳意義的變遷，有極為深入的歷史分析。她指出在十六世紀到十九世紀間西洋人「觀看政治」的形構過程中，中國女人的小腳如何由被視為異色、野蠻的東方象徵，轉變成中國拒絕被檢視監控、拒絕被視覺權力穿透的「異類性」，以及由此強化出種種強拆裹腳布拍照的帝國主義視覺暴力。

II. 金蓮去旅行

　　男人的「不纏足運動」反覆陳述的是「小腳一雙，眼淚一缸」的纏足之苦，念茲在茲的是外人的拍影傳笑，而纏足婦女解成半天足或不可解放的解纏足之苦，與纏足婦女成為眾國人眼中「駭笑取辱」的象徵之苦，卻少有人論及。然而當男人的「不纏足運動」將「纏足」變成了「殘足」，視纏足女人為時代的落伍者，視三寸金蓮為中國現代性中不去不快的恥辱印記，在這種不放足就放逐，不放足就自取其辱的論述暴力中，我們是沒有任何積極正面的空間，去想像那一雙別出心裁、繡上英文字母的蓮鞋，或是去想像那一對機智過人纏足姑嫂的生活空間。

　　所以本文真正想花力氣的地方，不是去糾正從晚清到民國解纏足論述本身的性別盲點，也不是去闡明解纏足論述中是否有女性主體、女性自覺，反倒是想逆其道而行，看一看政治不正確的已纏足而又未能成功解放或完全解放的女子，如何跟上時代腳步，如何一樣摩登時髦，如何發展她們在日常生活中的機智幽默與存活策略。換言之，本文以下所欲探討的重點，乃是晚清到民國纏足女子的「不殘足運動」，她們纏而不廢、纏而不殘，她們的「運動」可以是身體行走跑跳的移動變位，也可以是化整為零在日常生活中的起居作息、逛街購物，更可以是跨越家界國界的世界遊走。雖然這種纏足女人的「不殘足運動」，在主流男性菁英（包含部分解放纏足的女性菁英）的「不纏足運動」論述中隱而不顯，但總有蛛絲馬跡可探尋、斷簡殘篇可拼湊，以瑣碎政治小歷史的方式，隱隱浮現。

　　首先就讓我們來看一雙飄洋過海、異常奇特的三寸金蓮。[17] 在

---

[17] 雖然在照片中僅呈現單隻金蓮，但此乃《麗履》一書中金蓮攝影的通用手法，絕大多數皆以單隻入鏡。

《麗履：千年情欲傳統》（*Splendid Slippers: A Thousand Years of An Erotic Tradition*）一書中，美國專欄作家暨亞洲織品收藏家潔克蓀（Beverley Jackson）以圖文並茂的方式，展示了她多年來所收藏的中國蓮鞋，然而眾多花團錦簇、美妍麗色的蓮鞋中，卻有一雙不叫人驚豔、卻叫人驚訝的蓮鞋：以黃褐色豬皮、木製鞋跟與木製鞋底製成、腳背處加有鬆緊帶、長三又四分之三吋的小鞋。[18] 這雙小鞋之所以奇特，正在於它既是「土皮鞋」又是「洋蓮鞋」的曖昧。這雙既中且西、既傳統又現代的皮三寸金蓮，跨越了原本我們所熟知的中／西、傳統／現代、纏足／天足、土布鞋／洋皮鞋的二元對立系統，它是一雙以小腳「涉足」現代性的創新嘗試。有人在三寸金蓮上繡英文字母，當然就有人乾脆用時髦的皮革，取代布帛綢緞，不能穿西洋進口的高跟皮鞋，還是能穿土法煉鋼訂製而成的豬皮蓮鞋。研究中國婦女纏足卓然有成的學者高彥頤，甚至斷言此乃民國初年上海時髦纏足婦女的跳舞鞋，穿著它翩翩然迴旋於大都會時髦摩登的舞池茶會。[19]

　　這雙皮三寸金蓮所提示的，正是纏足女子時代「能動性」（agency）的展現，它讓我們跨越了「不纏足運動」將纏足纏死成連移動步伐都有困難的殘疾論述，它也帶著我們穿越了《麗履》一書中內含東方主義凝視、文化戀物情結、攝影戀物美學的僵止不動，讓不能走路的三寸金蓮收藏品，變成不僅能走路、還能跳舞的三寸金蓮舞鞋。在《麗履》中還有一些其他有趣的蓮鞋，也提供了纏足

[18] Beverley Jackson. *Splendid Slippers: A Thousand Years of An Erotic Tradition.* Berkeley, Calif.: Ten Speed Press, 1997, p. 47.

[19] Dorothy Ko, "Jazzing into Modernity: High Heels, Platforms, and Lotus Shoes," in *China Chic: East Meets West.* Eds. Valerie Steele and John S. Major. New Haven: Yale University Press, 1999, p. 144.

「能動性」的移動痕跡與流動想像。像一雙作者潔克蓀在蘇格蘭愛丁堡購得的紅色蓮鞋，內鞋底印有 "St. Mary's-in-the-Woods-Indiana" 美國教會組織的印記，該教會曾在中國沿海城市設立孤兒收容所。像一雙受西方影響、前有鞋帶、後有鞋跟的平底蓮鞋，又像另一雙介於漢族弓鞋與滿族花盆底鞋間的滿漢鞋，表面上看似平底高跟（跟在鞋底中央）的花盆底鞋，但鞋面又向前傾卻不著地，依作者猜測此乃漢人纏足婦女嫁入滿人家族為妾，以纏足穿上不纏足卻模仿纏足的花盆底鞋，以「纏而不纏」偽裝「不纏而纏」。[20] 這些貌形神似、不中不西、不滿不漢的蓮鞋，當是因地制宜，充滿創造性與想像力的「中間物」。它們「介於其間」（in-betweenness）的曖昧性，正是將二元對立的「斷裂」思考，移轉為連續重複的日常生活「踐履」（performative），在不斷的連續重複中變化差異（repetition with variations）。[21]

　　因此原先一本充滿東方主義凝視、文化戀物情結、攝影戀物美學的《麗履》，卻歪打正著地提供給我們一個更形複雜、更多繞徑、更多迴路的纏足空間史觀，其中夾雜反射迴射繞射著中西西中、來來回回交織的目光。民初上海時髦摩登的皮三寸金蓮，將原本被視為野蠻落後的纏足、被奉為文化戀物的蓮鞋改頭換面，它在八〇年代又飄洋過海到美國，而飄洋過海的美國人，又在英國買回

---

[20] Beverley Jackson. *Splendid Slipperss*, p. 106.

[21] 此處的「踐履」乃出自「語言行動理論」（Speech Act Theory），強調日常語言在實際使用中的語言現場，依不同情境／脈絡／上下文而轉換變易。而「踐履」所直接扣連的便是「發聲」（enunciation）的主體分裂，主體經由一再重複的「發聲」，而一再分裂為「發聲主體」（the subject of the enunciation）（在特殊時地情境當中，經由特殊說話者所執行的個別行動）與「聲明主體」（the subject of the enounced）（獨立於特殊時地情境之外，抽象文法句構中的主詞／主體位置）。論文中所言的「能動性」（agency）也是循此脈絡，強調「結構」與「能動性」的互構而非對立。

飄洋過海的美國傳教士在中國孤兒院生產的金蓮紀念品。在這複雜
的文化地理網絡中，三寸金蓮總已是跨性別、跨時空、跨國族、跨
族裔、跨文化的想像與記憶，其中的「根源／跟源」（roots）總已被
時間與空間的「路徑」（routes）所取代，也唯有從這漂流離散的空
間史觀與「踐履現代性」的「行走修辭」（walking rhetoric）重新出
發，我們才有可能逃離古典「悠悠千載一金蓮」的直線歷史敘事，
逃離三寸金蓮起源的考據，逃離三寸金蓮作為近現代中國創傷固結
「纏足即殘足」的論述僵局。[22]

III. 女人鞋式的文化易界

　　而這雙時髦摩登的皮三寸金蓮給我們最大的提醒，卻是如何在
傳統「感時憂國」、「保國強種」的纏足「大」論述中另闢蹊徑，
看一看時髦摩登所呈現的「時尚」（fashion）變遷，如何在晚清到民
國的過渡階段讓纏足、半天足與天足婦女一步一腳印、時時有新樣
地走入現代。在晚清知識分子痛心疾首、大聲疾呼解放纏足之際，
在北洋政府、國民政府風聲鶴唳、雷厲風行放足工作之時，一直都
有另一種殿堂與廟堂之外的流行文化時尚論述與之並行，以一種更
為切合實際、貼近人心的日常生活踐履方式，讓纏足由時髦變成褪
流行，讓天足由土氣變得摩登，展現了另一種移風易俗的強大動
量。

　　先讓我們看一段清末光緒年間，署名藜床臥讀生，以半嘲諷、
半認真口吻所寫的〈勸妓女放足文〉：

22「行走修辭」企圖結合身體空間移動與「語言行動理論」，以凸顯不斷重複、不斷創
　造排列組合、不斷劃界、不斷越界的日常生活實踐。此理論概念乃引自 Michel de
　Certeau. *The Practice of Everyday Life*. Berkeley: University of California Press, 1984。

　　　　近中國之人心風俗，如流瀧，如奔湍，已逾趨而逾下也，即
　　　以服飾界一班而說，無不以上海妓院為目的，為方針。試問前
　　　瀏海之風潮，三四年來何以能通行於遍國中者乎，亦莫非前日
　　　一二名妓有以創格而行之耳。某欲言放足，我得持一主義，即
　　　今不必求之於璇閨秀質，名門淑媛，當先求之於一班之妓女而
　　　能放足也，其影響於女界必較尋常有靈捷十倍者。[23]

在此作者的發言位置，截然不同於清末不纏足運動的國族／國足論
述。他以「前瀏海」之時尚風潮為例，凸顯清末「貧學富，富學娼」
的社會仿效風尚，而「突發奇想」地提出若要纏足解放事半功（十）
倍，就得先讓妓女領頭放足，讓「時髦倌人」的改造腳成為時髦，
而一舉風行於全國上下。這種說法不從國家民族存亡的微言大義出
發，而就纏足解放的實際功效切入，反而彰顯了流行時尚在社會文
化變易過程中的潛移默化功能，帶出了「現代」與「摩登」之間的
易界流動（法文 "modeng"、日文 "modan gaaru"、中文摩登的譯介、
過界與過渡）。[24]

　　雖然這段議論與後來的發展有所出入（清末上海四大名妓仍是
以金蓮遐名，一直要到清末引領時尚風騷的時髦倌人，讓位給民初
引領時尚風騷的摩登女學生之際，「皮鞋黑襪天然足，笑彼金蓮最
可羞」，天足才取代纏足成為流行仿效的對象），但此段議論所凸顯

---

23 藜床臥讀生，〈勸妓女放足文〉，《上海雜誌》卷10，光緒文寶書局印行，引自高
　　洪興，《纏足史》，頁196。

24 可參閱 Leo Ou-fan Lee, *Shanghai Modern: The Flowering of New Urban Culture in China,*
　　1930-1945. Cambridge, Mass.: Harvard University Press, 1999, pp. 190-231; Shu-mei Shih,
　　The Lure of the Modern: Writing Modernism in Semicolonial China, 1917-1937. Berkeley:
　　University of California Press, 2001, pp. 276-338，尤其是他們對三〇年代新感覺派小
　　說中都會摩登女郎的精采討論。

出服飾「時尚」移風易俗之動量，卻十分有助於我們打破中國現代性論述中「視覺空間化」（visual spatialization）的僵局。在當代有關中國現代性的論述之中，我們無可迴避的是近現代中國喪權辱國史所形構的「創傷固結」，所有的「現實」中皆纏繞著「幻象」，所有的「真實」皆沾染「創傷」的污點，所有的「象徵」（symbols）中都是流竄的「徵候」（symptoms）。中國現代性所展現的正是這種「社會幻象的心理真實」（the psychic reality of social fantasy）與「社會真實的心理幻象」（the psychic fantasy of social reality）的糾纏不清，剪不斷理還亂（就像論文開頭所談「魯迅的小腳」一般匪夷所思）。而當這種「創傷固結」以視覺化的方式，將身體表面的文化差異（如男人的辮髮、女人的纏足），「固置」為國族恥辱象徵，此創傷化的身體表面遂形構成一種失去時間性、失去變動力的「文化殭屍」。換言之，視覺化殖民凝視與內化殖民凝視的恥辱凝視，讓近現代中國身體的「創傷表面」，成為一種抽離時間流動的「空間本體論」（spatial ontology），讓時間僵止在過去，沒有現在／現代，也沒有未來。

　　如果在異／易／譯文化接觸的動態流變過程中，「殖民戀物」傾向於將「差異」（difference）釘死成「樣板」（stereotype），那我們就必須特別留心注意，如何才能不完全陷入中國近現代「創傷固結」心理機制下產生的「國族戀物」與「文化殭屍」論述模式。而「時尚」也者，以「時」為尚，在當代中國現代性的論述中帶入時尚，不僅僅只是將經世救國、「中學為體、西學為用」等「大論述」中的體用，「字義」化為身體服飾的穿著打扮，不僅僅只是將論述焦點從救國救民轉到食衣住行，從國家大事轉到貓狗小事，更在於「時尚」作為一種中國現代性論述的另類「方法論」，一種將「時間」重新放回被殖民凝視與國族戀物所「視覺空間化」、「空間本體化」的方法論，一種凸顯在日常生活異／易／譯文化接觸中，因時／地

制宜而充滿生機轉機、靈活變動的「踐履現代性」，不是創傷「巨變」的斷裂論述，而是與時「俱變」的連續論述，在不斷重複中不斷變化，在不斷變化中不斷生成（becoming）。

　　如果這樣的闡釋太過抽象理論，那就讓我們以晚清到民國女子鞋式時尚的「與時俱變」為例。首先讓我們看看蓮鞋作為一種時裝鞋的可能。三○年代的燕賢就曾分析比較從清代道光年間、咸豐、同治年間、光緒早中晚期，一直到民國二○、三○年代蓮鞋鞋底的樣式變化（其中也包括了北方與江南式樣的差異），並繪製出專門的圖示。[25] 依考據宋元時代的蓮鞋鞋底平直，到明代才有布納高底出現，而木製的高底鞋要到清代才蔚為風行：「弓彎底蓮鞋在清代已形成流行勢頭，鞋底之彎以至於有所謂的拱橋『橋洞底』出現，不過鞋底彎曲程度在清代處於不斷變化中，以整體來看，在清朝中葉彎曲的最厲害，後來彎曲度逐漸變小，彎曲曲線趨於柔和。」[26]

　　除鞋底變化外，還有鞋幫、鞋尖等形式上的轉變，像「網子鞋」（「鞋幫由左右兩塊布合成，鞋尖僅縫合有兩指寬，其餘部分以絲線結成密網，覆蓋住腳背」）或「金蓮涼鞋」（「又將鞋尖處開成2釐米的圓口，有在鞋幫後部開叉，開口處用絲線連接」）等等的流行變化。[27] 由此觀之，即使是被傳統國族／國足大論述釘死成「文化殭屍」的三寸金蓮，其實在時尚流行與日常生活踐履的小歷史上（「遇有鞋式新穎，取紙仿剪」），[28] 一直存在著各種流行樣式的變化，從不曾「裹足不前」，從不曾纏足如殘足而僵死不動。金蓮弓鞋的弓勢變化，金蓮網子鞋與金蓮涼鞋的別出心裁，或者是論文前半部分曾提及的皮三寸金蓮與繡有英文字母弓鞋的創意改良，都一而再再

25　可參見徐海燕，《悠悠千載一金蓮》，頁199。

26　同前註，頁198。

27　同前註，頁202，199。

28　李榮楣，〈湮雨蓮話〉，《采菲錄》，姚靈犀編，頁49。

而三地點明，三寸金蓮的時尚性總已是與時「俱變」的。

IV. 金蓮到高跟鞋的時尚衍化論

　　而在晚清中西異／易／譯文化的接觸互動中，三寸金蓮不僅在材質（由布帛到皮革）或紋樣（由花草蟲魚到英文字母）上有所變化，就連三寸金蓮的纏足樣式本身也產生了明顯的變化，「整體形狀由最初的卵形變為近似高跟鞋的尖形，進而發展成長圓形」。[29] 而就在腳隨鞋變的同時，原本清朝蓮鞋的「彎」與「高」（蓮鞋又稱弓鞋，因鞋底內凹形如彎弓，又因底厚而被稱為高底），也與西式平底高跟的皮鞋開始了一場文化異／易／譯界的「時尚衍化論」。「衍」者，廣延分布而失散中心，此「衍化論」與傳統國族／國足論述中隱含達爾文式社會「演化論」之最大不同，就在前者並無後者所預設的直線歷史進步觀，此處的「時尚衍化論」所欲凸顯的是歷史唯物的時間流變，而非視覺化、戀物化、本體化下的僵止空間，在「差異／衍異」（difference/differance）與「生成」（becoming）的過程當中，一切皆是「中間物」。而此「中間物」不導向黑格爾式的辯證與揚升，沒有超越與抽象的整體，只有無以盡數、剪不斷理還亂的重疊反覆，不斷置換游移，藕斷絲連，不徹底不乾淨。

　　接下來就讓我們看看晚清到民國所謂「中國」三寸金蓮到「西方」高跟鞋的「時尚衍化論」。首先是鞋底的部分，蓮鞋的弓底彎曲漸趨和緩，直至「平底坤鞋」的新式小鞋出現。

　　　　民國四、五年，平底坤鞋自平、津、滬、漢傳入，靴兜屏去，改著小襪，尖瘦圓細，緊括有力。坤鞋均平底，底系布

---

29 徐海燕，《悠悠千載一金蓮》，頁200。

質，短臉尖口，銳瘦之至。然城鎮婦女先習著之，村鄉仍以弓鞋為多，特弓勢不若前之穹高耳。[30]

此段文字敘述顯示，民國初年當鄉下纏足婦女還依賴著弓勢較弱的蓮鞋時，城裡趨時的婦女則早已換上尖瘦圓細的平底坤鞋，所謂「坤」者，相對於男式的「乾」，原本在清代以彎底／平底分陰陽的中國鞋式系統，現在改變為在皆為平底的基礎之上，以「粗圓／尖細」分乾坤。坤鞋又稱「皂鞋」，色尚青，花繡較稀，多僅沿「花邊」而不繡花。換言之，清末蓮鞋的改變是同時朝著西方平底有鞋跟女鞋與中國平底無鞋跟男鞋的方向移動，在改變的同時，也暫時以「尖細」的鞋尖樣式與「花邊」的簡樸裝飾，與同樣平底的中式男鞋（粗圓寬大）與西式女鞋（皮面無法繡花）繼續做「衍異」區分。而坤鞋由於「臉短口淺幫矮，易於脫落。在近跟處幫上綴有鞋鼻用來繫鞋帶，即橫攔於腳背處作「一」字形，後又改用有鬆緊的帶子」，故坤鞋在文化與性別上的異／易／譯界形式，可說是「蓮鞋向天足鞋過渡階段的鞋子式樣」。[31]

其次是鞋跟的部分。高底對於原本就強調小、尖、彎、高的蓮鞋而言，並非新飾，在清代方洵的《香蓮品藻》中將香蓮／小腳分為十八種，其中的「穿心蓮」（著裡高底者）與「碧台蓮」（著外高底者）皆以高底著稱。而「高」與「小」相互加強的效果，更為清代蓮癖文人李漁所一語道盡：「嘗有三寸無底之足，與四五寸有底之鞋，同立一處，反覺四五寸之小而三寸之大者，已有底則指尖向下而禿者疑尖，無底則玉筍朝天而尖者似禿故也。」[32] 然而蓮鞋的

30 李榮楣，〈湎南蓮話〉，《采菲錄》，姚靈犀編，頁47-48。

31 徐海燕，《悠悠千載一金蓮》，頁203。

32 參見陳東原，《中國婦女生活史》（上海：商務印書館，1937），頁234-35。

「高底」與西式女鞋的「高跟」還是有所差異，前者弓底，後者平底，「早在明代已出現帶有鞋跟的蓮鞋，但為數較少，進入清代則多了起來。尤其是清朝中、晚期，可能受西洋鞋的影響」。[33] 但當清末到民初城市的纏足婦女以平底「坤鞋」為過渡時，城市的半天足與天足婦女則是以「文明鞋」（類似中式男布鞋的平底平跟，或西式女皮鞋的平底矮跟）配（女學生）「文明裝」為過渡，一直要到二〇年代中末旗袍開始大量流行之時，西式女高跟皮鞋才正式成為中國城市摩登女子必備的裝扮行頭。以上海月份牌上所呈現的時尚美女為例，1915年前後上百幅的月份牌中，僅十分之一著高跟鞋（此乃指中、矮短跟，而非尖細高跟），而二〇年代中末、三〇年代的月份牌，則幾乎清一色地以高跟鞋配連身旗袍為城市摩登女子的主要視覺符碼。[34]

　　如果平底的小腳坤鞋以「尖細」的衍化辨乾坤，那原本不分男女的天足「文明鞋」，也逐漸以鞋跟的有無與高低分陰陽，而「旗袍配高跟鞋」的服飾演變，則是重新讓原先得經由纏小腳才能達成的尖小美觀、行路娉婷，現在則可藉由西式高跟鞋來達成，以高造成視覺上的小，以高造成重心移動上的婀娜搖移。然而有趣的是，尖小美觀、行路娉婷的西式高跟鞋，卻在高度逐步增加的流行高峰上，轉變了其在中國現代性中的象徵位置。晚清到民初，三寸金蓮逐漸為小腳坤鞋、天足文明鞋與西式女高跟鞋所取代，此時的西式女高跟鞋乃是「城市現代性」的進步象徵，然而當旗袍配西式女高跟鞋成為二〇年代中末、三〇年代的主流時尚視覺符碼的時刻，當初視中國纏足為國恥大辱、視西方天足為進步象徵的男性知識菁英分子，卻在歐戰所引起對西方文明之幻滅質疑與對中國文化之重新

---

[33] 徐海燕，《悠悠千載一金蓮》，頁198。

[34] Dorothy Ko, "Jazzing into Modernity," p. 145.

評估之際，開始在西式女高跟鞋上看到了「小腳」的幻象，而那些已然天足卻穿上「洋纏足」的城市摩登女子，再次成為新一輪國族／國足論述的眾矢之的。

在清末民初的國族／國足論述中，中國女子的纏足相對於西方女子的天足而言，不僅殘忍野蠻，更不符合健康與衛生的標準。然而在新一輪的國族／國足論述中，踵過高，底過窄，頭過銳的西式女高跟鞋則成為最不健康、最不衛生的代表：「夫頭銳，則御之者足趾過於擠逼，以至有生胝之弊；底窄，則橫迫足部，有礙血脈通流；踵高，則足部重心力不能均平，趾部受壓過盛」。此評論高跟鞋之害與昔日評論纏足之害，如出一轍，只是一談畸形的足部、一談畸形的鞋型，昔日的纏足並未真正成為過去，昔日的纏足借屍還魂於今日的高跟鞋，「吾國女子，近始脫離纏足之苦，乃甘作第二次別派之纏足乎？」[35] 而反諷的是，由纏足到天足的國族／國足論述所預設的進化論，卻因天足上的「洋纏足」而打破了直線歷史的進步觀，呈顯最新與最舊、最封建與最現代的「詭異」（the uncanny）疊合。

當然這種「洋纏足」的論述方式，除了健康衛生的現代標準外，夾雜於其中的更是男性對都會新女性自由獨立個體性的憎惡與恐懼，而此憎惡與恐懼又都「懼物化」為都會新女性腳上那雙「變態纏足」的高跟鞋：「我們試把眼睛睜開一看，到處不都有變態纏足的怪現象發現著嗎？那些提倡最力的，又不都是被社會所認為新女子嗎？啊！你高貴的女子們噢！我現在真不能不懷疑你們，更不能不痛罵你們了。雖然變態纏足，其痛苦要比纏足確有過而無不及，但這是你們之自作自受，無須替你們憐惜，也毋庸去吹皺一池

---

35 香港罴士，〈女子服裝的改良（二）〉，《婦女雜誌》7卷9號（1921年9月），頁46。

春水。然而你們甘冒大不韙，要做社會進化的障礙物，這點卻難怪我要唠唠不休了」。[36] 相對於前面一篇同樣發表於《婦女雜誌》的「洋纏足」文言文來說，這篇充滿驚嘆號、氣急敗壞的白話文，就更直截了當地針對女子摩登誤國而開罵。革命尚未成功，自甘墮落的中國女人好不容易走出纏足的封建餘毒，又將一雙天足自投羅網於西方都會時尚的宰制。這位氣憤的作者欲透過「變態纏足」所控訴的，正是夾雜性別歧視的新一輪國族／國足焦慮：「現代」被曲解成「摩登」，「現代」被瑣碎化、表皮化、陰性化為衣飾打扮，讓進步成為退步、救國成為誤國。

莫怪乎看到纏足女子就覺得被強迫受封為生番的周作人，對中國女人腳部的進化依舊充滿懷疑：「又講到腳，可以說中國最近思想進步，經過二十多年的天足運動，學界已幾乎全是天足（雖然也有穿高底皮鞋『纏洋足』的）——然而大多數則仍為拜腳教徒云。」[37] 而在自己腳背上看到母親小足遺傳的魯迅，又會在上海摩登女郎的腳背上看到什麼呢？「用一枝細黑柱子將腳跟支起，叫它離開地球。她到底非要她的腳變把戲不可。由過去以測將來，則四朝（假如仍舊有朝代的話）之後，全國女人的腳趾都和小腿成一直線，是可以有八九成把握的」。[38] 對魯迅而言，這正顯示進入民國辮子肅清、纏足解放後，中華民「足」依舊老病復發專走極端，他以甚為嘲諷睥睨的態度，將西式女高跟鞋考據回溯到漢朝的「利屣」，乃舞妓娼女下流之輩的裝束，現今則被「摩登女郎」趨之若

36 李一栗，〈從金蓮說到高跟鞋〉，《婦女雜誌》17卷5號（1931年5月），頁30。

37 周作人，〈拜腳商兌〉，《周作人早期散文選》，許志英編（上海：上海文藝，1984），頁48。

38 魯迅，〈由中國女人的腳，推定中國人之非中庸，又由此推定孔夫子有胃病〉，《魯迅文集全編》冊2，《魯迅文集全編》編委會編（北平：國際文化，1995），頁790。

驚，「先是倡伎尖，後是摩登女郎尖，再後是大家閨秀尖，最後才是『小家碧玉』一齊尖。待到這些『碧玉』們成了祖母時，就入於利屣制度統一腳壇的時代了」。[39]魯迅這番話語中的冷嘲熱諷，讓我們看到的不僅只是表面上的性別與階級歧視（當然尖利高鞋跟的「陽物」幻象，是否也造成了另一種男性未曾言明的閹割焦慮？），以及傳統知識菁英對大眾流行文化的嗤之以鼻，更是新仇舊恨、舊疾復發的小足幻象，依舊纏繞在象徵城市進步現代性的西式女高跟鞋之上。對於這些一心想要走出纏足夢魘的中國男人而言，纏足的封建鞋飾居然又再次死灰復燃於西方的現代鞋飾之中，怎不叫人觸目驚心，分不清今夕何夕。

V. 杯弓蛇影中間物

然而土纏足也好、洋纏足也罷，在當代有關中國現代性的論述中，我們必須面對的是一種「認識論」（epistemology）與「踐履行動」（performative）的差異，以及此差異所造成知識菁英論述與日常生活踐履的差距。以「認識論」為主導的近現代中國知識菁英論述，最焦慮與最恐懼的自然是那新舊交替中半新不舊、半生不熟的曖昧夾雜。在他們的眼中，那在歷史時間壓縮置換中的雜種性（hybridity），就成了陰魂不散、借屍還魂的鬼魅，不徹底不乾淨，無法清楚認識、無法一刀兩斷的歷史殘餘物／提醒物（remainder/reminder），而此「鬼魅雜種性」更因中國 Shame 代性中知識菁英無法解決的「創傷固結」而更形惡化。然而就「踐履行動」的角度觀之，新舊交替的曖昧夾雜乃屬必然，弓鞋過渡到坤鞋，坤鞋過渡到文明鞋，文明鞋過渡到高跟鞋。每次的「發聲」（enunciation）都是

---

39 同前註。

同時踩在新與舊之間的過渡，以重複踐履的方式轉換變化，每次的「踐履」都是不徹底、不乾淨的重疊置換，都有貌形神似、偷龍轉鳳之嫌。

　　因而對這兩種不同論述系統而言，「中間物」所表徵的寓意也截然不同。對「學舌／學步現代性」而言，如果「現代西方」是「可欲」之他者，「傳統中國」是「可恥」之他者，那介於中國／西方、傳統／現代的「中間物」便是一種新舊疊合、陰魂不散式的「雙重」，不是強調「新」的改革出現，而是恐懼焦慮「舊」的反動，僵而不死，食「新」而不化，「舊」有如陰魂一般附身在「新」之上。在此雙重視野之中，不僅纏足成了「現代性的魅影」（the phantom of modernity），高跟鞋也成了「纏足的魅影」。但對「踐履現代性」而言，「中間物」是踐履中的分裂與雙重（splitting and doubling），新與舊的摩肩接踵、疊合置換，充滿轉喻的毗鄰性與時間的偶發性，往往陰錯陽差地開拓出各種變動活潑、隨機排列組合的「風格雜種性」。[40] 雖然在此「風格雜種性」的論述模式中，「中」、「西」、「傳統」、「現代」作為不斷變動更易的符號，並不能完全擺脫西方帝國殖民權力部屬中尊／卑、高／下的論述位置，但沒有一種位置是固定不變的，就如同沒有一種符號的意義是穩定確著、自給自足的。「風格雜種性」所要凸顯的不僅只是中／西參照系統的排列組合，也是中／西參照系統本身的變動不確定性。

　　下面我們就用老舍的中篇小說《文博士》為例，看一看「學舌／學步現代性」所恐懼的「鬼魅雜種性」，如何疊影出纏足與天足、蓮鞋與高跟鞋的「中間物」。小說中的洋博士一心想攀附豪門當女婿，第一次與六姑娘見面時便深受蠱惑。六姑娘的中文名字叫明貞，英文名字叫麗琳，乃是「摩登的林黛玉」，「一朵長在古舊

40　Dorothy Ko, "Jazzing into Modernity," p. 146.

的花園中的洋花」。但小說中最有趣的描繪，還是六姑娘有如阿芙蓉癖又纏足的神色姿態：「快似個小孩子，懶似個老人」，「六姑娘輕快而柔軟的往前扭了兩步，她不是走路，而是用身子與腳心往前揉，非常的輕巧，可是似乎隨時可以跌下去」。然而這種東倒西歪的隨風倒，在六姑娘穿上高跟鞋上街時，又出現了另外一番風景：

> 有一天，文博士和麗琳在街上閒逛。她穿著極高的高跟鞋，只能用腳尖兒那一點找地，所以她的胳臂緊緊的纏住了他的，免得萬一跌下去。[41]

在老舍的筆下，穿上高跟鞋的六姑娘不僅腰部不自然的來回擺動，就連肩膀也一併歪抬，模仿電影上的風流女郎，真是醜態百出。但若我們不以「鬼魅雜種性」所蘊含的國族與性別焦慮出發，而換以強調行動實踐的「風格雜種性」角度觀之，那在老舍筆下一無是處的廢人六姑娘，穿平底繡花鞋時「模仿」有如穿三寸金蓮，以「不纏而纏」的方式「模仿」古典美女，又在穿西式高跟皮鞋時，「模仿」以小腳試高跟鞋、「纏而不纏」的纏足女子「模仿」電影中的西方女郎。原本就是天足的六姑娘正是以纏足的姿態神情，巧裝易扮成纏足女子「裝大腳」的模樣。在此「鬼魅雜種性」與「風格雜種性」的閱讀並非二元對立，而是針對不同的書寫手法、不同的閱讀腳／角度、不同的心理機制所開展出不同的論述位置。對感時憂國的有心人士而言，「風格雜種性」自屬鬼魅異端，是除惡未盡，更是不期然而欲／遇的「壓抑回返」，在最陌生中瞥見最熟悉的恐懼。而對亂世亂穿衣的太太小姐們而言，頭齊身不齊、身齊腳不齊的種種時尚變遷所見證的，正是日常生活中不斷發生的文化易界，

---

41 老舍，《文博士》，《老舍文集》卷3（北京：人民文學，1982），頁229-336。

她們用一步一腳印走出來的譯介、過界與過渡，或尷尬、或笨拙、或靈巧、或熟練。

而六姑娘的「偽飾金蓮」（以大腳裝大腳的高段）當然讓我們想起清末「裝小腳」的「偽飾金蓮」，以及民國以後「裝大腳」的「偽飾天足」。在「小腳為榮，天足為恥」的時代，一幫女人「裝小腳」不遺餘力，或以裡高底鞋偽裝，或以比腳小的鞋偽裝（都冒著隨時露出馬腳的風險）。而祖宗家法不准纏足的滿族婦女，要不是以花盆底鞋模擬蓮步輕移的婀娜多姿，要不就是以「刀條兒」的纏法（盛行於光緒中葉，不以尖小弓彎而以瘦窄平直為目標，足趾聚斂、略具尖形，纏成五寸左右，成為「金蓮小腳」與「盈尺蓮船」間的天足式小腳），兼顧時尚與禁令。[42] 而到了「小腳為恥，天足為榮」的時代，也有一幫女人「裝大腳」不遺餘力，像穿大鞋、裝大腳，不惜在鞋內填塞棉花，像有心趨新的婦女不分年紀敢於嘗試，「乃各村名族大家，老嫗不甘服舊，飾為摩登。鞋則碩肥，行如拖曳，艱窘之狀，有逾初」。[43] 然而此處的重點不是去指摘裝小腳歪來倒去、自討苦吃，裝大腳騰雲駕霧、醜態畢露，而是去提醒這因地制宜、與時俱變的策略性踐履行動，不論是「不纏如纏」的裝小腳、洋纏足或「纏如不纏」的裝大腳、穿大鞋，都是女人「不殘足運動」中纏而不廢、纏而不殘的積極存活策略。

VI. 纏足的異／易／譯類閱讀

但相對於史有明載的「不纏足運動」，女人「不殘足運動」的

---

42 燕賢，〈八旗婦女之纏足〉，《采菲錄》正編，〈最錄〉，頁5-6，引自高洪興，《纏足史》，頁28。

43 李榮楣，〈湞南蓮話〉，《采菲錄》，姚靈犀編，頁49。

斷簡殘篇，凸顯的正是當代纏足研究的內在困境：所有文獻檔案資料最匱缺的，正是纏足女子面對時代之變的身體感受與對應態度。歷史上留下紀錄的女人聲音，要不是有名有姓的革命女烈士（如秋瑾）痛陳纏足之害，要不就是平民女子用筆名（當然也有男士假借女性筆名者）或真名（多由男性轉陳）之過來人語，以纏足之苦作為後人殷鑑（包括幼時纏足過程之苦與長時被人視為恥辱、棄若敝屣之苦）。這些所謂的歷史「事實」，皆受近現代中國 Shame 代性國族／國足建構的影響而滿目瘡痍。然而對於這種史料的內在匱缺，本文並不企圖「回歸」近現代列強入侵之前的中國纏足文化氛圍，而意欲就在晚清到民國的「創傷固結」之中，將焦點由感時憂國的大論述，轉到庶民日常生活的文化易界。前一部分由鞋樣的物質變遷史去想像時尚的「不殘足運動」，在論文的最後則企圖以「雙重閱讀」的方式，去拼貼「纏足即殘足」論述中「纏而不殘」的文化能動性，讓隱於表面政治正確微言大義之下的話中有話、弦外之音，以異／易／譯類的閱讀方式得以彰顯。

　　現在就讓我們試著在三個典型纏足文化論述的例子中，運用「雙重閱讀」的方式，讀出纏足女子時代能動性的蛛絲馬跡。第一個例子是針對部分愛美女學生的批評，認為她們囿於傳統纏足美學而不肯真正解放天足：「她們有的還是白天上學，夜晚纏足。她把足緊纏之後，在外面還是穿上天足所用的鞋。她來往學校的痛苦，簡直所謂『啞巴吃黃蓮』，甚至別人都到校上課，她還在後面忸怩著。然而她自己卻非常的甘願。」[44]自清末起「廢纏足」與「興女學」一直相提並論，一解放肢體之束縛，一解放心智之閉塞。然而「一興一廢之間，關係的卻是眾多女體在這個過程中身體意義與價值的被

---

[44] 苓子，〈記青海的女學生〉，引自鄒英，〈蒔菲續談〉，《采菲錄》，姚靈犀編，頁41。

決定。新興的女學校先行排除了落後的纏足女與奴婢、娼妓，取代的則是女學生與潔淨誠懇的侍俸僕婦，是邁向現代化的空間裡，二萬萬女子之間新的尊卑貴賤等序」。[45] 然而在此文獻中出現的，卻是一群將「纏足女」與「女學生」二元對立合為一體的纏足女學生，她們的不知上進、偷偷纏足，當然是徹底違背了國族／國足論述中興廢轉替的進步現代性論調，而遭到作者的責難咒罵。然而會不會是女學生太求上進，明明纏了足卻想進入要求學生一律天足的學校求學，不惜以小腳裝天足，啞巴吃黃蓮？女學生「日弛夜纏」的生活戰術，可不可以是雖不至朝令夕改但鬆弛無度的放足政策下，一種安全自保的策略運用？女學生的留辮弗剪，以纖足飾肥履，會不會是在保守家庭（包括未來的婆家）與頑固親族間的妥協讓步？

　　如果「纖足負笈」的異／易／譯類詮釋，顛覆了傳統纏足論述中廢纏足與興女學的歷史聯結，那第二個「夾藏鞋樣之《聖經》」的故事，則更是無心插柳地顛覆了教會與廢纏足運動的歷史聯結。「村女多不識字，纏足者尤甚。各鎮演劇，各寺廟盛會，每有教友售《新舊約聖經》者，設攤布售，每冊取資銅元一枚。無知婦女利其圖文精美，價復極廉，多購一二冊，為夾藏鞋樣及各色絲線之需，殊為瀆褻《聖經》」。[46] 在西方的帝國殖民凝視下，纏足成為野蠻的惡習陋俗，而清末的不纏足運動最早的發起人便是來華的傳教士，並於光緒元年（1875年）最早在廈門創設戒纏會以「革除陋俗」，而由傳教士林樂知創辦的《萬國公報》，更是對解放纏足的鼓吹不遺餘力，而在基督教派在中國召開的傳教士會議上，甚至曾面紅耳赤認真爭辯過纏足是否為「罪」。[47] 然而纏足村女是不在此脈絡

---

45 劉人鵬，《近代中國女權論述》，頁171。

46 李榮楣，〈涇南蓮話〉，《采菲錄》，姚靈犀編，頁49。

47 林維紅，〈清季的婦女不纏足運動〉，頁1。

下思考，她們購置聖經夾藏鞋樣與絲線，並沒有意識層面的反抗，她們的「能動性」是歷史的偶然與巧合，讓宗教啟蒙用的聖經成為廉價美觀的工具盒，讓視纏足「大獲罪於上帝」的教會聖典與纏足鞋樣緊緊相依相偎。

　　最後則讓我們來看一名陳情投書抗議的纏足女子，她不因自己的纏足而自慚／自殘行穢，她先以退為進陳述自己並非冥頑不靈，不肯跟上時代的腳步放足，而是自己的纏足已「斷頭難續」。接著她便大力控訴放足運動的暴力與虛偽，以自己被強迫「當街勒放」的痛苦經歷娓娓道來：

> 昔時之纏足女子身受痛苦，固矣。不知現在之纏足女子，於遭受纏足之慘毒以外，還須身受放足之痛苦。……奈母親將余雙足纏束過纖，已至斷頭難續之地步，雖嘗一度解放，終因種種阻礙而再纏。詎料以茲四尺之帛，數年前幾使天地之大無所容我之身焉。
>
> 數年前，隨外子寓居開封時，值當局以纏足帶考成縣長之際（即責成縣長每月至少須繳若干副舊纏足帶，以表示放足成績。當時有縣長購買新帶向民間易舊帶，以應功令之笑話），一班警察先生奉了檢查纏足的風流差使，便極高興地努力執行。一天在街行走，竟受當街勒放的大辱。次日避地魯東某市叔父處，相安無事，約有一載。詎料又有某處某地禁止纏足婦女通過之文告，而逼放之風聲且日緊一日，驚弓之鳥，聞弦膽落。其時適外子就事首都，余又再度避地上海安靜地住到現在。上海的女子天足者約占千分之九九九以上，雖仍有尚未死盡的小腳婦女，然並不為人所注意。[48]

---

[48] 覺非生，〈蓮鉤痛語〉，《采菲錄》，姚靈犀編，頁79。

這段描述再次呼應了「乾麻花」幽默新聞中潛藏放足「暴力的再現」，卻也同時展現了纏足女子的逃逸路線（你捉我逃、你放我纏），並成功地運用了城市匿名性在上海大都會中安全存活。而在犀利批判與血淚控訴之後，她更提出了非常實際的建議，要纏足婦女不要「裝大腳」。「倘御大而無當之鞋襪，更似騰雲駕霧，扭扭捏捏，東倒西歪，轉不如纏時緊湊有勁」。然而最後在功能性、時效性、執行性面面俱到的分析之後，這名纏足女子且十分自信、十分斗膽地回到纏足的美學性：「天足高跟，誠屬時代之美，我輩因為習俗所摧殘，畢生難償此願。然而跛者不忘履，不得不就此一對落伍之足加以修飾，使躋比較美觀之地位。小腳解放、其結果常使足背隆起，肉體癡肥，如駝峰，如豬蹄，一隻倒來一隻歪。天足之大方既不可改，毋寧略事纏束，以玲瓏俏利見長，猶不失舊式之美。」[49]

受盡屈辱卻不喪志、飽嚐辛酸卻依舊愛美，這名投書女子的慷慨陳言，不下於那對纏足姑嫂的機智「譎諫」，而她身上那雙玲瓏俏利、歷經逃逸路線的小腳，更呼應了那名「不甘服舊，飾為摩登」的老嫗、那些日弛夜纏的女學生，或是那個訂製皮三寸金蓮到舞池跳舞的上海時髦小姐，都是在晚清到民國「纏足即殘足」的國族／國足論述暴力下，以踐履現代性、一步一腳印走出來的女人「不殘足運動」。「跛者不忘履」，在她們的日常生活踐履行動中，纏足不是「視覺空間化」下的認識論客體，因「創傷固結」而充滿了「鬼魅雜種性」的威脅，纏足是「介於其間」上有政策、下有對策的存活策略，纏足更是因地制宜、與時俱變的時尚生活實踐。作為國族／國足「象徵」的纏足，原地踏步、裹足不前，被徹底摒棄於現代性的定義之外（當然也弔詭地隱身於現代性之中，成為界定傳統／

---

49 同前註，頁80。

現代差別之必要元素），但作為踐履行動「符號」的纏足，卻除舊布新、多聲複異／易／譯，在每一個特殊的日常生活實踐中，以不斷分裂與雙重的動態過程，重複且改寫國族／國足論述。也唯有在她們這種生活唯物細節的衍異中，唯有在她們所處這種歷史時間流變的間隙裡，我們才能發現原本被視為罪孽深重、故步自封的纏足「總已」先一步地走路／走入了現代性。

第十一講

從「不同」到「同一」

——台灣皇民主體之「心」的改造

劉紀蕙

　　探討中國三〇年代尋求民族形式法西斯組織衝動，以及集體認同的過程，使我不得不開始回顧台灣在四〇年代出現的類似心態。台灣人身處被殖民狀態，要如何安頓自身才可以使自己成為被尊重、被接受、擁有適當的社會身分與地位的國民呢？當時的台灣人如何想像一個正當或是完整的「人」或是「男人」呢？我注意到，「皇民」論述可以說是使當時所謂的「本島人」從殘缺成為完整，從不純淨到「醇化」，從「不是」到「是」，從「不同」到「同一」的論證過程。此論證過程要解決的核心問題，便是本島人與內地人血緣不同，本島人如何可能同樣成為「日本人」或是「皇民」？

　　陳火泉的小說〈道〉非常奇特而深刻地展現了此皇民主體位置的思辨過程以及矛盾心態。《心的變異：現代性的精神形式》（台北：麥田，2004）一書提及的「信仰」、「精神系圖」與「心」的工作，是要造就一種主體位置，以及國家神話。皇民化論述中所強調的日本精神就是尊王攘夷的精神；不只是清除非我族類，更是清除我自身之內的「夷狄之心」。甚至在此國家神話的架構下，天皇

信仰所要求的，是朝向天皇的完全奉獻犧牲。這一系列的皇民化論證過程，展現出台灣人當時試圖「安心立命」的思辨過程，[1]也使我們清楚看到台灣在日據時期經歷的殖民經驗與現代性，以及其中所牽涉的「國民意識」與「現代主體」的模塑機制。

因此，在殖民政府的現代化工程之下，「本島我」與「皇民我」的矛盾如何解決？是什麼樣的強大力量使得主體積極朝向「日本精神」的理念高點躍升為主體與殖民政府的銜接，為何要透過「精神改造」的過程？為何在政治施為中神道與儒教有其契合之處，而都凸顯了「心」的工程？在台灣、中國與日本的近現代思想脈絡中，此種「心」的精神改造是如何發展的？台灣人如何透過這種「心的形式」想像自身呢？此處，我們所觸及的，是主體意識狀態的問題。或者，更具體的說，是台灣人若要進入皇民身分或是類皇民身分，需要如何自我安置的問題。這是個值得深入探究的難題。

小林善紀的《台灣論》與台灣人的認同結構

我要先從小林善紀的《台灣論》在台灣所引起的軒然大波開始談起。此書引起的激烈爭論表面上是環繞在書中所詮釋有關慰安婦是否出於自願的問題，以及此書對於台灣歷史的解釋是否扭曲等等。因此，爭論的表面環繞在慰安婦的意願和各種歷歷指證《台灣論》的歷史敘述脫軌等問題。但是，這些爭辯的背後，我們注意到了強烈的情緒性對抗態度與所牽引的左右統獨分離立場，[2]以及書中反覆提及李登輝所「繼承」的「日本精神」。這個「日本精神」，

---

1 「人在不安的極限裡求安心立命」，見陳火泉，〈道〉，《台灣文藝》6卷3號（1943年7月），頁32。

2 例如「用心險惡」，「奴化教育」，「皇民遺老」，「漢奸媚態」等等。

以及依此延伸的複雜台灣主體與認同，是真正引起我們好奇深思的
關鍵概念。

　　什麼是「日本精神」？為何小林善紀說李登輝「繼承」了日本
精神，甚至李登輝還曾經打算去日本，向日本的年輕人講解日本精
神？為什麼高砂義勇軍會宣稱他們是「最有日本精神的日本人」？[3]
而許多老一輩的台灣人聲稱在戰後反而開始十分認真的說寫日文，
並且以八十高齡組成歌謠會，定期交換日文詩作？[4] 為什麼金美齡
也說「日本精神」是一句以台語說的「台灣話」，「在台灣全島的
每個角落流傳」：「台灣人聚在一起談話，只要有一個人說出『日
本精神』這句話，其他人即可理解其意思。」[5] 金美齡甚至認為對
許多台灣人來說，「日本精神」濃縮了台灣人對於日本統治時代的
懷念，甚至「脫離了對日本的思念和評價，而轉化成一般性的意
義」，並且這句話包含了「清潔、公正、誠實、勤勉、信賴、責任
感、遵守規律、奉公無私」，以及「認真、正直但有點固執」等延
伸聯想。[6] 這些不同立足點所反映出對於「日本精神」的詮釋態
度，已經充分顯示出此詞彙所牽引的複雜情感狀態。

　　我們要如何理解這個鑲嵌了複雜的象徵作用、隨著歷史不斷變
動置換意義，而隨時以「現在時態」發生的「日本精神」？這個

---

[3] Chih-Huei Huang（黃智慧）. "The *Yamatodamashi* of the Takasago Volunteers of Taiwan: A Reading of the Postcolonial Situation," in *Globalizing Japan: Ethnography of the Japanese Presence in Asia, Europe, and America.* Ed. Harumi Befu and Sylvie Guichard-Anguis. London and New York: Routledge, pp. 222-50.

[4] 黃智慧，〈台灣腔的日本語──殖民後的詩歌寄情活動〉。文化研究學會2002年會「重返東亞：全球、區域、國家、公民」宣讀論文。台中：文化研究學會主辦，2002年12月14-15日。

[5] 金美齡，周英明著，《日本啊！台灣啊！》，張良澤譯（台北：前衛，2001），頁153。

[6] 同前註，頁152。

「日本精神」如何影響了某一世代台灣人的主體性與認同模式之底層結構？陳光興在〈台灣論效應的回應與批判〉中曾經指出：「日據的殖民經驗及其長遠不可能抹去的記憶與想像，無可置疑的成為台灣主體性構造的重要成分。」此處的論斷反映了部分的真實狀態，但是，陳光興並沒有說明此「主體性構造」是如何完成的。此外，此處需要立即指出此主體性構造必然是多種面貌的，知識分子與庶民之間，世代之間，個別主體之間，皆有其不可抹滅的差異。但是，本文所要探討的皇民主體意識——在具有宗教情懷的激越感念，以及市井小民奉公守法之間延展的意識光譜——卻是當時國民意識的一種底層模式。到底我們要如何去閱讀與理解此種台灣主體性的構造方式？[7]

　　若要進入此有關「皇民」主體問題的討論，我們不得不面對所謂的「皇民文學」，以及令人尷尬的台灣文學史激烈爭論。曾經有

---

[7] 這是個複雜而沒有定論的問題。近一百年台灣人的身分認同發生幾次重大的轉變，漢人、本島人、日本人、台灣人、外省人、中國人，充分呈現了認同上的多義並陳。陸委會於2001年1月對普遍大眾進行問卷調查，結果顯示「我是台灣人」、「我是台灣人，也是中國人」、「我是中國人」這三種不同主體認同位置的並陳。認為自己是台灣人者，三成到四成；既是台灣人，也是中國人者，三成到六成五；認為自己是中國人的相對少數，一成到一二成三。但是，這種調查數據可以說明表面的分歧，卻也無法解釋差異的本質。王明珂曾經透過檢討集體記憶或是結構性健忘的模式，來觀察族群如何修正「邊界」，或是如何「集體選擇、遺忘、拾回、甚至創造」共同的過去，以作為認同的基礎，見〈過去、集體記憶與族群認同——台灣的族群經驗〉，《認同與國家：近代中西歷史的比較》（台北：中央研究院近代史研究所，1994），頁267。方孝謙也曾經檢查在歷史影響下，公共論述場域中族群如何為了要填滿民族這個位置所作的「命名努力」，如何以「政治上的集體範疇——『國家』——稱呼『我們』」，而指出當時游移於漢人、台灣人、中國人、日本人的光譜分佈，見〈一九二〇年代殖民地台灣的民族認同政治〉，《台灣社會研究季刊》40期（2000年12月），頁6。這些研究承認歷史造成的認同變化，卻沒有深入討論此認同模式的複雜主體意識與精神操作。

很長一段時間，日文創作不被納入台灣文學的範疇；被稱呼為皇民
文學作家的周金波全集遲至 2002 年才面市。[8] 至於皇民文學在文學
史中的位置則更不被討論，而遲至九〇年代初期才開始有所談論。[9]
此外，還有許多未被翻譯未被出版的作品。當然，最簡單的解釋，
是這些作品的翻譯仍未完成，甚至尚未「出土」。但是，「出土」
自然已經是個具有諷刺意味的描述。這些作品並不是被埋藏在地底
下的古蹟，而只是間隔五十年，因為語言隔閡而沒有被閱讀，或是
因為政治意識形態不合而沒有被選入文選。這些作品的散佚，更顯
示出文學史編撰書寫的「正典」意識。設立「正典」的選取標準，
自然也預設了不選的「排除」標準。

　　這些作品令我們側目的，是它們所引發的持續而激烈的爭議。
1998 年，張良澤翻譯了十七篇皇民文學拾遺，陸續在《聯合報》、
《民眾日報》、《台灣日報》等副刊登出。張良澤呼籲「將心比
心」、「設身處地」，以「愛與同情」的態度去重新閱讀皇民文學。
隨著皇民文學的重新進入台灣文學研究範疇，有部分學者開始試圖
將皇民文學視為「抗議文學」，[10] 而陳映真以及人間出版社的編輯群
卻宣稱要「組織文章」，針對皇民文學這種「漢奸文學」進行「堅
決徹底的鬥爭」。[11] 陳映真強調皇民化運動是「大規模精神洗腦」，

8　台灣文學史的書寫中，多半略去有關皇民文學的部分，彭瑞金幾乎沒有提到皇民文
　　學作品，葉石濤也只以周金波為唯一的例子。

9　不過，這十年間，有關皇民文學與皇民化運動的研究，已經出現了十分豐富的成
　　果，例如周婉窈、林瑞明、陳芳明、星名宏修、中島利郎、垂水千惠、井手勇、柳
　　書琴。

10　例如陳火泉的〈道〉發表於 1943 年 7 月的《台灣文藝》6 卷 3 號，發表時備受濱田
　　隼雄與西川滿推薦，而戰後卻又因「保存中華文化」而獲頒「國家文藝創作特殊貢
　　獻獎」。研究者如陳紹廷、鍾肇政提出〈道〉描寫當時台灣人被迫做皇民的痛苦、
　　矛盾與衝突，是「可憐的被害者的血腥記錄」，是「抗議文學」。

11　人間編輯部，〈台灣皇民文學合理論的批判〉，《台灣鄉土文學・皇民文學的清理

「徹底剝奪台灣人的漢族主體性」，使台灣人以日本大和民族的種族、文化、社會為高貴與進步，以台灣為落後，並因此而「厭憎和棄絕」中國民族與「中國人的主體意識」，把自己「奴隸化」。[12] 曾健民則認為台灣的皇民文學是「日本軍國殖民者對台灣文學的壓迫與支配的產物」，以文學「宣揚日本的軍國殖民法西斯理念，來動員台灣人民的決戰意識，為日本侵略戰爭獻身」。[13]

　　這種激烈對立態度令我們注意到，其實皇民文學與相關論述真正使當代台灣人不安的，而希望從台灣人歷史記憶中抹除的，是其中所透露的強烈日本皇民認同與國家意識。這種試圖抹除的意圖，便發展出各種「抵制」論述模式：無論是指稱三〇年代到四〇年代有一個「傾斜」的過程，[14] 或是強調日據後期台灣最優秀的作家，如楊逵、張文環、呂赫若，從來就沒有掉進皇民化邏輯的陷阱中，[15] 或是堅持其中仍有左翼階級意識，其意圖都是希望呈現台灣人的反抗抵制意識。論者並指責日本學者垂水千惠承襲殖民者皇民教化的「餘波蕩漾」，不滿她對於周金波提倡的進步文明「欣然接受」，而

　　與批判》，曾健民主編（台北：人間，1998），頁3-4。

12 陳映真，〈精神的荒廢〉，《台灣鄉土文學・皇民文學的清理與批判》，曾健民主編（台北：人間，1998），頁10-11。同樣被人間出版社編輯部收錄在同一輯的曾健民與劉孝春，也口徑一致地批判皇民文學。見曾健民主編，《台灣鄉土文學・皇民文學的清理與批判》，1998。

13 曾健民，〈台灣「皇民文學」的總清算〉，《台灣鄉土文學・皇民文學的清理與批判》，曾健民主編（台北：人間，1998），頁36。

14 陳芳明，〈皇民化運動下的四〇年代文學〉，《聯合文學》16卷7期（2000年5月），頁156-65。

15 呂正惠，〈殖民地的傷痕——脫亞入歐論與皇民化教育〉，《殖民地經驗與台灣文學：第一屆台杏台灣文學學術研討會論文集》，江自得主編（台北：遠流，2000），頁62。多數堅持台灣文學擁有反帝與抵制殖民的台灣文學史論者，都會持此見解。但是，這是值得仔細檢查的論調。三〇年代與四〇年代的「世代差異」不容忽視。

對於呂赫若的「欲迎還拒」頗有微詞。[16] 游勝冠甚至指責台灣學界要求「脫離抵抗與協力的二分式思考」是一種「妥協史觀」,「對不公不義的歷史保持緘默」,「肯定了不義的殖民統治的正當性」,而與日本殖民者「站在同一個位置」。[17]

但是,殖民經驗與主體認同位置的關聯,以及此認同位置所帶出的情感結構其實是無法漠視的。陳光興曾經以《多桑》與《香蕉天堂》兩部影片指出殖民經驗與冷戰結構所模塑出的不同主體結構與身分認同:「殖民主義與冷戰這兩個不同的軸線製造了不同的歷

---

16 呂正惠,〈殖民地的傷痕〉,頁50;陳建中,〈徘徊不去的殖民主義幽靈——論垂水千惠的「皇民文學觀」〉,《聯合副刊》,1998年7月8、9日。其實垂水千惠對於刻意創作皇民文學的陳火泉的批評是諷刺有加的。她認為陳火泉是為了希望獲得作家的名聲與升遷的機會,而「阿諛為政者」,並且舉出許多周邊資料,呈現出陳火泉十分清楚的「皇民傾向」,而駁斥戰後學者試圖為陳火泉尋找出「抗議文學」的痕跡,見《台灣的日本語文學》,涂翠花譯(台北:前衛,1998),頁78-79。垂水千惠刻意舉出相當多陳火泉當時發表於《台灣專賣》的言論,例如「男女老幼都一心一意迎向時代潮流,這種氣氛就是日本精神的表露,至純的國民感情的顯現」(〈勤勞賦〉,1939年10月),「史實證明純大和民族和那些異民族,在血統上、精神上已經完全融合同化了。而且這種異民族的融合同化,不僅發生在過去,現在也繼續進行者,或許未來也會永遠進行下去吧。現在的朝鮮民族、台灣民族等,不久將會被日本族一元化吧。」(〈我的日本國民性觀〉,1941年4月〔引自垂水千惠,《台灣的日本語文學》,頁79-83〕)。1944年徵兵制開始實施,陳火泉還在一場〈談徵兵制〉的座談會中表示,精神上要「享受『尊皇攘夷』的精神」,「要等到實施徵兵制那天,我已經等不及啦!我等不下去了!」(垂水千惠,《台灣的日本語文學》,頁84)。因此,垂水千惠認為陳火泉是「想要作皇民化的模範生,以追求一生的飛黃騰達」(《台灣的日本語文學》,頁85)。

17 此處游勝冠所批評的是張文薰在〈論張文環〈父親的要求〉與中野重治〈村家〉——「轉向文學」的觀點〉所提出的論點,見〈轉向?還是反殖民立場的堅持?——論張文環的〈父親的要求〉〉,「張文環及其同時代作家學術研討會」宣讀論文。國家台灣文學館、國立文化資產保存研究中籌備處主辦。靜宜大學中國文學系、台灣文學系承辦。台中:靜宜大學,2003年10月18-19日。

史經驗」，而這些結構性經驗使得身分認同與主體性「以不同的方式在情緒／情感的層次上被構築出來」。也就是說，陳光興認為「本省人」與「外省人」對於日本經驗有截然不同的情感態度，原因在於他們經歷了所謂的「殖民主義與冷戰」兩種不同的歷史經驗。姑且不論陳文中所指涉的「冷戰」時間軸線能否涵括國共內戰與太平洋戰爭，此處所謂的本省人與外省人的區分範疇其實已經過於簡化。外省人族群之中有截然不同的歷史經驗與主體結構，而本省人族群亦有完全不同的認同模式。

有關台灣人的複雜認同模式，方孝謙就曾經透過對於《台灣民報》的研究而指出：日據時期的「我們」可能是中華民族、是漢族，也可能是因為同化經驗而得以與大和民族平起平坐的「我們」。[18] 方孝謙以二〇年代為例，指出二〇年代的殖民地民族主義游移於台灣人、漢人、中國人、日本人等不同主體位置。連溫卿從同情弱小階級的社會主義者出發，最終卻主張自由人集團的結合。蔣渭水從中國漢族的繼承者著眼，歷經「台灣原住民」、「台灣人全體」的游移，而最後定位於被壓迫階級的認同。方孝謙認為，「在二〇年代公共領域出現的人民論述，充斥著游移不定的氣氛，似乎是我們必須接受的結論」。[19]

二〇年代台灣公共論壇與各種文化運動，的確如方孝謙所言，呈現出複雜而多樣的主體位置。不過，當方孝謙指出班納迪克・安德森（Benedict Anderson）來台演講時所提出「不應該過分強調日本在台灣五十年殖民統治的重要性」的論點，「應接受為不刊之論」[20] 時，我們不得不同時指出，日據時期殖民統治經驗仍舊是建構主體

---

[18] 〈一九二〇年代殖民地台灣的民族認同政治〉，頁23。

[19] 同前註，頁39。

[20] 同前註，頁41。

意識最為根本的關鍵因素。若要以所謂的「公共論壇」之菁英論述來探究台灣人民的認同模式，是無法全面理解主體結構與認同模式的複雜狀態的。若要辯駁此論點，主要根據之一，自然是不參與「公共論壇」的庶民並沒有被適當地探討；此外，因年齡層差距，以及教育整體環境的改變所造成的世代差異，也不容我們忽視。周金波曾經在一次有關徵兵制度的座談會中表示，二〇年代的人們「以切身之痛地感受到所謂時代動向」，在三、四〇年代已經有所不同。他補充說，台灣未來的希望在「已經沒有理論，自己已經是日本人了」的年輕人肩上。[21] 此處可見因世代差異而出現的大幅度世代斷層與認同轉向。

　　但是，有關主體性更為根本的問題在於，透過形式上的教育體系與現代化規訓管理，其實仍舊無法充分解釋所謂的主體結構與認同模式的複雜光譜。日據時期現代性之管理影響了認同的內在歷程，此養成教育自幼開始，根深柢固，造就了情感非理性層面的牽連。主體的形成，必然包含了吸納與排除的雙向並陳效應。也就是說，在一套以日本精神為核心價值體系的龐大規訓管理機制之下，牽涉了教育、修身、道德、法治、效率等等現代國民概念。主體以「同一」的原則順應服從此規訓體系，同時也自動排除不屬於此系統的異質物。這個被排除的異質物，成為主體的負面想像之基礎，包括了對於男性主體淨化完整與殘缺匱乏的對立修辭。很顯然的，「日本在台灣五十年殖民統治」的效應，比表面上連溫卿與蔣渭水等人在二〇年代論述的分歧，有更為深遠而曖昧的擴散。

---

21 見〈關於徵兵制〉，長崎浩，周金波，陳火泉，神川清1943年10月17日夜，於昭和炭礦，原載《文藝台灣》37期（1943年12月1日），詹秀娟譯；後收錄《周金波集》（台北：前衛，2002），頁233-46。此種認同結構的快速轉移，與台灣在二十世紀末的三十年間所經歷的快速變化，基本上是類同的模式，但是有更為劇烈轉移幅度。

　　另外一個值得我們注意的問題，是日據時期現代主體介於現代主義與現代性二者之間的弔詭位置。垂水千惠的研究注意到「台灣人如何成為日本人」是一個在日據時期三、四〇年代台灣文學不斷浮現的主題。[22] 此外，垂水千惠也敏銳的觀察到，周金波早期從現代主義出發，後來卻發展為與現代主義「形象很不一致」的皇民作家。[23] 這種擺盪於現代主義與現代性之間的曖昧糾葛，也出現在同時期的其他作家作品中。二、三〇年代的台灣作家多半都在日本求學期間接受了現代主義文學的洗禮，但是，在面對現實社會的緊張壓力之下，卻又逐漸放棄了現代主義在文字轉折處對於心靈幽微的探索，而試圖直接透過文字尋求解決現實的途徑。[24] 正如垂水千惠所指出，進入了四〇年代的戰爭期間，「近代化」與「皇民化─日本化」之間的關聯更為密切。[25]

　　此處有關現代主義與現代性之間的抉擇，凸顯了現實問題的實踐與延宕，或是解決方案的選擇與不選擇。這是主體所處的兩難，是介於現代主義對於現代性的抗拒，以及現代性的實踐之間的矛盾。既然選擇了現代性的實踐，便是處於線性思唯軸線上進步與落後的比較，也是立場的決定。此種二者之一的選擇，同時也便是對於兩者並存之可能性的拒絕。

　　對我來說，「皇民論述」所凸顯的便是對於現代性的選擇，以及主體在此現代性軸線上的安置。因此，重點不在於哪一本小說或是哪一位作家會被歸類為「皇民文學」，或是「皇民文學作家」。這不是個文類界分的問題，自然更不是所謂的「抗議文學」、「漢奸文學」、「宣揚日本軍國殖民法西斯理念」，或是抵制與妥協的問

---

[22] 《台灣的日本語文學》，頁31。

[23] 同前註，頁50。

[24] 這種由現代主義朝向現實主義的轉折，在中國有類似的歷程。

[25] 《台灣的日本語文學》，頁153。

題。「皇民問題」所揭露的，是日據時期台灣人身分認同處境與主
體意識狀態的複雜面向，而且，此種主體意識狀態並不始於太平洋
戰爭開始之時。殖民政府的現代化管理早已全面鋪天蓋地而來。戰
爭期間只不過是將此主體意識的極端狀態揭露出來。

　　因此，我們到底要如何透過「皇民論述」理解當時台灣人複雜
的主體位置呢？[26] 此主體認同機制為何如此隨著日常生活的奉公守
法而滲透於價值判斷層級之中？為何會如此強烈而根深柢固，以至
於產生痛惡自身的自慚形穢？為何又會伴隨著執行排除異質物的正
義凜然？甚至出現捨身成仁的激動熱情？我們將會理解，這些由自
身出發的道德原則，是建立在現代性的尺標之上，而完成於「心」
的改造工程。要面對這些「皇民主體」的熱情與迫切，我們需要回
到台灣三、四〇年代的論述脈絡，尤其是所謂「皇民」論述的主觀
位置。

　　閱讀日據時期台灣文學作品，相當引人注目的，是其中對於台
灣男人不像是男子漢、「不完全」、[27]「行屍走肉」、「醜俗」、[28]
「本島人不是人」[29] 等等慨嘆。這種不完整、不乾淨、不純淨的「我」

---

26 此處所討論的「皇民論述」自然不是以全稱法的概論方式囊括全體台灣人民的主體
　意識狀態。但是，「皇民論述」或是「皇民意識」擴及層面上至知識菁英，下及庶
　民百姓，原因是現代化的管理，從學校教育到法治概念，滲透甚深，環環相扣。四
　〇年代作家所表現的，亦僅只是具有時代性格的代表徵狀而已。但是，此主體意識
　狀態卻並不是以四〇年代為分水嶺的，1895年開始，殖民政府已經透過的教育制
　度以及全面現代化過程一再增強此皇民意識。《心的變異》一書中之第九章〈吸納
　與排除——法西斯現代性的精神形式〉將深入討論此問題。

27 張文環，〈一群鴿子〉，原載《台灣時報》，1942年2月號，陳千武譯；後收錄《張
　文環全集：隨筆集（一）》卷6，陳萬益主編（台中：台中縣立文化中心，2003），
　頁104。

28 龍瑛宗，〈植有木瓜樹的小鎮〉，《龍瑛宗集》（台北：前衛，1990），頁48，61。

29 陳火泉，〈道〉，頁27。

的狀態，在以一種身體化的想像轉為文字時，呈現出大量腐爛化膿的感官意象，如同「莫可名狀的惡臭」、「侵蝕得一塌糊塗」的齒齦、「黑暗」、「燙爛」的口腔內部，[30] 不乾淨的血液，[31]「生在心臟內化膿的腫包」，[32] 或是「在路上被踐踏的小蟲」、「蛆蟲等著在我的橫腹、胸腔穿洞」。[33]

相對於這種不完整、不潔淨與殘缺匱乏的身體想像，我們讀到更多企圖將血「洗乾淨」、[34] 以精神超越血緣、提升淨化島人意識的急切，[35] 透過參與志願兵而成為「完整的人」與「正當的男兒」的感激，[36] 掙脫「漫長孤獨的殼」的封閉蒙昧黑暗狀態的喜悅，[37] 參

---

30 周金波，〈水癌〉，原載《文藝台灣》2卷1期（1941年3月1日），許炳成譯；後收錄《周金波集》（台北：前衛，2002），頁5-6。

31 同前註，頁12。

32 陳火泉，〈道〉，頁34。

33 龍瑛宗，〈植有木瓜樹的小鎮〉，頁70。

34 周金波，〈水癌〉，頁12。

35 陳火泉，〈道〉，頁21, 24, 31。

36 張文環，〈不沉沒的航空母艦台灣〉，原載《台灣公論》，1943年7月號，陳千武譯；後收錄《張文環全集：隨筆集（一）》卷6，陳萬益主編（台中：台中縣立文化中心，2003），頁158。徵兵制度頒布後，台灣人多半表現出高度的感激與喜悅。張文環是一例。1943年5月海軍志願兵制度公布後，張文環在志願兵制度公布次日，接受訪問時表示志願兵制度的實施「意義深大」，因為 (1) 乃真正適合時宜的英斷；(2) 能促進本島人精神的迅速昂揚；(3) 此乃八紘一宇精神在台灣明顯的具體化，東亞共榮南方圈的確立因此更鞏固了一層。這三種喜悅「直接湧入我們青年的心胸裡，令人非常感激」，見〈三種喜悅──張文環氏談〉，原載《台灣時報》，1942年2月號，陳千武譯；後收錄《張文環全集：隨筆集（一）》卷6，陳萬益主編（台中：台中縣立文化中心，2003），頁678。「到了陸軍志願兵制度的實施，誰也都感覺到好不容易成為完整的人而高興了」，見〈不沉沒的航空母艦台灣〉，頁158。早期研究日據時期台灣文學的學者或許是因為尚未掌握張文環完整的資料，尤其是日語寫作的部分，而認為張文環的文字中「間接暗示皇民化運動之不當」，而此間接處理使得研究者「如霧中摸索，深思體會，方能漸曉其意」（見許俊雅，

與神聖的高昂激情：「兩種血潮溶合為一而暢流」，[38] 以及充分表現在「自動要赴戰場的熱情」的「作為男性的意慾」。[39] 這種賦予完整、正當的「男性」特質的熱情，架構於洗淨血液、淨化意識、血液融合等等超越於現實與不計較實質存在狀態的想像之中，令人無法迴避其中的浪漫唯心投射的成分。而這種淨化完整的浪漫唯心投射，卻是皇民論述的根本。[40]

因此，從另一個角度來說，「皇民」論述可以說是使本島人從殘缺成為完整，[41] 從不純淨到「醇化」，從「不是」到「是」，從

《日據時期台灣小說研究》〔台北：文史哲，1994〕，頁257）。此種堅持自日據時期台灣文學中尋找直接間接抗議控訴的企圖，實際上卻讓研究者忽視了時代氛圍的整體結構。

[37] 周金波，〈我走過的道路〉，原載《台灣文學》23期（1997年夏季號），邱振瑞譯；後收錄《周金波集》（台北：前衛，2002），頁281。為了超越血緣的傳統，精神上的信仰變成為核心的支柱。這種支柱成為聯繫島民與內地人的紐帶：「志願兵制度宣佈，情況為之一變，大家的表情變得生氣勃勃，話也多起來，完全露出真實的性情。我們坦然相對地『緊密』在一起了。」

[38] 張文環，〈燃燒的力量〉，原載《新建設》，1943年10月，陳千武譯；後收錄《張文環全集：隨筆集（一）》卷6，陳萬益主編（台中：台中縣立文化中心，2003），頁181。

[39] 張文環，〈一群鴿子〉，頁103。

[40] 法西斯主義的浪漫唯心問題，在西方學界自從三〇年代以降，就已經展開了長期的反省與批判，例如班雅明、阿多諾、巴岱伊，以及二十世紀中後期的桑塔格、黑威特、儂曦、拉庫－拉巴特等。本人曾經在〈現代化與國家形式化——中國進步刊物插圖的視覺矛盾與文化系統翻譯的問題〉，以及〈三〇年代中國文化論述中的法西斯妄想以及壓抑——從幾個文本徵狀談起〉二文中深入討論過。有關亞洲法西斯主義的「浪漫唯心投射」如何在台灣藉著日本的法西斯脈絡而展開，是本文所要探討的核心問題，《心的變異》一書中之第九章〈吸納與排除——法西斯現代性的精神形式〉將慢慢展開討論。

[41] 柳書琴的研究中指出，張文環志願兵論述中「強調雄性特徵與男性復甦。由陰復陽，男性從殘缺而趨完整，這也是身分動員的一種策略」，見〈殖民地文化運動與

「不同」到「同一」的論證過程。也就是說，此論證過程要解決的核心問題，便是台灣人與日本人血緣不同，「本島人」與「內地人」的差異有如「比目魚」與「鯛魚」的差別，[42] 被區隔界定為「本島人」的台灣人如何可能同樣成為「日本人」或是「皇民」？

主體如何「是／歸屬於」一個象徵系統中的某個特定位置呢？正如海德格在〈同一律〉（"Identity and Difference"）中所分析，當我們說「A等於A」時，A已經不是A本身。而當要建立A與A的對等時，便需要「思想」的介入。因此，巴門尼德（Parmenides）說，「思想和存在是同一的」，而存在被歸入、被歸整到一個共屬的統一秩序中，是須要透過思想的仲介的。[43] 主體如何歸屬，如何被此象徵系統的統一性召喚呢？海德格（Martin Heidegger）說，這種歸屬需要有一種跳躍，「在沒有橋梁的情況下突然投宿到那種歸屬中」，跳躍到某一種使人與存在並立而達到其本質狀態的領域之中。[44] 海德格也指出，人們所朝向的「座架」（Ge-Stell; frame, rack）向人們展示「呼求」，而且整個時代包括歷史與自然的存在，都處於此「呼求之中」，使人們處處「受到逼索」──「時而遊戲地，時而壓抑地，時而被追逐，時而被推動」，以至於轉而順應此座

皇民化──張文環的文化觀〉，《殖民地經驗與台灣文學：第一屆台杏台灣文學學術研討會論文集》。江自得主編（台北：遠流，2000），頁21。這是很有意思的觀察，不過，此「身分動員」所隱含的意義大大超過此處所陳述的問題。本文主要意圖便在於深入思考台灣人的主體性如何被動員，何種主體被召喚與喚醒。

42 後藤新平以生物學的比喻，認為台灣人與日本人的差異，就有如比目魚與鯛魚眼睛長的部位不同，「要把日本國內的法治搬進台灣實施的那些人，無異是要把比目魚的眼睛突然變換成鯛魚的眼睛」，因此主張非同化政策。參考許極燉，《台灣近代發展史》（台北：前衛，1996），頁267。

43 海德格（Heidegger, Martin），〈同一律〉，《海德格爾選集》，孫周興選編（上海：三聯，1996），頁649。

44 同前註，頁653。

架，並「致力於對一切的規劃和計算」。[45]

　　此處，海德格對於「同一性」與「座架」的論點十分清楚的顯示出他注意到主體位置被建構與從而轉向的問題。他指出了語言與時代所構築出的框架如何召喚呼求與訂造主體，使主體「躍升」而進入此「座架」，並依照其意志執行此座架所制訂的所有規劃與計算。以這種理解出發來思考台灣人的身分認同，我們會注意到，當台灣人企圖朝向「皇民」認同，此「同一」由於並不建立於二物的自然等同或是同源，因此需要藉由思想與精神層次的躍升而達到等同，這就需要「心的改造」的工程。

　　躍升到哪裡？「心」如何改造？這便是我們要理解此皇民論述的第一個問題，也是提示我們有關認同之深層結構的管道。

「心的改造」：皇民教化與規訓

　　我們可以先從皇民論述所強調的精神提升，以及其中涉及的教化規訓開始談起。「皇民化」的政策，就其歷史意義來說，是在戰爭期間更為徹底的同化政策，針對「皇國所領有的皇土的人民推動」。1934年「台灣社會教化協議會」的教化要綱便清楚地提出幾項謀求「皇國精神」，與強化「國民意識」的指導精神，例如「確認皇國體的精華」、「感悟皇國歷史之中的國民精神」、「體會崇拜神社的本義」、「使國語普及為常用語」、「發揚忠君愛國之心」、採用「皇國紀元」。[46] 擔任總督的小林於1936年頒佈的法令，更強調以「皇民化、工業化、南進基地化」三項統治原則，將「皇國精

---

[45] 同前註，頁654-55。

[46] 參見井野川伸一，〈日本天皇制與台灣「皇民化」〉（台北：國立台灣大學政治學研究所碩士論文，1990），頁89；許極燉，《台灣近代發展史》，頁421-30。

神」貫徹的更為徹底，培養「帝國臣民的素養」，[47] 此企圖是要將台灣建立為大東亞共榮圈的南進基地。

　　徹底執行皇民化的工作，教育是最基本的管道。1937年文部省編《國體之本義》小冊子，發給全國學校與教化團體，清楚指出「萬世一系之天皇為中心的一大家族國家」便是日本國體，強調「君臣一體」。1941年文部省令第四號「國民學校令實施規則」第一條規定，奉體「教育敕語」之旨趣，全面「修練皇國之道」，加深對「國體」的信念。[48] 根據這個教育令所改正的初等教育制度之下的教材選擇強調了幾個原則，除了著重誠實、勤儉、聽話、規矩等「修身」方面的德育課程之外，還有皇國民精神的培養，所有年級都要有「天皇陛下」、「皇后陛下」、「我皇室」、「台灣神社」、「認真學國語」、「國旗」等課文。這些課文中便有「天皇陛下統治日本，疼愛我們臣子如同他的孩子——赤子般」的文字，反覆宣導日本是世界上最美好的國家，要本島人把「支那」作為對比，要每個小孩長大都希望能夠做阿兵哥，對天皇效忠。[49]

　　新國家需要有新秩序與新文化。這種對於新秩序與新文化的自我要求，在皇民論述中十分迫切。張文環便是相當激烈表示此要求的眾多呼籲者之一。他認為，文化是國家的基礎，文學運動會成為國家性的力量。沒有文化的地方，是不會有「國家性的思想」的。因此，他強調，要建立台灣的「新文化」，才能「把島民的思想，轉向為國家性的觀點」。[50] 對於張文環而言，台灣的文化是日本內地

---

47 小林在地方官演講中的言論。參見井野川伸一，〈日本天皇制與台灣「皇民化」〉，頁70。

48 杜武志，〈教育敕語與教育體制〉，《日治時期的殖民教育》（台北縣：台北縣立文化中心，1997），頁33。

49 同前註，頁78, 80, 88。

50 張文環所表現出來的「國民精神意識」，曾經出現於限本繁吉的言論。他於1915年

「這支樹幹伸出來的台灣樹枝」，台灣地方「文化的任務」相當重大，也因此必須積極加強「文化政策」。[51]

　　新文化與舊文化的現代性差異，落實於皇民化論述中，便架構在神聖與粗俗的落差之上。張文環曾經批評，大稻埕電影院中大人小孩都邊看邊吃東西、嗑瓜子，十分不符合皇民精神：「作為島都的人民，針對這種事也不感到羞恥？」[52] 他的理由是，在劇場演出的是皇民化劇，觀眾必須反省他們是「以怎樣的姿勢觀賞它？」因此，他要求「不要僅做形式，而不能從精神生活加以改變」。[53] 依照這種區分邏輯，張文環也多次表達對於台北的感覺「不統一」、「暗潮洶湧」與「粗俗」的批評，而認為台北的藝妲與公娼私娼應該要集中在「偏僻的地方」營業。[54] 我們看到皇民論述從日本精

　　提出「台灣人如果要平等，除了〔在形式上和內地人過同樣的生活〕之外，還要具備身為母國人國民，和日本人完全一樣的國民精神」。引自陳培豐，〈走向一視同仁的日本民族之「道」──「同化」政策脈絡中皇民文學的界線〉，「台灣文學史書寫」國際學術研討會宣讀論文。行政院文化建設委員會主辦。國立成功大學台灣文學系承辦。台南：國立成功大學，2002 年 11 月 22-24 日。

51 張文環，〈我的文學心思〉，原載《興南新聞》，1941 年 8 月，陳千武譯；後收錄《張文環全集：隨筆集（一）》卷 6，陳萬益主編（台中：台中縣立文化中心，2003），頁 165。

52 台灣人在現代化的原則下，自覺文化落差而感到羞恥，是十分普遍的現象。從陳虛谷、蔡秋桐、朱點人、巫永福的作品中，我們已經看到作家筆下的台灣人充滿了這種矛盾心情。龍瑛宗的〈植有木瓜樹的小鎮〉中的陳有三對本島人的輕蔑感：「吝嗇、無教養、低俗而骯髒」，頁 27；王昶雄的〈奔流〉（收入《翁鬧、巫永福、王昶雄合集》〔台北：前衛，1990〕，頁 325-64）中仰慕日本精神而鄙夷自己母親的伊東；周金波的〈志願兵〉（原載《文藝台灣》2 卷 6 期〔1941 年 9 月 20 日〕，周振英譯；後收錄《周金波集》〔台北：前衛，2002〕，頁 13-36）中明貴從日本返鄉後對於台灣文化缺乏教養與落後的蔑視，則是更為具體的例子。

53 張文環，〈大稻埕雜感〉，原載《台灣日日新報》，1938 年 12 月 25-27 日，陳千武譯；後收錄《張文環全集：隨筆集（一）》卷 6，陳萬益主編（台中：台中縣立文化中心，2003），頁 25。

54 同前註，頁 21-22。

神轉入現代性論述，進而成為對於都市空間公私區隔的準則與自律。

其實，這些朝向「皇民化」的論述，自然並不僅始於戰爭開始的1937年。第一任台灣總督樺山的施政方針中，便有「雖然台灣是帝國的新領土，但還不受皇化之恩之地」的論斷，後藤新平也曾經表示，「將性格不同的人民以國語同化是非常困難的事，然而將台灣同化，使台灣人成為吾皇室之民，且接受其恩惠，無人反對」。1895到1898年在台灣總督府學務部任職的伊澤修二從統治初期，也就清楚確立以「國語」為中心的教育，「將本島人之精神生活，融入於母國人之中」。[55] 具體執行此種同化政策，除了國語教育、修身課程之外，每天更以儀式化的過程向「教育敕語」行最敬禮，要求學生背誦默寫，強調天皇的神聖，以及忠君愛國的重要：「奉戴天皇血統永不絕──萬世一系的天皇，而皇室與國民為一體，擁護國體之尊嚴，努力報效國恩」。[56]

以建構論的方式切入，我們可以清楚看到特定歷史與文化脈絡所牽連的社會關係與管理技術如何導引「主體」之構成。主體透過長久的學習、背誦、教養，來服從皇民化的規訓，以便改變自身，並以自身的生活與生命來示範皇道精神的美、高貴與完善。主體在歷史過程中，如同佔據於句子中主詞位置的主體（subject），以其主動掌控的自主意願，積極執行其所被給予的功能。因此，被構造的主體在歷史過程之特定權力關係及規訓操作下，其實佔據的是一個被決定的從屬位置之臣民（subject）。

這種在歷史過程中完成的主體構造，也就是傅柯（Michel Foucault）所說的「主體化過程」（the process of subjectification）。對

---

55 杜武志，〈教育敕語與教育體制〉，頁10-17。

56 同前註，頁56。

於傅柯而言，所謂「主體」的慾望模式與倫理關係，是建立在權力機制的管理模式之上。傅柯在《愉悅之為用》（The Use of Pleasure: The History of Sexuality, 1978）的序論中，很清楚地指出，他所探討的論述構成的「慾望主體」，是要呈現「個體如何被導引而朝向對自身以及對他人之慾望」，以及此種慾望如何被詮釋，如何被控制，如何被模塑。[57] 傅柯進一步指出，他所討論的便是「倫理主體」（ethical subject），也就是個體如何構成他自身道德行為的規範，如何以忠誠來嚴格執行禁令與責任，如何服從規範與控管慾望之掙扎。這些倫理面向牽涉了個體「與自我關係的形式」（the forms of relations with the self），也就是傅柯所謂的「服從的模式」（the mode of subjection）。而這種服從，可以透過維護或是復興某一種精神傳統來展現，或是透過以自身的生活，或是生命，來示範特定範疇的美、高貴或是完善的標準，甚至會盡其所能地透過長久的學習、背誦、教養，來服從紀律，棄絕愉悅，嚴厲地打擊惡行。[58] 在〈自我的技術〉（"Technologies of the Self", 1988）一文中，傅柯也指出「自我的技術」是自我管理技術中最為重要的一環：「使得個體得以透過他們自己的能力或是他人的協助，而操控他們自己的身體與靈魂、思想、行為與舉止，以便改變自身，進而達到愉悅、純淨、智慧、完滿與不朽的狀態」。[59]

這種「愉悅、純淨、智慧、完滿與不朽的狀態」，牽涉了一系列造就「主體／從屬」的規訓治理程序，也就是「日本精神」可以

---

[57] Foucault, Michel. "Introduction to 'The Use of Pleasure'," in *The Use of Pleasure: The History of Sexuality*. Trans. Robert Hurley. New York: Pantheon, pp. 5-6.

[58] 同前註，頁27。

[59] Foucault, Michel. "Technologies of the Self," in *Technologies of the Self: A Seminar with Michel Foucault*. Ed. Luther H. Martin, Huck Gutman, Patrick H. Hutton. London: Tavistock Publications, 1988, pp. 18.

保障台灣人「神人一致」的完滿精神狀態。[60] 這種「主體化過程」可以使皇民主體坐落於現代國家之中，以有機構成的模式成為皇國體之肢體。而這種將「修身」與國家主義合併的論述，也正是阿圖塞所強調的意識形態國家機器召喚主體之操作。阿圖塞（Louis Althusser）強調，意識形態透過國家機器來規範主體的價值標準與行為尺度。主體自發與自由地接受其服從之戒律，透過此接合，主體才得以完成。在主體成為主體之前，「辨識」此意識形態的召喚，被大主體辨識，是個重要的過程。[61] 因此，大主體的存在先於小主體的出現。小主體需要先發現此「獨一」、「絕對」、「他者」之大主體，才能夠確認要如何找到自己的位置，成為「道」的「身體之一部分」。[62] 這種有機組織與機械關聯的概念，使主體與皇國得以結合為一。

　　阿圖塞與傅柯所討論的主體，清楚地解釋了台灣的「本島我」試圖與「皇國體」認同與「合一」的工程。此「合一」便成為皇民主體的慾望基礎。這種「找到自己的位置」，成為「道／皇道」的「身體／國體之一部分」的暗喻結構，描述出此慾望如何使主體持續朝向目標邁進，嚴格執行修身紀律，以養成皇民精神，甚至棄絕愉悅，以便改變自身的身體與靈魂，達到純淨、完滿與不朽的狀態。

　　然而，「改變自身」，與國體「合一」，都是暗喻系統。這種召喚與合一如何在主體身上發生？牽引了什麼樣的心理機制與無意識

60　例如周金波的〈志願兵〉中明貴與高進六的爭論。

61　Althusser, Louis. "Ideology and Ideological State Apparatuses," in *Visual Culture: the Reader*. Ed. Jessica Evans and Stuart Hall. London, Thousand Oaks, New Delhi: Sage, 1999, pp. 321.

62　同前註，頁321-22。

動力，以及「柔順身體」之外的經驗？[63] 若要討論日本在台灣的殖民時期所進行的規訓治理，以及此治理程序所模塑出的國民意識與身分認同，我們可以建立這個歷史聯結的總體架構，從不同的角度無限地擴大搜尋不同領域所可以累積的新材料，例如日本的思想史、政治史、近代化的過程、天皇體制的形成、台灣教育制度的沿革、台灣總督府的文化政策、皇民奉公會的動員過程、戰爭文學的各種活動等等，進而建立相互關聯而客觀並行的亞洲總體歷史。但是，這些歷史事實與社會事實卻無法說明主體位置的迫切激情。若要進入此處所談論的認同機制中牽引的近乎宗教狂熱的迫切，以及其中的無意識動力，我們就需要面對皇民論述中的「精神現實」。這是摻雜了宗教熱切情感的神祕而唯心的精神能量，以及意圖剷除不屬於「我們」的無意識激烈暴力。後文會繼續討論此處所提到的宗教熱切情感，以及神祕唯心的吸引力，不過，我們需要先繼續處理此神聖論述的操作技術，也就是「國語」的問題。

　　在皇民論述脈絡中，「心的改造」是核心步驟，而「國語醇化」則是必要的過程。長崎浩說，「國語是日本精神的血液，一定要使國語普及、純化不可」。[64]陳火泉的〈道〉便強調，全面執行日本生活形態，從服飾、住居佈置、宗教儀式、茶道、花道、劍道等，所

---

63 霍爾（Stuart Hall）也認為傅柯的說法不足以說明身體的「物質殘餘」，以及身體之成為意符的現狀，見 "Who needs 'identity'?" in *Questions of Cultural Identity*. Ed. Stuart Hall and Paul du Gay. London: Sage, 1996, pp. 11。霍爾指出，馬克思、阿圖塞、傅柯一直都無法解釋個體如何被召喚到論述結構之位置中，也未解釋主體如何被構成。雖然晚期的傅柯指出了自我規範、自我模塑之自我技術，霍爾仍舊注意到自我認同（或是不認同）的召喚機制的無意識層次未被討論。霍爾指出，傅柯對於知識權力的批判，使得他不願意進入精神分析，而無法進入無意識的討論，見 "Who needs 'identity'?"，頁14。

64 周金波，〈關於徵兵制〉，頁239-40。

展現的「日本精神」仍舊是不夠的。除了「繼承日本族的生活形態」，「國語」的徹底內化更為重要。王昶雄的〈奔流〉中的伊東便擔任國語教師，言語舉動完全變成了日本人，說話的腔調也令人完全無法辨識到底是日本人還是台灣人。所以，所謂「徹底內化」，便是「用國語思想，用國語說話，用國語寫作」，以便能夠實現「作為國民的自己」，以及期望「作為一個國民生命的生長發展」。[65]

　　國語是「精神血液」，這是當時普遍的認知。陳培豐的研究顯示出，昭和16年（1941）台南師範學校國民學校研究會所作成的「國民科國語」論文集中，大量出現了「大和魂」、「祖先」、「日本人的血與肉」、「國民如同一身一體」、「使用了日本語之後我們才能變成真正的日本人」等修辭。但是，國語普及以及國語的精神化問題，也並不是戰爭期間才開始的概念。昭和2年（1927）的《台灣教育》中一篇鈴木利信所寫的「國語普及問題」的文章中，出現了「國語的力量是民族的力量，國語是異民族教化的唯一且是最好的武器」，若不常使用國語，「國語便永遠不能成為自己的血肉，這個血肉便將一直處於不完全的狀態」。[66]台灣教育會會員李炳楠在昭和6年（1931）一篇「就有關國語普及問題」的文章中，也強調「心的無限定性」、「國語是同一國民所共有之物」、是「國民的血肉」、「國民精神的象徵」。[67]陳培豐也指出，這種以國語為「精神血液」、「國體的標識」的概念，是由上田萬年於1894年所提出的。上田萬年構築了「國語‧國民‧民族」三位一體的國語思

---

[65] 陳火泉，〈道〉，頁33。

[66] 〈走向一視同仁的日本民族之「道」──「同化」政策脈絡中皇民文學的界線〉，頁9。

[67] 同前註，頁9。

想，使日本的國語成為大和民族「共同體意識的統合象徵」。[68]而這些有關國語是「精神血液」的觀念，普遍出現於日據時期的教育論述與人民意識層次中。

因此，「國語」原本屬於技術性的問題，但是，在「錬成」與「醇化」論述中所強調的「國語運動」，卻進入了觀念層次的唯心法則。我們注意到，其實這些修辭的背後，國語已經被賦予了超越其本身使用價值的精神意義。也就是說，國語運動論述所運作的，是其中的符號意義，牽引了意識形態的架構。此處所討論的意識形態屬性，隱藏了神學三位一體的神聖論述：民族／天皇／國家已經成為對等項，如同聖父，而國語則是聖靈，個體可以透過國語而獲得精神血液，如同擁有聖靈一般，而成為國民，並且參與日本民族的神聖體。在這種神學修辭的背後，更值得我們注意的，是架構於神聖論述之上的認同對象——上田萬年所說的「共同意識體」。此認同對象因為被神聖化而成為非實質化的精神構築，也因此可以不被限定，更為理想，無限擴大。同時，正因為此對象之無限與絕對，此對象也被固定，而不容許變化生成的異質成分。

這種精神建構所揭露的面向，在於精神的提升，也就是陳火泉在〈道〉中所說的「信仰」的問題。這個信仰，陳火泉說是一種「飛躍」，如同進入「神的世界」：「信仰日本神話，祭祀天照大神，獻身皈依於天皇」。[69]而且，這種信仰需要「自我消滅」：「拋棄人間一切東西，飛躍於神的世界」。這個飛躍「不需要時間，只要把過去的東西溶入於我們之中，使它變成無時間性的東西」，主體馬上就會成為皇民。[70]陳火泉又繼續提出，以「念通天」的原

---

[68] 同前註，頁6。

[69] 〈道〉，頁24。

[70] 同前註，頁23-24。

則，「用精神的系圖來和天賦的精神——大和精神交流」。[71]這個精神系圖的說法，超越了血緣系譜的限制；而這種飛躍與信仰所要求的是「誠心誠意」，也就是「心」的問題。此處，日本精神與皇民精神的唯心與神祕性格便出現了。[72]

　　這種在民族／天皇／國家與「共同意識體」之間建立起來的對等式，使得「信仰」、「心」與「精神系圖」的工作所造就的，是一種具有明顯神聖論述性格的國家神話。陳火泉的〈道〉也指出，台灣的皇民運動正朝向「新的國家」與「新的神話」邁進，而參戰則是必要之途：「今天，在南方，新的『國家』在產生；新的『神話』在流傳著。除了此時此刻，我們六百萬島民悉數不變成『皇軍』，什麼時候我們才能作為『皇民』而得救呢？就在這時，為君捐軀，就在此時了。」[73]捐軀是得救的起點，原因是此捐軀，犧牲自己，是成為皇民的機會。此犧牲，除了奉獻生命之外，還需要清洗自身之內的不潔之心，以完成這個國家神話的論證邏輯：以「心」的淨化成就「日本精神」，以便建立「新的國家」，而大東亞共榮圈則是清除夷狄的聖戰。然而，這不只是清除非我族類，更是清除我自身之內的「夷狄之心」：「討夷、攘夷，而且非清除夷狄不罷休，這種精神，是的，這種為當代天皇攘夷，洗淨夷狄之心的精神，這就是日本精神。」[74]張文環更提出「皇民鍊成」的軍事訓練或是修鍊活動，可以「提升淨化」島民的意識，像是「過濾器」：「像一種漏斗，經過漏斗淨化後就成為乾淨的水」，如此，「污濁」

---

71 同前註，頁31。

72 此處，我們反覆看到小林善紀如何使日本與台灣三、四〇年代的論述在他的《台灣論》（賴青松、蕭志強譯〔台北：前衛〕，2001）中復活。

73 〈道〉，頁40。

74 同前註，頁21。

的水流就會在此被「切斷」而成為「淨水」。[75]「切斷」便成為改變自身的必要動作，而「乾淨」更是自我的理想形式。

因此，海德格所說的朝向現代技術之座架躍升，阿圖塞所說的成為「道」的「身體之一部分」，以及傅柯所說的「改變自身，進而達到愉悅、純淨、智慧、完滿與不朽的狀態」，在皇民論述中，都匯聚在「心」之改造，洗淨夷狄之心，以及「切斷」過去「污濁」的我，以便得以進入一個神性的世界，完成其國家神話。

皇民化神聖論述中的公與私、清潔與排除

國家統治權的神聖化論述所引發的心的改造，犧牲，其實牽涉了我他之分，也就是公私之分。因此，在皇民化論述中，精神狀態要靠改變自身而達到提升的力量。皇民化論述強調要透過「滅私奉公」的概念，以便參與日本精神，這也就是小林善紀所說的李登輝所展現的「捨私為公」。此處，日本精神的問題便銜接到了國民主體的認同問題。小林善紀說，對於「我是什麼人」，或是「我存在的基礎何在」的問題，就是「個人的歸屬所在」的問題，也就是被翻譯成「自己同一性」的認同問題：「如果沒有個人的歸屬感，人類如何才能夠掌握倫理的分際？」[76] 對於小林善紀而言，個人的認同、存在與歸屬，以及個人與社會的倫理關係，只有在國家層次才會發生意義。「捨棄個人私利的自私心態，培養天下為公的精神，以國家利益為前提，才是日本需要的國族主義！」[77] 因此，「日本精神」所強調的捨「私」奉「公」，提示著台灣人在日據時期所選

---

[75]〈燃燒的力量〉，頁176。

[76]《台灣論》，頁58。

[77] 同前註，頁59。

擇的以「公」與「國家」為依歸的「現代性」主體位置——一個無我的「我」。

小林善紀這種以國家為個人認同的唯一對象，延續二十世紀初以降日本對於個人與國家關係的普遍認知。酒井直樹曾經指出，日本兩位主要的哲學家 Kôyama 與 Kôsaka 於 1941 年在一個討論歷史發展與國家道德的圓桌論壇中，清楚表達主體依附於國家的概念。Kôyama 強調主體的道德力量應在國家，而不在個人。國家是所有問題的關鍵，無論就文化而言，或是政治而言，國家都是道德力量的核心。而 Kôsaka 也同意此種說法，並且認為民族本身並無意義；當民族擁有主體性時，自然便形成國家民族。沒有主體性或是自決能力的民族，是沒有力量的。[78]

這種主體與國家的銜接，是必須經過「自我的死」之過程的，就像是《台灣論》中的李登輝所說：「個人如果想過有意義的生活，必須隨時思考死的問題。我所說的並非肉體的『死』，而是自我的徹底否定」。[79] 從「自我的死」，躍升到朝向國家的歸屬，達到對國家的認同，是超越國家認同中「血緣」因素的必要項。小林善紀強調，形成今天日本人的主要因素，不是血緣，而是國土與語言：「血緣絕非民族認同最重要的因素，精神層面的傳承更為重要。」[80]

因此，小林善紀的《台灣論》中反覆出現的有關「日本精神」、「滅私奉公」、超越「血緣」、精神躍升等論調，其實反映出三、四〇年代日本國家主義論述的復甦，而這些國家主義論述在台

---

[78] 引自 Naoki Sakai. "Modernity and Its Critique: The Problem of Universalism and Particularism," in *Translation and Subjectivity: On "Japan" and Cultural Nationalism.* Minneapolis and London: University of Minnesota Press, 1997, p. 167.

[79]《台灣論》，頁 39。

[80] 同前註，頁 78。

灣的三、四○年代也普遍活躍。回顧當時的論述形態與各種文化教育政策之後，我們可以理解在這套論述模式之下的主體是如何被形構的。而且，更引人注目的，在於「公」領域不可質疑的神聖性格，以及牽連「公」所對照出的必須捐棄與排除的論述。

陳火泉在〈道〉刊出之前，在《台灣專賣》這份刊物上，也已經多次發表如何成為「皇民」，以及發揚「日本精神」的言論，例如：

> 日本精神的本質，就是以最高的、具有中心與絕對性之目的的價值的皇位為核心而發動，然後在這個核心中統合。而且這種精神的本質主體，非清明心莫屬。（〈勤勞賦〉，1939 年 10 月[81]）

> 捨命生產為聖戰　如此獻身亦殉國
> 淨邪氣除魔障　灑熱血成聖業
> 天皇陛下萬歲聲　專心稱頌是日本民（〈日本國民性讚歌〉，1940 年 10 月[82]）

能讓日本國民為他生為他死的人，只有天皇。能高喊天皇陛下萬歲，慷慨就義的人，只有皇民。能以身殉國的人，只有日本國民（〈我的自省語錄〉，1940 年 11 月[83]）。

國家的統治權，建立在一種「國體」與「天皇機關」的論述之上。天皇居於最高的、具有中心與絕對性的核心位置，有如首腦，

---

[81] 引自垂水千惠，《台灣的日本語文學》，頁 79。
[82] 同前註，頁 81。
[83] 同前註，頁 82。

而這個核心位置所發動的價值系統以同質化的運動統合了整個國家。皇民論述中的華夷之辨則攀附於神聖與魔障的對立修辭兩軸，並且牽連了清潔與污穢、正與邪、公與私、新與舊、秩序與混亂、剛強與陰柔、激烈與虛弱等一系列的區分模式。對立軸的區分與執行，便成為了皇民論述中必要的正反兩面工作。

　　因此，我們也看到，皇民論述充斥著具有法西斯性格的參與聖戰、參與國體、和群體結合、成為群體之一部分、成為天皇手足並執行其排除夷狄意志的渴望。這種與群體結合的渴望，實在讓我們想起中國二、三〇年代的浪漫理想分子，例如郭沫若。[84] 在〈關於徵兵制〉的論壇中，神川清說，當「一億國民拜受宣戰的聖旨時，就感受到日本國家皇民體制。那就是超越政治上、思想上的對立，整個國民要一口氣地一起拋棄個人立場而來的一切言行舉動。不是個人管理自己規律，而是國民全體由高高在上的一人，在他的一聲之下規律全體的這種感動」。[85]

　　張文環也曾經表示，他參觀霞浦軍校而見到日本人集團生活時，十分感動，表示「本島人缺乏集團生活的規則、約束的美」，而他參觀新竹州與楊梅莊的青年運動時，也表示希望集團「軍事教練」的生活秩序能夠發展為「社會秩序」。[86] 其實，若就當時整體社

84　見《心的變異》一書中之第六、七章。

85　周金波，〈關於徵兵制〉，頁236。

86　〈燃燒的力量〉，頁176。柳書琴表示並不了解張文環所提出之「集團生活」發展為「生活秩序」與「社會秩序」的意思，並試圖藉由陳逸松事後口述的說法「我如果能夠把五千人的精神紀律訓練出來，將來有一天我們也可以自己組織軍隊，這是很好的磨練機會」來解釋，是不充分的。此外，柳書琴認為，「在被殖民地被要求『模仿』或『複誦』殖民者的敘述時，殖民地的「說話人」卻往往多多少少地夾帶了另類的小敘述」，見〈殖民地文化運動與皇民化〉，頁22。此處，柳書琴試圖尋找夾帶的另類小敘述，大概是徒勞無功的。張文環顯然對於軍事訓練的集團生活充滿了熱切的憧憬。

會所瀰漫的右翼思想，以及戰爭熱情來看，張文環的說法是可以理解的。他的論述中的法西斯傾向是十分明顯的，而他所指的「生活秩序」與「社會秩序」，也是具有烏托邦性質的法西斯想像，而要以有機體統合貫徹的方式組織社會，建立秩序。[87] 張文環甚至指出志願兵制度在短時間之內使得台灣「國民精神」昂揚，「島民意識」成為日本國家意識，這種清楚的國家意識是凝聚大眾意志的主要紐帶。因此，對於群體與集團生活的渴望，對於鋼鐵紀律的嚮往，是現代國家集結民眾熱情、建立國家意識，以及規範社會秩序的極端形式。

　　「國家」與「日本國體」成為所有集體想像的基礎，而天皇則是匯聚此集體力量的樞紐。張文環說，國家如同機械，需要有「靈魂」，才會活動。「大和魂」便是這個使機械活動的力量，而此力量，使得日本人鍛鍊成了「鋼鐵般的堅定意志」，而戰爭則成了「靈魂戰」。[88] 個體熱切地渴求與「群」合一，與鋼鐵一般的力量貼近，共用「群」的意志，下一步則是依照此「群」的區分，打擊毀滅不屬於此「群」之系統的雜質。張文環的文字更呈現出了建立新文化的堅定激越，以及破壞舊有制度的激烈快感：「為了改建才要破壞的話，雖然必須聽到轟然倒下去的悲鳴，但是這原則還是快樂的。男人是不能因此而怯懦。要建設新的家庭，就要把舊家庭的污濁一掃而去」。[89]

87　日本的法西斯，可參見林正珍的《近代日本的國族敘事》（台北：桂冠，2002）；楊寧一的《日本法西斯奪取政權之路》（北京：北京師範大學，2000）；以及近代日本思想史研究會的《近代日本思想史》卷一（馬采譯〔北京：商務，1992〕）。

88　〈不沉沒的航空母艦台灣〉，頁158。

89　〈一群鴿子〉，頁104。對於戰爭毀滅與殘酷的描寫，對於皇民文學來說是具有積極意義的。周金波在〈皇民文學之樹立〉一文中便指出：「眾所周知的，我們台灣可以說是大東亞共榮圈的一個縮圖。大和民族、漢民族、高砂族之這三個民族，公平

　　這種破壞與建設，對於張文環而言，是屬於「男性」的必然責任。他說，「既然生為男人，與其死於精神衰弱或患病死在床上，不如扛著槍去戰場殉職，那是多麼雄壯又有生存的價值啊！」因此，「赴戰場的熱情」，是屬於「男性的意欲」，而那些可以於一夕之間把英美軍隊「從東洋趕走的我國皇軍」，則清楚地向世界顯示了「東洋人的科學力和精神力」。[90] 1942年當張文環談論女性的問題時，更直接指出，國家要求「國民總動員」，文化改革成為重要的問題，而「女性的文化運動比什麼都重要」，既需要「負有跟男性一樣的任務」，又仍舊需要有「強力母性愛」，「捨己奉公」，不能夠耽溺「虛榮」。[91]

　　因此，要捐棄與泯滅的，是屬於羸弱、私人、陰柔、虛榮的舊世界，要建立與迎向的，是屬於剛強、公有、男性的新世界。張文環認為，徵兵制度實施後，青少年要被磨練得更為堅強，有著「剛進水的鋼鐵軍艦的威勢，不怕激浪而突進」，更需要「痛感於身為世界裡的一名日本人的使命」，「燃燒著替天打擊不義的火焰」。[92] 陳火泉的〈道〉也揭示：「生與死兩者之間擇其一，就是速速安頓

地在天皇威光之下共榮共存，現在就這樣，三位成一體達成聖戰而協力向前邁進。在文學的世界要揚棄以往僅有的外地文學，異國情趣的趣味性，由此亦可見文學欲描寫在殘酷的決戰之下之整個台灣的真正面貌的積極態度。」（原載《文學報國》3期〔1943年9月10日〕，詹秀娟譯；後收錄《周金波集》〔台北：前衛，2002〕，頁231-32）

90 〈一群鴿子〉，頁104。

91 〈關於女性問題〉，原載《台灣公論》，1942年8月號，陳千武譯；後收錄《張文環全集：隨筆集（一）》卷6，陳萬益主編（台中：台中縣立文化中心，2003），頁122。

92 〈寄給朝鮮作家〉，原載《台灣公論》，1943年12月；陳千武譯；後收錄《張文環全集：隨筆集（一）》卷6，陳萬益主編（台中：台中縣立文化中心，2003），頁190。

死這方面而已。」而這選擇，是站在「歷史的關頭」，要創造「血的歷史」。[93]

此處，我們清楚看到了這些皇民意識中的「男性論述」是被架構於戰爭美學化，以及犧牲美學的思維模式之上的。這是一種從神聖到污穢的區別光譜。皇民論述很顯然地利用了神聖的修辭，將「國民」為天皇奉獻犧牲而捐軀的說詞正當化，進而戰爭也被美學化。其中，毀壞論述以及對於戰爭的期待開始浮現。在此毀壞論述中，戰爭可以帶來新的世界，新的組織與統合，文化的革新與躍進。陳火泉的〈道〉也呈現了這個透過毀滅與死亡而帶來新生的激情特質：「有些人擔心戰爭會拖長，但越拖長國內革新執行得越十全。」因為，那不僅光指統治與組織的強化這方面，甚至把每個國民作為「人的資源」的身體納入「人格的統一」而加以統合，也就對「文化革新躍進這方面可以見到新的開展」。[94] 死亡、毀滅，是為了被納入統合同質的同一體，帶來另一種新生。

這種將戰爭美學化、浪漫化的論述，其實是鑲嵌於在日本的法西斯主義流派論述中的。保田與重郎（1910-1981）在三、四〇年代不斷鼓吹所謂「作為藝術的戰爭」，將戰爭看成是日本的「精神文化」，並視日本出兵中國是日本在二十世紀最「壯麗」、最「浪漫」的行動，而大陸是「皇軍的大陸」，是「嚴整的一體」，是「新的面向未來的混沌的母胎」。[95] 同時期的武者小路實篤（1885-1976）也透過《大東亞戰爭私感》發表突襲、肉彈、捨身的死亡美學：「我

---

[93] 〈道〉，頁40。

[94] 同前註，頁35。

[95] 保田與重郎擔任《新日本》雜誌社的特派員，旅遊中國東北、華北、北京、天津，寫下遊記《蒙疆》，發表了這種戰爭美學論點。可參考王向遠，〈日本文壇與日本軍國主義親華「國策」的形成〉，《「筆部隊」和侵華戰爭：對日本侵華文學的研究與批判》（北京：北京師範大學，1999），頁11-14。

讚美為了超越死亡的東西而從容赴死。這是最美的死,也是超越生的死」。[96]

　　張文環的文字清楚顯示出此種壯麗的戰爭美學。此外,皇民論述還凸顯出道德位置上的正確,對比於「不正的殘虛的英美」,以便更顯得出聖戰的「激烈」與「華麗」。[97]這種將英國與美國放置於邪惡的論述位置,明辨正邪與善惡,區分光明與黑暗,而將敵軍惡魔化的論述,是四〇年代右翼而法西斯式烏托邦思想的特色。當時在日本盛行一時的反猶太思想的「猶太研」也呈現相當具有代表性的法西斯論述。從留日台灣學生葉盛吉在明善寮的日記中,我們清楚看到了這種法西斯心態的修辭模式。[98]「猶太研」主張「破邪扶正」和「尊王攘夷」,並強調建立「世界觀」,建立個人、社會、國家和世界的關係。猶太研將猶太教視為黑暗的敵人勢力,必然需要滅亡,而天皇則是光明:

　　　　不認識日本神道的體系,就看不清猶太教的面目。猶太教與
　　　　神道是絕對絕緣的,但是因為其他宗教都不行,只有從神道入
　　　　手,才能看清猶太教的實質。[99]

96　同前註,頁17。

97　〈燃燒的力量〉,頁181。

98　這種法西斯式的思考模式,在同時期的日本更是思想主流。就以一個當時留學日本的台灣學生葉盛吉為例,葉盛吉1923年出生於台南新營,1941年留學日本。希特勒是他的英雄。在往東京的火車上,他寫下日記:「我要好好兒幹了。英雄希特勒。看吧。今後十年,我要大幹一場。」見楊威理著,《雙鄉記》,陳映真譯(台北:人間,1995),頁43。當時,他加入了二高明善寮,當時正是皇民化運動在日本也如火如荼展開的時候,高中生激烈思考辯論閱讀的書,都是有關神道與納粹的書,以及《皇國日報》,見頁109。

99　同前註,頁102。

光明出現，黑暗就會消失。也就是說，黑暗原本是一種非存在。光明與黑暗的關係，猶若日本與猶太的關係。這個一個根本的問題。[100]

日本是個絕對的存在。而猶太則是否定性的，因此它必定自行滅亡。[101]

葉盛吉的日記中記載當時奧津彥重發表「這次大戰和猶太問題」的演講內容：

猶太人相信自己是神的兒子，而他族的人都是惡魔的子孫。
猶太人乃惡魔，非人也。
過去和現在的一切惡事都是猶太人幹的。太平洋戰爭也是猶太人陰謀策劃的。
猶太人通過共濟會等祕密組織控制著全世界。孫文、蔣介石都是共濟會的成員。孫文的三民主義只不過是共濟會的支那版（中國化）而已。[102]

「猶太研」以善惡二分的方式將世界區分為正與邪，光明與黑暗，甚至孫文、蔣介石都被他們歸類為與猶太人互通的祕密組織。面對此惡魔世界，明善寮的學生都有一種激情，希望將「神州粹然之氣」都集中到明善寮，「形成左右全國的力量。明善寮將為大東亞戰爭而以身相殉。」如此，就可以將粹然之氣，以及光明與仁道

---

[100] 同前註，頁101。
[101] 同前註。
[102] 同前註，頁99-100。

帶到世界。[103]

　　以神聖與惡魔對立所進行的清潔與排除工程，以及建立在浪漫化與美學化的戰爭修辭，以及滅私奉公的論述，牽涉了一種絕對信仰的邏輯，或者是施淑所謂的「中世紀意義」。施淑曾經指出，在滿州國擔負著「前衛作用」的大東亞文學，清楚呈現了「禮讚鮮血、民族仇恨、愛這塊土地」的熱情：「整個東亞的民族，在昨日結成了血的盟誓／殲滅宿敵！擊盡美英！／勿忘祖先們百餘年前忍受了的仇恨」，[104] 以及宣誓廓清「英美的毒氛」、剔除「腐敗的物慾」、歸復「健康的秩序」的精神意志。[105] 施淑因此指出，這種把自己的毀滅體驗為至上審美愉悅的法西斯政治，是具有「中世紀意義」的。[106] 所謂中世紀意義，其實就是一種不須要檢驗的絕對神聖命令。這種絕對命令，可以承諾神聖，召喚犧牲。沒有任合理性思維可以介入此絕對命令的領域。

---

103 葉盛吉在1944年明善寮辯論大會獲得一等獎，他的講詞相當充分地呈現了當時普遍的氛圍：他強調弘揚求道精神，以及建設大東亞，推進這種精神：「這道，在我國來說，就是唯神之大道，天皇之大道。……明善大道，就是天皇之道，是由此而產生的護國精神、為國獻身的精神。我確信，只要具備這種精神，我們就一定能夠成功地建設大東亞共榮圈。我們要在大東亞各民族共同合作之下，意識到自己就是中心的推動力量。為了創造新的文化，先決條件是要讓東亞各民族自主地、自發地同我們合作。我確信，衝破目前這種困局，要在下一個時代中把火焰燒得高高的，那就需要一種動力。而只有闡明國體之意義，依信仰而活，為唯一真理勇往直前，生活在激昂壯闊的氣息中，只有這樣才能夠產生這種動力。」見楊威理，《雙鄉記》，頁88。

104 見田兵的〈決戰詩特輯〉，原刊《藝文志》1卷2期（1943年12月〔康德10年〕），頁25-39；引自施淑「大東亞文學」在「滿州國」〉，《文學、文化與世變》，李豐楙編（台北：中央研究院中國文哲研究所，2002），頁625。

105 見爵青、田瑯的〈談小說〉，原刊《藝文志》1卷11期（1944年9月〔康德11年〕），頁4-18；引自施淑，〈「大東亞文學」在「滿州國」〉，頁631。

106 〈「大東亞文學」在「滿州國」〉，頁631。

神聖論述的犧牲與交換

　　因此，當我們面對有關犧牲的問題：面對歷史，面對選擇，天皇子民的身體為何不屬於自己，而屬於君王？「一旦有事，為君捐軀，是以此身，豈可虛度？」[107] 若我們要問：所謂「自我的死」為何必然要發生？為何有那種強烈的熱情促成此精神的躍升？為何需要此主體為此崇高對象犧牲捐軀？ 我們其實便面對了這個神聖經驗與絕對命令的問題。

　　這種朝向神聖的投射與犧牲自身，失去自身，是具有絕對的吸引力的。牟斯（Marcel Mauss）曾經說，餽贈的行為「表面上看似乎人人自動自發，全不在乎自己的好處，實際上卻是出自身不由己的義務，而且是利己性的」。[108] 皇民的犧牲捐軀，將自身贈與天皇，為何是身不由己的呢？為何是利己性的呢？將自己捐贈出去，交換到了什麼利益呢？

　　有關宗教情感中的神祕激越狂喜的經驗，奧托（Rudolph Otto）在《論神聖》（*The Idea of the Holy,* 1917）一書中曾經說明這是相對於一種尚未命名、無法以理性語言界定的「神祕者」（thenuminous）的主體經驗。這個神祕對象是一個「完全相異者」（the Wholly Other），具有一切、完整、不可戰勝、無法抗拒的特質，而使人產生立即的恐懼的，以及伴隨而來的自我泯滅、我是「零」的感受。而此令人驚恐、畏懼、戰慄的對象更會引發著迷、想要認同合一以達到狂喜的慾望。[109] 我們注意到，奧托的論點明顯的反映了德國浪

---

[107] 陳火泉，〈道〉，頁23。

[108] 《禮物：舊社會中交換的形式與功能》（*The Gift: Forms and Functions of Exchange in Archaic Societies*），汪珍宜、何翠萍譯（台北：遠流，1989），頁12。

[109] 《論神聖：對神聖觀念中的非理性因素及其理性之關係的研究》（*The Idea of the Holy*），成窮、周邦憲譯（成都：四川人民，2003），頁25。

漫主義的痕跡，不過，奧托也說明，不同情感現象便是不同系統的圖示化（schematization）與圖解（elaborations）。皇民論述中的躍升與犧牲，也便是在此特定文化體系之下展開的類似模式。

至於神聖經驗中的犧牲，巴岱伊（Georges Bataille）曾經更為精闢地分析過，犧牲的意義在於贈與，是將完整的自我贈與神／君主，以便透過離開此俗世，參與神／君主的世界，與此完整合一。因此，犧牲便是透過「失去」而捕捉「神聖」。巴岱伊說，人們所追求的，永遠不是實質的對象，不是聖杯本身，而是一種精神。人的根本狀態是處於虛無之中的，也因此而畏懼孤單，並渴求與某個精神對象溝通聯結。人在空間中投射出神聖與豐足的影像，便是為了滿足此渴求。[110] 因此，「神聖」是與更大的對象結合而達到宇宙一體的狂喜瞬間，是經歷共同整體的痙攣時刻。[111] 若將主體對於統治者的臣服與犧牲放在這個脈絡，以及其中摻雜的宗教性狂喜，我們便可以理解台灣人身處皇民位置的內在精神過程。這種非功能性與非生產性的禮物贈與，尤其是透過參戰的行動而獻出自身，是一種揮霍，一種消耗，並且牽涉了一種毀滅與失去的慾望，以及要消耗棄置的快感。犧牲自己，失去自己，是神聖的起點，獲得的是與神聖結合的狂喜。[112]

110　Georges Bataille. "Labyrinth," in *Visions of Excess: Selected Writings, 1927-1939*. Ed. and with an Introduction by Allan Stoekl. Trans. Allan Stoekl. Minneapolis: University of Minnesota Press, 1993, pp. 173.

111　Georges Bataille. "The Sacred," in *Visions of Excess: Selected Writings, 1927-1939*. Ed. and with an Introduction by Allan Stoekl. Trans. Allan Stoekl. Minneapolis: University of Minnesota Press, 1993, pp. 242.

112　Georges Bataille. "The Notion of Expenditure," in *Visions of Excess: Selected Writings, 1927-1939*. Ed. and with an Introduction by Allan Stoekl. Trans. Allan Stoekl. Minneapolis: University of Minnesota Press, 1993, pp. 116-29.

　　因此，在皇民化論述中，「滅私奉公」與「為君捐軀」是必要。[113] 在國家神話的架構下，加入志願兵，為天皇奉獻犧牲，對於台灣人而言，是一種象徵交換，可以獲得「拯救之道」的恩賜。[114] 張文環也表示，對於台灣人而言，這是一個「好不容易成為完整的人」的機會。[115] 志願兵制度與徵兵制度是天皇所賜與的禮物，當天皇機關辨識出了台灣人之為「皇民」的身分，台灣人也因此被辨識而感恩。因為台灣人有機會參與聖戰，捐贈自身，透過死，重新獲得的，是成為皇民、參與神聖的機會。「領袖」或是「天皇」便是無盡給予的神聖豐足的理想替身。

　　「皇民我」之心的改造工程便在這種神聖體驗中達到此理想的溝通，而主體的身分認同亦於此完成。

---

[113] 陳火泉，〈道〉，頁 23, 41。

[114] 同前註，頁 24。

[115] 〈不沉沒的航空母艦台灣〉，頁 159。大東亞戰爭的爆發，對於多數人而言，戰爭情勢反而更為明朗而樂於接受。因為，這便將日本的參戰從侵略者轉變為將英美從亞洲驅逐的聖戰。一貫反對日本侵略中國的竹內好卻表示支援大東亞戰爭，便是一個清楚的例子。見孫歌〈竹內好的悖論〉（《亞洲意味著什麼？：文化間的「日本」》〔台北：巨流，2001〕，頁 143-292）一文中的討論。

附錄

資源與通識文學教學

李家沂

導言

　　長久以來，人文科的傳統教學方式，多以演講方式進行，授課老師以其豐富學養，或者編成講義行之文字，或者整理重點羅列腦海，藉口傳方式傳授學子。文學教育多也循同樣模式進行，或者進行作品生成時代背景補充，或者深入文字架構組織，嘗試誘發美學層次賞析。人文科和其他學科的基本差異，常反映在教學模式的不同。人文學科普遍而言，需長時間浸淫濡染，以累積必要的基本功夫。若就文學學習而言，除了對作品的閱讀與了解，也需廣泛涉獵作品的時代脈絡，文類的交互影響，歷史的傳承或者斷裂等等。人文學科基本上所關注者，乃符號、思想、與客體世界三者間的互動頡頏及衝突撞擊，貫穿其間並非對能夠化約為數字之抽象真理的索求，主要為對人心人性的摸索詰問。因此類似科學上藉由與物質世界的對照，檢驗解答真偽的方法，在人文學科的領域裡，常帶出更多的曖昧模稜，難以解答一切問題。此也為人文學科教學方式上，較難以客觀實驗方式，而多以演講授業進行的主要原因。

　　傳統的演講方式，雖能扣合人文學科特色，但較屬單向式教學。教學過程中，仰賴授業老師其學養知識與口語表達間，轉換傳意的技巧。演講式教學的成敗常繫於老師的表達能力，及其是否有能力活化思想與口語符號間，必然存在的差異裂隙。此種教學方式，常內含流沙式的危險，即授業者於演講長時間的獨白中，易陷入非我掌控口語符號表達思想，而是被符號漸漸牽引，進入抽象符號的封閉世界的窘境。此即非我在說話，而是話在說我的流沙困境。這多少說明了演講式教學，常會使學生感覺被授業者的符號世界摒除在外，而與授業內容的聯繫斷裂，失去注意力的原因之一。

　　此外單向式教學也欠缺一定的互動性。雖然人文學科的深度仰賴資料的累積整理，然而學科關注的根本仍是人的問題，在整體化的知識系統裡，必須同時考量難以化約的個體殊性。學生即使學養方面不及授業者，並需仰賴授業者的引領指導。但學生作為一個個體，所感興趣甚至有所感受者，並非與人文學科關心的課題相左。特別是通識文學教育旨在藉助文學作品之賞析閱讀，探索人心人性諸種面向。因此除了對於作品縱、橫脈絡的掌握，以豐富學生對於作品的知識外，學生以其個體的存在樣態，與作品交相撞擊而產生的思維走向或者感性起伏，也值得賦予管道予以釋放、收集、與討論。單向式教學雖能夠藉助報告或討論，達成類似目標，但多限於課堂內，並必須在授業者的專業演講與學生的個體抒發間，為取得平衡點，受制於時間的分配，無法全面發揮互動性，以豐富通識文學教育。

　　網際網路的興起與廣泛應用，針對人文科的單向式教學，特別是通識文學教學這方面，能藉由科技介面的輔助，補足單向式教學所缺，卻同時保持演講授業的專業指導，值得我們多加注意與挪用。本篇文章將從個人的觀察角度與實踐經驗，彙整出可能的路徑，利用科技架構為通識文學，甚至更廣泛的人文學教學，提供未

來豐富教學層次的參考。

　　文章主要分為「資料蒐集」與「互動式平台」兩部分，概述網路資源與介面，如何在不同層次的實踐上，輔助通識文學的教與學兩個面向，即在授業者（負責教的這方）的專業知識上，網路能夠提供的資源類型與管道，以及對於學生（學的這方）的學習上，如何透過網路介面的幫助，使之更具互動性。本文旨不在廣泛蒐羅網路上一切可能挪用的資源，編成一篇如同黃頁導覽的條列項目。而在藉由對某些資源較為深入的觀察探討，並予以概略分類，藉此掌握網路資源不同類型的屬性，了解其優點與疏略之處，及其在實踐上需留意之處，以提供授業者未來有興趣結合網路資源時，即使面對文中未提及的網路資源或介面，也能有效掌握其特質，以作為教學實踐上，挪用網路資源的參考。

資料蒐集（information retrieval）

搜尋引擎

　　搜尋引擎就網路應用言之，接近字典功能。如同讀者面對陌生的字想了解其意義時，第一個接觸的介面便是字典；在網路上查找資料時，搜尋引擎也多是查詢介面的首選。目前搜尋引擎仍不斷研發技術，希望能以更智慧的過濾方式，不會在使用者在鍵入關鍵字後，出現上百甚至上千條搜尋結果。技術面的研發，端賴人工智能的開發運用，可以有效判別關鍵字彙的類目環境，幫助使用者過濾掉不相干的搜尋結果。雖然搜尋技術仍有待改進，但目前搜尋引擎均提供進階搜尋環境，讓使用者提供較詳細資訊，幫助引擎更貼切找到使用者想要的資料。

　　目前網路上幾個主要搜尋引擎，如 Yahoo、Hotbot、Google、Openfind 等，使用率均很高，並且漸漸結合其他相關服務，甚至與

其他網路資源類型結盟，或者併購，形成龐大的商業體系。其中某些這類加入的資源，也將與通識文學教學有所相關，會在文中適當處提及。

目前Yahoo已和GeoCities及台灣的奇摩結合，Google近日也併購網路近年興起的日誌服務中之佼佼者Blogger，Hotbot則與另一主要入口網站Lycos結合並統合Tripod的個人網頁服務，Openfind則是國內搜尋引擎先驅，如蕃薯藤入口網站便由Openfind引擎來架構。此外這些搜尋引擎也積極開發商用企業內部知識庫的搜尋介面市場，幫助企業體有效利用內部資料庫。

搜尋引擎內容一般來自兩個管道。一為網頁建構者自行至搜尋引擎網站，選擇適當類別進行登錄。完成動作後，搜尋引擎將會釋出智能軟體（crawling bot），不定期至登錄網站爬找資料，一方面鑑定是否該網站確實存在，一方面期冀蒐集更多關於網站內容的資料，以便未來使用者在搜尋上，不會有所遺漏。這段觀察期通常會持續一段時間，若有架設網站並登錄搜尋引擎這類經驗的網管，便能從網站伺服器（HTTP server）的連線日誌（access log）裡，清楚看見智能軟體連入網站的時間紀錄，暫駐網站持續的長短，及其進行的各項動作。觀察期過後，登錄的網站便正式列入搜尋引擎內。然而智能軟體並不因此工作結束，通常搜尋引擎會言明，若持續多久一段時間，智能軟體無法探知網站存在，將自動刪除登錄的網站，以確保搜尋引擎的更新性。畢竟若使用者點按搜尋結果時，十個中有九個都已廢站，將會嚴重影響搜尋引擎的可信度。

然而僅靠建站者自行登入，無法廣泛蒐羅網路上的網站資源。因此另一方面搜尋引擎也會派出智能軟體，不斷在網路上遊走蒐集網站資料，持續更新資料庫。通常這類主動式的蒐集動作，仰賴網站首頁HTML碼內meta tag提供的關鍵字，以及網頁的文字內容來建構資料庫。因此網管也會在連線日誌裡，看見即使自己未進行登

錄動作的搜尋引擎，所派出的智能軟體連站爬找資料的紀錄。

　　就文學資料方面，上述第二種蒐集網站方式更具意義。因大多數自行登錄網站者，除了商業網站需增加可見度外，一般人文學科類別網站較無此習慣。因此搜尋引擎的主動式搜尋，能有效的蒐集例如學校老師的網頁，文學研究者的論文網頁，學生研究報告頁面，課程資料講義內容，以及文學愛好者的個人網頁，甚至一些已列入開放版權的文學文本等。許多這類網頁規模上算不上一個網站，卻仍有一定參考價值，藉由搜尋引擎主動式蒐羅，使用者，特別是授業者，在文學相關資料的查找上，便能在一般圖書館之外，另增一方便的資料蒐集方式。

　　然而由於搜尋引擎目前技術面使然，授業者在這方面仍須花一定時間，自行過濾搜尋結果，以找到相關的重要參考資料，特別是中文方面這類的網站頁面仍有待加強，因此搜尋出不相干結果的數量比例不低，為搜尋引擎使用上需注意的缺點之一。此外搜尋出來的網頁，在資料的正確與權威性上，也須授業者自行仔細判斷。例如開放版權的文本，常有誤植或闕漏處，須加留意。但網路資源具有個體抒發的資源共享特色，因此利用這類資源，仍可幫助學生更方便取得文本，或蒐羅其他授業者或研究者的心得，甚至了解其他學習者對文本的反應，以為攻錯學習或授課的參考。畢竟文學教育如前所述，個體屬性與作品交相撞擊產生的反應，仍具相當價值。搜尋引擎的查找結果就此而言，在所謂權威或正確性的要求外，仍具一定參考意義。

專業入口網站

　　文學的專業入口網站則是以特定作品、作家、主題、文類，或者時期架設的入口網站，旨在提供有興趣的讀者或研究者一個資料集散中心。除了該站所提供的資料外，也能以此站為起點，連入其

他類似性質的網站。底下將以「詩路：台灣現代詩網路連盟」為例，分述文學專業入口網站的特色，及其如何對於授業者或者學生產生輔助功能。

1. 資料蒐集

由於專業性入口網站鎖定某一特定主題，在資料蒐集上可以縮小範圍，建立資料深度，並剔除不必要的關聯性，因此具高度參考價值。

「詩路」由行政院文建會與國立東華大學數位文化中心合作，自1996年起，積極嘗試以系統化方式建置，並以電子數位形式保存台灣現代詩各項資料。由於詩此一文類，在當代文學潮流裡漸趨隱微，發表園地縮減，閱讀人口不大，加上資料散見各地與歷史文件難尋，因此透過數位方式予以保存，值得肯定。雖然詩於當今之世屬小眾文學，但對詩的閱讀、創作，或研究，有興趣者仍占一定族群，常苦於資料查找之不易，特別是現代詩早期詩人作品有些已經絕版，更遑論詩論、詩學等相關文件的散佚情形嚴重。因此「詩路」的建置對於詩的讀者、研究者、及授業者，能夠朝向提供一個全方位的現代詩網站，嘗試提供使用者 one total solution 的資料集散地。

2. 資料分類

專業性入口網站的專業性，多架構於網站對所蒐集資料進行的分類工作。分類類目可以得見網站對於資料掌握的專業素養，也能提供使用者在查找資料上，方便的導航性（navigatability）。

「詩路」網站將詩的資料分為「典藏」、「理論」、「詩論」、「詩刊」幾類。

「典藏」底下除以年代序排列現代詩詩人外，點選各詩人後，則有其他子類目，如「詩人作品集」、「詩人圖片集」、「詩人理論、評論集」等。以詩人周夢蝶為例，除詩人生平簡介外，也收有例如其〈牽牛花〉一詩手稿經數位掃瞄處理予以典藏的圖片。若詩

人除詩作外，另有對其他詩人作品的評論，或者關於詩學理論的發揚，也會收在適當類目下，這部分也會與網站大類的「理論」或者「評論」區，有所連結與重疊。至於大類的「理論」、「評論」區，則收有或者研究者，或者詩人本身這方面發表的相關文獻，對於詩的賞析、研究有相當參考價值。至於「詩刊」部分，則對台灣現代詩發展以來，許多投身發揚現代詩精神的各類詩刊，進行收藏、引介等工作。若該詩刊仍存在並有自己的網站，也可從此連結閱讀。

若以「詩路」來看，對於有興趣教授現代詩的通識文學教學者而言，可從該站提供的各項資料，豐富授業者自身資料的廣度與深度，特別是網站提供的許多資料，因散見各地或各書中，即使從圖書館搜尋，也難以在短時間完成的情況下，更見「詩路」的便利性。從「詩路」提供的資料分類而言，可見其嘗試建立現代詩文學史的縱深，與文獻橫向廣度的連結脈絡。

3. 其他服務

專業性入口網站因藉其存在，集結了對相同主題感興趣的使用者，因此更容易建立起社群基礎。文學入口網站的使用者於資料查找閱讀之餘，往往有與相同興趣者交換彼此心得，或者抒發創作的渴望。因此網站可藉由提供的加值服務，來凝聚使用者社群。

「詩路」在這方面，提供了電子郵件形式的電子報、隨身電子報（透過PDA平台），塗鴉區（供使用者發表詩作），談詩坊（討論區），站外連結等。不僅希望使用者能隨時了解網站資料的更新內容及進度，也提供了基本的互動式平台，讓使用者能夠互相分享心得。專業入口網站也可藉由站外連結，蒐集同類型的專業網站連結，豐富網站資源。

討論版（bulletin board or forum）在互動性方面雖遠不具即時傳訊（instant messaging）和聊天室（online chat room）的立即性，但對需要時間反芻思考的人文學領域，卻有較好的互動效果。與討論

版功能類似者，則屬電子郵件討論群體（listserv）。此為利用電子郵件服務平台，整合對相同主題有興趣者來建立社群組織。例如文學文化研究方面，Spoon便是可見度極高的例子，結合了針對不同主題（例如馬克思主義，精神分析，電影研究等）的研究群體，建立起互動的討論機制。文學研究者或授業者可藉由參與不同主題的討論，吸收知識並交換心得。

　　不過討論版與電子郵件討論群體在使用上仍有些微差異。討論版屬於主動式參與，即使用者必須定期登入網站，以了解目前討論狀況。其缺點在於，使用者必須時時提醒自己上站，久而久之常造成無形壓力，漸漸失去與網站的聯繫。電子郵件討論群體則屬被動式接受，由於不少使用者即使不上網站，每天也會閱讀並接收電子郵件，因此只需被動等待討論郵件發送至使用者端即可。然而這也是電子郵件討論群體的缺點之一，若熱門討論群體的郵件，常一星期便有近數十封的郵件量，且由於人文學領域使用者，常深思熟慮後方下筆為文，郵件內容長度不短，使用者在閱讀上很快便感受壓力，討論群體郵件常淪為垃圾郵件，最後便取消訂閱電子討論群體。反之，討論版由於參與之主動權在使用者手上，較容易控制上站閱讀時間或者頻率，反而易刺激使用者在討論版發表心得。

　　因此即使互動式研究平台，也會因其架構上而有不同的使用特色。文學研究或授業者，可在多了解各個機制平台的優缺點後，充分配合個人時間，透過專業文學網站或者專業的討論群體，利用網路資源活化授業方式與內容。

互動式平台（platform of interactivity）

　　文學教學實踐上，網路資源的運用除了提供資料蒐集管道，以輔佐授業者的教學需求外，更重要的，在於提供易於建立與管理的

互動式平台，讓授業者與學生之間，不僅可藉由網路的便利性，以數位形態的教學系統完成授業，也可於課堂外建立老師、學生間，或學生彼此之間非正式的討論溝通管道。底下將分別就遠距教學系統與個人平台兩類，探討互動式平台的運用。

遠距教學系統

　　現在國內各大學與學院均積極開發遠距教學系統，以補足或擴充教學上，師、生雙方面的需求。遠距教學系統的特色大約有以下幾點：

　　1. 學院階層體系建構

　　由於開發、設置遠距教學系統所費不貲，且系統平台運用不限特定學科，因此均以校級階層來設置管理。也因如此，遠距教學系統與底下將提及之個人平台不甚相同。由於花費龐大，必須時時驗收成果，且系統本身及屬於正式的課程體系，因此要求較個人平台來得高，性質也較為嚴肅謹然。

　　2. 系統要求

　　遠距教學系統基本上均需具備以下幾種服務系統，方能符合正式教學系統的要求。

　　a）註冊選課服務：以確實掌握學生人數，並能夠詳實追蹤學生上網停留的時間，暫留的網頁，和進入系統後的一切活動，以記錄學生閱讀（或閱聽）講義內容的使用狀況，以作為日後評分標準。

　　b）呈現平台：以讓授業者的講義內容、補充資料，或者錄音錄影等，以數位方式保存、呈現，或者播放，供學生使用。學生的報告也可在此呈現以為評比。

　　c）評分系統：可藉由追蹤學生於教學系統裡的活動記錄，提供客觀的運算方式以記錄學生的成績，並提供授業者方便的登入管道以更新成績。

　　d）互動服務：提供討論版、聊天室、即時通訊、電子報、電子郵件討論群組，或視訊會議等系統服務，補足遠距教學系統可能流於過度單向式的教學方式。例如可透過聊天室，定期定時要求學生必須上站，與老師進行即時通訊的討論，或藉由電子報隨時通知學生資料更新或其他課程要求等。

　　3. 評估

　　由於遠距教學系統本屬正式課程體系一環，系統要求與架構上，必須考慮教學過程中的技術面，因此類似追蹤、評比系統的設立有其必要性。且由於學生分數以網路數位形式處理、存放，系統本身的安全防護也極為重要，防止學生可能侵入系統竄改成績。

　　目前各大專院校多以遠距教學與傳統教學平行並進方式推動，或者鼓勵老師可運用該系統輔助原本的課堂教學。完全以遠距教學系統完成授業的課程仍占少數。深入探究，主因在於系統本身不受時空限制，若純以遠距教學進行授業，常對老師造成不少壓力。壓力至少來自兩方面，一是由於遠距教學系統的成功與否，並不過度仰賴授業者的演說形式，而需以數位資料形式呈現，因此老師在準備課程內容上，通常需比傳統方式花上更多時間。二則在於因無須老師（和學生）親至課堂上課，老師反必須時時留意關注網路上教學系統的運作情形，及學生的活動狀況，常比一般傳統課堂授業消耗更多的時間與精神。

　　遠距教學系統在克服學校調配教學硬體方面的窘迫處境（例如安排上課教室），極具實質幫助。許多院校如今均進行國內跨校教學合作計畫，甚至與國外姊妹校彼此交流，未來也可藉由遠距教學系統，克服某些國內課程專業人才不足的問題（例如透過系統，結合國內外師資共同開課）。此外該系統對身心障礙學生未來的就學方式與品質，也能有一定的提升與改善。

　　另外值得注意的則是，由於目前國家補助各院校的教育經費縮

減，各校需自闢管道開源，因此遠距教學系統的設置背後也常希望未來系統成熟後，可以將課程包裝成套裝軟體，販售或租借給其他有需要該課程，但欠缺人力開課的院校使用。未來遠距教學系統商品化的市場傾向，會對教學本身有何後續影響，值得關注。

　　文學通識教育可利用系統本身提供的互動式平台，建立師生間屬人文性質的討論管道，並可有效地集中相關資料，以為日後擴大課程領域的基礎。然而由於此教學系統本質上屬校級正式體系，易讓學生覺得欠缺某種自由度，上網如同上課，心態上和一般傳統上課並無不同，互動式平台僅成為做作業的管道，學生也無心進行課堂外的自發性討論。就這方面而言，個人式平台則能有輔佐之效。

個人式平台

　　個人式平台不具遠距教學系統的正式官方性質，故有較大的自由度，相對約束力也較弱，但也較能激發自由討論的氣氛。一般而言，個人式平台有以下幾類。

　　1. 免費網頁

　　目前類似Geocities和Tripod等，都提供給使用者免費的網頁空間，除了方便授業者建立個人網頁外，學生也可利用這項資源，發表報告或者討論成果。國內現今也有網站提供類似服務，可藉由搜尋引擎尋獲。但網頁的呈現嚴格言之，仍屬單向式呈現，較不具互動功能。不過如上述提到的兩種服務，均漸擴增服務範圍以提高競爭力，因此網頁空間也慢慢結合如討論版、電子報、多媒體等服務。

　　2. 日誌系統

　　這幾年網路興起日誌書寫的文化風潮，如Blogger的日誌服務，提供使用者方便管理的介面，只要透過瀏覽器介面，不受所在地限制，便能隨時管理、儲存，書寫個人日誌。在文學教學運用方面，

則可透過日誌服務，進行討論活動。筆者自己曾經在研究所的課程，運用日誌服務建立課外討論機制，效果相當不錯。不過因日誌服務本身乃為個人使用者量身訂製，若要予以利用成為互動平台，較適合小群體（如十人左右）的討論，並能藉由日誌服務的按月歸檔，方便日後參考索引。若人數較多的討論，討論版仍是較適合的選擇。

3. 入口網站架設

由於開放原始碼（open source）近幾年的成長與可見度提高，目前已有開放原始碼建成的入口網站系統，供人下載、架設與利用。開放原始碼的優點在於程式完全免費，並且能根據使用者需要，自行修改編輯。筆者目前利用 XOOPS 系統自行架設教學方面的互動平台，將根據自身經驗概述此類個人式平台的狀況。

由於 XOOPS 以模組方式編成，因此教學方面的運用，可以方便的加入討論版、聊天室，或者其他服務模組。並可直接修改程式碼，使網站的配置版面，服務架設，和其他細節方面，都能做出相應的細部調校。

目前筆者利用這套系統，建立相關課程的討論版，方便課外互動討論。利用系統提供的網站連結目錄，蒐集、編目學生上網收集的網站資訊。利用檔案上傳介面，迅速收到學生報告內容，方便其他有興趣學生下載閱讀。利用系統提供的新聞發布介面，可告知學生關於網站或課程的相關訊息。由於個人式平台較無遠距教學系統的正式性，雖然欠缺追蹤、註冊，或評分等系統，但也提供學生一個較無壓力的討論空間。

事實上藉由系統本身的會員管理，也可達成基本的追蹤功能，可了解學生參與討論的頻率、次數，與發表過的文章或進行過的某些活動（例如上傳過哪些檔案等）。有些平時作業的要求，也可請學生直接在討論版完成，無須至課堂繳交。雖然學生基本上仍較被

動，需老師提醒或要求才較願意參與討論，但由於個人式平台的無強制與約束力，學生大體上入站次數仍有一定頻率，並對某些有興趣的議題，自由發言的意願較強。由於筆者剛開始嘗試個人互動式平台的運用，許多細節仍屬摸索階段，但可感受到這類系統的延展性，並當網站運作幾年以後，將可藉由師、生二者長期的資料蒐集與討論參與，慢慢建立豐富的資料網站，對於未來的雙方教學，應有實質性的助益。

結論

　　網路資源的應用對於文學通識教育的助益，除了對授業者的知識擴展，與學生的課外資料查找上，能發揮迅速方便的實用性，主要仍在互動式平台的建立與設置，以提供圍繞人文主題的討論空間。網路的普及率提高，新世代教育對於教學的要求，也漸漸希望能夠利用網路介面，方便教學雙方完成某些傳統上較花費時間與精神的作業程序。然而互動平台的設置，不論屬於校級或個人層次，仍須師生共同維護與參與，經時間累積，方能產生效果。

　　本文對於不同網路服務的簡略介紹，希望能幫助使用者了解，各類網路服務因應不同需求的功能特色，授業者可藉此參考，選擇適合個人風格與課程設計的平台或介面，豐富課堂以外的教學資源。或許文學通識教育可藉由網路的運用，進一步發揚人文討論的精神，幫助學生建立人文學的素養與基礎知識，讓文學通識教育與網路彼此不會互斥，反而藉由新的資訊介面豐富彼此的內容。

網站資訊

此處收錄文中提過的網站位址。

詩路：台灣現代詩網路連盟	http://dcc.ndhu.edu.tw/taipei/
蕃薯藤	http://www.yam.com
雅虎奇摩	http://tw.yahoo.com/
Blogger	http://new.blogger.com
CyberiXoops	http://cyberixoops.homeip.net
Geocities	http://www.geocities.com
Google	http://www.google.com.tw
Hotbot	http://www.hotbot.com
Lycos	http://www.lycos.com
Openfind	http://www.openfind.com.tw
Spoon	http://lists.village.virginia.edu/~spoons/
Tripod	http://www.tripod.lycos.com/
Xoops	http://www.xoops.org
Yahoo	http://www.yahoo.com

附錄　課程範例

異化與異文化

周英雄

　　「異化」（alienation）一詞源自德文 "Entausserung" 或 "Entfremdung"。前者常用於律或金融上，指剝奪、離異、異化；不管是人、事或物，凡是與本人關係終止，外於己（externalization from oneself），通常都屬此一範疇，英文通譯為 "alienation"。後者比較側重心理的面向，往往指的是因為社會不公，所引致的個人不滿與幻滅。賀羅（Erick Heroux）把兩類加以細分，將前者譯為 "divestment"，後者譯為 "estrangement"。儘管如此，論者一般都泛以 "alienation" 涵蓋此二詞，中譯異化，與盧卡奇的物化（reification），或商品化（commodification）涵義雖然不盡相同，不過也有其相通之處。

　　異化的概念源自十九世紀，與當時盛行的個人主義、人文精神，甚至資本主義都有密切關係，而馬克思主義於是應運而生，具體而微用異化作為焦點，來凸顯工業化社會體制下，資本家施加於工人的種種不公，並進而提出諸如烏托邦投射等解決之妙方。從這個觀點切入來看，人與外界的關係固然有其著力點，點出工業社會與早期農業社會的落差；即工業社會人際關係分崩離析，有異於農業社會雞犬相聞的有機社團。不過，踏入後工業時代，身處所謂的資訊時代，有人不免要質疑：以個人具有完整的實體作為前提來談異化，是不是已經不合時宜？賀羅甚至用後結構主義的邏輯來解讀，認為異化的種種論點，基本上都以實質主義（essentialism）為

前提，忽略了存有（being）與再現（representation）之間的互動，甚至主客關係，顯然忽視了問題的複雜性。儘管如此，拿異化來聚焦，談現代性的若干問題，顯然有它的獨到之處。至於異化與後現代，或後殖民，甚至弱勢族裔的種種問題，異化這個議題是否需要再加調整，或是根本已經過時，這一切都有待釐清。

　　至於異文化，顧名思義它有別於本土文化。本土文化的討論最近可以說是方興未艾，而對認同政治的提升，它無疑有正面功效。可是話說回頭，現代性雖然有它本土的面向，甚至涵蓋民族主義的某種主觀願望，可是啟蒙運動追求的毋寧也是放諸四海而皆準的普世概念，如理性、抽象、統一等等較具形而上的價值，都與資本主義、民主政治、自由主義等意識形態有密切關係，因此與本土意識其實是存有相當的弔詭，而現代性與本土化可能不宜率爾視為等同。更何況隨著時間的變化，進入後現代、面臨嶄新的全球化情境，本土文化受到一波波外來文化的衝擊，本土文化再也無法自外於外界，而資訊時代無遠弗屆的傳播，更把傳統空間，甚至疆界的觀念徹底加以顛覆。也正因如此，所謂本土的概念，也不能再循傳統的思考模式，粗枝大葉作二分法（本土對異地）的分割，而本土文化與異文化之間的區隔其實也變得越來越模糊，兩者有時甚至無法一刀兩斷。事實上，從歷史發展軌跡的觀點來看，現代主義的一大特色便是對寫實主義的反動，認為寫實主義往往為了服務中產階級的利益，不惜一切捍衛現況，進而犧牲了弱勢族群的利益，西方現代主義的文人作家有鑑於此，因此起而抗拒此一反動勢力，透過再現政治的操作，企圖在不公不正的社會機制之外，另外建立一個另類但卻能撫慰人心的世界。不知情的人認為這種文學不外風花雪月，逃避現實，可是知情者都很明白，現代文學的真正意義不在於它的內涵，它的中介的程序與功能，不但有它的歷史獨特性，更深具不同流合污的道德涵義。這類身處社會邊緣的現代主義文人藝術

家到了存在主義的階段，更往往以乍看似乎令人側目的表現手法，凸顯社會種種約定俗成，但卻又缺乏公義的做法與概念，卡夫卡的〈變形記〉（"Metamorphosis"）就可以說是個很好的例子，說明自我與他者之間的微妙辯證關係。換句話說，本與異的差異可以說只是一線之隔，而本土文化與異文化之間往往也存有相輔相成的關係。而到了後冷戰時期，隨著意識形態的模糊化，以及疆界概念的重新思考，人與我、本土與異地等等二元論的邏輯都受到新的考驗，而我們對他者，以及異文化的認識，似乎已經到了迫不及待的程度。克莉斯蒂娃（Julia Kristeva）用她親身的體驗寫了《我們自己的陌生人》（*Strangers to Ourselves*）便說明了這種跨越疆界閱讀的必要性。

　　有關異化的討論很多，除了馬克思主義相關論著之外，涉及的其他面向也很多，如基督教教義便認為，由於與生俱來的原罪，人與上帝因此產生了異化的現象，因此終生必須懺悔，祈求贖罪。後世很多人對異化的問題也都有所著墨，包括盧卡奇、海德格、沙特、韋伯等等，說異化是西方人討論人與外界關係的切入點其實並不為過。不過談異化最重要的顯然非黑格爾莫屬，黑格爾認為異化乃是達致絕對精神的必要辯證程序，透過自我的否定，把舊有的意識加以否定，爾後才能有所更新。也就是說，異化是一種邏輯的程序，有了異化的動作或思考方式才有新的生活或意識。也正因如此，不管閱讀的是異化也好，是異文化也好，目的無非都是要求自新。更何況談異化往往背後有個潛藏的議題：閱讀異化足以凸顯制度之不仁，因此本身即有抗異化（disalienate）的面向在內。同理，閱讀異文化似乎也是他山之石可以攻錯，足以彰顯在地文化的種種盲點。總而言之，閱讀異（化）文化不妨視之為一種邏輯程序，透過這種閱讀模式，來反思若干我們約定俗成，因此察而不覺的現象。

　　本課程透過西方現代文學（包括電影）深入淺出的閱讀，來分析西方人異化的進程與形態。除了對異化有所介紹之外，本課程另

希望能讓學生對西方文化與社會獲得基本的認識，並藉此而對本土文化社會的現代性有所反思。

參考資料

Bottomore, Tom et. al., eds. *A Dictionary of Marxist Thought*. Cambridge, Mass.: Harvard University Press, 1983, pp. 9-15.

Heroux, Erick. "The Returns of Alienation," http://eserver.org/ clogic/2-1/herous.html

課程進度表

週別	內　　　　　　　容	附注
1	導論	
2	*Modern Times* (Charlie Chaplin)	影片
3	"The Odor of Chrysanthemums" (D. H. Lawrence)	
4	"The Overcoat" (Nikolai Gogol)	
5	"Metamorphosis" (Franz Kafka)	
6	"The Penal Colony" (Franz Kafka)	
7	"The Awakening" (Kate Chopin)	
8	"To Room Nineteen" (Doris Lessing)	
9	"What Maisie Knew" (Henry James)	
10	"Bartleby the Scrivner" (Herman Melville)	
11	*Death in Venice* (Thomas Mann)	影片
12	*Dracula* (Bram Stoker)	影片

延伸閱讀

Bottomore, Tom et. al., eds. *A Dictionary of Marxist Thought*. Cambridge, Mass.: Harvard University Press, 1983, pp. 9-15.

Chopin, Kate. *The Awakening and Other Stories*. New York: Modern Library, 2000.

Lawrence, D. H. *The Rainbow and Women in Love*. Basingstoke, Hampshire; New York: Palgrave Macmillan, 2004.

Gogol, Nikolai. *The Collected Tales of Nikolai Gogol*. Trans. Richard Pevear and Larissa Volokhonsky. New York: Vintage, 1999.

Hawthorne, Nathaniel. *The House of the Seven Gables*. New York: Bantam Books, 1981.

Hegel, G. W. F. *The Phenomenology of Mind*. Trans. J. B. Baillie. New York: Dover Publications, 2003. 2nd Revised ed.

Heidegger, Martin. *Being and Time*. Trans. John Macquarrie and Edward Robinson. New York: Harper, 1967.

Heroux, Erick. "The Returns of Alienation," http://eserver.org/ clogic/\2-1/heroux.html

James, Henry. *What Maisie Knew*. New York: Viking Press, 1986.

Kafka, Franz. *The Complete Stories*. Trans. Nahum Norbert Glatzer. New York: Schocken Books, 1995.

Lawrence, D. H. *Selected Short Stories*. New York: Dover Publications, 1993.

Lessing, Doris. *To Room Nineteen*. New York: Harper Collins Publishers, 1986.

Lukács, Georg. *History and Class Consciousness; Studies in Marxist Dialectics*. Trans. Rodney Livingstone. Cambridge, Mass.: MIT Press, 1972.

Mann, Thomas. *Death in Venice, And Seven other Stories*. Trans. H. T. Lowe-

Porter. New York: Vintage, 1989.

Melville, Herman. *Melville's Short Novels: Authoritative Texts, Contexts, Criticism*. Ed. Dan McCall. New York: Norton, 1999.

Meszaros, Istvan. *Marx's Theory of Alienation*. London: Merlin Press, 1991.

Stoker, Bram. *Dracula*. Ed. Maud Ellmann. Oxford; New York: Oxford University Press, 1998.

Tucker, Robert C. *The Marx-Engels Reader*. New York: Norton, 1978. 2nd ed.

美食與文化

廖炳惠

　　「前現代」時期以祭祀為主要的活動，飲食基本上是與天地諸神共享，利用飲食與天地萬物形成精神、靈魂上的交換，以得到福報和保障。大約在第七世紀到十七世紀之間，中西人類進入「早期現代」之後，廚房及進食的公私特定空間開始出現。各種具備地方特色、地域性的食物風格逐漸形成，產生「再現」地區色彩文化的性格，形成「國家烹飪」（national cuisine）的機制，這時期已經形成較大規模的商業化及都市化機制，建立了資本主義、市場經濟等雛形。在「現代時期」（十七世紀末到二十世紀中），特別是處於高峰的現代主義文學作品當中，飲食往往有關規格化的「複製」（reproducible），強調中產階級塑造出的文明過程，教導使用刀叉、餐桌禮儀，以及過度遵循中產階級典範的規則。然而，七〇年代之後，「後現代」的飲食往往是在私密空間或公私交錯的吧台、實驗廚房、五星級旅館、飯店，因而把現代飲食文化這種強調在家或在餐廳複製食譜，注重中產階級統一、同質化的餐飲，並且以視覺為主的邏輯加以調整，發揮出「多元創造組合」（composite）的新餐飲形式。

課程進度表

週別	內 容
1	From inn to restaurant to 5-star hotel
2	Table manners
3	Order of the meal
4	Culinary tools and literary theory
5	National cuisine
6	Taste
7	Flaubert, Kafka, and Proust
8	Faulkner, Stein, and Rich
9	Lessing
10	Calvino
11	Kundera
12	Atwood
13	Bunuel
14	Borges
15	Taussig on African and South American food and state fetishism

文學與文化翻譯

單德興

課程描述

　　本課程旨在閱讀一些有關文學與文化翻譯的文本，深入探討相關的重要議題，如翻譯的性質與方法，翻譯中的詮釋與對等，翻譯的美學、倫理與政治，翻譯的過程、目標與效應，譯者的角色、地位與任務，文本與理論的翻譯與旅行，文學翻譯與翻譯文學，翻譯文學在文學史中的地位，文化翻譯與翻譯文化，翻譯與跨文化傳遞，翻譯與後殖民論述，翻譯與性別等。

　　學期開始時先由學生認領口頭報告的文本，再依課程進度於十八週中逐週閱讀指定教材，於上課前撰妥閱讀心得，作為課堂討論的根據，課堂上由認領的同學進行口頭報告，再進行討論，並於期末時繳交一篇書面報告。

課程進度表

週別	內　　　　　容
1	William Frawley: "Prolegomenon to a Theory of Translation" Antoine Berman: "Translation and the Trials of the Foreign" Roman Jakobson: "On Linguistic Aspects of Translation"
2	Walter Benjamin: "The Task of the Translator" Paul de Man: "Conclusions: Walter Benjamin's 'The Task of the Translator,'"
3	Jacques Derrida: "Des Tour de Babel"
4	Edward W. Said: "Traveling Theory" J. Hillis Miller: "Border Crossings: Translating Theory"
5	Eugene Nida: "Principles of Correspondence" George Steiner: "The Hermeneutic Motion"
6	Itamar Even-Zohar: "The Position of Translated Literature within the Literary Polysystem" Gideon Toury: "The Nature and Role of Norms in Translation"
7	Gayatri Chakravorty Spivak: "The Politics of Translation" Roman Alvarez and M. Carmen-Africa Vidal: "Translating: A Political Act"
8	Talal Asad: "The Concept of Cultural Translation in British Social Anthropology" Kwame Anthony Appiah: "Thick Translation"
9	Tejaswini Niranjana: *Siting Translation: History, Post-Structuralism, and the Colonial Context*

週別	內　　　　容
10	Lydia H. Liu: "The Problem of Language in Cross-Cultural Studies" Ernst-August Gutt: "Translation as Interlingual Interpretive Use"
11	Jean Boase-Beier and Michael Holman, eds.: *The Practices of Literary Translation: Constraints and Creativity.* Giovanni Pontiero: "The Risks and Rewards of Literary Translation"
12	Jean-Paul Vinay and Jean Darbelnet: "A Methodology for Translation" James S. Holmes: "The Name and Nature of Translation Studies"
13	Jirí Levý: "Translation as a Decision Process" Katharina Reiss: "Type, Kind and Individuality of Text: Decision Making in Translation"
14.	Hans J. Vermeer: "Skopos and Commission in Translational Action" Philip E. Lewis: "The Measure of Translation Effects"
15	André, Lefevere: *Translation, Rewriting, and the Manipulation of Literary Fame*
16	Basil Hatim and Ian Mason: *The Translator as Communicator* Hu Ying: "Translator Transfigured: Lin Shu and the Cultural Logic of Writing in the Late Qing"
17	Lawrence Venuti: *The Translator's Invisibility: A History of Translation*
18	Sherry Simon: *Gender in Translation: Culture Identity and Politics of Transmission*

現代中國文學與電影

王德威

　　本課程介紹現代中國文學中書寫與影像經驗的互動與對話，授課對象為大學部一到三年級的學生。課程分為十三單元，依現代中國文化歷史的演進，討論魯迅以降至當代的文學、電影、文化的發展。每週探討一特定主題，並輔以三○年代至當代的相關電影，期能引起討論。本課程以魯迅於1906年觀看日俄戰爭幻燈紀錄，引發文學創作動機為起點，討論書寫與觀看在中國現代性經驗中的辯證關係。第二、三單元介紹五四以後兩大文學主流——寫實主義與抒情主義——對作家觀察、詮釋現實的影響。第四、五、六單元則側重現代性經驗中不同的修辭與觀看位置，如性別的、感官（affective）的、政治的位置。第七單元著重四○年代戰爭、離散所帶來的政治地理、文學、電影版圖的分裂。第八單元討論五、六○年代中國大陸所推動的政治「劇場」與群眾美學，並以文革樣板戲為重心。第九、十單元分別介紹六、七○年代台灣的鄉土、現代主義對話，與八○年代大陸的尋根、先鋒運動，並比較兩者的意義。第十一單元以女性作家為中心，討論八○年代以來兩岸三地的重寫記憶、歷史、性別話語的成果。第十二、十三單元縱論海峽兩岸後現代美學，以青年的「主體性」如何呈現或消解為討論焦點。本課程文本部分按照歷史的順時性進行，電影部分則刻意打破此一順時性，兩者之間所產生的美學符號，時空／歷史坐標，詮釋學及詮釋權的張力，也是授課重點。

必讀文本

Lau, Joseph S. M., C. T. Hsia and Leo Ou-Fan Lee eds. *Modern Chinese Stories and Novellas, 1919-1949.*

巴金，《家》

張大春，《野孩子》

推薦文本

Chang, Yvonne Sung-sheng. *Modernism and the Nativist Resistance: Contemporary Chinese Fiction from Taiwan.* Durham: Duke University Press, 1993.

Wang, David Der-Wei. *Fictional Realism in Twentieth-Century China: Mao Oun, Lao She, Shen Congwen.* New York: Columbia University Press, 1922.

Widmer, Ellen, David Der-Wei Wang ed. *From May Fourth to June Fourth: Fiction and Film in Twentieth-century China.* Cambridge, Mass.: Harvard University Press, 1993.

李歐梵（Lee, Leo Ou-fan）著，尹慧珉譯，《鐵屋中的吶喊：魯迅研究》（*Voices from the Iron House: A Study of Lu Xun*）

周蕾（Chow, Rey）著，孫紹誼譯，《原初的激情：視覺、性慾、民族誌與中國當代電影》（*Primitive Passions: Visuality, Sexuality, Ethnography, and Contemporary Chinese Cinema*）

夏志清（Hsia, C. T.）著，劉紹銘等合譯，《中國現代小說史》（*A History of Modern Chinese Fiction*）

課程進度表

週別	內　　　　　容
1	討論大綱
2	魯迅：現代文學與影像經驗的肇始
	魯迅：〈狂人日記〉、〈孔乙己〉、〈藥〉、〈故鄉〉、〈祝福〉、 　　　〈在酒樓上〉 桑弧：《祝福》（電影）
3	「批判的」抒情主義
	葉紹鈞：〈米〉、〈馬鈴瓜〉 沈從文：〈柏子〉、〈三個男人和一個女人〉、〈靜〉、〈燈〉、 　　　　〈蕭蕭〉 謝飛：《蕭蕭》（電影）
4	寫實主義及其變奏
	許地山：〈商人婦〉、〈玉官〉 柔石：〈為奴隸的母親〉 茅盾：〈春蠶〉 楊逵：〈送報伕〉 程步高：《春蠶》（電影）
5	新女性：女性的書寫與視覺經驗
	丁玲：〈莎菲女士的日記〉、〈我在霞村的時候〉、〈在醫院中〉 凌叔華：〈繡枕〉 蕭紅：〈手〉 蔡楚生：《新女性》（電影）

週別	內　　　　　容
6	頹廢的與浪漫的一代
	郁達夫：〈沉淪〉 巴金：《家》 陳西禾、葉明：《家》（電影）
7	感時憂國；嬉笑怒罵
	吳組緗：〈官官的補品〉、〈樊家舖〉 張天翼：〈砥柱〉、〈中秋晚〉 袁牧之：《馬路天使》（電影）
8	戰爭，欲望，離散
	錢鍾書：〈靈感〉、〈紀念〉 路翎：〈棺材〉 張愛玲：〈金鎖記〉 張藝謀：《大紅燈籠高高掛》（電影），或但漢章：《怨女》（電影）
9	文化大革命的文學與表演藝術
	文化大革命與《紅燈記》 陳若曦：〈尹縣長〉、〈晶晶的生日〉 《紅燈記》（電影）
10	現代主義與鄉土文學在台灣
	白先勇：〈冬夜〉 黃春明：〈蘋果的滋味〉 朱西甯：〈鐵漿〉 施叔青：〈倒放的天梯〉 王禎和：〈嫁粧一牛車〉 侯孝賢：《冬冬的假期》（電影）

週別	內　　　　　容
11	尋根到先鋒：新時期的文學與電影
	韓少功：〈歸去來〉 莫言：〈白狗鞦韆架〉 殘雪：〈山上的小屋〉 陳凱歌：《黃土地》（電影）
12	性別，記憶，歷史
	李昂：〈一封未寄的情書〉 陳映真：〈山路〉 西西：〈像我這樣的一個女子〉 袁瓊瓊：〈自己的天空〉 鍾曉陽：〈翠袖〉 陳果：《榴槤飄飄》（電影）
13	世紀末台灣
	張大春：《野孩子》 林正盛：《愛妳愛我》（電影）
14	世紀末中國
	余華：〈十八歲出門遠行〉 蘇童：〈狂奔〉 王小帥：《北京單車》（電影）
15	複習

香港文學

鄭樹森

　　香港文學課程之設計針對大學一、二年級人文通識教育。由於香港學生絕大多數對本土文學之歷史性發展缺乏基本認識，對其相關之政治、經濟、社會脈絡更缺乏認識，課程會輔以紀錄片、電影選段及大事年表，希望學生能較容易掌握背景或起碼資訊，俾使課堂分析較能將文本與歷史性（historicity）掛結。

　　由於1949年前之香港文學得放置於中國新文學發展裡才能彰顯出特色，較為複雜，牽涉頗廣，故課程設計以1949年為起點（1949年亦為不少人定居香港之起點）。個別重大議題（如1984年中英談判結束，港人開始面對1997年之回歸）因未有優秀文學作品呈現，改以電影作品替代（如嚴浩之《似水流年》）。由於絕大多數學生均無閱讀新詩經驗，課程僅以溫健騮一人詩作（見台北允晨版《苦綠集》）來見證香港新詩之嘗試，及一位殖民地成長的詩人在文化與政治出路之摸索。

課程進度表

週別	內　　　　　　容
1	(a) 簡介 (b) 殖民主義與殖民文學
2	(a) 殖民地／第三世界／文學／香港 (b) 1949年前香港文學與中國文學
3	(a) 冷戰年代與邊緣空間 (b) 南來文人與香港文化
4	(a) 電影：《危樓春曉》 (b) 經紀拉：《經紀日紀》（選段）
5	(a) 趙滋蕃：《半下流社會》及電影選段 (b) 金庸：《鹿鼎記》（第一回）
6	(a)「故國」之思與大眾文化：粵劇及其他 (b) 劉以鬯：《酒徒》（選段）
7	(a) 西西：〈像我這樣的一個女子〉及電影 (b) 西西：〈瑪利亞〉及〈東城故事〉（選段）
8	(a) 也斯：〈李大嬸的袋錶〉及電影 (b) 辛其氏：〈尋人〉、〈真相〉及電影
9	(a) 期中考試（50%） (b) 施叔青：《她名叫蝴蝶》（第二章）
10	(a) 施叔青：〈愫細怨〉 (b) 鍾曉陽：〈翠袖〉
11	(a)〈翠袖〉電影 (b) 溫健騮詩選
12	(a) 溫健騮詩選 (b) 嚴浩電影：《似水流年》
13	(a) 古蒼梧：〈備忘錄〉 (b) 一個回顧
14	(a) 一些省思：小思散文〈香港故事〉 (b) 期終考試（50%）

時尚與城市現代性

張小虹

　　身體的「穿衣打扮」和城市的「穿街走巷」有何關聯？建築的「穿堂過屋」又與文學敘事的「穿針引線」有何糾葛？

　　本通識課程以城市—身體的體感經驗為出發，探討性別身體如何在城市空間中移動，如何在移動中牽引出感官與情感的流動，又如何進一步形構城市、建築、時尚、身體與次文化的交織。課程的基本架構分為四大部分：第一部分為城市現代性「體面文化」的歷史形塑與「體感」理論之介紹，第二部分為文學文本選讀，凸顯城市文本中的性別差異，以及「城市感性」的體驗，第三部分為電影文本分析，探討視覺影像與體感空間的互動，第四部分為消費文化的身體與空間實踐，回到日常生活的食衣住行中，探討批判行動與社會介入的可能。

　　這是一門跨學科的課程，也是一門跨學術訓練、城市身體展演與日常生活實踐的課程。

課程進度表

週別	內　　　　　容
	I. 理論架構
1	城市與時尚：城市現代性的興起與體面文化，flâneur, dandy, metrosexual 城市―身體的「認知繪圖」與「感官地理」
	班雅明（Benjamin, Walter）著，〈遊手好閒者〉，《發達資本主義時代的抒情詩人：論波特萊爾》（*Charles Baudelaire : Ein Lyriker im Zeitalter des Hochkapitalismus*），張旭東、魏文生譯（台北：臉譜，2002），頁99-141。 李歐梵（Lee, Leo Ou-fan）著，《上海摩登：一種新都市文化在中國1930-1945》（*Shanghai Modern: The Flowering of a New Urban Culture in China, 1930-1945*），〈第1章：重繪上海〉，毛尖譯（香港：牛津大學，1999），頁3-43。
2	體感城市與體感理論：身體與居住（habit-habitus-habitation-habitat） 文本與織本（text-textile-texture-textulaity）
	季鐵男，《思考的建築》（台北：時報文化，1993），頁111-27。 蘇珊・葛雷（Susan Gray）著，《建築大師談建築大師》（*Architects on Architects: 24 Essays on Influence and Inspiration*），鄧光潔譯（台北：木馬文化，2002），頁12-27。
	II. 文學
3	城市裡的獅身人面：上海新感覺派小說
	穆時英，〈上海的狐步舞〉；劉吶鷗，〈兩個時間的不感症者〉 包亞明、王宏圖、朱生堅等著，《上海酒吧：空間、消費與想像》（南京：江蘇人民，2001），頁221-90。

週別	內　　　　　容
4	城市與情欲空間
	張愛玲，〈紅玫瑰與白玫瑰〉 張小虹，〈兩種衣架子〉，《在百貨公司遇見狼》（台北：聯合文學，2002），頁259-88。
5	城市、肉身與符號
	朱天文，〈世紀末的華麗〉 張小虹，〈虛飾中國〉，《在百貨公司遇見狼》（台北：聯合文學，2002），頁205-37。
6	城市與身體記憶
	朱天心，〈古都〉，《古都》（台北：麥田，1997），頁151-233。 周英雄，〈從感官細節到易位敘述——談朱天心近期小說策略的演變〉，《書寫台灣：文學史、後殖民與後現代》，周英雄、劉紀蕙編（台北：麥田，2000），頁403-17。
	III. 電影
7	時尚、城市、影像 Wenders, *Notebook on Cities and Clothes*：東京與山本耀司
	鴻鴻，〈空中花園〉 繳交第一篇個人期中書面報告
8	時髦上海：侯孝賢，《海上花》（電影）
	張小虹，〈幽冥海上花〉，《在百貨公司遇見狼》（台北：聯合文學，2002），頁239-58。
9	撫摸香港：王家衛，《花樣年華》（電影）
	黃建宏，〈何謂祕密？——論王家衛的《花樣年華》〉，《電影欣賞》18卷4期（2001年1月），頁69-74。

週別	內　　　　容
10	依偎台北：蔡明亮，《你那邊幾點》（電影）
	謝仁昌訪問，〈時差與錯位——蔡明亮談《你那邊幾點》〉，《蔡明亮 Tsai Ming-Liang》（*Tsai Ming-Liang*），Jean-Pierre Rehm, Oliver Joyard, Danièle Rivère 著，陳素麗、林志明、王派彰譯（台北：遠流，2001），頁 103-13。 繳交第二篇個人期中書面報告
	IV. 流行文化
11	血拼迷宮：從百貨公司、廣場到 Shopping Mall 消費的城市地景演變、品牌意識與時尚焦慮、購物的天堂與地獄 百貨公司的影像／商品偷竊、廣場的符號轉變、魔兒變夜市
	張小虹，〈在百貨公司遇見狼〉，《在百貨公司遇見狼》（台北：聯合文學，2002），頁 159-204。
12	No Logo：文化反堵（culture jamming）與收復街道（reclaim the streets） 城市的廣告看板、市民身體與公共空間、諧擬與攔截、閃電暴走族（flash mob） situationist：「在柏油路底下是一座森林」
	娜歐蜜・克萊恩（Naomi Klein）著，《No Logo》（*No Logo: Taking Aim at the Brand Bullies*），徐詩思譯（台北：時報文化，2003），頁 329-65。
13	Fake Logo：從名牌旗艦店到夜市地攤 Logo 上身、LV 的哈日與哈歐、全球名牌仿冒化、海盜王國的海盜裝
	張小虹，〈假名牌、假理論、假全球化〉，教學網頁。

週別	內　　　　　容
14	刺文化：身體的都市圖騰 次文化即身體服飾標記的刺文化、刺青作為符號上身的體感 反體制反美感的龐克時尚化、landscape/bodyscape、西門町文化 與東區文化之差異
	顏忠賢，《軟城市：城市次文化空間的小列傳》（台北：元尊 文化，1997），頁196-223。
15	課程總結
16	期末考

指定教材

1. 講義資料彙編一本，包含每星期的指定閱讀資料。
2. 張小虹，《在百貨公司遇見狼》（台北：聯合文學，2002）。

指定參考書

1. 李歐梵（Lee, Leo Ou-fan）著，《上海摩登：一種新都市文化在中國 1930-1945》（*Shanghai Modern: The Flowering of A New Urban Culture in China, 1930-1945*），毛尖譯（香港：牛津大學，2000）。
2. 羅蘭・巴特（Barthes, Roland）著，《明室・攝影札記》（*Camera Lucida: Reflections on Photography*），許綺玲譯（台北：台灣攝影季刊，1995）。
3. 尚・布希亞（Jean Baudrillard）著，《物體系》（*Le Systeme des Objets*），林志明譯（台北：時報文化，1997）。

4. 馬世芳等，《在台北生存的一百個理由》（台北：大塊文化，1998）。

5. 加斯東‧巴舍拉（Gaston Bachelard）著，《空間詩學》（*La Poetique de L'espace*），龔卓軍、王靜慧譯（台北：張老師，2003）。

6. 李欣頻，《誠品副作用》（台北：新新聞，1998）。

7. 梁濃剛，《快感與兩性差別：後現代主義文化理論的一些側面）（台北：遠流，1989）。

8. 戴錦華，《鏡城地形圖：當代文化書寫與研究》（台北：聯合文學，1999）。

9. 許舜英，《大量流出》（台北：紅色，2000）。

10. 林文淇、沈曉茵、李振亞編，《戲戀人生：侯孝賢電影研究》（台北：麥田，2000）。

11. 湯林森（Tomlinson, John）著，《全球化與文化》（*Globalization and Culture*），鄭棨元、陳慧慈譯（台北：韋伯文化，2001）。

12. 羅蘭‧巴特（Roland Barthes）著，《流行體系‧一‧符號學與服飾符碼》（*Systeme de La Mode*），敖軍譯（台北：桂冠，1998）。

13. 波寇克（Robert Bocock）著，《消費》（*Consumption*），張君玫、黃鵬仁譯（台北：巨流，1997）。

14. 理查‧桑尼特（Sennett, Richard）著，《肉體與石頭：西方文明中人類身體與城市》（*Flesh and Stone: The Body and The City in Western Civilization*），黃煜文譯（台北：麥田，2003）。

15. 娜歐蜜‧克萊恩（Naomi Klein）著，《No Logo》（*No Logo: Taking Aim at the Brand Bullies*），徐詩思譯（台北：時報文化，2003）。

台灣文化與殖民現代性

劉紀蕙

課程簡介

　　本門課的設計將透過一系列的閱讀，思考台灣文化與殖民現代性的關聯，以及有關台灣在地性的問題。我們閱讀的對象可以區分為三大類：1、從當代的台灣文學、電影與大眾文化中，檢視其中所鑲嵌的殖民記憶與歷史經驗；文本包括《多桑》、《超級大國民》、《1947高砂百合》、《餘生》、《迷園》、《古都》、《自傳の小說》等；2、閱讀日據時期台灣文學與文化政策，檢視殖民經驗，殖民地現代化過程，皇民化運動，大東亞共榮圈等文化狀況，以及這些文化狀況如何形塑台灣的主體經驗與在地認同；文本包括台灣二、三〇年代新文學運動、文藝論戰、左翼運動、文化協會、皇民文學、高砂義勇軍、教育制度、台展等；3、有關殖民經驗與殖民現代性的理論性文章。

網址：http://www.srcs.nctu.edu.tw/joyceliu/mworks/mw-
　　　onlinecourse/CulturalOfTaiwan/index.html

課程進度表

週別	內　　　　　容
1	導論：當代台灣文化與殖民現代性
2	二二八經驗
	1.田野：二二八紀念館（台北市新公園） 2.《悲情城市》（電影）
3	當代台灣文學中鑲嵌的殖民經驗　I：李昂，《迷園》
	1.李昂，《迷園》（台北：麥田，2001）。 2.謝森展、古野直也，《台灣代誌》（台北：創意力文化，1996）。
4	當代台灣文學中鑲嵌的殖民經驗　II：林燿德，《1947高砂百合》
	1.林燿德，《1947高砂百合》（台北：聯合文學，1990）。 2.台灣省文獻委員會編，《二二八事件文獻輯錄》（南投：台灣省文獻委員會，1991）。
5	當代台灣文學中鑲嵌的殖民經驗　III：李昂，《自傳の小說》
	1.李昂，《自傳の小說》（台北：皇冠，2000）。 2. Trinh T. Minh-ha. "Writing Postcoloniality and Feminism," in *The Post-colonial Studies Reader*. Ed. Bill Ashcroft, Gareth Griffiths and Helen Tiffin. London and New York: Routledge, 1995, pp. 264-68. 3. 盧修一，《日據時代台灣共產黨史1928-1932》（台北：自由時代，1989）。

週別	內　　　　　容
6	當代台灣文學中鑲嵌的殖民經驗　IV：舞鶴，《餘生》
	1. 舞鶴，《餘生》（台北：麥田，1999）。 2. 周婉窈，《台灣歷史圖說（史前至一九四五年）》（台北：聯經，1998）。
7	當代台灣文學中鑲嵌的殖民經驗　V：朱天心，《古都》
	1. 朱天心，《古都》（台北：麥田，1997）。 2. Homi K. Bhabha. "Interrogating Identity: The Post Colonial Prerogative," in *Identity: A Reader*. Paul du Gay, Jessica Evans and Peter Redman ed. London: SAGE in association wity The Open University, 2000, pp. 94-101; "Cultural Diversity and Cultural Differences," in *The Post-colonial Studies Reader*. Ed. Bill Ashcroft, Gareth Griffiths and Helen Tiffin. London and New York: Routledge, 1995, pp. 206-12.
8	日據時期台灣文藝與文化政策　I：台灣新文學與殖民地現代化過程
	1. 施淑編，《日據時代台灣小說選》（台北：前衛，1992）：賴和，〈一桿「稱仔」〉；陳虛谷，〈榮歸〉；孤峰，〈流氓〉；蔡秋桐，〈新興的悲哀〉；楊守愚，〈決裂〉；楊逵，〈送報伕〉；呂赫若，〈牛車〉；王施琅，〈沒落〉；朱點人，〈秋信〉；翁鬧，〈天亮前的戀愛故事〉；龍瑛宗，〈植有木瓜樹的小鎮〉；吳永福，〈慾〉；楊千鶴，〈花開時節〉；張文環，〈閹雞〉。 2. 葉石濤。〈台灣新文學運動的展開〉，《台灣文學史綱》（高雄：文學界雜誌社，1987），頁19-68。

週別	內　　　　　容
9	日據時期台灣文藝與文化政策　II：皇民化運動與文化認同問題
	1. 周金波，〈志願兵〉；陳火泉、〈道〉；王昶雄，〈奔流〉。 2. 林瑞明，〈騷動的靈魂—決戰時期的台灣作家與皇民文學〉，《台灣文學的歷史考察》（台北：允晨文化，1996），頁294-331。 星名宏修（Hoshina Koshu），〈日據時代的台灣小說——關於「皇民文學」〉，《二十世紀中國文學》，中國古典文學研究會主編（台北：台灣學生書局，1992）。 3. 杜武志，《日治時期的殖民教育》，〈第一章：教育敕語與教育體制〉（台北：台北縣立文化中心，1997），頁5-138。 4. 井手勇，《決戰時期台灣的日人作家與「皇民文學」》（台南：台南市立圖書館，2001）。
10	日據時期台灣文藝與文化政策　III：台灣流行音樂中的日本經驗
	1. 莊永明，《台灣歌謠追想曲1895-1999》（台北：前衛，1994）。 2. 葉龍彥，《台灣唱片思想起1895-1999》（台北：博揚文化，2001）。 3. 杜文靖，〈光復後台灣歌謠發展史〉，《文訊》第119期（1995年9月），頁23-27。 4. 陳郁秀，《音樂台灣》（台北：時報文化，1996）。
11	日據時期台灣文藝與文化政策　IV：台灣日據時期電影《沙鴛之鍾》
	1. 葉龍彥，《日治時期台灣電影史》（台北：玉山社，1998）。 2. 葉龍彥，〈台灣的電影辯士〉，《台北文獻》133期（2000年9月），頁121。

週別	內　　　　容
	3. 葉龍彥，《春花夢露：正宗台語電影興衰錄》（台北：博楊文化，1999）。
12	日據時期台灣文藝與文化政策　Ⅴ：台灣日據時期紀實影像
	1. 李道明、張昌彥主編，〈台灣紀錄片研究書目與文獻選集〉（上），行政院文化建設委員會委託國家電影資料館研究計畫，2000年6月。 2. 李道明，〈台灣電影史第一章：1900至1915〉，《電影欣賞》13卷1期（1995年1月），頁28-44。 3. ──，〈新聞片與台灣〉，《電影欣賞》13卷1期（1995年1月），頁104-11。 4. ──校定，〈昭和初期台北的電影院〉（上），《電影欣賞》13卷2期（1995年3月），頁39-46。 5. ──校定，〈昭和初期台北的電影院〉（下），《電影欣賞》13卷3期（1995年5月），頁44-57。 6. ──校定，〈日本統治末期台灣電影之狀況〉，《電影欣賞》13卷5期（1995年9月），頁88-100。 7. ──，〈日本統治時期──電影與政治的關係〉，《歷史月刊》94期（1995年11月），頁123-28。
13	日據時期台灣文藝與文化政策　Ⅵ：台灣建築與現代化
	1. 莊永明，《台北老街》（台北：時報，1991）。 2. 李乾朗，《20世紀台灣建築》（台北：玉山社，2001）。 3. 傅朝卿，《日據時期台灣建築1985-1945》（台北：大地地理，1999）。

現代主義與現代性
——西方 vs. 東方

劉紀蕙

　　十九世紀末到二十世紀初期，世界各地歷經了一場不同時卻先後發生而全面的現代化過程。現代性所包含的高度理性與啟蒙色彩，也以不同面貌在不同文化中展開。本門課將檢視此二十世紀現代化過程所牽引的各種文化議題，包括現代主義與現代性在文學與藝術的轉型，以及文化論述與社會實踐的展開等不同層面的意義。

　　就策略而言，本門課刻意銜接不同人文領域對於現代性與現代主義的討論，並對照東方與西方的不同文化環境，以便對現代主義與現代性有更為多面向的理解。

　　本門課的進行包含兩個部分：第一部分，我們將以跨文化研究的角度出發，選取西方與東方具有代表性的現代主義前衛藝術，包括未來主義、達達主義、超現實主義、抽象主義、抽象表現主義等，探討這些藝術形式所揭發的現代意識；第二部分，我們將以西方的現代性與現代主義經典論述作為閱讀的起點，然後便將回到中國與台灣有關現代性與現代主義的文化論述。

　　透過比較這些現代主義藝術，以及推動現代化的現代性論述，我們一則可以探討所謂「前衛藝術」背後所牽引的文化模式，再則可深入思考不同文化中，現代性議題所牽引的政治社會與歷史問題。網址：http://www.srcs.nctu.edu.tw/joyceliu/mworks/mw-onlinecourse/modernism_ew/index.html

課程進度

週別	內　　　　　容
1	導論
	1. 文化研究之方法論問題 2. 現代主義與現代性的悖論 3. 東方 vs. 西方
2	單元一：現代藝術對於現代性的批判 I
	1. 達達、超現實主義藝術範例 2. 多重現實的拼貼：超現實主義在文學及藝術中的風格轉換 　 http://www.complit.fju.edu.tw/project3/sureal.htm 3. International Dada Archive Home Page 　 http://www.lib.uiowa.edu/dada/ 4. No More Words: A Non-Glossary 　 http://www-personal.umich.edu/~rmutt/dictionary/NoMoreWords.html
3	單元一：現代藝術對於現代性的批判 II
	Călinescu, Matei. "The Idea of Modernity," in *Five Faces of Modernity: Modernism, Avant-Garde, Decadence, Kitsch, Postmodernism.* Durham: Duke University Press, 1987. Sixth Printing, 1996, pp. 19-46, 46-68.
4	單元二：現代、超人哲學與前衛藝術 I
	1. 馬里內蒂（Marinetti, Filippo Tommosa），〈未來主義的創立和宣言〉、〈什麼是未來主義〉、〈未來主義技巧宣言〉、〈義大利未來黨宣言〉，《未來主義‧超現實主義》，張秉真、黃晉凱主編（北京：中國人民大學，1994），頁3-21，26-30。

週別	內　　　　容
	2. 未來主義前衛藝術範例 http://www.unknown.nu/futurism/ http://www.geocities.com/Paris/8182/sjen.htm http://www.a-art.com/avantgarde/ http://www.fluxeuropa.com/futurism.htm
5	單元二：現代、超人哲學與前衛藝術 II 尼采（F. Nietzsche），*Gay Science, Beyond Good and Evil, The Genealogy of Morality, The Will to Power*, "From *The Genealogy of Morals*," in *From Modernism to Postmodernism: An Anthology.* Ed. Lawrence E. Cahoone. Cambridge, Mass.: Blackwell, 1996, pp. 102-30，或參考《道德系譜學》（台北：水牛，1975）。
6	單元三：現代、遊蕩與頹廢唯美 I 1. 波特萊爾（Charles Baudelaire），《惡之華》（*The Flowers of Evil*） 2. 象徵主義與頹廢唯美藝術
7	單元三：現代、遊蕩與頹廢唯美 II 波特萊爾（Charles Baudelaire），*The Painter in Modern Life*, "The Artist, Man of the World, Man of the Crowd, and Child", "Modernity"，或參考《波德萊爾美學論文選》，郭宏安譯（北京：人民文學，1987）。
8	單元三：現代、遊蕩與頹廢唯美 III 班雅明（Benjamin, Walter）著，〈論波特萊爾的幾個主題〉，《發達資本主義時代的抒情詩人：論波特萊爾》（*Charles Baudelaire: Ein Lyriker im Zeitalter des Hochkapitalismus*），張旭東、魏文生譯（台北：臉譜，2002），頁192-256。

週別	內　　　　　容
9	單元四：啟蒙的辯證 I
	1. Eugene Lunn. "Lukács and Brecht: A Debate on Realism and Modernism," in *Marxism and Modernism: An Historical Study of Lukács, Brecht, Benjamin, and Adorno.* Berkeley: University of California Press, 1982, pp. 75-90. 2. 阿多諾（Theodor Adorno），"Dialectic of Enlightenment"
10	單元四：啟蒙的辯證 II
	1. 韋伯（Max Weber），*The Protestant Ethic and the Spirit of Capitalism; Science as a Vocation; Politics as a Vocation*，或參考《新教倫理與資本主義精神》，于曉、陳維綱譯（台北：唐山，1991），導論與上篇。
11	單元五：現代文明的問題 I
	1. 佛洛依德（Freud, Sigmund）. "From *Civilization and its Discontents*," in *From Modernism to Postmodernism: An Anthology.* Ed. Lawrence E. Cahoone. Cambridge, Mass.: Blackwell, 1996, pp. 212-28；可參考第六、七章，《文明及其不滿》（*Civilization and its Discontents*），賴添進譯（台北：南方，1988）。 2. 李歐塔（Jean-François Lyotard）. "From *The Postmodern Condition: A Report on Knowledge*," in *From Modernism to Postmodernism: An Anthology.* Ed. Lawrence E. Cahoone. Cambridge, Mass.: Blackwell, 1996, pp. 481-513.；可參考《後現代狀況：關於知識的報告》（*La Condition Postmoderne: Rapport Sur le Savoir*），島子譯（長沙：湖南美術，1996），或羅青，《什麼是後現代主義》（台北：台灣學生書局，1993）。

週別	內　　　　　容
12	單元五：現代文明的問題 II
	詹明信（Fredric Jameson），〈後現代主義，或晚期資本主義的文化邏輯〉（"Post-modernism, or the Cultural Logic of the Late Capitalism"），《晚期資本主義的文化邏輯：詹明信批評理論文選》，張旭東編，陳清僑等譯（香港：牛津大學，1990），頁277-359；可參考 "From 'The Cultural Logic of Late Capitalism'," in *From Modernism to Postmodernism: An Anthology*. Ed. Lawrence E. Cahoone. Cambridge, Mass.: Blackwell, 1996, pp. 556-72。
13	單元六：現代性與中國／台灣 I
	1. 李歐梵，〈追求現代性（1895-1927）〉、〈走上革命之路（1927-1949）〉，《現代性的追求：李歐梵文化評論精選集》（台北：麥田，1996），頁229-99；301-96。 2. 梁啟超，〈新民說〉；嚴復，〈原強〉；魯迅，〈文化偏至論〉；張東蓀，〈中國之將來與近世文明國立國之原則〉；陳獨秀，〈《新青年》宣言〉；胡適，〈文學改良芻議〉
14	單元六：現代性與中國／台灣 II
	《文獻資料選集》（台北：明潭，1979）中之文論，例如：〈致台灣青年的一封信〉（頁55-57）、〈糟糕的台灣文學界〉（頁63-66）、〈為台灣的文學界一哭〉（頁69-71）、〈新文學運動的意義〉（頁55-57）、〈對台灣新文學路線的一提案〉（頁55-57）、〈對台灣新文學路線的一提案續篇〉（頁55-57）、〈台灣人的唯一喉舌——台灣民報〉（頁55-57）、〈台灣新文學運動概觀〉（頁55-57）、〈台灣文藝聯盟創立的斷片回憶〉（頁55-57）、〈新舊文學之爭——台灣文壇一筆流水帳〉（頁55-57）

週別	內　　　　　容
15	單元七：中國／台灣之現代主義文學 Ⅰ
	1. 朱壽桐主編，〈弗洛依德學說的文學實踐〉，〈心理主義的感覺世界〉，《中國現代主義文學史》（南京：江蘇教育，1998），頁206-23；378-97。 2. 郭沫若，《女神》（詩）：〈新生〉、〈立在地球邊上放號〉、〈我是個偶像崇拜者〉、〈天狗〉，以及〈筆立山頭展望〉；（小說）〈喀爾美蘿姑娘〉、〈Lobenicht 的塔〉、〈葉羅提之墓〉、〈骷髏〉；詩論。
16	單元七：中國／台灣之現代主義文學 Ⅱ
	1. 瘂弦、洛夫、余光中 2. 劉紀蕙，〈5：文化整體組織與現代主義的推離〉、〈6：變異之惡的必要——楊熾昌的「異常為」書寫〉，《孤兒‧女神‧負面書寫：文化符號的徵狀式閱讀》（台北縣：立緒文化，2000），頁155-89；190-223。

現代主義文學與變異

劉紀蕙

課程簡介

　　本課程之設計試圖以文學史與文化史的角度觀察，銜接台灣文學二、三〇年代現代主義文學與中國大陸現代主義文學之脈絡，以及此現代主義所承受日本、西歐之影響。本課程之討論企圖挖掘五四以來台灣與中國早期現代文學中被忽視的前衛動力，以及重新思考此前衛動力在殖民處境與左翼、右翼兩股國族論述之下企圖逸離的路徑。

　　課程結構以三〇年代上海新感覺派作家施蟄存、劉吶鷗、穆時英等，以及現代主義詩人戴望舒為探討之一端，三〇年代台灣現代主義文學與新感覺派作家水蔭萍、翁鬧、龍瑛宗、巫永福為另一端，穿插以日本新感覺派文學、現代文學理論、法國現代主義文學，以及精神分析詮釋學對於前衛運動的討論為參照點。

網址：http://www.srcs.nctu.edu.tw/joyceliu/mworks/mw-onlinecourse/Modernism/modernism.htm

課程進度

週別	內　　　　　容
1	導論
	1. 嚴家炎，《中國現代主義小說流派》（北京：人民文學，1995）。
	2. 唐正序、陳厚誠主編，《20世紀中國文學與西方現代主義思潮》，〈第二編：現代主義影響的第二次浪潮」（1927-1937）〉（成都：四川人民，1992），頁263-394。
	3. 楊義，《二十世紀中國小說與文化》，〈第一章：小說史研究與文化意識〉、〈第二章：清末民初小說在文化上的選擇與迷失〉、〈第三章：現代小說觀念變革的文化原因和文化深度〉（台北：業強，1993），頁1-24；25-42；43-60）
2	上海三〇年代背景
	1. 潘翎主編，薛理勇、錢宗灝撰文，《上海滄桑一百年1843－1949》（台北：旺文社，1994）。
	2. Yingjin Zhang. "The Institutionalization of Modern Literary History in China, 1922-1980," *Modern China*. 20. 3 (1994.7): 347-77.
3	施蟄存
	〈春陽〉、〈石秀〉、〈魔道〉、〈白光〉、〈鳩摩羅什〉、〈梅雨之夕〉、〈將軍的頭〉、〈旅舍〉、〈夜叉〉、〈霄行〉、〈凶宅〉、〈阿襤公主〉、〈殘秋的下弦月〉
4	劉吶鷗
	《都市風景線》、〈殺人未遂〉、〈熱情之骨〉、〈現代電影〉

週別	內　　　　　容
5	穆時英
	《Pierrot》、〈白金的女體塑像〉、《公墓》、〈上海的狐步舞〉、〈夜〉、〈夜總會裡的五個人〉、《聖處女的感情》
6	女性作家都市文學及心理小說
	沈祖棻（絳燕）〈馬嵬驛〉、〈茂陵的雨夜〉，刊載於《詩帆》（1934） 蘇青
7	女性作家都市文學及心理小說
	張愛玲
8	日本新感覺派與心理分析小說作品
	廚川白村《苦悶的象徵》 橫光利一〈機械〉 川端康成〈水晶幻想〉 芥川龍之介〈袈裟與盛遠〉 堀辰雄〈聖家族〉 伊藤整〈生存的恐懼〉 片鋼鐵兵〈色情文化〉
9	波特萊爾、戴望舒與都市浪遊子
	1. 波特萊爾，《惡之華》，以及其他散文。 2. 戴望舒詩文集 3. 班雅明（Benjamin, Walter）著，《發達資本主義時代的抒情詩人：論波特萊爾》（*Charles Baudelaire: Ein Lyriker im Zeitalter des Hochkapitalismus*），張旭東、魏文生譯（台北：臉譜，2002）。

週別	內　　　　容
10	台灣三〇年代背景
	1. 許俊雅，《日據時期台灣小說研究》，〈第一章：日據時期台灣新文學的發展〉、〈第二章：日據時期台灣小說之作者及其背景分析〉與〈附錄：日據時期台灣小說刊行表〉（台北：文史哲，1994）。 2. 莊永明，《台北老街》（台北：時報文化，1991）。 3. 葉石濤，《台灣文學史綱》，〈第二章：台灣新文學運動的展開〉（高雄：文學界雜誌社，1987），頁 16-68。 4. 彭瑞金，《台灣新文學運動四十年》，〈第一章：台灣新文學運動的起源〉（高雄：春暉，1997），頁 1-33。
11	水蔭萍及風車詩社
	水蔭萍作品選
12	台灣新感覺派文學與都市文學
	1. 楊雲萍，〈到異鄉〉（1926）、〈加里飯〉（1927）〈青年〉（1930） 2. 張我軍，〈誘惑〉（1929） 3. 翁鬧，〈殘雪〉（1935）、〈天亮前的戀愛故事〉（1937） 4. 巫永福，〈黑龍〉（1934）、〈山茶花〉（1935） 5. 龍瑛宗
13	左翼作家陣營及都市文學
	1. 郭秋生，〈王都鄉〉（1935） 2. 吳天賞，〈龍〉、〈蕾〉（1933）、〈野雲雁〉（1935） 3. 王白淵，〈唐璜與加彭尼〉（1933） 4. 郭水潭，〈某個男人的手記〉（1935）

週別	內　　　　　容
14	左翼作家陣營
	1. 陳芳明，《左翼台灣》，〈第二章：台灣左翼文學發展的背景〉、〈第三章：賴和與台灣左翼文學系譜〉、〈第六章：史芬克司的殖民地文學——《福爾摩沙》時期的巫永福〉、〈第八章：吳新榮：左翼詩學的旗手〉（台北：麥田，1998），頁27-46；47-73；121-40；171-98。 2. 施淑，〈文協分裂與三〇年代初台灣文藝思想的分化〉、〈書齋、城市與鄉村——日據時代的左翼文學運動及小說中的左翼知識分子〉，《兩岸文學論集》（台北：新地文學，1997），頁3-28；頁49-83。

作者簡介
（依本書篇章順序排列）

馮品佳

美國威斯康辛大學麥迪遜校區英美文學博士。曾任國立交通大學外國語文學系主任、美國哈佛大學訪問學者。現任國立交通大學教務長、外國語文學系暨語言與文化研究所教授、電影研究中心主任、中華民國比較文學學會理事長。著有 *The Female* Bildungsroman *by Toni Morrison and Maxine Hong Kingston, En-Gendering Chinese Americas: Reading Chinese American Women Writers*；編有《重劃疆界：外國文學研究在台灣》。

李歐梵

國立台灣大學外文系畢業，美國哈佛大學文學博士。曾先後任教於芝加哥大學、加州大學洛杉磯分校、印第安那大學、普林斯頓大學、美國哈佛大學、香港大學、香港科技大學人文學部客座教授。現任香港中文大學文化及宗教研究系人文學教授。英文著作有《中國現代作家浪漫的一代》（*The Romantic Generation of Modern Chinese Writers*）、《鐵屋中的吶喊：魯迅研究》（*Voices from the Iron House: A Study of Lu Xun*）、《上海摩登：一種新都市文化在中國1930-1945》（*Shanghai Modern: The Flowering of A New Urban Culture in China. 1930-*

1945)。中文著作有《西潮的彼岸》、《中西文學的徊想》、《狐狸洞話語》、《徘徊在現代和後現代之間》、《現代性的追求：李歐梵文化評論精選集》、《范柳原懺情錄》、《東方獵手》、《中國現代文學與現代性十講》、《音樂的往事追憶》、《過平常日子》、《尋回香港文化》、《城市奏鳴曲》等書。2002年獲選為第24屆中央研究院院士。

周英雄

國立台灣師範大學英語系、英語研究所畢業，美國夏威夷大學英語碩士，美國加州大學聖地牙哥校區比較文學博士。曾任教於國立台灣師範大學、香港中文大學、國立中正大學、國立交通大學。現任吳鳳技術學院講座教授。曾獲國科會傑出獎與傑出人才基金會傑出人才兩屆。專著有：*China and the West: Comparative Literature Studies*（與鄭樹森、袁鶴翔合編）、《中西比較文學論集》（與鄭樹森、袁鶴翔合編）、《結構主義的理論與實踐》（與鄭樹森合編著）、《小說，歷史，心理，人物》、*The Chinese Text: Studies in Comparative Literature*、《比較文學與小說詮釋》、《文化中國：理念與實踐》（與陳其南合編）、《文學與閱讀之間》、《現代與多元》、《書寫台灣：文學史、後殖民與後現代》（與劉紀蕙合編）、《結構主義與中國文學》等書。

廖炳惠

東海大學外文系畢業，美國加州大學聖地牙哥校區比較文學博士。歷任國立清華大學文學研究所所長、中華民國比較文學學會理事長、美國普林斯頓大學、哈佛大學訪問學者、哥倫比亞大學客座教

授等。現為國立清華大學外國語文學系教授。專著包括《解構批評論集》、《形式與意識型態》、《里柯》、《回顧現代：後現代與後殖民論文集》、《回顧現代文化想像》、《另類現代情》、《關鍵詞200：文學與批評研究的通用辭彙編》、《吃的後現代》，以及主編多種學術論文集。

單德興

國立政治大學西洋語文學系畢業，國立台灣大學外文研究所英美文學碩士、比較文學博士。曾任中央研究院歐美研究所副所長、中華民國英美文學學會理事長、美國加州大學爾灣校區、哈佛大學、紐約大學、英國伯明罕大學訪問學人。現任中央研究院歐美研究所研究員。著有《銘刻與再現：華裔美國文學與文化論集》、《對話與交流：當代中外作家、批評家訪談錄》、《反動與重演：美國文學史與文化批評》，譯有《魂斷傷膝河》、《寫實主義論》、《英美名作家訪談錄》、《格雷安・葛林》、《塞萬提斯》、《味吉爾》、《勞倫斯》、《近代美國理論：建制・壓抑・抗拒》、《美國夢的挑戰：在美國的華人》、《知識分子論》、《禪的智慧：與聖嚴法師心靈對話》等十餘本專書。編有《第三屆美國文學與思想研討會論文選集：文學篇》、《文化屬性與華裔美國文學》（與何文敬合編）、《再現政治與華裔美國文學》（與何文敬合編）等專書，亦擔任《中外文學》「米樂專號」（1991 年 9 月）、「羅逖專號」（1993 年 12 月）之特約編輯，《歐美研究》「創造傳統與華裔美國文學」（2002 年 12 月）、《中外文學》「亞洲的美國文學研究」（2003 年 6 月）之專題編輯，以及《朱立民先生訪問紀錄》之主訪（與李有成、張力合訪）。研究興趣包括亞美文學、比較文學、文化研究、翻譯研究。

王德威

國立台灣大學外文系畢業，美國威斯康辛大學麥迪遜校區比較文學博士。曾任教於國立台灣大學、美國哥倫比亞大學東亞系。現任美國哈佛大學東亞語言與文明系 Edward C. Henderson 講座教授。著有：《從劉鶚到王禎和：中國現代寫實小說散論》、《眾聲喧嘩：三○與八○年代的中國小說》、《閱讀當代小說：台灣・大陸・香港・海外》、《小說中國：晚清到當代的中文小說》、《想像中國的方法：歷史・小說・敘事》、《如何現代，怎樣文學？：十九、二十世紀中文小說新論》、《眾聲喧嘩以後：點評當代中文小說》、《跨世紀風華：當代小說20家》、《被壓抑的現代性：晚清小說新論》、《現代中國小說十講》、《歷史與怪獸》、*Fictional Realism in Twentieth-century China: Mao Dun, Lao She, Shen Congwen, Fin-de-siècle Splendor: Repressed Modernities of Late Qing Fiction, 1849-1911, The Monster That Is History: History, Violence, and Fictional Writing in Twentieth-century China* 等書。2004年獲選為第25屆中央研究院院士。

鄭樹森

美國加州大學聖地牙哥校區比較文學博士。曾任美國加州大學聖地牙哥校區文學研究所所長、國際比較文學學會執行委員。現為香港科技大學人文學部教授。中文論評有《奧菲爾斯的變奏》、《文學理論與比較文學》、《文學因緣》、《與世界文壇對話》、《從現代到當代》、《藝文綴語》、《文學地球村》、《二十世紀文學紀事》、《小說地圖》、《縱目傳聲》等。另編有《中西比較文學論集》（與周英雄等合編）、《結構主義的理論與實踐》（與周英雄合編）、《中美文學因緣》、《現象學與文學批評》、《八月驕陽：八○年代

中國大陸小說選5》、《張愛玲的世界》、《現代中國小說選》、《現代中國詩選》（與楊牧合編）、《哭泣的窗戶：八〇年代中國大陸小說選6》、《文化批評與華語電影》等。香港文學研究方面，曾與黃繼持、盧瑋鑾合編《香港小說選1948-1969》、《香港散文選1948-1969》、《香港新詩選1948-1969》、《早期香港新文學作品選（1927-1941）》、《早期香港新文學資料選（1927-1941）》、《國共內戰時期香港本地與南來文人作品選（1945-1949）》、《國共內戰時期香港文學資料選（1945-1949）》、《香港新文學年表1950-1969》等；並合著《追跡香港文學》。另曾在台出版外國文學中文選集十多種。

張小虹

國立台灣大學外文系畢業，美國密西根大學英美文學博士。現任國立台灣大學外文系教授。著有學術論文集《慾望新地圖：性別・同志學》、《性別越界：女性主義文學理論與批評》、《性帝國主義》、《怪胎家庭羅曼史》、《在百貨公司遇見狼》，文化評論集《後現代／女人：權力、慾望與性別表演》、《自戀女人》、《情慾微物論》、《絕對衣性戀》；編有《性／別研究讀本》。

劉紀蕙

美國伊利諾大學比較文學博士。曾任輔仁大學英文系主任、輔仁大學比較文學研究所所長、國立交通大學社會與文化研究所所長、文化研究學會理事長。現任國立交通大學社會文化研究所專任教授、新興文化研究中心主任。著有《文學與藝術八論：互文・對位・文化詮釋》、《孤兒・女神・負面書寫：文化符號的徵狀式閱讀》、

《文學與電影：影像・真實・文化批評》、《心的變異：現代性的精神形式》；主編《框架內外：藝術、文類與符號疆界》、《書寫台灣：文學史、後殖民與後現代》（與周英雄合編）、《他者之域：文化身分與再現策略》等論文集。

李家沂

國立台灣大學外文所博士，現任國立交通大學外國語文學系助理教授。

國家圖書館出版品預行編目資料

通識人文十一講 = Eleven Outlooks on World
　Literature／馮品佳主編 . -- 初版 . -- 臺
北市：麥田出版：城邦文化發行，2004
〔民93〕
　　　面；　公分 . --（麥田人文；77）

ISBN 986-7413-28-8（平裝）

1. 文學 – 論文，講詞等

810.7　　　　　　　　　　93015694

Rye Field Publications
A division of Cité Publishing Ltd.

廣 告 回 函
北區郵政管理局登記證
台北廣字第000791號
免 貼 郵 票

英屬蓋曼群島商
家庭傳媒股份有限公司城邦分公司
104 台北市民生東路二段 141 號 2 樓

▼

讀者回函卡

謝謝您購買我們出版的書。請將讀者回函卡填好寄回，我們將不定期寄上城邦集團最新的出版資訊。

姓名：_____ 電子信箱：_____

聯絡地址：□□□ _____

電話：(公) _____ 分機 _____ (宅) _____

身分證字號：_____ (此即您的讀者編號)

生日：_____ 年 _____ 月 _____ 日 性別：□男 □女

職業：□軍警 □公教 □學生 □傳播業 □製造業 □金融業 □資訊業 □銷售業
　　　□其他 _____

教育程度：□碩士及以上 □大學 □專科 □高中 □國中及以下

購買方式：□書店 □郵購 □其他 _____

喜歡閱讀的種類：(可複選)

□文學 □商業 □軍事 □歷史 □旅遊 □藝術 □科學 □推理 □傳記

□生活、勵志 □教育、心理 □其他 _____

您從何處得知本書的消息？(可複選)

□書店 □報章雜誌 □廣播 □電視 □書訊 □親友 □其他 _____

本書優點：(可複選)

□內容符合期待 □文筆流暢 □具實用性 □版面、圖片、字體安排適當

□其他 _____

本書缺點：(可複選)

□內容不符合期待 □文筆欠佳 □內容保守 □版面、圖片、字體安排不易閱讀

□價格偏高 □其他 _____

您對我們的建議：_____
_____
_____